FOLIO POLICIER

Dolores Redondo

Le gardien invisible

Une enquête de l'inspectrice
Amaia Salazar

*Traduit de l'espagnol
par Marianne Millon*

Gallimard

Titre original :
EL GUARDIÁN INVISIBLE

© *Dolores Redondo Meira, 2012.*
By agreement with Pontas Literary & Film Agency.
© *Éditions Stock, 2013, pour la traduction française.*

Dolores Redondo est née en 1969 à Donostia-San Sebastián, au Pays basque. Elle a travaillé dans la restauration pendant plusieurs années, avant de se consacrer à l'écriture. Sa trilogie du Baztán, inaugurée en 2013 avec *Le gardien invisible*, a été vendue à plus de deux millions et demi d'exemplaires dans le monde et traduite en trente-deux langues, avant d'être adaptée au cinéma. Dolores Redondo a depuis reçu le prix Planeta pour *Tout cela je te le donnerai* et le Grand Prix des lectrices de *Elle* du roman policier en 2021 pour *La face nord du cœur*.

*À Eduardo, qui m'a demandé d'écrire ce livre,
et à Ricardo Domingo, qui a vu l'invisible.*

À Ruben et Esther, qui me font mourir de rire.

Oublier est un acte involontaire. Plus on essaie de laisser quelque chose derrière soi, plus cette chose vous poursuit.

WILLIAM JONAS BARKLEY

Mais ma chère petite, cette pomme n'est pas comme les autres, car elle est magique.

Blanche-Neige de WALT DISNEY

1

Ainhoa Elizasu fut la deuxième victime de celui que la presse n'avait pas encore surnommé le *basajaun*[1]. Cela vint un peu plus tard, au moment où le bruit courut qu'on avait retrouvé à proximité des cadavres des poils d'animaux, des lambeaux de peau et des empreintes qui n'étaient peut-être pas humaines, le tout accompagné d'une sorte de cérémonie funèbre de purification. Une force maligne, tellurique et ancestrale semblait avoir marqué les corps de ces jeunes filles – presque encore des enfants – aux vêtements déchirés, à la toison pubienne rasée et aux mains disposées dans une attitude virginale.

Quand on l'appelait au petit matin pour se rendre sur une scène de crime, l'inspectrice Amaia Salazar observait toujours le même rituel: elle éteignait le réveil pour ne pas déranger James, entassait ses vêtements et son téléphone et descendait très lentement l'escalier jusqu'à la cuisine. Elle s'habillait, buvait un

1. Littéralement, « le seigneur de la forêt ». (*N.d.A.*)

café au lait et laissait un mot à son mari avant de monter en voiture, absorbée par des pensées vides, un bruit blanc qui lui occupait toujours l'esprit quand elle se levait avant l'aube et que les restes d'une veille inachevée l'accompagnaient, même si elle avait plus d'une heure de trajet entre Pampelune et la scène de crime où une victime attendait. Elle prit un virage trop serré et le crissement des pneus la rappela à la réalité ; elle s'obligea alors à se concentrer sur la route sinueuse qui montait en s'enfonçant dans les épaisses forêts aux abords d'Elizondo. Cinq minutes plus tard, elle s'arrêta près d'une balise et reconnut le coupé sportif du Dr Jorge San Martín et le tout-terrain de la juge Estébanez. Elle descendit de voiture et se dirigea vers la partie arrière du véhicule, d'où elle sortit des bottes en caoutchouc qu'elle chaussa en s'appuyant contre le coffre pendant que le sous-inspecteur Jonan Etxaide et l'inspecteur Montes s'approchaient.

— Ça s'annonce mal, chef, on a une gamine, fit Jonan en consultant ses notes. Douze ou treize ans. Les parents ont déclaré que leur fille n'était pas rentrée à la maison à vingt-trois heures.

— Un peu tôt pour signaler une disparition, fit Amaia.

— Oui. Apparemment elle a téléphoné à son frère aîné vers vingt heures dix pour lui dire qu'elle avait raté le bus d'Arizkun.

— Et il ne s'est pas bougé avant vingt-trois heures ?

— Vous savez : « Les *aitas*[1] vont hurler. S'il te

---

1. « Papa et maman » en basque. (*N.d.A.*)

plaît, ne leur dis rien. Je vais demander au père d'une copine de me ramener. » Résultat, il a fermé son bec et s'est mis à jouer à la PlayStation. À vingt-trois heures, voyant que sa sœur n'arrivait toujours pas et que sa mère devenait hystérique, il les a mis au courant. Les parents se sont présentés au commissariat d'Elizondo pour déclarer qu'il était arrivé quelque chose à leur fille. Elle ne répondait pas sur son portable et ils avaient déjà appelé toutes ses copines. C'est une patrouille qui l'a découverte. En abordant le virage, les agents ont vu ses chaussures sur l'accotement, précisa Jonan en désignant de sa lampe l'endroit où brillaient des souliers vernis noirs à petits talons, parfaitement alignés.

Amaia se pencha pour les observer.

— On dirait qu'on les a placés comme ça exprès. Quelqu'un les a touchés ? demanda-t-elle.

Jonan consulta à nouveau ses notes. Amaia pensa que l'efficacité du jeune sous-inspecteur, anthropologue et archéologue de surcroît, était un cadeau du ciel dans une affaire qui s'annonçait complexe.

— Non. Ils étaient comme ça, alignés et bouts pointant la route.

— Dis aux techniciens chargés des relevés d'empreintes de passer quand ils auront fini et de regarder à l'intérieur des chaussures. Pour les placer dans cette position, il faut introduire les doigts dedans.

L'inspecteur Montes, qui avait jusque-là fixé en silence l'empeigne de ses mocassins italiens, leva la tête brusquement, comme s'il émergeait d'un profond sommeil.

— Salazar, murmura-t-il en guise de salut avant de se diriger vers le bord du chemin sans l'attendre.

Amaia prit un air perplexe et se tourna vers Jonan.

— Qu'est-ce qu'il a ?

— Je ne sais pas, chef, mais on a fait le trajet ensemble depuis Pampelune, et il n'a pas ouvert la bouche. Je crois qu'il a un peu bu.

C'est ce qu'elle pensait aussi. Depuis son divorce, l'inspecteur Montes allait de mal en pis, et pas uniquement en raison de son penchant récent pour les chaussures italiennes et les cravates aux couleurs vives. Ça faisait un moment qu'elle le trouvait particulièrement distrait, absorbé dans son monde intérieur, froid et impénétrable, à la limite de l'autisme.

— Où est la fille ?

— Près de la rivière. Il faut descendre, dit Jonan, désignant le ravin l'air embarrassé, comme s'il avait quelque chose à voir avec l'endroit où on avait retrouvé le corps.

En descendant la pente arrachée à la roche par le fleuve millénaire, Amaia vit au loin les projecteurs et les tresses de gel des lieux délimitant le périmètre d'action des agents. Sur un des côtés, la juge Estébanez parlait à voix basse au greffier tout en jetant des regards à la dérobée en direction du cadavre. À proximité, deux photographes de la police scientifique faisaient crépiter des flashs de toutes parts. Un technicien de l'Institut navarrais de médecine légale était agenouillé devant la dépouille, dont il semblait prendre la température du foie.

Amaia constata avec satisfaction que tous respectaient le périmètre de sécurité délimité par les premiers agents arrivés sur la scène de crime. Malgré tout, il lui sembla comme toujours qu'il y avait trop de monde. C'était un sentiment proche de l'absurde peut-être dû à son éducation catholique, mais, devant un cadavre, elle éprouvait un besoin impérieux d'intimité et de recueillement qui l'écrasait dans les cimetières et se trouvait violé par la présence professionnelle, distante et étrangère de ceux qui évoluaient autour du corps, seul témoin de l'œuvre d'un assassin, et cependant muet, réduit au silence, ignoré dans son horreur.

Elle s'approcha lentement, observant le lieu qu'un inconnu avait choisi pour convier la mort. Près de la rivière, une plage de galets gris et arrondis, certainement entraînés par les crues du printemps précédent, s'était formée, langue sèche d'environ neuf mètres de large qui s'étendait à perte de vue, dans la faible lumière de l'aube naissante. L'autre rive, de quatre mètres de large à peine, s'enfonçait dans une forêt profonde qui s'épaississait au fur et à mesure qu'on s'y engageait. L'inspectrice attendit quelques secondes, le temps que le technicien de la police scientifique finisse de photographier le cadavre ; après quoi, elle s'approcha, se plaçant aux pieds de la fillette, effaça comme chaque fois toute pensée de son esprit, regarda le corps qui gisait près du fleuve, et murmura une brève prière. Alors seulement, elle se sentit prête à la regarder comme l'œuvre d'un assassin.

De son vivant, Ainhoa Elizasu avait eu de beaux yeux marron, désormais fixés sur l'infini, figés dans une expression de surprise. La tête, légèrement basculée vers l'arrière, laissait entrevoir un grossier morceau de cordelette qui s'était enfoncé dans la chair du cou où il disparaissait presque. Amaia se pencha pour l'observer de plus près.

— Elle n'est même pas nouée, l'assassin s'est contenté de serrer jusqu'à ce que la petite cesse de respirer, murmura-t-elle presque pour elle seule.

— Ce doit être quelqu'un de vigoureux. Un homme ? suggéra Jonan derrière elle.

— Probablement, bien que la fille ne soit pas très grande, un mètre cinquante-cinq environ, et très mince. Une femme a tout aussi bien pu le faire.

Le Dr San Martín, qui, jusqu'alors, s'était entretenu avec la juge et le greffier, s'approcha du cadavre après avoir pris congé de la magistrate d'un baise-main.

— Inspectrice Salazar, c'est toujours un plaisir de vous voir, malgré les circonstances, dit-il joyeusement.

— Je partage votre sentiment, docteur San Martín. Quelles sont vos conclusions ?

Le médecin prit les notes que lui avait remises le technicien et y jeta un coup d'œil tout en se penchant sur le cadavre, non sans avoir, au préalable, évalué du regard la jeunesse et les connaissances de Jonan. Un regard qu'Amaia connaissait bien. Quelques années auparavant, ç'avait été elle la jeune sous-inspectrice qu'il fallait instruire des dessous de la mort, un plaisir que San Martín, professeur distingué, ne laissait jamais échapper.

— Approchez-vous, Etxaide, venez ici, vous apprendrez peut-être quelque chose.

Le Dr San Martín enfila les gants chirurgicaux qu'il sortit d'un sac Gladstone en cuir et palpa doucement la mâchoire, le cou et les bras de la jeune fille.

— Que savez-vous de la *rigor mortis* ?

Jonan soupira avant de se lancer sur un ton sans doute proche de celui qu'il employait pour répondre à son institutrice autrefois.

— Disons que je sais qu'elle commence par les paupières environ trois heures après la mort, pour s'étendre au visage et au cou puis à la poitrine et finit par gagner le tronc tout entier ainsi que les extrémités. Dans des conditions normales, la rigidité totale est atteinte au bout de douze heures, et disparaît selon l'ordre inverse au bout de trente-six.

— Pas mal, quoi d'autre ? l'encouragea le médecin.

— Elle constitue l'un des principaux marqueurs qui permettent de dater la mort.

— Et vous croyez possible de s'en faire une idée en se fondant uniquement sur l'évaluation de la *rigor mortis* ?

— Eh bien…, hésita Jonan.

— Non, et je suis catégorique, affirma San Martín. Le degré de rigidité peut varier en fonction de l'état musculaire du corps, de la température intérieure ou, en l'occurrence, extérieure. Des températures extrêmes peuvent produire les mêmes effets que la *rigor mortis*, par exemple pour les cadavres exposés à des températures élevées. Sans parler des spasmes cadavériques, vous savez de quoi il s'agit ?

— Je crois que cela désigne le phénomène qui survient au moment de la mort, quand les muscles des extrémités se contractent à tel point qu'il serait difficile de leur arracher tout objet qu'ils auraient serré à cet instant précis.

— C'est exact, le pathologiste médico-légal se

retrouve chargé d'une lourde responsabilité. La date doit être établie en fonction de ces données, et, bien sûr, des hypostases... C'est-à-dire de la lividité *post mortem*. Vous avez dû voir ces séries américaines où le médecin légiste s'agenouille devant le corps et, au bout de deux minutes, détermine l'heure de la mort, dit-il en haussant un sourcil de façon théâtrale. Eh bien laissez-moi vous dire que c'est un mensonge. L'analyse de la quantité de potassium contenue dans le liquide oculaire a représenté un grand progrès, mais je ne pourrai établir l'heure plus précisément qu'après l'autopsie. Pour l'instant, avec les éléments dont je dispose, voilà ce que je peux affirmer : treize ans, sexe féminin. D'après la température du foie, je dirais qu'elle est morte depuis deux heures. On ne remarque pas encore de rigidité, affirma-t-il en palpant de nouveau la mâchoire de la fille.

— Cela concorde avec l'appel qu'elle a passé et la déposition des parents. Oui, deux heures à peine.

Amaia attendit qu'il se relève et s'agenouilla à sa place à côté de la fille. L'air soulagé de Jonan quand il se trouva libéré du regard scrutateur du médecin légiste ne lui échappa pas. Les yeux de la victime, fixés sur l'infini, sa bouche entrouverte dans une expression proche de la surprise, peut-être une ultime tentative de respirer, donnaient à son visage un air d'étonnement enfantin, semblable à celui qu'arborerait une fillette le jour de son anniversaire. Les vêtements étaient déchirés proprement, du cou jusqu'à l'aine, de chaque côté du corps comme l'emballage d'un cadeau macabre. La douce brise provenant du fleuve agita légèrement la frange rectiligne de la jeune fille et une odeur de shampooing mêlée à une autre, plus âcre, de cigarette, s'éleva jusqu'à l'inspectrice. Amaia se demanda si elle était fumeuse.

— Ça sent le tabac. Vous savez si elle avait un sac ?

— Oui. On ne l'a pas encore retrouvé, mais j'ai des agents qui ratissent la zone dans un rayon d'un kilomètre le long de la pente, indiqua l'inspecteur Montes en tendant le bras en direction de la rivière.

— Demandez à ses amies où elles étaient et avec qui.

— Dès qu'il fera jour, chef, fit Jonan en désignant sa montre. Ce sont certainement des gamines de treize ans qui dorment encore.

Elle observa les mains placées des deux côtés du corps. Blanches, immaculées, les paumes tournées vers le haut.

— Vous avez remarqué la position des mains ? Elles ont été placées comme ça.

— Je suis d'accord, dit Montes, qui restait debout près de Jonan.

— Photographiez-les et faites très attention. Elle a pu essayer de se défendre. Même si les ongles et les mains ont l'air assez propres, on aura peut-être de la chance, dit-elle en s'adressant au technicien de la police scientifique.

Le légiste se pencha de nouveau sur la fillette, face à Amaia.

— Il va falloir attendre les résultats de l'autopsie, mais je pencherais pour une mort par asphyxie, et, étant donné la profondeur à laquelle la cordelette s'est enfoncée dans la chair, je dirais que ç'a été très rapide. Les coupures sont superficielles et visaient uniquement à déchirer les vêtements. Elles ont été pratiquées à l'aide d'un objet très tranchant, couteau, cutter ou bistouri. Je vous dirai ça plus tard, mais quand il les a faites, la petite était déjà morte. Il n'y a pratiquement pas de sang.

— Et pour le pubis ? intervint Montes.

— Je crois qu'il a utilisé le même objet tranchant pour raser la toison.

— Peut-être pour en emporter une partie en guise de trophée, chef ? précisa Jonan.

— Non, je ne crois pas. Regarde la façon dont il l'a jetée près du corps, indiqua Amaia en désignant plusieurs touffes de fin duvet. On dirait plutôt qu'il souhaitait le remplacer par ça, remarqua-t-elle en montrant un gâteau doré et onctueux qui avait été déposé sur le pubis glabre.

— Quel salopard. Pourquoi faire des trucs pareils ? Ça ne lui suffisait pas de tuer une gamine, il fallait qu'il en rajoute. Qu'est-ce qui peut bien passer par la tête de ce genre de type ? s'exclama Jonan d'un air dégoûté.

— C'est ton boulot, gamin, de deviner les pensées de ce porc, fit Montes en s'approchant du Dr San Martín.

— Il l'a violée ?

— Je dirais que non, sans pouvoir l'affirmer avant un examen plus approfondi. La mise en scène présente un aspect clairement sexuel... Les vêtements, la poitrine dénudée, le pubis rasé... et la pâtisserie... au saindoux, peut-être, ou...

— C'est un *txatxingorri*, intervint Amaia. Un gâteau traditionnel de la région, quoique plus petit que la moyenne. Mais c'est un txatxingorri, je suis formelle. Du saindoux, de la farine, des œufs, du sucre, de la levure et des grattons, une recette ancestrale. Jonan, mettez-le dans une pochette et, s'il vous plaît, dit Amaia en s'adressant à tous, que cela reste entre nous, l'information ne doit pas être divulguée pour l'instant.

Ils hochèrent tous la tête.

— On a fini. Elle est à vous, San Martín. Rendez-vous à l'institut médico-légal.

Amaia se leva et adressa un dernier regard au cadavre avant de remonter jusqu'à sa voiture.

2

Ce matin-là, l'inspecteur Montes avait choisi une cravate voyante en soie mauve, certainement très onéreuse, qu'il portait sur une chemise lilas ; le résultat était élégant mais ce look de flic de Miami avait quelque chose d'outrancier. Les policiers qui montaient avec eux dans l'ascenseur durent avoir la même impression. Le geste que l'un d'eux fit à l'autre en sortant n'échappa pas à Amaia. Elle regarda Montes, car il s'en était probablement rendu compte lui aussi ; en fait, il relisait ses notes sur son PDA[1], enveloppé dans un nuage de parfum de chez Armani, apparemment étranger à l'effet qu'il produisait.

La porte de la salle de réunion était fermée, mais avant qu'elle ait pu toucher la poignée, un policier en uniforme l'ouvrit de l'intérieur comme s'il guettait son arrivée. Il s'écarta, laissant apercevoir une pièce vaste et lumineuse où l'inspectrice découvrit plus de gens qu'elle ne s'y attendait. Le commissaire présidait la table et à sa droite deux sièges étaient

1. Personal Digital Assistant : ordinateur de poche. (*N.d.T.*)

vides. Il les invita d'un geste à s'approcher et fit les présentations.

— Inspectrice Salazar, inspecteur Montes, vous connaissez déjà l'inspecteur Rodríguez, de la scientifique, et le Dr San Martín. Le sous-inspecteur Aguirre, des stups, le sous-inspecteur Zabalza et l'inspecteur Iriarte, du commissariat d'Elizondo. Il se trouve qu'ils n'étaient pas là quand on a découvert le corps.

Amaia leur tendit la main et salua d'un geste ceux qu'elle connaissait déjà.

— Je vous ai fait venir parce que je soupçonne que l'affaire Ainhoa Elizasu risque d'avoir des implications plus graves qu'on ne pourrait le croire à première vue, dit le commissaire en se rasseyant après leur avoir fait signe de l'imiter. Ce matin, l'inspecteur Iriarte a pris contact avec nous pour nous faire des révélations qui pourraient avoir leur importance quant à l'évolution de cette enquête.

L'inspecteur Iriarte se pencha en avant posant sur la table une paire de battoirs dignes d'un *aizkolari*[1].

— Il y a un mois, le 5 janvier pour être précis, dit-il en consultant ses notes dans un petit agenda recouvert de cuir noir qui disparaissait entre ses mains, un berger d'Elizondo qui menait ses brebis boire à la rivière a découvert le cadavre d'une jeune fille, Carla Huarte, âgée de dix-sept ans. Elle avait disparu la nuit de la Saint-Sylvestre après avoir quitté la discothèque Crash Test d'Elizondo avec ses amis et son

---

1. Spécialiste de la coupe de troncs dans les jeux de force basque. (*N.d.A.*)

fiancé. Vers quatre heures du matin, elle en est repartie avec ce dernier, et, trois quarts d'heure plus tard, le jeune homme est revenu seul; il a dit à un ami qu'ils s'étaient disputés, qu'elle était descendue de voiture fâchée et qu'elle était partie à pied. Cet ami l'a convaincu d'aller la chercher, ils étaient de retour une heure plus tard mais sans avoir trouvé la moindre trace de la fille. Ils affirment ne s'être pas trop inquiétés, car la zone regorgeait de couples et de fumeurs de joints; et puis la jeune fille était très populaire, ils ont donc supposé que quelqu'un l'avait ramenée. Dans la voiture de son fiancé, on a identifié des cheveux de la fille et une bretelle de soutien-gorge en silicone.

Iriarte prit une profonde inspiration et regarda Montes et Amaia avant de poursuivre :

— Et voici la partie qui peut vous intéresser. Carla a été retrouvée dans un secteur situé à deux kilomètres du lieu où on a découvert le corps d'Ainhoa Elizasu. Étranglée avec une cordelette d'emballage, les vêtements lacérés.

Amaia regarda Montes, alarmée.

— Je me rappelle avoir lu cette histoire dans la presse. On lui avait rasé le pubis ? demanda-t-elle.

Iriarte se tourna vers le sous-inspecteur Zabalza, qui répondit :

— Elle n'en avait plus, il avait été arraché par des animaux, semble-t-il; le rapport d'autopsie fait état de morsures provenant d'au moins trois animaux différents et de quelques poils qui correspondent à un sanglier, à un renard et à ce qui pourrait être un ours.

— Mon Dieu ! Un ours ? s'exclama Amaia en souriant, incrédule.

— On n'en est pas sûrs, on a envoyé les moulages à l'Institut d'études plantigrades des Pyrénées, et on n'a pas encore eu de réponse, mais...

— Et le gâteau ?

— Il n'y en avait pas quand on a trouvé le corps... Mais il y en a peut-être eu un. Cela expliquerait les morsures au niveau de la zone pubienne, car les animaux ont pu être attirés par son arôme.

— Présentait-elle des morsures sur d'autres parties du corps ?

— Non, mais il y avait des marques de sabots.

— Et des touffes de poils pubiens jetés près du cadavre ? s'enquit Amaia.

— Non plus, mais il faut tenir compte du fait que le bas du corps de Carla Huarte était en partie immergé dans la rivière, et que des pluies torrentielles sont tombées pendant la période qui a suivi sa disparition. S'il y avait quelque chose, l'eau l'a emporté.

— Cela n'a pas attiré votre attention, hier, quand vous avez examiné la petite ? demanda Amaia en s'adressant au médecin légiste.

— Bien sûr que si, mais ce n'est pas si évident, il ne s'agit que de similitudes, affirma San Martín. Savez-vous combien de cadavres je vois par an ? Dans de nombreux cas, on relève des éléments communs sans qu'ils aient aucun rapport. Toujours est-il que cela m'a interpellé, en effet, mais avant de dire quoi que ce soit, je devais consulter mes notes d'autopsie. Dans le cas de Carla, tout donnait à penser qu'il s'agissait d'une agression sexuelle perpétrée par le fiancé. La fille était défoncée et ivre, elle présentait plusieurs suçons dans le cou et une marque de morsure à un sein, concordant avec la dentition du jeune homme; et puis, nous avons trouvé des fragments de peau du suspect sous ses ongles, correspondant à une griffure profonde qu'il avait au cou.

— Des résidus de sperme ?
— Non.
— Qu'a déclaré le garçon ? Comment s'appelle-t-il, déjà ? demanda Montes.
— Miguel Ángel de Andrés. Il a expliqué qu'il avait pris un cocktail d'ecstasy et d'alcool – Aguirre sourit – et j'ai tendance à le croire. On l'a arrêté le jour des Rois et il était là aussi complètement défoncé, il a été contrôlé positif à quatre sortes de drogues, dont la cocaïne.
— Où se trouve ce génie en ce moment ? demanda Amaia.
— À la prison de Pampelune, dans l'attente d'un jugement pour agression sexuelle et homicide... Il avait des antécédents de toxicomanie, dit Aguirre.
— Messieurs les inspecteurs, je crois qu'une visite à la prison s'impose pour interroger à nouveau Miguel Ángel de Andrés. Il n'a peut-être pas menti sur son innocence.
— Docteur San Martín, pouvez-vous nous envoyer le rapport d'autopsie de Carla Huarte ? demanda Montes.
— Bien sûr.
— Ce sont surtout les photos prises sur la scène de crime qui nous intéressent.
— Je vous les communiquerai dès que possible.
— Et il ne serait pas inutile d'examiner les vête-

ments que portait la victime, maintenant qu'on sait quoi chercher, précisa Amaia.

— L'inspecteur Iriarte et le sous-inspecteur Zabalza se sont occupés de cette affaire au commissariat d'Elizondo.

— Inspectrice Salazar, vous êtes de là-bas, n'est-ce pas? intervint le commissaire.

Amaia acquiesça.

— Ils vous apporteront toute l'aide dont vous aurez besoin, dit le commissaire en se levant pour mettre un terme à la réunion.

3

Le jeune homme assis en face d'elle était voûté, comme s'il avait porté un lourd fardeau sur les épaules. Il avait les mains posées sur les genoux, la peau de son visage laissait apparaître des centaines de veinules rosées, et de profonds cernes lui entouraient les yeux. Rien à voir avec la photo qu'Amaia se rappelait avoir vue dans la presse un mois plus tôt, sur laquelle il posait devant sa voiture d'un air de défi. Son assurance, ses poses de petit macho content de lui et même sa jeunesse semblaient s'être évaporées. Quand Amaia et Jonan Etxaide entrèrent dans la salle d'interrogatoire, le garçon fixait dans le vide un point qu'il eut du mal à lâcher.

— Bonjour, Miguel Ángel.

Il ne répondit pas. Il soupira et les observa en silence.

— Je suis l'inspectrice Salazar, et voici le sous-inspecteur Etxaide, dit-elle en désignant Jonan. On veut te parler de Carla Huarte.

Il les regarda et, en proie à une immense fatigue, murmura :

— J'ai déjà tout dit à vos collègues... je n'ai rien

à ajouter... C'est tout, c'est la vérité, je ne l'ai pas tuée, voilà, laissez-moi tranquille et adressez-vous à mon avocat.

Il baissa la tête et concentra toute son attention sur ses mains, sèches et exsangues.

— Bon, je vois qu'on n'est pas partis du bon pied, soupira Amaia. On va reprendre au début. Pour commencer, je ne crois pas que tu aies tué Carla.

Miguel Ángel leva la tête, surpris, cette fois.

— Je crois qu'elle était vivante quand tu as quitté les lieux, et que quelqu'un l'a suivie et l'a assassinée.

— C'est... C'est ce qui a dû se passer, balbutia Miguel Ángel, alors que coulaient de grosses larmes sur son visage et qu'il était pris de tremblements. C'est ce qui a dû arriver, parce que je ne l'ai pas tuée, croyez-moi, s'il vous plaît, je ne l'ai pas tuée.

— Je te crois et je vais t'aider à sortir d'ici, dit Amaia en faisant glisser un paquet de mouchoirs en papier sur la table.

Le garçon croisa les doigts d'un air implorant.

— S'il vous plaît, s'il vous plaît, murmurait-il.

— Mais avant, tu dois m'aider, dit-elle presque avec douceur.

Il sécha ses larmes sans cesser de pleurnicher, tout en acquiesçant.

— Parle-moi de Carla. Comment était-elle ?

— Géniale, une nana super, très jolie, très ouverte, elle avait beaucoup d'amis...

— Comment vous êtes-vous rencontrés ?

— Au lycée, j'ai arrêté et maintenant je bosse... Jusqu'à ce jour-là, je bossais avec mon frère. On posait du bitume sur les toits, ça marchait bien, on se faisait du fric ; c'est un boulot merdique, mais bien payé. Elle, elle poursuivait ses études, même si elle répétait qu'elle voulait arrêter, mais ses parents insistaient, et elle était obéissante.

— Tu as dit qu'elle avait beaucoup d'amis, tu sais si elle voyait quelqu'un d'autre ? D'autres garçons ?

— Non, non, pas du tout, dit-il en retrouvant de l'énergie. Elle était avec moi, avec personne d'autre.

— Comment peux-tu en être aussi sûr ?

— Je le suis, c'est tout. Demandez à ses copines, elle était folle de moi.

— Vous aviez des relations sexuelles ?

— Et des bonnes, dit-il en souriant.

— Le cadavre de Carla portait la marque de tes dents sur un sein.

— Je l'ai déjà expliqué. Avec Carla, c'était comme ça, ça lui plaisait, et à moi aussi. On aimait le sexe hard, qu'est-ce qu'il y a de mal à ça ? Je ne la frappais pas, ni rien dans le genre, ce n'étaient que des jeux.

— Tu dis qu'elle aimait ça, et pourtant tu as déclaré que, ce soir-là, elle n'avait pas voulu, et que tu t'étais fâché à cause de ça, dit Jonan en regardant ses notes. Il y a quelque chose qui cloche, tu ne crois pas ?

— C'était à cause de la drogue, à un moment elle y allait à fond, et la minute suivante elle devenait parano et elle disait non... Bien sûr, ça m'a énervé, mais je ne l'ai pas forcée et je ne l'ai pas tuée, c'était déjà arrivé d'autres fois.

— Et les autres fois, tu la faisais descendre de voiture et tu l'abandonnais en pleine montagne ?

Miguel Ángel lui jeta un regard furieux et avala sa salive avant de répondre.

— Non, jamais, et je ne l'ai pas fait descendre de

voiture : c'est elle qui s'est tirée et qui n'a pas voulu remonter, quand je le lui ai proposé... Alors j'en ai eu marre et je suis parti.

— Elle t'a griffé dans le cou, dit Amaia.

— Je vous l'ai dit, elle aimait ça ; parfois, elle me niquait le dos. Nos amis peuvent vous le confirmer : cet été, quand on se faisait bronzer, ils ont vu les traces de morsures que j'avais sur les épaules, et ils se sont marrés un bon moment en l'appelant « la louve ».

— À quand remonte votre dernier rapport sexuel avant cette nuit-là ?

— Eh bien c'était la veille j'imagine, à chaque fois qu'on se voyait, on finissait toujours par baiser, je vous ai dit qu'elle était folle de moi.

Amaia soupira et se leva en faisant un signe au gardien.

— Une dernière question. Comment était son pubis ?

— Son pubis, vous voulez dire les poils de sa chatte ?

— Oui, « les poils de sa chatte », répondit Amaia sans se troubler. Comment étaient-ils ?

— Rasés, rien qu'une ombre, juste au-dessus, dit-il en souriant.

— Pourquoi se rasait-elle ?

— Je vous ai déjà dit qu'on aimait ce genre de choses. J'adorais...

Alors que les inspecteurs se dirigeaient vers la porte, Miguel Ángel se leva.

— Inspectrice.

Le fonctionnaire lui fit signe de se rasseoir. Amaia se retourna vers lui.

— Dites-moi, pourquoi maintenant et pas avant ?

L'inspectrice regarda Jonan avant de répondre, se demandant si ce petit coq méritait une explication. Elle décida que oui.

— Parce qu'on a retrouvé le cadavre d'une autre fille et que le meurtre rappelle un peu celui de Carla.

— Voilà ! Vous voyez. Quand est-ce que je vais sortir d'ici ?

L'inspectrice marcha vers le couloir avant de répondre.

— On te tiendra au courant.

4

Amaia regardait par la fenêtre quand la salle commença à se remplir derrière elle et, tout en entendant le bruit des chaises et le murmure des conversations, elle posa ses mains sur la vitre, embuée par sa respiration. Le froid lui apporta la certitude de l'hiver et l'image d'une Pampelune humide et grise en cet après-midi de février où la lumière fuyait rapidement vers le vide. Ce geste la remplit de la nostalgie d'un été aussi lointain que s'il appartenait à un autre monde, un univers de lumière et de chaleur sans gamines mortes et abandonnées sur la rive froide de la rivière.

Jonan lui tendit un café au lait ; elle l'en remercia d'un sourire et le prit à deux mains, tentant vainement de réchauffer ses doigts transis de froid. Elle s'assit et attendit que Montes ferme la porte et que le brouhaha se dissipe.

— Fermín ? fit Amaia, invitant l'inspecteur Montes à commencer.

— Je suis allé à Elizondo pour parler aux parents des filles et au berger qui a découvert le corps de Carla Huarte. Les parents ne m'ont été d'aucune aide, ceux de Carla disent que les amis de leur fille ne leur plaisaient pas, ils sortaient beaucoup et buvaient, et ils sont convaincus que le coupable est son petit copain. Un détail : ils n'ont pas signalé la disparition de leur fille avant le 4 janvier alors qu'elle a quitté le domicile le 31 décembre... Ils se justifient en disant qu'elle allait avoir dix-huit ans le 1er janvier et qu'ils pensaient qu'elle avait quitté la maison comme elle les en avait souvent menacés, et que c'est en appelant ses copines qu'ils se sont rendu compte qu'elles ne l'avaient pas vue depuis plusieurs jours.

» Les parents d'Ainhoa Elizasu sont en état de choc, ils sont ici à Pampelune, à l'Institut de médecine légale, ils attendent qu'on leur restitue le corps après l'autopsie. La petite était merveilleuse et ils ne s'expliquent pas comment quelqu'un a pu lui faire ça. Le frère ne nous a rien appris d'intéressant non plus, il se reproche de ne pas les avoir prévenus plus tôt. Et ses copines d'Elizondo disent qu'elles sont d'abord passées chez l'une d'elles avant d'aller faire un tour au village, qu'Ainhoa a soudain réalisé l'heure et qu'elle est partie en courant ; personne ne l'a accompagnée en raison de la proximité de l'arrêt de bus. Elles ne se rappellent pas avoir vu quelqu'un de suspect, elles n'ont eu aucun problème avec qui que ce soit, et Ainhoa n'avait pas de fiancé et ne flirtait avec personne. Ç'a été plus intéressant avec le berger, José Miguel Arakama, un vrai personnage, celui-là. Il s'en tient à sa première déclaration, mais il s'est souvenu quelques jours plus tard d'un détail important, il l'a tenu pour négligeable sur le moment car cela lui semblait sans rapport avec la découverte du cadavre.

— Alors ? s'impatienta Amaia.

— Il m'a raconté que de nombreux couples de jeunes venaient souvent par là, qu'ils laissaient l'endroit dans un état dégoûtant, plein de mégots, de canettes vides, de préservatifs usagés et même de caleçons et de slips, et puis il m'a lâché que, un jour, une fille y avait oublié des chaussures de soirée rouges.

— La description coïncide avec celles que portait Carla Huarte pour la Saint-Sylvestre et qui n'ont pas été retrouvées sur le cadavre, précisa Jonan.

— Et ce n'est pas tout. Il est sûr de les avoir vues le 1er janvier ; il travaillait ce jour-là et, même s'il n'est pas descendu précisément à cet endroit, il a clairement vu les chaussures. D'après ses propres termes, on aurait dit que quelqu'un les avait disposées ainsi, comme quand on va se coucher ou se baigner dans la rivière, dit-il en consultant ses notes.

— Lorsqu'on a découvert le cadavre de Carla, avaient-elles disparu ? demanda Amaia en lisant le rapport.

— Quelqu'un les avait emportées, précisa Jonan.

— Et ce n'était pas l'assassin, puisque lui, voulait qu'on les trouve, commenta Montes, qui s'attarda un instant sur cette idée avant de poursuivre. Enfin, les deux victimes allaient au lycée de Lekaroz et, si elles se connaissaient de vue, ce qui est probable, elles ne se fréquentaient pas : pas le même âge, pas les mêmes amis... Carla Huarte habitait dans le quartier d'Antxaborda. Tu dois le connaître, Salazar.

– Amaia acquiesça. – Et Ainhoa vivait dans le village voisin.

Montes se pencha sur ses notes et Amaia remarqua que ses cheveux étaient enduits d'une substance huileuse.

— C'est quoi, Montes ?

— De la brillantine, dit-il en se passant la main sur la nuque. Ils m'ont collé ça chez le coiffeur. On peut continuer ?

— Bien sûr.

— Bon, pour l'instant, il n'y a pas grand-chose d'autre à ajouter. Et de votre côté ?

— On a interrogé le fiancé, et il nous a raconté des choses très intéressantes, par exemple que sa copine aimait le sexe un peu hard, agrémenté de griffures, de morsures et de gifles, ce qui a été confirmé par les amies de Carla, à qui elle aimait raconter ça avec un grand luxe de détails. D'où les griffures et la morsure au sein. Il s'en tient à ses déclarations précédentes : la fille était excitée à cause des drogues qu'elle avait prises, et elle est devenue littéralement paranoïaque. Ça cadre avec le rapport toxicologique. Et il nous a dit que Carla Huarte se rasait la toison pubienne, ce qui expliquerait qu'on n'ait retrouvé aucun poil sur les lieux du drame.

— Chef, on a reçu les photos de la scène de crime de Carla Huarte.

Jonan les disposa sur la table et tous se penchèrent autour d'Amaia pour les consulter. Le corps de Carla avait été retrouvé dans une zone de crues. La robe de fête rouge et les sous-vêtements, rouges eux aussi, avaient été déchirés de la poitrine jusqu'à l'aine. La cordelette avec laquelle on l'avait étranglée n'était pas visible sur les photos, en raison du gonflement que présentait le cou. Une bande à moitié transparente pendait d'une jambe ; Amaia la prit tout d'abord pour de la peau avant d'identifier les restes d'un *shorty*.

— Son corps était dans un bon état de conservation après être resté exposé cinq jours aux intempéries, sans doute grâce au froid : cette semaine-là, les températures n'ont pas dépassé les six degrés dans la journée, et la nuit, elles sont souvent tombées au-dessous de zéro, précisa un technicien.

— Observez la position des mains, dit Jonan. Tournées vers le haut, comme celles d'Ainhoa Elizasu.

— « Pour la Saint-Sylvestre, Carla portait une robe courte, rouge, à bretelles, et une veste blanche en espèce de peluche qu'on n'a pas retrouvée, lut Amaia. L'assassin a déchiré ses vêtements du décolleté jusqu'en bas, et les a disposés de chaque côté du corps. Dans la zone pubienne, il manquait un morceau irrégulier de peau et de tissu d'environ dix centimètres sur dix. »

— Si l'assassin a posé un de ces txatxingorris sur le pubis de Carla, ça expliquerait pourquoi les bêtes n'ont mordu Carla qu'à cet endroit.

— Et pourquoi n'ont-elles pas mordu Ainhoa ? demanda Montes.

— Elles n'en ont pas eu le temps, répondit le Dr San Martín en entrant dans la pièce. Je suis désolé pour le retard, madame l'inspectrice.

— Et nous, on peut aller se faire foutre, murmura Montes.

— Les animaux vont boire à l'aube ; à la différence de Carla, Ainhoa n'est restée que quelques heures sur place. J'apporte le rapport d'autopsie et de nombreux éléments nouveaux. Elles sont mortes toutes les deux de la même façon, étranglées avec une cordelette qui a été serrée avec une force extraordinaire. Aucune des deux ne s'est défendue. Leurs vêtements ont été lacérés avec un objet tranchant qui a provoqué des coupures superficielles au niveau de la poitrine et de l'abdomen, puis placés près des cadavres. Une petite pâtisserie a été déposée sur le pubis.

— Un txatxingorri, c'est typique d'ici, précisa Amaia.

— On n'en a pas retrouvé sur le corps de Carla Huarte, mais, comme vous l'aviez indiqué, inspectrice, l'examen de ses vêtements a révélé des traces de sucre et de farine similaires à la pâtisserie trouvée sur l'autre scène de crime.

— Il est possible qu'elle en ait mangé et qu'il soit resté des miettes sur la robe, dit Jonan.

— Pas chez elle, en tout cas, j'ai vérifié, dit Montes.

— Cela ne suffit pas pour établir un lien entre elles, dit Amaia en jetant son stylo sur la table.

— Je crois qu'on a ce qu'il vous faut, inspectrice, dit San Martín en faisant un geste complice à son assistant.

— Qu'attendez-vous, docteur San Martín ? demanda Amaia en se levant.

— Moi, répondit le commissaire en entrant dans la pièce. Ne vous levez pas, je vous en prie. Docteur San Martín, répétez-leur ce que vous m'avez dit.

L'assistant du médecin légiste plaça sur le tableau mural un graphique comportant plusieurs rangées de couleurs et d'échelles numériques, manifestement destinées à établir une comparaison. San Martín se leva et employa le ton ferme de celui qui a l'habitude d'émettre des affirmations catégoriques.

— Les analyses confirment que les cordelettes utilisées lors des deux crimes sont identiques. Il s'agit de cordelettes d'emballage, d'un usage très courant dans les fermes, le bâtiment, le commerce en gros. Elles sont fabriquées en Espagne et vendues en quincaillerie et dans de grands magasins de bricolage comme Aki ou Leroy Merlin.

Il fit une pause assez théâtrale, sourit avant de poursuivre, regardant d'abord le commissaire, puis Amaia :

— L'élément avéré, c'est que l'extrémité de l'une coïncide exactement avec celle de l'autre et que les deux proviennent de la même bobine, dit-il en désignant sur deux photos en haute définition les deux morceaux coupés net.

Amaia s'assit lentement, sans quitter les photos des yeux.

— On a affaire à un tueur en série, murmura-t-elle.

Une vague d'excitation contenue parcourut la pièce. Les murmures naissants s'évanouirent quand le commissaire reprit la parole :

— Inspectrice Salazar, vous m'avez bien dit que vous étiez originaire d'Elizondo ?

— Oui, commissaire, toute ma famille y habite.

— Je pense que votre connaissance du secteur et certains aspects de l'affaire, ajoutés à votre formation et à votre expérience, font de vous la personne idéale pour diriger l'enquête. Et puis, votre stage à Quantico, au sein du FBI, peut nous être d'une grande utilité. Il semble qu'on ait affaire à un tueur en série, et là-bas, vous avez travaillé avec les meilleurs dans ce domaine-là... Méthodes, profils psychologiques, antécédents... Bref. Vous serez aux commandes et vous pourrez compter sur toute la collaboration dont vous aurez besoin, aussi bien ici qu'à Elizondo.

Le commissaire prit congé d'un signe et quitta la pièce.

— Très bien, chef, dit Jonan en lui tendant la main sans se départir de son sourire.

— Mes félicitations, inspectrice Salazar, dit le Dr San Martín.

L'air mécontent avec lequel Montes la regardait en silence pendant que les autres policiers s'approchaient pour la congratuler n'échappa pas à Amaia. Elle esquiva comme elle put les tapes dans le dos.

— On partira pour Elizondo demain à la première heure, je veux assister aux funérailles d'Ainhoa Elizasu. Comme vous le savez, j'ai de la famille là-bas, alors je resterai certainement sur place. Quant à vous, vous pourrez monter tous les jours, ce n'est qu'à cinquante kilomètres et la route est bonne, annonça-t-elle à l'équipe.

Montes s'approcha avant de sortir et demanda avec un certain dédain dans la voix :

— Une question : je vais devoir vous appeler « chef » ?

— Ne sois pas ridicule, Fermín, c'est temporaire et...

— Ne vous inquiétez pas, chef, j'ai entendu le commissaire, soyez assurée de ma collaboration, dit-il avant de parodier un salut militaire et de quitter la pièce à son tour.

5

Un peu distraite, Amaia traversa le quartier historique de Pampelune pour regagner son domicile, un bâtiment ancien restauré en pleine rue Mercaderes. Dans les années trente, le rez-de-chaussée avait été occupé par une fabrique de parapluies, les Parapluies Izaguirre, dont figurait encore l'ancienne enseigne publicitaire, « qualité et prestige dans vos mains ». James disait avoir choisi la maison essentiellement pour l'espace et la lumière de l'atelier, parfaits pour ses sculptures, mais Amaia savait que la raison qui avait poussé son mari à acheter cette maison située au beau milieu du parcours de l'*encierro*[1] était celle-là même qui l'avait amené à Pampelune. Comme des milliers d'Américains, il éprouvait une passion démesurée pour San Fermín, pour Hemingway et pour cette ville, une passion qu'elle jugeait plutôt puérile et qui le gagnait chaque année au moment de la fête. Au grand soulagement d'Amaia, James ne partici-

---

1. Terme signifiant « enfermement » et désignant celui des taureaux. Lors des fêtes de San Fermín, du 6 au 14 juillet, les taureaux destinés à être combattus l'après-midi dans les arènes sont lâchés le matin dans les rues. (*N.d.T.*)

pait pas à l'encierro, mais il arpentait chaque jour les huit cent cinquante mètres du parcours depuis la rue Santo-Domingo, mémorisant chaque virage, chaque difficulté, chaque pavé avant d'arriver aux arènes. Elle adorait sa façon de sourire tous les ans à l'approche de la fête, de sortir sa tenue blanche d'une malle et de s'entêter à acheter un foulard neuf bien qu'il en possédât plus de cent. Quand elle l'avait connu, il habitait depuis deux ans à Pampelune ; il vivait alors dans un joli appartement du centre et louait un atelier tout près de la mairie. Quand ils avaient décidé de se marier, James l'avait emmenée voir la maison de la rue Mercaderes et elle l'avait trouvée magnifique, mais trop grande et trop chère. Ce n'était pas un problème pour James, qui commençait à jouir d'un certain prestige dans le monde artistique et venait d'une famille aisée de fabricants de vêtements de travail en vogue aux États-Unis. Ils l'avaient achetée, James y avait installé son atelier et ils s'étaient promis de la remplir d'enfants dès qu'Amaia serait élevée au grade d'inspectrice à la section des homicides.

Elle avait été promue quatre ans auparavant et chaque année revenait la San Fermín, chaque année la notoriété de James augmentait dans les cercles artistiques, mais les enfants ne naissaient pas. Inconsciemment, Amaia porta la main à son ventre dans un geste de protection et de désir. Elle pressa le pas afin de dépasser un groupe d'immigrantes roumaines qui se disputaient dans la rue et sourit en apercevant entre les interstices du portail la lumière qui provenait de l'atelier de James. Elle consulta sa montre, il était presque vingt-deux heures trente et il travaillait toujours. Elle ouvrit la porte, posa les clés sur la table ancienne qui servait de buffet, et le rejoignit en traversant ce qui avait été jadis l'entrée de la maison dont on avait conservé le sol d'origine fait de gros galets et une trappe qui menait à un couloir aveugle servant autrefois à conserver le vin ou l'huile. James lavait une pièce de marbre gris dans un évier rempli d'eau savonneuse. Il sourit en la voyant.

— Donne-moi une minute pour sortir ce crapaud de l'eau et je suis à toi.

Il plaça la pièce sur une grille, la recouvrit d'un tissu et s'essuya les mains sur le tablier blanc de cuisinier qu'il portait pour travailler.

— Comment ça va, ma chérie ? Fatiguée ?

Il l'enlaça et elle se sentit défaillir, comme chaque fois qu'il la prenait dans ses bras. Elle respira le parfum que dégageait son torse à travers le pull et tarda un peu à répondre.

— Non, mais la journée a été bizarre.

Il s'écarta pour regarder son visage.

— Raconte.

— Eh bien, on enquête toujours sur la fille originaire de mon village. Le meurtre ressemble beaucoup à un autre qui s'est produit le mois dernier, également à Elizondo, et on a établi des recoupements.

— De quel genre ?

— Il semble qu'on ait affaire au même assassin.

— Oh mon Dieu, cela signifie qu'il y a un salaud dans les parages qui tue des jeunes filles.

— Ce sont presque des petites filles, James. Le commissaire m'a confié la direction de l'enquête.

— Félicitations, inspectrice, dit-il en l'embrassant.

— Tout le monde n'est pas aussi content que toi, ou alors Montes cache bien sa joie. Je pense qu'il l'a mauvaise.

— N'y accorde pas trop d'importance, tu connais Fermín : c'est un type bien, mais il est dans une mauvaise passe. Ça lui passera, il t'apprécie.

— Je ne sais pas...

— Moi si, il t'apprécie. Crois-moi. Tu as faim ?

— Tu as préparé quelque chose ?

— Bien sûr, le chef Wexford a préparé la spécialité de la maison.

— Je meurs d'envie d'y goûter. Laquelle ? demanda Amaia en riant.

— Comment ça, laquelle ? Tu es gonflée. Des spaghettis aux cèpes et une bouteille de chivite rosé.

— Débouche-la pendant que je prends ma douche.

Elle embrassa son mari et se dirigea vers la salle de bains. Une fois sous le jet, elle ferma les yeux et laissa l'eau couler un instant sur son visage, puis elle appuya les mains et le front sur les carreaux, glacés par contraste, et sentit l'eau glisser le long de son cou et de son dos. Les événements de la journée s'étaient télescopés et elle n'avait pas eu le temps d'évaluer les implications que cette affaire pourrait avoir sur sa carrière et sur son avenir immédiat. Un souffle d'air froid l'enveloppa quand James se glissa à son tour sous la douche. Elle resta immobile, profitant de la chaleur de l'eau qui semblait emporter vers la bonde n'importe quelle pensée cohérente. James se plaça derrière elle et l'embrassa très doucement dans le dos. Amaia pencha la tête, lui offrant son cou dans un geste qui lui rappelait toujours les vieux films de Dracula, dans lesquels les victimes candides et virginales s'offrent au vampire, découvrant leur nuque jusqu'à l'épaule, les yeux mi-clos dans l'attente d'un plaisir surhumain. James l'embrassa, collant son corps contre le sien, et il la fit pivoter en cherchant sa bouche. Le contact avec les lèvres de James fut suffisant – il l'était toujours – pour refouler toute pensée qui ne le concernait pas hors de son esprit. Elle parcourut avec des mains sensuelles le corps de son mari, jouissant de la douce fermeté de sa chair tandis qu'il l'embrassait.

— Je t'aime, lui gémit James à l'oreille.

— Je t'aime, murmura-t-elle. Et elle sourit en songeant que c'était vrai, qu'elle l'aimait plus que tout, plus que personne, et que cela la rendait si heureuse de le tenir entre ses jambes, en elle, et de faire l'amour avec lui. Ce sourire persistait ensuite pendant des heures, comme si un instant passé avec lui lui suffisait à exorciser tous les maux du monde.

Amaia était persuadée qu'elle ne pouvait se sentir réellement femme qu'auprès de lui. Pendant la journée, elle reléguait sa féminité au second plan et s'efforçait simplement d'être un bon policier ; mais, après le travail, sa haute taille et son corps mince et nerveux ainsi que ses tenues sobres lui donnaient l'impression d'être beaucoup moins féminine que les autres femmes, principalement celles des amis de James, moins grandes et plus menues, avec leurs petites mains douces qui n'avaient jamais touché de cadavre. Elle portait pour seuls bijoux son alliance et de minuscules boucles d'oreilles que James qualifiait d'enfantines ; ses cheveux blonds et longs, toujours retenus en queue-de-cheval, et son maquillage léger, contribuaient à lui donner un air sérieux et un peu masculin qu'il adorait et qu'elle cultivait. Et puis Amaia savait que la fermeté de sa voix et l'assurance avec laquelle elle s'exprimait et se mouvait étaient suffisantes pour intimider ces bonnes femmes et leurs allusions perfides à une maternité qui ne venait pas. Une maternité douloureuse.

Ils dînèrent en échangeant des banalités et se couchèrent tôt. Elle admirait la capacité de James à se déconnecter des soucis du quotidien et à s'endormir dès qu'il se mettait au lit. Il lui fallait quant à elle toujours beaucoup de temps pour se détendre et trouver le sommeil, elle lisait parfois pendant des heures avant de sombrer et le moindre bruit la réveillait dans la nuit. L'année où elle avait été promue inspectrice, elle accumulait une telle tension et une telle nervosité pendant la journée qu'elle tombait d'épuisement et s'endormait d'un sommeil profond et amnésique pour se réveiller à peine deux ou trois heures plus tard, le dos paralysé et endolori par une contraction qui l'empêchait de se rendormir. Avec le temps, la pression avait diminué, mais son sommeil était toujours de mauvaise qualité. Elle laissait allumée dans l'escalier une petite lampe dont la lumière parvenait jusqu'à la chambre, afin de pouvoir s'orienter quand elle émergeait en sursaut des rêves peuplés d'images horribles qui la tourmentaient. Elle tenta en vain de concentrer son attention sur le livre qu'elle tenait entre les mains. Épuisée et chagrinée, elle le laissa glisser à terre. Mais elle n'éteignit pas la lumière. Elle demeura absorbée dans la contemplation du plafond, réfléchissant à la journée du lendemain. Les funérailles d'Ainhoa Elizasu. Dans les crimes de ce type, le meurtrier connaît généralement ses victimes, il habite près de chez elles et les voit chaque jour. De tels assassins font preuve d'une audace impressionnante, leur assurance et une pulsion morbide jouissive les conduisent très souvent à collaborer à l'enquête, à la recherche du disparu et à assister à des rassemblements et à l'enterrement, faisant parfois montre de grandes marques de douleur et de consternation. Pour l'instant, ils ne pouvaient avoir aucune certitude, même les proches n'étaient pas écartés de la liste des suspects. Mais, pour un premier contact, ce serait idéal, ça permettrait de prendre la mesure de la situation, d'observer les réactions, d'écouter les commentaires et les avis des gens. Et, bien sûr, de voir ses sœurs et sa tante... cela ne faisait pas si longtemps, depuis la Saint-Sylvestre, et Flora et Ros avaient fini par se disputer ; elle soupira bruyamment.

— Si tu n'arrêtes pas de réfléchir à voix haute, je ne vais pas réussir à dormir, dit James, somnolent.

— Désolée, chéri. Je t'ai réveillé ?

— Pas grave. Il sourit en se redressant sur le côté. Mais tu veux me dire ce qui te préoccupe ?

— Tu sais que demain, je monte à Elizondo... Je compte y rester quelques jours, je pense que c'est une bonne chose de parler aux familles, aux amis, et d'avoir une meilleure vue d'ensemble. Qu'est-ce que tu en dis ?

— Qu'il doit faire assez froid, là-haut.

— Oui, mais je ne veux pas parler du froid.

— Moi si. Je te connais, si tu as froid aux pieds,

tu ne peux pas t'endormir, et ce sera très mauvais pour l'enquête.

— James...

— Si tu veux, je peux t'accompagner pour te les réchauffer, dit-il en haussant un sourcil.

— Vraiment, tu viendrais avec moi?

— Bien sûr, j'ai bien avancé dans mon travail et j'ai envie de voir tes sœurs et ta tante.

— On ira chez ma tante.

— Très bien.

— Mais bon je vais être très occupée, et j'aurai peu de temps à te consacrer.

— Je jouerai au tarot ou au poker avec ta tante et ses amies.

— Elles vont te plumer.

— Je suis très riche.

Ils rirent de bon cœur et Amaia continua à parler de ce qu'ils pourraient faire à Elizondo jusqu'au moment où elle s'aperçut que James s'était endormi. Elle l'embrassa délicatement sur le front et remonta l'édredon sur ses épaules. Elle se leva pour aller aux toilettes : en s'essuyant elle vit que le papier était taché de sang. Elle se regarda dans la glace pendant que les larmes lui montaient aux yeux. Les cheveux détachés lui retombant sur les épaules, elle semblait plus jeune et plus vulnérable, comme la petite fille qu'elle avait été un jour.

— Cette fois non plus, mon chéri, cette fois non plus, murmura-t-elle tout en sachant qu'il n'y avait pas de consolation possible.

Elle prit un calmant et se recoucha en frissonnant.

6

Le cimetière était rempli d'habitants du village qui avaient délaissé leurs tâches quotidiennes et même fermé leurs commerces afin d'assister aux obsèques. La rumeur selon laquelle elle n'était peut-être pas la première victime de cet assassin commençait à circuler. Pendant la cérémonie qui avait eu lieu à peine deux heures auparavant à la paroisse de Santiago, le prêtre avait sous-entendu dans son sermon que le mal semblait guetter la vallée ; et pendant le répons, devant la fosse, le climat était abominablement tendu. Le silence ne fut rompu que par le frère d'Ainhoa qui, soutenu par ses cousines, se tordait dans un gémissement brisé et convulsif montant de ses entrailles, et qui lui arrachait des sanglots déchirants. Les parents, à côté, semblaient ne pas l'entendre. Enlacés, ils pleuraient en silence, se soutenant mutuellement, sans quitter des yeux le cercueil où reposait le cadavre de leur fille. Jonan filmait la cérémonie deuis le haut d'un mausolée ancien. Montes, qui se tenait derrière les parents, observait le premier rang en face. Le sous-inspecteur Zabalza, posté dans une voiture banalisée près de la grille photographiait toutes les personnes qui pénétraient dans le cimetière, y compris celles qui se dirigeaient vers d'autres tombes et toutes celles qui restaient devant la grille et qui chantaient par petits groupes.

Amaia aperçut tante Engrasi, qui s'accrochait au bras de Ros, et se demanda où pouvait être son bon à rien de beau-frère – certainement toujours au lit. Freddy n'avait jamais rien fichu ; orphelin de père dès l'âge de cinq ans, il avait été élevé dans les câlineries anesthésiantes d'une mère hystérique et d'une kyrielle de tantes qui l'avaient pourri-gâté. Lors de la dernière Saint-Sylvestre, il n'était même pas venu au dîner. Ros, le teint gris, n'avait rien avalé, fixant la porte et composant régulièrement le numéro de téléphone de Freddy, qui était sur répondeur ; bien qu'ils aient tous tenté de minimiser la chose, Flora n'avait pas laissé passer l'occasion de donner son avis sur la situation jusqu'à ce qu'elles finissent par se disputer. Ros s'éclipsa au milieu du repas et Flora ainsi qu'un Víctor résigné l'avaient imitée juste après le dessert. Depuis lors, leurs rapports avaient continué à se dégrader. Amaia attendit que tout le monde ait présenté ses condoléances aux parents pour s'approcher de la fosse que les employés du cimetière finissaient de recouvrir d'une grande dalle de marbre gris sur laquelle ne figurait pas encore le nom d'Ainhoa.

— Amaia.

De loin, elle vit arriver Víctor, se frayant un passage parmi les paroissiens qui s'écoulaient comme un torrent vers la sortie derrière les parents de la petite. Elle le connaissait depuis qu'elle était enfant et qu'il avait commencé à sortir avec Flora. Ils avaient beau être séparés depuis deux ans, pour Amaia, il resterait son beau-frère.

— Bonjour, Amaia, comment ça va ?
— Bien, compte tenu des circonstances.
— Oh, bien sûr, dit-il en regardant la tombe d'un air abasourdi, malgré tout, je me réjouis de te voir.
— Moi aussi. Tu es venu seul ?
— Non, avec ta sœur.
— Je ne vous ai pas vus.
— Nous, si...
— Et Flora ?
— Tu la connais... Elle est déjà repartie, ne lui en veux pas.

Tante Engrasi et Ros arrivaient par le chemin de gravier ; Víctor les salua affectueusement et quitta le cimetière, se retournant pour faire un signe de la main quand il arriva à la porte.

— Je ne sais pas comment il la supporte, remarqua Ros.
— Il n'a plus à le faire, tu oublies qu'ils sont séparés ? fit Amaia.
— Il n'a plus à le faire ? Elle le tient en laisse. C'est une véritable empêcheuse de tourner en rond.
— C'est une bonne définition de Flora, intervint tante Engrasi.
— Je vous en donnerai des nouvelles, je dois aller la voir.

Fondée en 1865, Mantecadas[1] Salazar était l'une des plus anciennes usines de gâteaux de Navarre ; six générations de Salazar s'y étaient succédé, bien

---

1. « Gâteaux » au beurre ou à la graisse de porc, de forme carrée, au goût semblable à celui des madeleines. (*N.d.T.*)

que ce soit Flora, prenant la relève de ses parents, qui ait su lui impulser l'élan permettant de maintenir une telle entreprise florissante à l'époque actuelle. Elle avait conservé l'enseigne originale sur la façade de marbre mais les larges contre-fenêtres de bois avaient été remplacées par d'épaisses portes vitrées qui ne permettaient pas de voir à l'intérieur. Contournant le bâtiment, Amaia parvint à la porte du magasin, qui était toujours ouverte quand ils travaillaient. Elle frappa du bout des doigts. Quand elle entra, elle observa un groupe d'employés qui empaquetaient des gâteaux et bavardaient. Elle en reconnut certains, les salua et se dirigea vers le bureau de Flora en respirant l'odeur douceâtre de farine sucrée et de beurre fondu qui avait fait partie de sa vie pendant des années, imprégné ses vêtements et ses cheveux comme une empreinte génétique. Ses parents avaient initié le changement, et Flora l'avait mené à bien d'une main de fer. Amaia vit qu'elle avait remplacé tous les fours à l'exception de celui qui fonctionnait au bois et que les anciennes tables en marbre sur lesquelles son père pétrissait la pâte étaient maintenant en acier inoxydable. Il y avait désormais des distributeurs à pédale et les divers espaces étaient séparés par des vitres étincelantes ; sans l'odeur pénétrante du sirop, cela aurait davantage évoqué un bloc opératoire qu'un atelier. En revanche, le bureau de Flora était surprenant. La table en chêne qui trônait dans un coin était le seul meuble de bureau. Une vaste cuisine rustique avec une cheminée et un plan de travail en bois servaient de réception ; un grand canapé à fleurs et une machine à expressos moderne complétaient l'ensemble, indéniablement accueillant.

Flora préparait le café en disposant tasses et assiettes comme si elle s'apprêtait à recevoir des invités.

— Je t'attendais, dit-elle sans se retourner en entendant la porte s'ouvrir.

— Eh bien ! ce doit être le seul endroit où tu attends, tu es partie du cimetière en courant.

— C'est que moi, petite sœur, je n'ai pas de temps à perdre, je dois travailler.

— Comme tout le monde, Flora.

— Non, pas comme tout le monde, petite sœur, certains travaillent plus que d'autres. Ros, ou plutôt Rosaura, comme elle veut qu'on l'appelle maintenant, a tout son temps.

— Je ne comprends pas pourquoi tu dis ça, dit Amaia, à la fois surprise et agacée par le ton méprisant de sa sœur aînée.

— Eh bien, notre petite sœur a encore des problèmes avec ce pauvre Freddy. Ces derniers temps, elle a passé des heures suspendues au téléphone à essayer de le localiser, quand elle n'avait pas les yeux tout gonflés à force de pleurer à cause de ce connard. Je lui ai dit le fond de ma pensée, mais elle ne m'a pas écoutée... Jusqu'au jour où, il y a trois semaines, elle a cessé de venir travailler sous prétexte qu'elle était malade, et je peux te dire à quel point elle l'était... En fait, elle a piqué une crise pas possible à cause du champion de la console de jeux, tout juste bon à dépenser l'argent que Ros gagne, à jouer à la PlayStation et à fumer pétard sur pétard. Pour résumer la situation, la semaine dernière, la reine Rosaura a daigné se montrer et m'a réclamé son solde... Qu'est-ce que tu penses de ça ! Elle dit qu'elle ne peut pas continuer à travailler avec moi et qu'elle veut son solde de tout compte.

Amaia la regardait en silence.

— Voilà ce qu'a fait ta petite sœur; au lieu de se débarrasser de ce pauvre type, elle vient me réclamer des sous. C'est elle qui devrait m'indemniser, pour avoir dû supporter ses conneries et ses pleurs, son air de martyre, d'éternelle âme en peine, une peine qu'elle a elle-même provoquée, répéta-t-elle, indignée. Et tu veux que je te dise ? C'est beaucoup mieux comme ça, j'ai vingt employés et je ne veux pas de larmes, et on verra si, où qu'elle aille, on lui passe la moitié de ce que j'ai dû endurer.

— Flora, tu es sa sœur..., murmura Amaia en sirotant son café.

— Bien sûr, et en échange de cet honneur je dois tout supporter.

— Non, Flora, mais on attend de sa sœur qu'elle soit plus compréhensive que le reste du monde.

— Tu crois que je ne l'ai pas été suffisamment ? dit-elle en levant la tête, offensée.

— Un peu de patience ne t'aurait peut-être pas fait de mal.

— Alors ça, c'est le comble.

Elle souffla bruyamment et essaya de reprendre le contrôle de ses nerfs en remettant de l'ordre sur la table. Amaia poursuivit :

— Quand elle n'est pas venue travailler pendant trois semaines, tu es allée la voir ? Tu lui as demandé ce qu'elle avait ?

— Non. Et toi, tu l'as fait ?

— J'ignorais tout de la situation, Flora, sinon tu peux être sûre que j'y serais allée. Mais réponds-moi.

— Non, je ne lui ai pas posé la question, je connaissais la réponse : ce connard la rend dingue. Pourquoi poser la question, quand on connaît la réponse ?

— Tu as raison, on en connaissait aussi la raison quand c'était toi qui souffrais, mais à l'époque, aussi bien Ros que moi, on était à tes côtés.

— Et vous avez vu que je n'avais pas besoin de vous, j'ai réglé la question comme on règle ce genre de problèmes : en tranchant dans le vif.

— Tout le monde n'est pas aussi fort que toi, Flora.

— Eh bien vous devriez. Les femmes de cette famille l'ont toujours été, dit-elle en déchirant bruyamment une feuille de papier qu'elle jeta dans la corbeille.

Amaia évalua la charge de ressentiment contenue dans les paroles de Flora et songea que sa sœur voyait en elles des êtres faibles, handicapés, des avortons, qu'elle les prenait de haut avec un mélange de mépris et de commisération vide de sens, dépourvue de pitié.

Pendant que Flora lavait les tasses à café, Amaia observa les photos grand format qui dépassaient d'une enveloppe sur la table. Sa sœur y était souriante, pétrissant une pâte onctueuse en tenue de pâtissière.

— C'est pour ton prochain livre ?

— Oui. Son ton se radoucit quelque peu. Ce sont les projets de couverture, je les ai reçus aujourd'hui.

— J'ai cru comprendre que le précédent avait été un succès.

— Oui, il a assez bien marché, alors la maison d'édition veut qu'on exploite le filon. Tu sais, la pâtisserie basique que n'importe quelle maîtresse de maison peut réaliser sans trop de difficultés.

— Ne minimise pas, Flora, presque toutes mes amies de Pampelune ont ton livre et elles l'adorent.

— Si quelqu'un avait dit à la *amona*[1] que je deviendrais célèbre en apprenant aux autres à faire des madeleines et des gâteaux, elle ne l'aurait pas cru.

— Les temps ont changé... Maintenant, préparer des brioches maison est en quelque sorte exotique et recherché.

Il était facile de deviner que Flora se délectait des compliments et du goût de sa réussite ; elle sourit à sa sœur comme si elle envisageait la possibilité de la mettre ou non dans le secret.

— N'en parle à personne, mais on m'a proposé de faire une émission de pâtisserie à la télévision.

— Mon Dieu, Flora ! C'est merveilleux, félicitations, fit Amaia.

— Enfin, je n'ai pas encore signé, ils ont envoyé le contrat à mon avocat pour qu'il l'étudie et dès qu'il l'aura approuvé... J'espère juste que tout ce chahut autour des assassinats ne va pas avoir de répercussions négatives sur mon travail. Il y a un mois, cette fille que son fiancé a assassinée, et maintenant cette petite.

— Je ne vois pas en quoi cela pourrait affecter ton

---

1. « Grand-mère ». (*N.d.A.*)

travail, les crimes n'ont absolument rien à voir avec toi.

— Pour ce qui est de mon travail, mais je pense que mon image et celle de Mantecadas Salazar sont intimement liées à celle d'Elizondo. Reconnais que cet événement peut nuire à l'image du village tout entier, au tourisme et aux ventes.

— Ça alors, c'est étonnant, Flora, comme toujours, tu fais preuve d'une grande humanité. Je te rappelle qu'on a affaire à deux gamines assassinées et deux familles détruites, je ne crois pas que ce soit le moment de penser à la façon dont cela va affecter le tourisme.

— Quelqu'un doit y réfléchir.

— Je suis venue pour ça, Flora, pour l'arrêter, lui, ou ceux qui ont fait ça, et pour qu'Elizondo retrouve sa tranquillité.

Flora la regarda fixement et prit un air sceptique.

— Si tu es ce que la police régionale a pu nous envoyer de mieux, on n'est pas sortis de l'auberge.

Contrairement à Rosaura, les tentatives de Flora pour la blesser ne l'atteignaient pas le moins du monde. Après avoir passé trois années à l'académie de police entourée d'hommes et décroché son statut de première femme inspectrice à la section des homicides, elle avait encaissé suffisamment de vacheries de la part de ceux qui étaient restés sur le bas-côté pour en être sortie blindée et pleine d'assurance. Les attaques de Flora l'auraient presque amusée si elle n'avait pas été sa sœur et elle se sentait effrayée de la savoir aussi viscéralement méchante. Chaque geste, chaque mot qui sortait de sa bouche était destiné à blesser et à causer le plus de dégâts possible. Amaia avait conscience de sa façon de plisser légèrement les lèvres, en un rictus de contrariété quand elle répondait avec patience à ses provocations, comme si elle s'adressait à une fillette récalcitrante et mal élevée. Elle allait rétorquer quand son téléphone sonna.

— Chef, on a les photos et la vidéo du cimetière, annonça Jonan.

Amaia consulta sa montre.

— Très bien. J'arrive dans dix minutes. Réunis tout le monde.

L'inspectrice raccrocha et dit à Flora en souriant :

— Je dois partir, sœurette, tu vois que, malgré mon incapacité, je suis très sollicitée, moi aussi.

Flora fit mine de vouloir dire quelque chose, mais elle se ravisa.

— Qu'est-ce que c'est que cette tête ? Ne sois pas triste, je reviendrai demain, j'ai une question à te poser et puis je veux boire un autre de tes délicieux cafés.

En sortant de l'atelier, elle faillit heurter Víctor, qui arrivait avec un énorme bouquet de roses rouges.

— Merci, beau-frère, mais il ne fallait pas, s'exclama Amaia en riant.

— Salut, Amaia, c'est pour Flora. Aujourd'hui, c'est notre anniversaire de mariage, vingt-deux ans, dit-il en souriant à son tour.

Amaia ne fit aucun commentaire. Flora et Víctor étaient séparés depuis deux ans et, bien qu'ils n'aient pas divorcé, elle avait gardé la maison et il avait déménagé dans la magnifique ferme que sa famille possédait dans les environs.

Víctor sentit sa confusion.

— Je sais ce que tu penses, mais Flora et moi, on

est toujours mariés, moi parce que je l'aime encore, et elle parce qu'elle dit ne pas croire au divorce. Ça m'est égal, la raison qui fait que ça tient, mais il me reste encore un espoir, non ?

Amaia posa la main sur la sienne, celle qui tenait le bouquet.

— Bien sûr, beau-frère, bonne chance.

Il sourit.

— Il m'en faut toujours, avec ta sœur.

7

Le nouveau commissariat de la police régionale d'Elizondo était de conception moderne, à l'instar des casernes de Pampelune ou de Tudela, rompant avec l'architecture dominante du village et du reste de la vallée. Des murs de pierre blanchâtre et des vitres épaisses réparties en étages rectangulaires, où le second faisait saillie, formant une pyramide inversée qui donnait à l'ensemble un air de porte-avions, caractérisaient ce bâtiment tout à fait singulier. Deux véhicules de patrouille étaient garés sous l'avancée, les caméras de surveillance et les vitres sans tain trahissaient l'activité policière. Lors de son bref passage dans le bureau du commissaire à Elizondo, Amaia eut droit aux mêmes paroles d'appui et promesses de collaboration qu'il lui avait déjà dispensées la veille. Les photographies en haute résolution ne révélèrent rien de plus que ce qu'ils avaient vu au cimetière. Il y avait foule, comme souvent en pareilles circonstances. Des familles entières, beaucoup de gens qu'Amaia connaissait depuis l'enfance, parmi lesquels quelques camarades de classe et d'anciennes copines de lycée. Il y avait tous les professeurs et la directrice de l'établissement de la victime, quelques conseillers, les camarades de classe et les amies d'Ainhoa en pleurs formant un cercle serré de filles qui s'étreignaient. C'était tout, ni pédophiles, ni suspect potentiel, aucun homme solitaire en imperméable noir se pourléchant les babines pendant que la lumière se reflétait sur ses crocs pointus de loup. Elle lança le paquet de photos sur la table d'un air las en pensant au nombre de fois où le travail se révélait frustrant et décourageant.

— Les parents de Carla Huarte n'ont pas assisté à l'enterrement, ils ne se sont pas rendus non plus à la réception qui a suivi au domicile d'Ainhoa, précisa Montes.

— C'est bizarre ? demanda Iriarte.

— Eh bien, c'est curieux, les familles se connaissaient, ne serait-ce que de vue, et si l'on ajoute les circonstances de la mort des deux jeunes filles…

— C'était peut-être pour éviter les ragots, n'oublions pas que pendant tout ce temps ils pensaient que le meurtrier de Carla était Miguel Ángel… Ce doit être dur d'apprendre qu'en réalité on n'a pas attrapé l'assassin et qu'en plus l'autre va sortir de prison.

— C'est possible, admit Iriarte.

— Jonan, qu'as-tu à me dire sur la famille d'Ainhoa ? demanda Amaia.

— Après l'enterrement, ils ont reçu presque tout le monde chez eux. Les parents, très affectés, ont tenu le coup et ne se sont pas lâché la main un seul instant. Celui qui va le plus mal, c'est le gamin, il faisait peine à voir, assis dans un fauteuil, tout seul, fixant le sol, recevant les condoléances de tout le monde, mais sans que ses parents ne daignent lui adresser un seul regard. Il faisait pitié.

— Ils le tiennent pour responsable. Est-ce qu'on sait si le garçon était vraiment à la maison ? Aurait-il pu sortir pour aller chercher sa sœur ? s'enquit Zabalza.

— Il y était. Deux de ses copains sont restés avec lui toute la soirée, ils avaient manifestement un travail à faire pour le lycée, ensuite ils ont joué à la PlayStation, un autre les a rejoints tardivement, un voisin venu faire une partie. J'ai aussi parlé aux amies d'Ainhoa. Elles pleuraient tout en téléphonant, une combinaison des plus curieuses. Elles ont toutes dit la même chose. Elles ont passé l'après-midi ensemble sur la place, fait un tour dans le village, puis elles sont allées dans un local qu'elles ont aménagé au rez-de-chaussée, chez l'une d'elles. Elles ont bu, peu d'après elles. Certaines fument, mais pas Ainhoa ; cela expliquerait cependant l'odeur de cigarette dans ses cheveux et sur ses vêtements. Quelques garçons sont venus boire une bière avec elles, mais ils sont tous restés quand Ainhoa est partie ; c'était apparemment elle qui devait rentrer le plus tôt à la maison.

— Ça ne lui a pas servi à grand-chose, remarqua Montes.

— Certains parents pensent qu'en obligeant leurs filles à rentrer plus tôt, ils les soustraient au danger, alors que ce qui importe, c'est qu'elles ne soient pas seules. En les faisant partir avant le groupe, ce sont eux qui les mettent en danger.

— Être parent, ce n'est pas facile, murmura Iriarte.

8

En rentrant chez elle à pied, Amaia fut surprise de constater la rapidité avec laquelle la lumière s'était évanouie en cet après-midi de février, et elle eut l'étrange impression d'avoir été spoliée. Les crépuscules précoces d'hiver l'affectaient beaucoup. Comme si l'obscurité portait en elle une charge abominable, le froid la fit frissonner sous le cuir de son blouson et elle regretta la doudoune que James lui avait vivement conseillé d'emporter, ce qu'Amaia avait refusé de faire car elle lui donnait l'air d'un bibendum.

L'atmosphère chaleureuse de la maison de tante Engrasi dissipa les bouts d'hiver collés à son corps, à la manière de voyageurs indésirables. L'odeur du feu de bois, les tapis moelleux qui recouvraient le plancher et le bavardage continu qui provenait du téléviseur, allumé en permanence même si personne ne le regardait, accueillaient Amaia une fois de plus. Dans cette maison, il y avait des choses beaucoup plus intéressantes à faire que d'écouter la télé et, pourtant, celle-ci occupait l'espace sonore, comme une cacophonie absurde que l'on ignore et que l'on tolère par habitude. Un jour, elle en avait parlé à sa tante, qui lui avait répondu :

— C'est l'écho du monde. Tu sais ce qu'est l'écho ? Une voix qu'on entend quand la véritable s'est tue.

James la prit par la main et la conduisit près du feu.

— Tu es glacée, ma chérie.

Elle rit en enfouissant le nez dans son pull et en respirant l'odeur de sa peau. Ros et tante Engrasi sortirent de la cuisine avec des verres, des assiettes, du pain et une soupière.

— J'espère que tu as faim, Amaia, parce que la tante a préparé à manger pour un régiment.

Tante Engrasi marchait peut-être de façon plus hésitante qu'à Noël mais son esprit était toujours aussi lucide. Amaia sourit avec tendresse en remarquant ce détail, et sa tante lui glissa :

— Ne me regarde pas comme ça, je ne suis pas maladroite mais ces fichues pantoufles que ta sœur m'a offertes sont trop grandes de deux pointures, et si je lève les pieds, je les perds, au risque de me casser la figure, alors je dois marcher comme si je portais une couche pleine de pipi.

Le dîner fut animé grâce aux plaisanteries que James racontait avec son accent américain et aux commentaires incisifs de tante Engrasi, mais il n'échappa pas à Amaia que l'apparente gaité qu'affichait Ros masquait une tristesse profonde, presque désespérée, qu'elle trahissait en évitant délibérément le regard de sa sœur.

Pendant que James et sa tante emportaient les assiettes à la cuisine, Amaia retint sa sœur par quelques mots.

— Aujourd'hui, je suis allée à la fabrique.

Ros la regarda, se rasseyant avec l'air mi-déçu mi-soulagé de qui se sent découvert et à la fois libéré d'une culpabilité pénible.

— Qu'est-ce qu'elle t'a dit ? Ou plutôt, comment est-ce qu'elle te l'a dit ?

— À sa façon. Comme toujours. Elle m'a dit qu'elle allait sortir son deuxième livre, qu'on lui avait proposé une émission de télévision, qu'elle était le pivot de la famille et la seule personne au monde qui connaissait le sens du mot responsabilité, dit-elle en récitant la litanie comme un refrain jusqu'au moment où elle obtint un sourire de Ros... Et elle a ajouté que tu ne travaillais plus à la fabrique et que tu avais de gros problèmes avec ton mari.

— Amaia... Je suis désolée que tu l'aies appris comme ça, j'aurais peut-être dû t'en parler avant, mais c'est un problème que je résous peu à peu, je dois le faire seule, ça devrait être réglé depuis longtemps. Et puis, je ne voulais pas t'inquiéter.

— Tu es bête, tu sais que je gère très bien les inquiétudes, je suis payée pour ça. Quant au reste, je te soutiens à cent pour cent, je ne sais pas comment tu as supporté de travailler aussi longtemps avec elle.

— Je suppose que c'était comme ça, je n'avais pas le choix.

— Qu'est-ce que tu veux dire ? On a tous le choix, Ros.

— On n'est pas tous comme toi, Amaia. J'imagine que c'était ce qu'on attendait de nous, qu'on reste à la fabrique.

— C'est un reproche ? Parce que si c'est le cas...

— Comprends-moi bien, quand tu es partie, c'était comme si je n'avais plus le choix.

— Ce n'est pas vrai, de la même façon que tu l'as aujourd'hui, tu l'avais à l'époque.

— Quand papa est mort, maman a commencé à se conduire de façon très bizarre, je suppose que c'étaient les premiers symptômes d'Alzheimer, et soudain je me suis trouvée coincée entre la responsabilité dont Flora me rebattait les oreilles, les délires de maman et Freddy... J'ai dû voir en lui une échappatoire, à l'époque.

— Et qu'est-ce qui a changé, aujourd'hui, pour que tu sois capable de prendre cette décision ? N'oublie pas que, même si Flora se comporte en propriétaire de la fabrique, celle-ci t'appartient tout autant qu'à elle, je vous ai cédé ma part à cette condition. Tu es aussi capable qu'elle de diriger l'entreprise.

— C'est possible, mais, en ce moment, j'ai d'autres sujets de préoccupation que Flora et le travail, ce n'est pas uniquement à cause d'elle, même si elle a sa part de responsabilités. Soudain, je me suis mise à étouffer littéralement en l'entendant répéter chaque jour sa litanie de plaintes. Ajouté à ma situation personnelle, c'était insupportable, et c'était devenu si dur d'y retourner tous les matins pour entendre la même ritournelle que l'anxiété m'a rendu physiquement malade, épuisée. Et malgré cela, je me suis sentie lucide et sereine comme jamais. Déterminée, c'est le mot. Comme si le ciel s'était ouvert tout à coup devant moi, ç'a été évident dans mon esprit : je ne reviendrais pas, je n'y suis pas retournée et je n'y retournerai pas, du moins pas pour l'instant.

Amaia leva les mains à la hauteur de son visage et applaudit lentement et en rythme.

— Bravo, petite sœur, bravo.

Ros sourit en parodiant une révérence.

— Et maintenant?

— Je travaille au service comptable d'une usine d'aluminium, j'établis les fiches de paie, j'organise le planning de la semaine, les réunions. Huit heures par jour du lundi au vendredi, et quand je sors de là, j'ai la tête vide. Pas génial, mais c'est exactement ce qu'il me faut en ce moment.

— Et avec Freddy?

— Ça va mal, très mal, dit-elle en fronçant les sourcils et en inclinant la tête.

— C'est pour ça que tu es là, chez la tante? (Ros ne répondit pas.) Pourquoi est-ce que tu ne lui dis pas de dégager? Après tout, c'est ta maison.

— Je le lui ai dit, mais il ne veut rien entendre. Depuis que je suis partie, ses journées se résument à passer du lit au canapé, du canapé au lit, pour boire de la bière, jouer à la PlayStation et fumer des joints, dit Ros, dégoûtée.

— C'est pour ça que Flora l'appelle, «le champion de la PlayStation». D'où sort-il l'argent? Tu ne...?

— Non, c'est fini, sa mère lui donne de l'argent et ses amis le ravitaillent.

— Si tu veux, je peux aller le voir. Tu sais ce que dit tante Engrasi, un homme qui a le boire et le manger assurés tient très longtemps sans travailler, dit Amaia en riant.

— Oui, sourit Ros, elle a parfaitement raison, mais non. C'est précisément ce que je voulais essayer d'éviter. Laisse-moi régler ça toute seule, je le ferai, je te le promets.

— Tu ne vas pas te remettre avec lui ? fit Amaia en la regardant dans les yeux.

— Non.

Amaia hésita un instant, et quand elle réalisa que le doute se lisait peut-être sur son visage, elle se dit que c'était la façon même dont Flora l'aurait regardée, incapable de croire en une toute autre personne qu'elle-même.

— J'en suis ravie, Ros, dit-elle avec toute la conviction qu'elle put rassembler.

— Cette partie de ma vie est derrière moi, ni Flora ni Freddy ne peuvent le comprendre. Pour Flora, il est inenvisageable que je décide de changer de travail maintenant, mais j'ai trente-cinq ans et je ne veux pas passer le restant de ma vie sous le joug de ma sœur aînée. À supporter chaque jour les mêmes reproches, les mêmes commentaires et observations narquois, tandis qu'elle répand son venin sur tout le monde. Et Freddy... Je suppose que ce n'est pas sa faute. Pendant très longtemps, j'ai cru qu'il était la réponse à toutes mes questions, qu'il avait la formule magique, une sorte de révélation qui m'offrirait un nouveau mode de vie. Tellement opposé à tout, un rebelle, un contestataire ; et surtout si différent de la *amá*[1] et de Flora, avec ce don pour la faire sortir de ses gonds, dit-elle dans un sourire malicieux.

— C'est vrai. Ce garçon a le don de taper sur les nerfs de Flora, et rien que pour ça, ça me le rend sympathique, répliqua Amaia.

---

1. « Maman ». (*N.d.A.*)

— Et puis, je me suis rendu compte que Freddy n'était pas si différent, après tout. Que sa rébellion et son refus des normes n'étaient qu'un masque qui dissimulait sa lâcheté, un bon à rien capable de disserter à la manière du Che contre la société traditionnelle tout en dépensant l'argent qu'il nous soutirait, à sa mère ou à moi, pour s'étourdir en fumant des joints. Je crois que c'est le seul point sur lequel je sois d'accord avec Flora : c'est un champion de la PlayStation ; si c'était un vrai travail, il serait l'une des grandes fortunes de ce pays. (Amaia la regarda avec douceur.) Un jour, j'ai commencé à marcher seule et dans une autre direction. J'ai su que je voulais une vie différente et qu'il devait y avoir autre chose à faire de ses week-ends que les passer à boire de la bière chez Xanti. Ça et puis les enfants, car à l'instant même où j'ai décidé de vivre autrement, avoir un enfant est devenu pour moi une priorité, une nécessité pressante. Je ne suis pas inconsciente, Amaia, je ne voulais pas avoir un enfant pour l'élever dans la fumée des joints ; mais, malgré ça, j'ai cessé de prendre la pilule et j'ai attendu, persuadée que tout se déroulerait selon un plan conçu par le destin. (Son visage s'assombrit comme si quelqu'un avait éteint une lumière devant ses yeux.) Mais ça n'a pas marché, Amaia, il semble que je ne peux pas avoir d'enfants moi non plus. Mon désespoir est allé croissant quand, les mois passant, je ne suis pas tombée enceinte. Freddy me disait que c'était peut-être mieux, qu'on était bien comme ça. Je ne lui répondais pas, mais la nuit, pendant qu'il ronflait à côté de moi, une voix tonnait en moi et me disait : « Non, non, non, je ne suis pas bien comme ça, non. » Et la voix continuait à résonner pendant que je m'habillais pour aller à l'usine, que je prenais les commandes au téléphone, que je vérifiais les expéditions, que j'entendais la litanie lancinante des reproches de Flora. Et ce jour-là, en raccrochant ma blouse blanche dans mon casier, je savais déjà que je ne reviendrais pas. Après Freddy est passé au niveau supérieur de *Resident Evil* tandis que je faisais réchauffer la soupe pour le dîner, et j'ai su que ma vie avec lui était aussi finie. Ça s'est passé comme ça, sans cris ni larmes.

— Il n'y a pas de quoi avoir honte, parfois les larmes sont nécessaires.

— C'est vrai, mais le temps des larmes est terminé, mes yeux se sont desséchés à force de pleurer pendant qu'il ronflait. De pleurer de honte et en comprenant que j'avais honte de lui, que je ne pourrais jamais me sentir fière de l'homme avec qui je partageais ma vie. Quelque chose en moi s'est brisé et l'énergie du désespoir qui avait jusque-là préservé ma relation s'est muée en un hurlement qui le rejetait du plus profond de mon être. La majorité des gens se trompent, ils croient qu'on peut passer de l'amour à la haine en un instant, que l'amour se brise soudain comme une implosion du cœur. Pour moi, ça ne s'est pas passé comme ça : l'amour ne s'est pas éteint d'un coup, mais je me suis rendu compte un jour qu'il s'était usé après un processus lent mais inexorable de ponçage, tchic, tchac, tchic, tchac, un jour après l'autre. Et ce jour-là, je me suis aussi aperçue qu'il n'en restait plus rien. J'admettais enfin une réalité qui avait toujours été là. Prendre ces décisions m'a permis de me sentir libre pour la première fois, et si ça n'avait tenu qu'à moi, le processus aurait pu être simple, sans complication aucune, mais ni ta sœur ni mon mari n'étaient disposés à me laisser partir aussi facilement. Tu serais surprise par la similitude de leurs arguments, de leurs reproches et de leurs moqueries... Car ils se sont moqués de moi tous les deux, tu sais ? Et avec les mêmes mots, dit-elle dans un rire amer. « Où vas-tu aller ? Tu crois que tu trouveras mieux ailleurs ? » Et le final : « Qui va t'aimer ? » Ils ne le croiraient pas, mais leurs moqueries destinées à saper mes forces ont eu l'effet contraire de celui qu'ils espéraient : je les ai trouvés tellement petits et lâches, tellement incapables, que tout m'a paru possible. Je n'avais pas réponse à tout, mais au moins, j'avais une réponse : moi, je vais m'aimer et je veillerai sur moi.

— Je suis fière de toi, dit Amaia en l'étreignant. N'oublie pas que tu peux compter sur moi, je t'ai toujours aimée.

— Je sais, toi, James, la tante, l'*aita* et même l'*ama*, à sa façon. La seule qui ne m'aimait guère, c'était moi.

— Eh bien, aime-toi, Ros Salazar.

— De ce côté-là aussi, j'ai innové : je préfère que vous m'appeliez Rosaura.

— Flora me l'a dit, mais pourquoi ? Il t'a fallu des années pour obtenir que tout le monde t'appelle Ros.

— Si j'ai des enfants un jour, je ne veux pas qu'ils m'appellent Ros, c'est un nom de fumeuse de joints.

— N'importe quel nom est un nom de fumeuse de joints si celle qui le porte en est une, dit Amaia. Sinon, quand penses-tu faire de moi une tante ?

— Dès que j'aurai rencontré l'homme parfait.

— Je te préviens qu'on le soupçonne de ne pas exister.

— Tu peux parler, tu l'as à la maison.

Amaia afficha un sourire de circonstance.

— Nous aussi, on a essayé. Et on ne peut pas, pour l'instant...

— Tu as consulté un médecin ?

— Oui. Au début, je craignais d'avoir le même problème que Flora, les trompes bouchées, mais il a dit que tout était normal, apparemment. Il m'a recommandé un de ces protocoles de fécondation.

— Ah, je suis désolée, dit Ros d'une voix qui tremblait un peu. Tu as commencé ?

— On n'y est pas allés, rien que l'idée de me soumettre à ce traitement contraignant, ça me rend malade. Tu te rappelles comme c'était dur pour Flora, et au final, pour rien ?

— Oui, mais ne pense pas à ça, tu dis toi-même que tu n'as pas le même problème, peut-être qu'avec toi ça marchera...

— Il n'y a pas que ça, je ne me fais pas à l'idée de devoir concevoir un enfant de cette façon. Je sais que c'est bête, mais je ne crois pas que cela doive se passer comme ça...

James entra avec le mobile d'Amaia.

— C'est le sous-inspecteur Zabalza, dit-il en couvrant le téléphone de sa main.

Amaia prit le combiné.

— Inspectrice, une patrouille a trouvé deux chaussures de fille placées sur le bas-côté, les bouts orientés vers la route. Ils ont appelé il y a un moment, je vous envoie une voiture et on se retrouve là-bas.

— Ils ont trouvé le corps ? demanda Amaia en baissant la tête.

— Pas encore, c'est une zone difficile d'accès, assez différente des précédentes ; la végétation y est très épaisse, on ne voit pas la rivière depuis la route. S'il y a le cadavre d'une fille en bas, ça ne va pas être facile d'arriver jusqu'à lui. Je me demande pourquoi il a choisi cet endroit, il ne voulait peut-être pas qu'on la retrouve aussi facilement que les autres.

Amaia soupesa l'argument.

— Non. Il veut qu'on la retrouve, c'est pour ça qu'il a laissé les chaussures. Mais en choisissant un endroit invisible de la route, il s'assure de ne pas être dérangé pour parfaire son œuvre avant qu'elle ne soit révélée au monde, il se prémunit simplement contre les interruptions et les contretemps.

C'étaient des chaussures Mustang de soirée, en verni blanc à talons assez hauts. Un policier les photographiait sous différents angles selon les indications de Jonan. Le flash tirait du cuir des reflets brillants qui les rendaient encore plus discordantes et étranges, posées là, au milieu de nulle part, et il semblait les rendre presque magiques, comme s'il les transformait en chaussures de princesse de conte ou mettait en scène l'œuvre choquante et absurde d'un artiste conceptuel. Amaia imagina l'effet que produirait une longue file de chaussures de fête alignées dans ce décor quasi magique. La voix de Zabalza la ramena à la réalité.

— C'est inquiétant… Les chaussures, je veux dire. Pourquoi a-t-il fait ça ?

— Il marque son territoire comme un animal sauvage, comme le prédateur qu'il est, et il nous provoque. Il cherche à nous défier : « Regardez ce que je vous ai laissé, Olentzero[1] est venu et il vous a laissé un petit cadeau. »

— Quel salaud !

Au prix d'un violent effort, elle parvint à détourner le regard des ensorcelantes chaussures de princesse et se retourna vers le bois touffu. Un son métallique sortit du talkie-walkie que Zabalza tenait à la main.

— Vous l'avez trouvée ?

— Pas encore, est-ce que je vous ai dit que dans cette zone la rivière coule entre la végétation et une sorte de canyon naturel ?

Les faisceaux de lumière des torches puissantes dessinaient des étincelles fantasmagoriques entre les arbres nus, tellement serrés qu'ils produisaient un effet d'aube inversée, donnant l'impression que les rayons du soleil montaient du sol vers le ciel. Amaia chaussa ses bottes tout en évaluant l'impact que cette forêt avait sur ses pensées. L'inspecteur Iriarte sortit des fourrés, la respiration agitée.

— On l'a retrouvée.

Amaia descendit par le terre-plein derrière Jonan et le sous-inspecteur Zabalza. Elle sentait la terre céder sous ses pieds, ramollie par la pluie récente qui, malgré l'épaisseur du feuillage, était parvenue à infiltrer les sous-bois, rendant le sol de la forêt pâteux et glissant. Ils avançaient en s'appuyant contre les arbres qui avaient poussé si près les uns des autres

1. Personnage navarrais de la tradition basque, charbonnier mythique qui apporte les cadeaux le jour de la Nativité. (*N.d.T.*)

que les policiers devaient constamment modifier leur trajectoire. Quelques pas derrière elle, Amaia écouta, non sans une certaine malice, les incohérences que Montes bredouillait, se trouvant contraint à dévaler la pente avec ses chaussures italiennes onéreuses et sa veste trois-quarts en cuir.

La forêt s'achevait brusquement en un grand mur presque infranchissable par les deux rives de la rivière, mur qui s'ouvrait en un V étroit comme un entonnoir naturel ; ils descendirent jusqu'à une zone sombre et désolée que les policiers s'efforçaient d'éclairer avec des projecteurs portables. Le débit de la rivière y était plus rapide, et, entre le bassin étroit et le rivage, il y avait moins d'un mètre cinquante de gravier sec sur chaque rive. Amaia observa les mains de la jeune fille qui, tendues dans un désespoir terrible, s'ouvraient de part et d'autre de son corps profané. Sa main gauche touchait presque l'eau, ses cheveux blonds et longs lui arrivaient à la taille et ses grands yeux verts étaient recouverts d'une fine pellicule blanchâtre. Sa beauté dans la mort, la plastique quasi mystique que ce monstre avait conçue, produisaient leur effet. L'espace d'un instant, il avait réussi à l'emmener dans sa fantaisie en la distrayant du protocole, et ce furent les yeux de la princesse qui la ramenèrent à la réalité, ces yeux ternis par le brouillard de la rivière et qui réclamaient malgré tout justice depuis le lit de la Baztán dont Amaia rêvait parfois lors de ses nuits les plus sombres. Elle recula de deux pas afin de murmurer une prière et d'enfiler les gants que lui tendait Montes. Bouleversée par la douleur qu'elle observait, elle regarda Iriarte, qui avait recouvert sa bouche de ses mains et qu'il laissa retomber brusquement de chaque côté de son corps quand il se sentit observé.

— Je la connais… Je la connaissais, je connais sa famille, c'est la fille d'Arbizu, dit-il en regardant Zabalza, comme pour obtenir son assentiment. Je ne sais pas comment elle s'appelait, mais c'est la fille d'Arbizu, ça ne fait aucun doute.

— Elle s'appelait Anne, Anne Arbizu, confirma Jonan, une carte de bibliothèque à la main. Son sac se trouvait quelques mètres plus haut, précisa-t-il en désignant un secteur replongé dans l'ombre.

— Vous savez quel âge elle avait ? demanda Amaia.

— Quinze ans, je ne crois pas qu'elle ait fêté les seize, répondit Iriarte en s'approchant.

Il regarda le cadavre puis se mit à courir. Environ dix mètres plus bas, il se courba en deux et vomit. Personne ne dit rien, même lorsqu'il revint en nettoyant son plastron avec un mouchoir en papier tout en s'excusant.

La peau d'Anne avait été très blanche ; mais pas comme ces peaux pâlottes, presque transparentes, couvertes de taches de rousseur et de rougeurs. Sa peau imberbe avait été blanche, nette et crémeuse. Baignée par la rosée, elle ressemblait au marbre d'une statue funéraire. Contrairement à Carla et à Ainhoa, celle-ci s'était débattue. Deux de ses ongles au moins avaient été cassés net laissant la chair à vif. On ne décelait aucun fragment de peau sous les autres. Elle avait certainement mis plus de temps à mourir que les précédentes victimes : malgré le voile qui recouvrait ses yeux, des pétéchies trahissaient une mort par asphyxie et la souffrance due à la privation d'air. Pour le reste, l'assassin avait fidèlement reproduit en détail la mise en scène des meurtres précédents : la fine cordelette enfoncée dans la gorge, les vêtements déchirés et disposés des deux côtés, le pubis rasé et le gâteau odorant et onctueux placé sur le pelvis.

Jonan prenait des photos des touffes de poils jetées aux pieds de la jeune fille.

— C'est pareil, chef, le même mode opératoire.

— Putain !

Un cri étouffé parvint de quelques mètres en contrebas de la rivière, accompagné du bruit caractéristique d'un coup de feu qui rebondit contre les parois de pierre, produisant un écho qui les étourdit avant qu'ils ne dégainent leurs armes et les pointent dans cette direction.

— Fausse alerte ! cria une voix précédée du faisceau d'une torche qui remontait la berge.

Un policier en uniforme accompagnait Montes en souriant, qui, visiblement retourné, avait la main posée sur son arme.

— Que s'est-il passé, Fermín ? demanda Amaia, alarmée.

— Je suis désolé, je ne savais pas, j'examinais la rive quand j'ai vu la plus grosse putain de souris de la création, la bestiole m'a regardé et... Je suis désolé, j'ai tiré instinctivement. Putain ! Je ne supporte pas les souris, et ensuite le lieutenant m'a dit que c'était un... je ne sais plus quoi.

— Un ragondin, précisa le policier. Ce sont des mammifères originaires d'Amérique du Sud. Il y a des années, un certain nombre de ragondins se sont échappés d'une ferme d'élevage française dans les

Pyrénées, ils se sont parfaitement adaptés à la rivière, et bien que leur développement ait été relativement freiné, on en voit encore. Mais ils sont inoffensifs, en fait ce sont des herbivores nageurs, comme les castors.

— Désolé, je l'ignorais, répéta Montes. Je suis musophobique, je ne supporte rien de ce qui ressemble de près ou de loin à une souris.

Amaia le regarda, mal à l'aise.

— Demain, je remettrai mon rapport sur le coup de feu, murmura-t-elle.

Fermín Montes fixa ses chaussures avant de s'isoler du groupe, sans rien ajouter.

L'inspectrice eut presque pitié de lui en pensant aux moqueries dont il allait faire l'objet pendant les prochains jours. Elle s'agenouilla de nouveau près du cadavre et tenta de faire le vide dans son esprit pour évacuer ce qui n'était pas lié à la scène.

Le fait que sur cette portion de terrain les arbres ne descendaient pas jusqu'à la rivière privait la zone de l'odeur de terre et de lichen si présente pendant la traversée du bois. Elle était plongée là, dans la faille que la rivière avait creusée dans la roche, seuls les effluves minéraux de l'eau rivalisaient avec l'arôme douceâtre et gras qui émanait du txatxingorri. L'odeur de graisse et de sucre qu'il dégageait s'infiltra dans les narines d'Amaia, mêlée à une autre, plus subtile, qui était celle de la mort récente. Elle haleta, tentant de contenir la nausée tout en regardant la pâtisserie comme s'il s'agissait d'un insecte répugnant, et elle se demanda comment elle pouvait dégager une odeur aussi forte. Le Dr San Martín s'agenouilla à ses côtés.

— Ouh, que ça sent bon.

Amaia le regarda, horrifiée.

— Je blague, inspectrice Salazar.

Elle ne répondit pas, se redressa pour lui faire de la place.

— Mais je dois dire que ça sent très bon, et je n'ai pas dîné.

Le médecin ne remarqua pas l'air dégoûté d'Amaia, et elle se retourna pour saluer la juge Estebánez, qui descendait entre les rochers avec une habileté enviable malgré sa jupe et ses bottines à talons.

— Bon sang, marmonna Montes, qui ne semblait pas encore remis de l'incident avec le ragondin.

La juge adressa un salut à la cantonade et se plaça derrière le Dr San Martín pendant qu'elle écoutait ses observations. Dix minutes plus tard, elle était déjà partie.

Ils mirent plus d'une heure à remonter le cercueil qui abritait le corps d'Anne et tous les bras furent mis à contribution. Les techniciens avaient suggéré de le mettre dans un sac et de le hisser jusqu'en haut, mais San Martín avait insisté pour qu'on utilise un cercueil afin de préserver le corps et de prévenir les chocs et lacérations qu'il risquait de recevoir si on le traînait à travers les broussailles qui constituaient la forêt. L'espace réduit entre les arbres obligeait parfois à redresser le cercueil à la verticale et à s'arrêter pendant que des bras en remplaçaient d'autres ; après avoir glissé plusieurs fois, ils parvinrent à le déposer dans le corbillard qui allait transporter le cadavre d'Anne jusqu'à l'Institut navarrais de médecine légale. Toutes les fois où elle avait vu sur la paillasse le corps d'un enfant, Amaia avait été assaillie par le même sentiment d'impuissance dont elle attribuait la responsabilité à la société tout entière, une société qui, incapable de protéger ses enfants, mettait en péril son propre avenir, une société qui avait échoué. Autant qu'elle. Elle prit une grande inspiration et entra dans la salle d'autopsie. Le Dr San Martín remplissait les formulaires préalables à l'opération, et il la salua tandis qu'elle s'approchait de la table en acier. Le cadavre d'Anne Arbizu avait été dépouillé de ses vêtements sous une lumière sans pitié qui aurait révélé chez quiconque la plus minime imperfection, mais qui, chez elle, faisait ressortir la pâleur indemne de sa peau, la rendant irréelle, comme peinte ; Amaia songea à l'une de ces madones de marbre qui peuplent les musées italiens.

— On dirait une poupée, murmura-t-elle.

— C'est ce que je disais à Sofia.

Elle fut de l'avis du médecin. (La technicienne la salua de la main.) Elle aurait pu servir de modèle pour une Walkyrie de Wagner.

Le sous-inspecteur Zabalza venait d'entrer dans la pièce.

— On attend quelqu'un d'autre, ou on peut commencer ?

— L'inspecteur Montes devrait être là…, dit Amaia en consultant sa montre. Commencez, docteur, il ne va plus tarder.

L'inspectrice composa le numéro de Montes, mais tomba sur le répondeur ; elle supposa qu'il était au volant. Sous la lumière cruelle, elle remarqua un détail qui lui avait échappé jusque-là. Quelques poils courts et sombres, assez épais, apparaissaient sur la peau.

— Des poils d'animaux ?

— Probablement, nous en avons trouvé d'autres collés aux vêtements. Nous les avons comparés avec ceux qui étaient sur le corps de Carla.

— Depuis combien d'heures est-elle morte ?

— D'après la température du foie que j'ai prise près de la rivière, elle pouvait se trouver là-bas depuis deux à trois heures.

— Pas assez longtemps pour que les animaux se soient approchés d'elle... La pâtisserie était intacte, elle semblait presque sortir du four, et vous avez pu la sentir comme moi, si des animaux s'étaient approchés au point de laisser des poils sur elle, ils auraient mangé le gâteau comme dans le cas de Carla.

— Il faudrait en parler aux gardes forestiers, mais je ne crois pas que ce soit un endroit où ils viennent boire, fit Zabalza.

— Un animal pourrait descendre par là sans difficulté, estima San Martín.

— Descendre, oui, mais la rivière forme un défilé par lequel il est difficile de s'enfuir, et ils boivent toujours dans des zones dégagées, où ils peuvent voir en plus d'être vus.

— Alors, comment expliquer les poils ?

— Ils proviennent peut-être des vêtements de l'assassin qui les auraient transférés par contact.

— C'est possible. Qui pourrait porter des vêtements couverts de poils d'animaux ?

— Un chasseur, un garde forestier, un berger, dit Jonan.

— Un taxidermiste, précisa la technicienne qui assistait San Martín et qui était restée silencieuse jusqu'alors.

— Bien, il faut trouver qui correspond au profil dans le secteur, et ajoutons à cela le fait que ce doit être un homme fort, très fort, à mon avis. Tout le monde ne pourrait pas descendre cette pente en portant un cadavre à bout de bras, et il est évident, étant donné l'absence de griffures et d'écorchures sur le corps d'Anne, que le meurtrier est très costaud, dit Amaia.

— Est-on sûr qu'elle était déjà morte quand il l'a descendue ?

— Moi, je le suis : aucune fille ne se rendrait de nuit près de la rivière, pas même avec quelqu'un de sa connaissance, encore moins en laissant ses chaussures derrière elle. Je crois qu'il les aborde, les tue rapidement avant qu'elles ne soupçonnent quoi que ce soit, peut-être le connaissent-elles et lui font confiance, ou bien il les tue tout de suite. Il leur passe la cordelette autour du cou, et avant de pouvoir dire ouf, elles sont mortes ; après, il les emporte à la rivière, il les dispose exactement comme il les a imaginées dans son délire, et quand il a terminé son rite psycho-sexuel, il nous laisse ce signal en forme de chaussures.

Amaia se tut soudain et secoua la tête comme si elle venait d'émerger d'un rêve. Ils la regardaient tous, ébahis.

— Occupons-nous de la cordelette, dit San Martín.

La technicienne soutint la tête d'Anne à la base du crâne et la souleva de telle sorte que le Dr San

Martín puisse extraire la cordelette du flot de sang obscur dans lequel elle était ensevelie.

— Regardez ça, inspectrice, c'est inédit : à la différence des autres fois, il y a des fragments de peau collés à la cordelette. Il s'est coupé en tirant trop fort, ou au moins fait une égratignure qui a emporté une partie de sa peau.

— Je croyais qu'il utilisait des gants, à cause de l'absence d'empreintes, intervint Zabalza.

— Parfois les assassins ne peuvent se passer du plaisir d'arracher la vie de leurs propres mains, sensation amoindrie par les gants, ils finissent donc par les enlever en certaines occasions, ne serait-ce qu'au moment culminant. Cela peut toutefois nous suffire.

Comme Amaia l'avait supposé, le Dr San Martín fut d'accord sur le fait qu'Anne s'était défendue. Elle avait peut-être relevé un détail que les précédentes n'avaient pas vu, un détail qui lui avait donné des soupçons assez forts pour avoir deviné ce qui l'attendait. Dans son cas, les symptômes de l'asphyxie étaient évidents, et même si l'assassin avait tenté de reproduire son fantasme avec Anne – et y était parvenu dans une certaine mesure, car ce crime et la mise en scène que l'assassin avait conçue étaient à première vue identiques aux précédents –, Amaia eut la sensation inexplicable que cette mort ne l'avait pas entièrement satisfait, que cette gamine au visage d'ange qui aurait pu être le chef-d'œuvre de ce monstre s'était montrée plus résistante et agressive que les autres. Et même si l'assassin s'était efforcé de la disposer avec le même soin que les précédentes, le visage d'Anne ne reflétait ni la surprise ni la vulnérabilité, mais une lutte âpre pour sa vie et une terrifiante parodie de sourire. Amaia remarqua des marques rosées qui apparaissaient autour de la bouche et s'étendaient presque jusqu'à l'oreille droite.

— D'où proviennent ces taches rosées sur son visage ?

La technicienne préleva un échantillon avec un coton-tige.

— Je vous le confirmerai dès qu'on le saura avec certitude, mais je dirais que c'est... du gloss, dit-elle en reniflant le coton.

— C'est quoi, ça ? demanda Zabalza.

— Du rouge à lèvres, inspecteur, un rouge à lèvres gras, brillant et au goût de fruit, précisa Amaia.

Au fil de sa carrière d'inspectrice à la section des homicides, elle avait assisté à davantage d'autopsies qu'elle ne souhaitait s'en souvenir, et considérait qu'elle avait largement atteint son quota de « Ce que je dois prouver parce que je suis une femme ». Aussi n'assista-t-elle pas à la suite. N'importe quel pathologiste médico-légal qui se respecte reconnaîtra que les incisions en forme d'Y d'une autopsie sont brutales, qu'on ne pratique sur les vivants aucune chirurgie d'une telle ampleur. Mais même si le procédé consistant à ouvrir la cavité thoracique, extraire et peser les organes n'a rien d'agréable, son caractère technique parvient en partie à soustraire l'autopsie à l'horreur que cette opération génère naturellement, c'est quand on remet les organes en place et que l'assistant referme la terrible blessure allant des épaules à la moitié de la poitrine, et de là jusqu'au pelvis, en contournant le nombril, que l'évidence de la brutalité devient insupportable.

Lorsque le cadavre est celui d'un petit garçon ou d'une petite fille, comme c'était le cas, c'est à ce moment qu'il semble le plus dépouillé et violenté, le plus maltraité par les grands points avec lesquels on le recoud, fermeture Éclair d'une poupée en tissu qui ne guérira jamais.

9

D'après la luminosité, elle estima qu'il devait être sept heures du matin. Elle réveilla Jonan, qui dormait sur la banquette arrière de la voiture, recouvert de son propre anorak.

— Bonjour, chef. Comment ça s'est passé? demanda-t-il en se frottant les yeux.

— On rentre à Elizondo. Montes t'a appelé?

— Non, je croyais qu'il assistait à l'autopsie avec vous.

— Il n'est pas venu et il ne répond pas au téléphone, dit-elle, visiblement contrariée.

Le sous-inspecteur Zabalza, qui était descendu à Pampelune dans le même véhicule, s'assit à l'arrière et se racla la gorge.

— Eh bien, inspectrice, je ne sais pas si je devrais m'en mêler, mais au moins, ça vous évitera de vous inquiéter. Quand on est remontés du ravin, l'inspecteur Montes m'a dit qu'il allait devoir partir se changer parce qu'il avait rendez-vous pour le dîner.

— Pour dîner?

Elle ne put cacher sa surprise.

— Oui, il m'a demandé de vous accompagner à

Pampelune pour l'autopsie, et il m'a dit que ça le rassurait, qu'il supposait que le sous-inspecteur Etxaide descendrait lui aussi et que tout était bien comme ça.

— Tout était bien ? Il savait parfaitement qu'il devait venir, dit Amaia, furieuse, même si elle regretta immédiatement d'avoir laissé transparaître sa rancœur devant ses subordonnés.

— Je... suis désolé. D'après ce qu'il disait, j'ai supposé que vous étiez d'accord.

— Ne vous inquiétez pas, je lui parlerai.

Malgré le manque de sommeil, elle n'avait aucune envie de dormir. Les visages des trois filles semblaient regarder dans le vide depuis la table. Trois visages bien distincts quoique semblables dans la mort. Elle étudia attentivement les agrandissements des photos de Carla et Ainhoa qu'elle avait demandés.

Montes apporta deux cafés en silence, en plaça un devant Amaia et s'assit un peu à l'écart. Elle leva la tête un instant et lui décocha un regard qui lui fit baisser les yeux. Il y avait dans la salle cinq policiers en plus de son équipe. Elle prit les clichés et les fit glisser vers le centre de la table.

— Que remarquez-vous, messieurs ?

Ils se penchèrent dessus, l'air curieux.

— Je vais vous donner une piste.

Elle ajouta la photo du visage d'Anne.

— Il s'agit d'Anne Arbizu, la jeune fille qu'on a retrouvée hier soir. Vous voyez les traces rosées qui s'étendent de la bouche jusqu'à cette oreille ? Eh bien, ce sont des marques de rouge à lèvres, un rouge à lèvres rose, gras et qui donne un aspect humide aux lèvres. Regardez de nouveau les photos.

— Les autres filles n'en portaient pas, remarqua Iriarte.

— C'est ça, les autres filles n'en portaient pas, et je veux savoir pourquoi. Elles étaient très jolies, modernes, elles avaient des chaussures à talons et des sacs à main, des téléphones mobiles et s'aspergeaient de parfum. N'est-il pas étrange qu'elles ne portent aucune trace de maquillage? Presque toutes les filles de leur âge commencent à en mettre, au moins du rimmel, et du gloss.

Elle regarda ses collègues, qui l'observaient, embarrassés.

— L'un s'applique sur les cils et l'autre sur les lèvres, traduisit Jonan.

— Je crois qu'il a démaquillé Anne, d'où les traces de gloss, et pour cela, il a dû utiliser un mouchoir et du démaquillant, ou plus probablement des lingettes spéciales : ça ressemble à celles que l'on utilise pour nettoyer les fesses des bébés. Et ça ne me semble pas impossible qu'il l'ait fait près de la rivière, là-bas il y a peu, pour ne pas dire pas de lumière, et même s'il avait une lampe cela n'a pas suffi, car avec Anne le travail n'a pas été mené à bien. Jonan et Montes, je veux que vous retourniez à la rivière et que vous y cherchiez les lingettes, qu'il a peut-être abandonnées dans le secteur. (Le regard que portait Montes sur ses chaussures, une autre paire, marron cette fois et évidemment onéreuse, ne lui échappa pas.) Sous-inspecteur Zabalza, s'il vous plaît, allez demander aux amies d'Ainhoa si elle était maquillée la nuit de l'assassinat ; inutile d'ennuyer les parents avec ça, sans compter que la fille était très jeune et qu'ils ne savaient peut-être même pas qu'elle se maquillait... Beaucoup d'adolescentes le font une fois hors de la maison et se débarbouillent en rentrant. Quant à Carla, je suis sûre qu'elle devait être maquillée comme une voiture volée; et puis, c'était la Saint-Sylvestre. Même ma tante Engrasi se met du rouge à lèvres pour l'occasion. On verra bien si on a quelque chose d'ici cet après-midi. Et que tout le monde soit revenu pour seize heures.

PRINTEMPS 1989

Il y avait de bons jours, presque toujours le dimanche, le seul jour où ses parents ne travaillaient pas. Sa mère faisait cuire des *croissants**[1] croustillants au four et du pain aux raisins, qui imprégnaient pour plusieurs heures la maison d'un arôme doux et délicieux. Son père entrait délicatement dans la chambre, ouvrait les contre-fenêtres qui donnaient sur la montagne et ressortait sans rien dire, laissant le soleil les réveiller de ses caresses, d'une chaleur insolite pour les matins d'hiver. Une fois réveillées, elles restaient au lit à écouter la conversation détendue de leurs parents dans la cuisine et à profiter de la sensation du lit propre, le soleil tiédissant les vêtements, ses rayons dessinant de capricieux sentiers de poussière en suspension. Parfois même, avant de prendre

---

[1]. Les mots ou expressions en italique et suivis d'un astérisque sont en français dans le texte. (*N.d.T.*)

le petit déjeuner, leur mère mettait sur le pick-up du salon un de ses vieux disques, et les voix de Nat King Cole ou de Machín envahissaient la maison de leurs boléros et de leurs cha-cha-cha. Alors, leur père prenait leur mère par la taille et ils dansaient, visage contre visage et mains entrelacées, tournoyant sans fin à travers le salon en esquivant les lourds meubles cirés à la main et les tapis que quelqu'un avait tissés à Bagdad. Les petites, ensommeillées, sortaient du lit pieds nus et s'asseyaient sur le canapé pour les regarder en souriant, un peu honteuses, comme si elles les avaient surpris durant un acte plus intime. Ros était toujours la première à étreindre les jambes de son père pour se joindre à la danse ; puis c'était le tour de Flora, qui s'accrochait à sa mère, et Amaia souriait encore sur le canapé, amusée par la maladresse du groupe de danseurs qui tournait en chantonnant des boléros. Elle ne dansait pas, car elle voulait continuer à les regarder, elle voulait que le rituel dure un peu plus longtemps, et elle savait que si elle se levait et se joignait au groupe, ce spectacle prendrait fin instantanément, dès qu'elle frôlerait sa mère, qui s'immobiliserait sous un prétexte absurde : elle était fatiguée, elle n'avait plus envie de danser ou elle devait aller surveiller le pain dans le four. Quand cela arrivait, son père lui adressait un regard désolé et dansait un moment encore avec la fillette, tentant de réparer l'injustice, jusqu'à ce que, cinq minutes plus tard, la mère revienne au salon pour éteindre le tourne-disque prétextant un mal de tête.

10

Après une courte sieste dont elle se réveilla désorientée et étourdie, Amaia se sentit plus mal que le matin. Elle prit une douche, lut le mot que lui avait laissé James, un peu ennuyée qu'il soit déjà parti. Même si elle ne le lui avait jamais dit, elle préférait qu'il soit là pendant qu'elle dormait, comme si sa présence la rassurait. Elle se serait sentie ridicule si elle avait dû exprimer à voix haute le malaise qu'elle éprouvait en se réveillant dans la maison solitaire. Elle avait besoin de le savoir là. Souvent, quand elle travaillait de nuit et ne pouvait dormir que le matin, elle utilisait le canapé si James n'était pas à la maison. Elle n'y dormait pas d'un sommeil aussi profond, mais elle préférait ça, car elle savait que, si elle se couchait dans le lit, il lui serait impossible de s'endormir. Et s'il sortait quand elle s'était endormie, même si elle n'entendait pas la porte s'ouvrir, elle s'en rendait compte dans son sommeil et commençait à avoir du mal à respirer au point de se réveiller avec la certitude qu'il était parti. « Je veux que tu sois à la maison quand je dors. » La pensée était claire et le raisonnement absurde, aussi ne pouvait-elle pas l'exprimer, lui dire qu'elle se réveillait quand il partait, qu'elle détectait ses mouvements comme avec un sonar et qu'elle se sentait secrètement abandonnée quand elle se réveillait et découvrait qu'il avait déserté son poste pour aller acheter le pain.

Une fois au commissariat et trois cafés plus tard, elle ne se sentait guère mieux. Assise derrière le bureau d'Iriarte, elle observa avec délectation les traces de la vie de cet homme. Les enfants blonds, la jeune épouse, les calendriers avec les photos de la Vierge, les plantes bien entretenues qui poussaient près des fenêtres... Il y avait même des soucoupes en terre sous les pots pour recueillir le trop-plein d'eau.

— Je peux entrer, chef? Jonan m'a dit que vous vouliez me voir.

— Oui, Montes, et ne m'appelez pas «chef». Asseyez-vous, je vous prie.

Il s'installa sur la chaise d'en face et la regarda en faisant une légère moue.

— Montes, j'ai été déçue que vous n'assistiez pas à l'autopsie, je me suis même inquiétée en ne vous voyant pas arriver et ça m'a mise très en colère d'apprendre par quelqu'un d'autre que vous ne viendriez pas parce que vous aviez un dîner. Je crois que vous auriez au moins pu m'éviter la honte de passer la nuit à me demander où vous étiez, à perdre mon temps à vous appeler en vain, pour apprendre finalement ce qu'il en était par Zabalza. (Montes la regardait, impassible. Elle poursuivit.) Fermín, on forme une équipe, j'ai besoin que tout le monde soit à son poste en permanence, si vous vouliez partir, je ne vous en aurais pas empêché; je veux juste dire que, avec ce qui nous tombe dessus, je pense que vous auriez au moins pu m'appeler, prévenir Jonan, que sais-je, mais en tout cas, vous ne pouviez pas disparaître sans explication. Avec trois assassinats sur les bras, j'ai besoin de vous en permanence. Bon, j'espère au moins que ça en valait la peine, dit-elle en souriant, et elle le regarda en silence, dans l'attente d'une réponse, mais il continua à la fixer comme s'il ne la voyait pas, d'un air qui avait évolué de la moue enfantine au mépris. Vous n'avez rien à me dire, Fermín ?

— Montes, dit-il tout à coup. Inspecteur Montes pour vous, n'oubliez pas que, même si vous êtes actuellement aux commandes de cette enquête, vous parlez à un égal. Je n'ai pas à donner d'explications à Jonan, qui est un subordonné, et j'ai prévenu le sous-inspecteur Zabalza, ma responsabilité s'arrête là. (Ses yeux se fermaient sous l'effet de l'indignation.) Bien sûr, que vous ne m'auriez pas empêché d'aller à ce rendez-vous, vous n'aviez aucun droit de faire ça même si vous pensez le contraire ces derniers temps. L'inspecteur Montes était depuis six ans déjà à la section des homicides quand vous êtes entrée à l'académie de police, chef, et ce qui vous emmerde, c'est d'être passée pour une incapable aux yeux de Zabalza.

Il se cala dans son siège et continua à la défier du regard. Amaia le regarda, peinée.

— Le seul qui soit passé pour un incapable, c'est vous, un incapable et un mauvais policier, bon Dieu ! On découvre le troisième cadavre d'une série d'assassinats, on n'a encore aucune piste et vous, vous partez dîner. Je crois que vous m'en voulez parce que le commissaire m'a confié la direction de l'enquête, mais vous devez comprendre que je n'ai rien à voir dans cette décision, que ce qui doit nous occuper à présent c'est de résoudre cette affaire le plus vite possible. (Elle se radoucit un peu et elle regarda Montes dans les yeux en essayant d'obtenir son assentiment.) Je croyais qu'on était amis, Fermín, moi, je me serais réjouie pour vous, je croyais que vous m'estimiez, je pensais pouvoir compter sur votre soutien indéfectible…

— Eh bien continuez à le croire, murmura-t-il.

— Vous n'avez rien d'autre à me dire ?

Il resta silencieux.

— D'accord, Montes, comme vous voulez, on se voit en réunion.

De nouveau, les visages morts des jeunes filles au regard tourné vers l'infini et recouvert par le voile de la mort et, de l'autre côté, comme pour mettre en évidence la grande perte que cela impliquait, d'autres photographies colorées et brillantes qui montraient le sourire espiègle de Carla posant à côté d'une voiture, certainement celle de son fiancé. Ainhoa tenant dans les bras un chevreau âgé d'une semaine à peine et Anne avec sa troupe de théâtre du lycée. Un sac en plastique contenant des lingettes qui avaient très certainement servi à démaquiller Anne, et un autre sac avec celles retrouvées à l'endroit où Ainhoa avait été découverte, auxquelles on n'avait sur le moment guère prêté attention supposant qu'elles s'étaient envolées jusqu'à la rivière.

— Vous aviez raison, chef. Les lingettes étaient là, elles avaient été jetées quelques mètres plus bas, dans une faille de la paroi surplombant la rivière.

Elles présentent des traces roses et noires, je suppose qu'il s'agit de tâches de rimmel et de rouge à lèvres. Ses amies disent qu'elle se maquillait, j'ai aussi le tube de rouge à lèvres, il se trouvait dans le sac. On vérifiera s'il s'agit bien du même. Et là, ce sont les lingettes qu'on a trouvées près d'Ainhoa. Elles sont identiques, elles présentent le même type de motif strié, mais avec moins de traces de maquillage. Les copines d'Ainhoa ont déclaré qu'elle n'utilisait que du brillant à lèvres.

Zabalza se leva.

— On n'a rien pu trouver pour Carla, il s'est écoulé trop de temps et en plus le corps était partiellement immergé dans la rivière ; si l'assassin y a jeté les lingettes, il est probable que l'eau des crues les a... En tout cas, sa famille nous a confirmé qu'elle se maquillait tous les jours.

Amaia se leva et se mit à arpenter la pièce, derrière ses collègues restés assis.

— Jonan, que nous racontent ces fillettes ?

Le sous-inspecteur se pencha en avant et toucha de l'index le bord d'une photo.

— Il les démaquille, leur ôte leurs chaussures, des chaussures à talons, de femme, c'est l'élément commun. Il tire leurs cheveux sur les côtés du visage, leur rase le duvet pubien, les fait redevenir des petites filles.

— C'est ça, affirma Amaia avec véhémence. Ce salaud pense qu'elles grandissent trop vite.

— Un pédophile qui aime les petites filles ?

— Non, non, si c'était le cas, il choisirait directement des petites filles, or ce sont des adolescentes, de petites femmes qui ont atteint un certain degré de maturité, elles sont dans cette phase où elles veulent paraître plus vieilles qu'elles ne le sont en réalité. Rien d'étrange à cela, c'est le processus de maturation de l'adolescence. Mais l'assassin n'apprécie pas ces changements.

— C'est plus probable qu'il les a connues quand elles étaient plus jeunes, et il n'aime pas ce qu'elles sont devenues, c'est la raison pour laquelle il veut les ramener en arrière, dit Zabalza.

— Il ne se contente pas de leur ôter chaussures et maquillage, il rase le duvet pubien pour que leur sexe soit semblable à celui des petites filles. Il déchire leurs vêtements et expose les corps, qui ne sont pas encore ceux des femmes qu'elles essaient d'être. Il élimine le duvet, et le remplace par une pâtisserie, un petit gâteau tendre qui représente le temps passé, la tradition de la vallée, le retour à l'enfance, peut-être à d'autres valeurs. Il n'approuve pas leur façon de s'habiller, le fait qu'elles se maquillent, leurs manières d'adultes, et il les punit en projetant sur elles son idéal de pureté. Aussi ne leur impose-t-il jamais de violences sexuelles, c'est la dernière chose qu'il souhaite, il veut les préserver de la corruption, du péché... Et le plus grave dans tout ça c'est que, si j'ai raison, si c'est ce qui tourmente notre assassin, nous pouvons être sûrs qu'il n'en restera pas là. Il s'est écoulé plus d'un mois entre l'assassinat de Carla et celui d'Ainhoa, et à peine trois jours entre celui-ci et celui d'Anne, il se sent provoqué, sûr de lui, il a une tâche à accomplir, il va continuer à enlever des jeunes filles pour les ramener à la pureté... Même la façon dont il place leurs mains paumes ouvertes vers le ciel symbolise l'abandon et l'innocence. (Amaia se tut, comme foudroyée par une révélation. Où avait-elle vu ces mains, cette attitude auparavant ? Elle regarda Iriarte et le désigna du doigt.) Vous pouvez m'apporter les calendriers qui se trouvent dans votre bureau, inspecteur ?

Iriarte revint au bout de deux minutes à peine. Il posa sur le bureau un calendrier comportant une photo de l'Immaculée Conception et une autre de Notre-Dame de Lourdes. Les Vierges souriaient, pleines de grâce, tout en tenant de chaque côté du corps leurs mains ouvertes qui dévoilaient les paumes, généreuses et sans réserve, d'où sortaient des rayons d'éclat solaire.

— C'est ça, comme des Vierges, s'exclama Amaia.

— Ce type est complètement fou, et, le pire, c'est qu'il y a une chose dont on peut être sûrs : il ne s'arrêtera pas avant qu'on s'en charge, dit Zabalza.

— Rafraîchissons son profil, demanda l'inspectrice.

— Sexe masculin, entre vingt-cinq et quarante ans, proposa Iriarte.

— Je crois qu'on peut affiner davantage, je penche pour quelqu'un de plus âgé, ce rejet qu'il témoigne vis-à-vis de la jeunesse ne cadre guère avec un homme jeune ; il n'est en rien impétueux, mais au contraire très organisé, il apporte sur la scène de crime tout ce dont il peut avoir besoin, et pourtant ce n'est pas là qu'il les tue.

— Il doit disposer d'un autre endroit. Où cela peut-il être ? demanda Montes.

— Je ne crois pas qu'il s'agisse d'un lieu précis, du moins pas d'une maison, il est impossible que toutes les filles acceptent de se rendre dans une maison ; et il faut tenir compte du fait qu'elles n'ont pas opposé de résistance, excepté Anne, qui a lutté à la fin, au moment de l'agression. De deux choses l'une : ou il les guette et les agresse par surprise, n'importe où, prenant le risque de se faire repérer, ce qui ne cadre guère avec son mode opératoire, ou il les persuade de se rendre quelque part, ou, mieux, il les y conduit lui-même, ce qui supposerait une voiture, une grosse, pour pouvoir transporter le cadavre par la suite... Je penche plutôt pour cette théorie, dit Amaia.

— Et vous croyez qu'avec tout ce qui se passe en ce moment, les filles monteraient dans la voiture de n'importe qui ? demanda Jonan.

— Elles ne le feraient peut-être pas à Pampelune, mais dans un village c'est normal, on te voit attendre le bus, et n'importe quel habitant s'arrête pour te demander où tu vas ; si c'est sa direction, il t'emmène, ça n'a rien d'exceptionnel, et ça confirmerait le fait que ce soit quelqu'un du village qui les connaît depuis l'enfance et en qui elles ont suffisamment confiance pour monter dans sa voiture, expliqua Iriarte.

— D'accord : un homme blanc, entre trente et quarante-cinq ans, peut-être un peu plus. Il habite probablement avec sa mère ou avec des parents âgés. Il se peut qu'il ait reçu une éducation très stricte, ou, au contraire, qu'il ait grandi sans repères et qu'il se soit lui-même forgé un code de conduite morale qu'il a décidé d'appliquer au monde. Il a peut-être subi des abus durant l'enfance, voire même ne pas avoir eu d'enfance, perdre ses parents jeune. Je veux que vous cherchiez un homme avec des antécédents de harcèlement, d'exhibitionnisme, de voyeurisme...

Demandez aux couples qui fréquentent les lieux s'ils ont remarqué ou entendu parler de quelque chose. Ces délinquants ont forcément des antécédents, ils vont crescendo. Cherchez ceux qui ont perdu leur famille de façon violente – orphelins, enfants maltraités, solitaires. Interrogez chaque homme coupable de maltraitance ou de harcèlement dans le Baztán. Je veux que tout soit centralisé sur la base de données de Jonan et, tant qu'on n'aura rien d'autre, on continuera les recherches auprès des familles, des amis et des personnes les plus proches. Les funérailles d'Anne auront lieu lundi. On va suivre la même procédure que pour Ainhoa, et on en tirera bien des éléments de comparaison. Établissez une liste de tous les hommes qui auront assisté aux deux enterrements et qui correspondent au profil. Montes, il serait intéressant de parler aux amis de Carla pour savoir si l'un d'eux a filmé les funérailles avec son téléphone mobile ou s'ils ont fait des photos, ça m'a mis la puce à l'oreille quand Jonan a dit que les amies d'Ainhoa ne cessaient de pleurer et de téléphoner ; les adolescents ne vont nulle part sans leurs portables, vérifiez – elle oublia intentionnellement de dire « s'il vous plaît ». Zabalza, j'aimerais parler à quelqu'un du Seprona[1] ou aux gardes forestiers. Jonan, je veux toutes les informations que tu pourras trouver sur les ours de la vallée... Je sais qu'ils viennent d'en localiser un par GPS, voyons ce qu'ils peuvent nous en apprendre. Et dès que l'un d'entre vous a quelque chose, je veux en être tenue informée à n'importe

---

1. Société espagnole de protection de la nature. (*N.d.T.*)

quelle heure du jour ou de la nuit, ce monstre est en liberté, et c'est notre travail de l'attraper.

Iriarte s'approcha d'elle pendant que les autres policiers sortaient.

— Venez dans mon bureau, inspectrice, vous avez un appel du commissariat général de Pampelune.

Amaia prit la communication.

— Je crains de ne pas être encore en mesure de vous donner de bonnes nouvelles, commissaire. L'enquête avance aussi vite que possible, mais j'ai bien peur que l'assassin ne soit plus rapide que nous.

— D'accord, inspectrice, je vois que j'ai confié l'enquête à la bonne personne. Il y a une heure, j'ai reçu un appel d'un ami qui travaille pour le *Diario de Navarra*[1]. Demain, ils publieront une interview de Miguel Ángel de Andrés, le fiancé de Carla Huarte qui était en prison. Comme vous le savez, il a été remis en liberté. Inutile de vous expliquer en quels termes il parle de nous ; mais bon, là n'est pas le problème, au cours de l'interview, le journaliste insinue qu'il y a un serial killer dans la vallée de Baztán, que Miguel Ángel de Andres a été remis en liberté quand il a été établi que les assassinats de Carla et d'Ainhoa étaient liés, et il faut ajouter à cela que demain l'assassinat de la dernière fille sera rendu public, Anne – on aurait dit qu'il lisait – Urbizu.

— Arbizu, corrigea Amaia.

— Je vous faxe une copie des articles qui sortiront demain. Je vous préviens, ça ne va pas vous plaire, ils sont répugnants.

---

1. « Journal de Navarre ». (*N.d.T.*)

Zabalza réapparut avec deux feuilles imprimées dont quelques phrases étaient soulignées.

> Miguel Ángel de Andrés, qui a passé un mois à la prison de Pampelune, accusé de l'assassinat de Carla Huarte, affirme que les policiers font le rapprochement entre l'affaire et les récents assassinats de jeunes filles dans la vallée de Baztán. L'assassin leur arrache leurs vêtements et on a retrouvé sur tous les cadavres des poils d'origine animale. Un terrible seigneur de la forêt qui assassine sur son territoire. Un basajaun sanguinaire.

L'article sur l'assassinat d'Anne était intitulé : « Un nouveau crime du basajaun ? »

11

La forêt grandiose de Baztán, qui, avant l'intervention de l'homme, était composée de hêtraies sur les hauteurs, de chênaies dans les parties basses ou de châtaigneraies et de bosquets de frênes et d'amandiers dans les zones intermédiaires, était maintenant presque entièrement recouverte de hêtres, régnant de façon hégémonique sur les autres espèces. Les prés et les fourrés d'ajoncs, de bruyères et de fougères, constituaient le tapis qu'avaient foulé des générations d'habitants du Baztán, une scène propice aux événements magiques qui n'était comparable qu'à la forêt d'Irati maintenant souillée par l'horreur du crime.

La forêt lui inspirait toujours un sentiment secret et orgueilleux d'appartenance, même si sa magnificence provoquait aussi en elle crainte et vertige. Elle savait qu'elle l'aimait, mais il s'agissait d'un amour révérencieux et chaste qu'elle nourrissait en silence et à distance. À quinze ans, elle avait brièvement fait partie d'un groupe de randonneurs dans une association d'alpinistes. Marcher dans la compagnie bruyante du groupe n'avait pas été aussi gratifiant qu'elle était en droit de l'espérer, et elle avait arrêté au bout de trois sorties. Ce ne fut qu'après avoir appris à conduire qu'elle s'engagea à nouveau sur les pistes forestières, attirée à nouveau par la magie du lieu. Elle découvrit qu'être seule dans la montagne suscitait en elle une inquiétude terrifiante, la sensation d'être observée, de se trouver dans un lieu interdit ou de commettre un acte sacrilège vis-à-vis d'une relique. Amaia monta en voiture et rentra chez elle, excitée autant que gênée par l'expérience, et consciente de la peur primitive qu'elle avait ressentie, qui, une fois dans le salon de tante Engrasi, lui sembla ridicule et puérile.

L'enquête devait avancer, et Amaia regagna l'épaisseur du Baztán. Les derniers coups de griffe de l'hiver étaient plus perceptibles dans la forêt que n'importe où ailleurs. La pluie, tombée pendant toute la nuit, respectait maintenant une trêve laissant l'air froid et lourd, fécondé par une humidité qui transperçait les vêtements et les os, la faisant frissonner, malgré la grosse doudoune en plume que James l'obligeait à porter. Les troncs, noircis par l'excès d'eau, brillaient sous le soleil incertain de février comme la peau d'un reptile millénaire. Les arbres qui n'avaient pas perdu leurs manteaux resplendissaient d'un vert usé par l'hiver, dévoilant sous la brise légère les reflets argentés de leurs feuilles. La présence de la rivière se devinait en bas de la vallée, serpentant entre les bois, témoin muet de l'horreur dont l'assassin ornait ses rives.

Jonan pressa le pas pour la rattraper, tout en remontant la fermeture Éclair de sa veste.

— Les voici, dit-il en désignant la Land Rover estampillée du signe distinctif des gardes forestiers.

Les deux hommes en uniforme les regardèrent venir de loin et Amaia devina qu'ils faisaient un commentaire moqueur, car elle les vit rire en détournant le regard.

— Le fameux commentaire sur le péquenaud et la fille, murmura Jonan.

— Du calme, mon vieux, on a vu pire, murmura-t-elle pendant qu'ils approchaient. Bonjour. Je suis l'inspectrice Salazar, section des homicides de la police régionale, et voici le sous-inspecteur Etxaide.

Les deux hommes étaient extrêmement minces et nerveux, même si l'un avait presque une tête de plus que l'autre. Amaia nota que le plus grand s'était redressé quand il avait entendu son grade.

— Inspectrice, je suis Alberto Flores et mon collègue Javier Gorria. Nous sommes chargés de surveiller cette zone, une zone très vaste, plus de cinquante kilomètres de forêt, mais si on peut vous aider en quoi que ce soit, vous pouvez compter sur nous.

Amaia les regarda sans répondre. C'était une tactique d'intimidation infaillible qui fonctionna également à cette occasion. Le garde forestier qui était resté appuyé contre le capot de la Land Rover s'en écarta en s'avançant d'un pas.

— Vous pouvez compter sur notre entière collaboration, madame, l'expert en ours de Huesca est arrivé il y a une heure, sa voiture est garée un peu plus bas, dit-il en indiquant un tournant sur la route. Si vous voulez bien nous accompagner, nous vous montrerons où ils opèrent.

— D'accord, et appelez-moi inspectrice.

Le sentier se resserrait à mesure qu'ils s'enfonçaient dans la forêt pour s'élargir de nouveau un peu plus loin en de petites clairières à l'herbe verte et fine comme le gazon des plus beaux jardins. À d'autres endroits, les arbres formaient un labyrinthe protégé et somptueux, presque chaleureux, renforcé par un tapis continu d'aiguilles et de feuilles. Sur ce tapis végétal plat et épais, l'eau ne s'était pas infiltrée comme sur les pentes et on voyait de grandes surfaces sèches et moelleuses de feuilles balayées par le vent au pied des arbres, composant des sortes de lits naturels pour les lamies de la forêt. Amaia sourit aux souvenirs des légendes que lui avait racontées tante Engrasi dans son enfance. Il n'était pas étrange, au milieu de cette forêt, de croire à l'existence de ces créatures magiques qui avaient forgé la culture ancestrale de la région. Toutes les forêts sont puissantes, certaines redoutables car profondes et mystérieuses, d'autres sombres et sinistres. Dans le Baztán, la forêt est fascinante, d'une beauté sereine et ancestrale qui symbolise malgré elle son visage le plus humain, le plus éthéré et enfantin, celui qui croit aux fées merveilleuses qui vivaient dans la forêt, et qui dormaient toute la journée pour sortir à la tombée de la nuit afin de coiffer leurs longs cheveux dorés avec un peigne d'or qui conférerait à son possesseur le don de voir se réaliser n'importe quelle faveur. Faveur qu'elles accordaient aux hommes qui, séduits par leur beauté, leur tenaient compagnie, sans être épouvantés par leurs extrémités palmées. Amaia sentait dans cette forêt des présences si tangibles qu'il était facile d'y accepter l'existence d'un monde merveilleux, un pouvoir de l'arbre supérieur à l'homme, et d'évoquer le temps où, en ces lieux et dans toute la vallée, êtres magiques et humains vivaient en harmonie.

— Les voilà, les chasseurs de fantômes, dit Gorria, goguenard.

L'expert de Huesca et son assistante portaient des salopettes de travail d'un orange criard et leurs mallettes argentées ressemblaient à celles de la police scientifique. Quand ils arrivèrent à leur hauteur, ils paraissaient absorbés dans l'observation d'un tronc de hêtre.

— Enchanté, inspectrice, dit l'homme en lui tendant la main. Raúl González et Nadia Takchenko. Si vous vous demandez pourquoi nous sommes déguisés ainsi, c'est à cause des braconniers ; pour ces gens-là, il n'y a pas plus séduisant que la rumeur qui fait état de la présence d'un ours dans les parages, et vous les verrez même sortir de sous les pierres, je ne plaisante pas. Le mâle ibérique vient chasser l'ours ici, mais, au final, il a tellement la trouille que ce soit l'ours qui le chasse, qu'il tire sur tout ce qui bouge... D'où la salopette orange : on la voit à deux kilomètres ; dans les forêts russes, tout le monde en porte.

— Alors ? *Habemus* un ours, ou non ? demanda Amaia.

— Inspectrice, le Dr Takchenko et moi-même pensons qu'une telle affirmation serait un peu hâtive, tout comme son contraire.

— Mais vous pouvez au moins me dire si vous avez trouvé un indice, une piste...

— Nous avons sans doute trouvé des empreintes

qui indiquent la présence de gros animaux, mais rien ne nous permet d'affirmer qu'il y a un ours parmi eux. De toute façon, nous venons juste d'arriver, nous n'avons pas vraiment eu le temps d'explorer le secteur, et la nuit va tomber, dit-il en regardant le ciel.

— Demain à l'aube, on mettra les mains à la pâte, c'est comme ça qu'on dit ? demanda le Dr Takchenko dans un mauvais espagnol. L'échantillon qu'on nous envoie appartient en effet à plantigrade. Ça intéresserait beaucoup avoir échantillon du second prélèvement.

Amaia apprécia qu'elle ne mentionne pas le fait qu'il provenait d'un cadavre.

— Vous les aurez demain, dit Jonan.

— Alors vous ne pouvez pas m'en dire davantage ? insista Amaia.

— Écoutez, inspectrice, vous devez savoir avant toute chose que les ours sont rares. On ne recense la présence d'aucun de ces animaux dans la vallée de Baztán depuis 1700, date des dernières observations ; un registre mentionne même la récompense versée aux chasseurs qui ont abattu les derniers ours de la vallée. Depuis lors, rien, aucun témoignage officiel, même si des rumeurs ont toujours couru parmi les gens de la région. Ne vous méprenez pas, cet endroit est merveilleux, mais les ours n'aiment pas la compagnie, aucune compagnie, pas même celle de leurs congénères. Et encore moins celle des humains. Il serait surprenant qu'un homme en rencontrât un, l'ours le détecterait à des kilomètres et s'éloignerait sans croiser sa route...

— Et si par hasard un ours était arrivé dans la vallée, disons en suivant la trace d'une femelle ? Je sais que dans ce genre de cas, ils sont capables de parcourir des centaines de kilomètres. Et si, par exemple, il se sentait attiré par quelque chose de spécial ?

— Si vous voulez parler d'un cadavre, c'est peu probable, les ours ne sont pas des charognards ; si la chasse donne peu, ils se nourrissent de lichen, de fruits, de miel, de jeunes pousses, presque n'importe quoi plutôt que de charogne.

— Je ne voulais pas parler d'un cadavre, mais d'aliments préparés... Je ne peux pas être plus précise, je le regrette...

— Les ours sont très attirés par la nourriture humaine ; en fait, c'est ce qui les pousse à s'approcher des zones peuplées, à fouiller dans les poubelles et à abandonner la chasse, séduits par les saveurs élaborées.

— C'est-à-dire qu'un ours pourrait être suffisamment attiré par un cadavre pour s'en approcher si ce dernier avait une odeur particulièrement alléchante ?

— Oui, en supposant qu'il y en ait un dans le Baztán, chose peu probable.

— À moins qu'on ait recommencé à confondre un ours avec un saba, c'est comme ça qu'on dit ? demanda en riant le Dr Takchenko.

Le Dr González détourna le regard en direction des gardes forestiers, qui attendaient légèrement en retrait.

— Le docteur parle du cadavre présumé d'un ours que l'on a retrouvé à proximité d'ici en août 2008, et qui, à l'issue de la nécropsie, s'est révélé être un chien de grande taille. Les autorités ont fait beaucoup de bruit pour rien.

— Je me souviens de cette histoire, on en a parlé dans les journaux, mais, en l'occurrence, c'est vous qui affirmez qu'il s'agit de poils d'ours, n'est-ce pas ?

— Bien sûr, les poils qu'on nous a envoyés sont ceux d'un ours, mais, pour l'instant, je ne peux pas en dire davantage. Nous allons rester ici quelques jours, nous inspecterons les zones où ont été trouvés les échantillons et nous placerons des caméras à des points stratégiques afin de tenter de le filmer, s'il rôde par là.

Ils ramassèrent leurs mallettes et descendirent en empruntant le sentier par lequel ils étaient venus. Amaia fit quelques mètres entre les arbres, essayant de repérer les vestiges qui avaient tant intéressé les experts. Elle pouvait presque sentir la présence hostile des gardes forestiers derrière elle.

— Et vous, que pouvez-vous me dire ? Vous avez remarqué quelque chose de particulier dans le secteur ? Quelque chose qui aurait attiré votre attention ? demanda-t-elle, se retournant pour ne pas manquer leur réaction.

Les deux hommes se regardèrent avant de répondre.

— Vous voulez savoir si on a vu un ours ? demanda le plus petit avec ironie.

Amaia le considéra comme si elle venait de découvrir sa présence et ne savait pas encore dans quelle catégorie le cataloguer. Elle s'approcha si près de lui qu'elle pouvait sentir sa lotion après-rasage. Elle vit que sous le col kaki de l'uniforme, il portait un tee-shirt de l'Osasuna[1].

— Je veux savoir, monsieur Gorria... C'est bien Gorria, n'est-ce pas ? Si vous avez vu quelque chose digne d'être mentionné. Augmentation ou diminution du nombre de cerfs, sangliers, lapins, lièvres ou renards ; attaques visant le bétail ; animaux peu répandus dans la région ; braconniers, randonneurs suspects ; rapports de chasseurs, bergers, ivrognes ; détection d'espèces exogènes, ou présence de Tyrannosaurus rex... n'importe quoi... et, bien sûr, des ours.

Une tache rouge s'étendit comme une infection sur le cou de l'homme et gagna son front. Amaia pouvait presque apercevoir des gouttelettes de sueur se former sur la peau tendue de son visage ; elle demeura pourtant à côté de lui quelques secondes de plus. Puis elle recula d'un pas sans cesser de le fixer, et elle attendit. Gorria regarda de nouveau son collègue, cherchant un appui qui ne vint pas.

— Regardez-moi, Gorria.

— On n'a rien constaté d'anormal, intervint Flores. La forêt a sa propre respiration et l'équilibre semble intact, je crois peu probable qu'un ours soit descendu à ce niveau de la vallée. Je ne suis pas expert en plantigrades, mais je suis d'accord avec le chasseur de fantômes. Je travaille depuis quinze ans dans ces bois, et je vous assure que j'ai vu beaucoup de choses, certaines plutôt bizarres, ou peu courantes, comme vous dites, y compris le cadavre de chien retrouvé à Orabidea que l'équipe chargée de

---

1. Club de football de Pampelune. (*N.d.T.*)

l'environnement a pris pour celui d'un ours. Nous n'y avons jamais cru (Gorria hochait la tête), mais, à leur décharge, je dirais que ce devait être le plus grand chien de la Création et qu'il était en état de décomposition avancée et très gonflé. Le pompier qui a rapporté le cadavre du sommet où il a été retrouvé en a eu l'estomac retourné pendant un mois.

— Vous avez entendu l'expert, il est possible qu'il s'agisse d'un jeune mâle qui se soit perdu en suivant la trace d'une femelle...

Flores arracha une feuille sur un arbuste et se mit à la plier de façon symétrique en méditant sa réponse.

— Pas si bas. Si on parlait des Pyrénées, d'accord, parce que, aussi malins que s'estiment ces experts spécialistes en plantigrades, il est probable qu'il y ait plus d'ours que ceux qu'ils affirment contrôler. Mais pas ici, pas aussi bas.

— Et comment expliquez-vous alors qu'on ait retrouvé des poils appartenant manifestement à des ours ?

— Si l'analyse préliminaire a été faite par l'équipe de l'environnement, il peut s'agir de squames de dinosaure jusqu'à ce qu'on découvre que ce sont en réalité des écailles de lézard, mais je n'y crois pas non plus. On n'a pas vu d'empreintes, de cadavres d'animaux, ni d'excréments, rien, et je ne crois pas que les chasseurs de fantômes trouvent quoi que ce soit qui nous aurait échappé. Ici, il n'y a pas d'ours, malgré les poils, non, madame. Peut-être autre chose, mais pas d'ours, certainement pas, dit-il en dépliant très soigneusement la feuille qu'il venait de plier et où apparaissaient maintenant les tracés plus sombres et humides de la sève.

— Vous voulez parler d'un autre genre d'animal? Un gros?

— Pas exactement, répliqua-t-il.

— Il veut parler d'un basajaun, dit Gorria.

Amaia mit les poings sur ses hanches et se tourna vers Jonan.

— Un basajaun, comment n'y a-t-on pas pensé plus tôt? Bon, je vois que votre travail vous laisse le temps de lire les journaux.

— Et de regarder la télé, précisa Gorria.

— La télé aussi? Amaia regarda Jonan, désolée.

— Oui, ils en ont parlé hier dans *Lo que pasa en España*[1], et les journalistes ne vont pas tarder à débarquer, répondit-il.

— Putain, c'est kafkaïen. Un basajaun. Et alors? Vous en avez vu un?

— Lui, oui, dit Gorria.

Le regard que Flores adressa à son collègue tout en niant de la tête ne lui échappa pas.

— Voyons si j'ai bien compris, vous êtes en train de me dire que vous avez vu un basajaun?

— Je n'ai rien dit, murmura Flores.

— Putain, Flores! il n'y a pas de mal à ça, beaucoup de gens sont au courant, et ça figure dans le rapport de l'incident, quelqu'un aurait fini par le leur dire, il vaut mieux que ce soit toi.

— Racontez-moi ça, le pria Amaia.

Flores hésita un instant avant de se lancer.

— C'était il y a douze ans. Un braconnier m'a

---

1. « Ce qui arrive en Espagne ». (*N.d.T.*)

tiré dessus par erreur. J'étais au milieu des arbres en train de pisser et je suppose que ce connard m'a pris pour un cerf. Il m'a touché à l'épaule et je suis resté étendu par terre sans pouvoir bouger pendant au moins trois heures. À mon réveil, j'ai vu une créature accroupie à côté de moi, son visage était entièrement recouvert de poils, mais pas comme un animal, comme un homme dont la barbe commencerait sous les yeux, des yeux intelligents et compatissants, presque humains, à cette différence près que l'iris occupait quasiment tout l'espace, il n'y avait presque pas de blanc, comme chez les chiens. Je me suis évanoui de nouveau. Je me suis réveillé en entendant les voix de mes collègues, qui me cherchaient ; alors il m'a regardé une fois encore dans les yeux, il s'est redressé et s'est dirigé vers la forêt. Il mesurait plus de deux mètres cinquante. Avant de s'enfoncer entre les arbres, il s'est retourné vers moi et a levé une main, comme pour m'adresser une sorte de salut, et il a sifflé si fort que mes collègues l'ont entendu à presque un kilomètre de distance. J'ai perdu conscience une fois de plus, et je me suis réveillé à l'hôpital.

En parlant, il avait recommencé à plier la feuille entre ses doigts et il la découpait maintenant en petits morceaux, avec l'ongle du pouce. Jonan s'approcha près d'Amaia et lui adressa un regard avant de parler à son tour.

— C'est peut-être le fait d'une hallucination due au choc occasionné par la balle, la perte de sang et le fait de vous savoir seul au milieu de la montagne, cela a dû être terrible ; ou alors, le braconnier qui vous a tiré dessus a éprouvé des remords et il vous a tenu compagnie jusqu'à ce que vos collègues vous retrouvent.

— Le braconnier a vu qu'il m'avait touché, mais, selon sa propre déclaration, il m'a cru mort et il a détalé. Il a été arrêté quelques heures plus tard lors d'un contrôle d'alcoolémie et c'est à ce moment-là qu'il a raconté ce qui s'était passé. Qu'en pensez-vous ? Je lui dois une fière chandelle à ce con, sinon ils ne m'auraient pas retrouvé. Une hallucination, c'est possible, mais à l'hôpital on m'a montré un bandage de fortune fait avec des couches de feuilles et des herbes placées en guise de compresse occlusive qui m'a empêché de me vider de mon sang.

— Peut-être vous l'êtes-vous fabriqué vous-même avec les feuilles avant de perdre connaissance ? On a déjà entendu parler de personnes qui, ayant subi une amputation et, se retrouvant seules, se sont elles-mêmes posé un garrot, préservant ainsi leur membre amputé, et ont appelé les urgences avant de perdre conscience.

— D'accord, moi aussi j'ai lu ça sur Internet, mais dites-moi, comment ai-je pu appuyer sur la blessure pendant que j'étais évanoui ? Parce que c'est ce que cette créature a fait pour moi, et c'est ce qui m'a sauvé la vie.

Amaia ne répondit pas, elle leva une main et la posa sur ses lèvres comme si elle se retenait de parler.

— Je vois, je n'aurais pas dû vous en parler, dit Flores en regagnant le chemin.

12

La nuit était tombée quand Amaia arriva à l'église de Santiago. Elle poussa la porte, presque sûre de la trouver close, et quand celle-ci céda, de façon douce et silencieuse, l'inspectrice fut un peu surprise et sourit à l'idée qu'on puisse encore laisser l'église ouverte dans son village. L'autel était partiellement éclairé, et un groupe d'une cinquantaine de gamins étaient assis sur les premiers bancs. Elle plongea le bout des doigts dans le bénitier et frissonna légèrement en sentant le contact de l'eau glacée sur son front.

— Vous venez chercher un enfant ?

Elle se tourna vers une femme d'une quarantaine d'années qui se couvrait les épaules d'un châle.

— Pardon ?

— Oh, excusez-moi, je pensais que vous veniez chercher un enfant. (Il était évident qu'elle l'avait reconnue.) Nous sommes en pleine répétition des communions, expliqua-t-elle.

— Si tôt ? On est en février.

— Eh bien, le père Germán a des idées très arrêtées sur ce sujet, dit-elle dans un ample geste des mains. (Amaia se rappela son prêche lors des funérailles, à propos du mal aux aguets et elle se demanda sur combien de points ce prêtre de Santiago avait des idées arrêtées.) Et puis, ne croyez pas qu'il reste tellement de temps, mars et avril, et le premier mai, on a déjà le premier groupe de communiants.

Elle s'interrompit soudain.

— Excusez-moi, je vous retarde peut-être, vous voulez sûrement parler au père Germán, n'est-ce pas ? Il est à la sacristie, je le préviens tout de suite.

— Oh, non, ce ne sera pas nécessaire, en fait, je suis venue à l'église à titre personnel, dit Amaia en imprimant au dernier mot une intonation proche de l'excuse qui lui assura immédiatement la sympathie de la catéchiste, laquelle lui sourit en reculant de quelques pas comme une servante dévouée qui se retire.

— Bien sûr, que Dieu vous bénisse.

Amaia fit le tour de la nef en contournant l'autel principal et en s'arrêtant devant les statues qui ornaient les petites chapelles, sans cesser de penser à ces jeunes filles au visage lavé, dépouillé de maquillage et de vie, que quelqu'un avait transformées en œuvres d'imagerie macabre, belles malgré tout. Elle observa les saintes, les archanges et les vierges dolentes avec leurs visages lisses, pâles de douleur épurée, de pureté ou d'extase atteintes à travers l'agonie, une torture lente, aussi désirée que redoutée, et acceptée avec une soumission et un abandon écrasants.

— Tu n'arriveras jamais à ça, murmura Amaia.

Non, ce n'étaient pas des saintes, elles ne s'étaient

certainement pas livrées, soumises et pleines d'abnégation : il avait dû leur arracher la vie comme un voleur d'âmes.

Elle quitta l'église de Santiago et marcha lentement, profitant du fait que l'obscurité et le froid intense avaient vidé les rues même s'il était encore tôt. Elle traversa les jardins et apprécia la beauté des arbres immenses qui l'entouraient, rivalisant en hauteur avec les deux tours. Elle songea à l'étrange sensation qui l'oppressait dans ces rues quasi désertes. L'enceinte urbaine d'Elizondo s'étendait sur la zone plane de la vallée et le tracé des rues était conditionné en grande partie par la rivière Baztán. Trois rues principales, parallèles, constituaient le centre historique d'Elizondo, où s'élevaient encore de grands palais et autres habitations typiques de l'architecture populaire.

La rue Braulio-Iriarte s'étend sur la rive septentrionale de la Baztán et est reliée à la rue Jaime-Urrutia par deux ponts. Cette dernière fut la grand-rue jusqu'à la construction de la rue Santiago, et elle s'étire sur la rive méridionale de la rivière longée de maisons de maître, la rue Santiago entraîna l'extension urbaine de la localité, avec la construction de la route de Pampelune vers la France au début du XXe siècle.

Amaia pénétra sur la place en sentant le vent s'engouffrant entre les plis de son écharpe tandis qu'elle observait l'esplanade trop éclairée, certainement dépossédée de l'attrait qui avait dû être le sien au siècle précédent, lorsqu'on l'utilisait surtout pour jouer à la pelote. Elle s'approcha de la mairie, un noble édifice datant de la fin du XVIIe que Juan de

Arozamena, célèbre carrier d'Elizondo, avait mis deux ans à construire. Sur la façade, le sempiternel écusson en forme d'échiquier, flanqué de l'inscription suivante : « Vallée et Université du Baztán », et, devant le bâtiment, sur la partie inférieure gauche de la façade, une pierre appelée botil harri qui servait pour le jeu de pelote, dans la version qui se pratique avec un gant, le laxoa.

Elle sortit une main de sa poche et, de façon presque cérémonieuse, toucha la pierre, sentant le froid gagner ses doigts. Amaia tenta d'imaginer les lieux à la fin du XVIIe siècle, quand le laxoa était le jeu de pelote le plus pratiqué en Euskal Herria[1]. On y jouait par équipes de quatre joueurs qui s'affrontaient face à face comme au tennis, quoique sans filet de séparation. Cette version du jeu de pelote fut remplacée par d'autres au cours du XIXe siècle. Malgré ça, Amaia se rappelait avoir entendu son père raconter que l'un de ses grands-pères avait été un grand amateur qui s'était forgé une réputation de gantier en raison de la qualité des pièces qu'il cousait lui-même en utilisant des cuirs qu'il tannait au préalable.

C'était son village, l'endroit où elle avait vécu le plus grand nombre d'années de sa vie. Il faisait partie d'elle au même titre qu'une empreinte génétique, c'était là qu'elle revenait en rêve, quand son esprit n'était pas encombré de morts, d'agresseurs, d'assassins et de suicidés qui envahissaient ses cauchemars de façon obscène. Mais si elle ne faisait pas de cauchemars et que son sommeil fût placide et régressif

---

1. « Pays basque ». (*N.d.T.*)

elle revenait là, vers ces rues et ces places, ces pierres, ce lieu d'où elle avait toujours voulu partir. Un lieu qu'elle n'était pas sûre d'aimer. Un lieu qu'elle commençait à regretter maintenant qu'elle vivait ailleurs et qu'elle avait fini par croire qu'il n'existait plus puisque c'était l'Elizondo de son enfance. Ce village où elle était revenue qui aurait dû porter les marques d'un changement définitif était resté le même. Il y avait peut-être plus de voitures dans les rues, de lampadaires, de bancs et de petits jardins qui, comme un nouveau maquillage, fardaient le visage d'Elizondo. Mais pas au point de l'empêcher de constater que son essence n'avait pas changé, que tout était comme avant.

Elle se demanda si Alimentación Adela existait encore, ou le commerce de Pedro Galarregui rue Santiago, Belzunegui et Mari Carmen, les magasins de confection où leur mère leur achetait des vêtements, la boulangerie Baztanesa, les chaussures Virgilio ou la quincaillerie Garmendia, rue Jaime-Urrutia. Et elle sut que ce n'était même pas l'Elizondo qu'elle regrettait le plus, mais un autre, plus ancien et viscéral, le lieu qui faisait partie de ses entrailles et qui mourrait avec elle. L'Elizondo des récoltes ruinées par les fléaux, celui de l'épidémie qui avait tué tant d'enfants en 1440. Celui de gens qui avaient changé leurs habitudes afin de s'adapter à une terre qui s'était d'abord montrée hostile, d'un peuple décidé à rester là, près de l'église, car c'était là qu'était né leur village. Celui des marins recrutés sur la place afin de partir pour le Venezuela avec la Real Compañía de Caracas. Celui des habitants qui avaient reconstruit leurs maisons après les terribles crues et inondations de la Baztán. L'image recréée du tabernacle flottant en bas de la rue près des cadavres de bétail émergea dans son esprit. Et celle de ses voisins le portant au-dessus de leurs têtes, convaincus, au milieu de ce bourbier, que ce ne pouvait être qu'un signe divin, un signe que Dieu ne les avait pas abandonnés et qu'ils devaient continuer. Des hommes et des femmes courageux bâtis à chaux et à sable, interprètes de signes telluriques qui levaient toujours la tête en implorant la pitié d'un ciel plus menaçant que protecteur.

Elle rebroussa chemin en empruntant la rue Santiago qu'elle descendit pour se diriger vers la place Javier-Ziga, traversa le pont et s'arrêta au milieu. Appuyée contre le parapet sur lequel était gravé son nom, Muniartea, elle murmura quelque chose en passant les doigts sur la pierre rugueuse. Elle scruta la noirceur de l'eau qui charriait cette odeur depuis les sommets, cette rivière qui avait débordé en provoquant des pertes enregistrées dans les annales d'Elizondo ; rue Jaime-Urrutia, une plaque commémorative apposée sur la maison de la Serora, la femme qui s'occupait de l'église et de la cure, indiquait encore le niveau atteint par les eaux le 2 juin 1913. Cette même rivière était maintenant le témoin d'une nouvelle horreur, une horreur qui n'avait plus rien à voir avec les forces de la nature, mais avec la dépravation humaine la plus absolue, laquelle transformait les hommes en bêtes, en prédateurs qui se mêlaient aux justes, pour commettre l'acte le plus exécrable qui soit, laissant libre cours à la convoitise, à la colère, à l'orgueil et à l'appétit insatiable de la gloutonnerie la plus immonde. Ils avaient affaire à un loup qui n'allait pas s'en tenir là et qui continuerait à semer de cadavres les berges de la Baztán, ce cours d'eau frais et lumineux dont l'onde chantante mouillait les berges du lieu où les rêves d'Amaia la ramenaient quand ils n'étaient pas envahis par des morts, et que ce salaud avait souillé de ses offrandes au mal.

Un frisson lui parcourut le dos, elle ôta les mains de la pierre froide et les enfonça dans ses poches. Elle adressa un dernier regard à la rivière et entreprit de rentrer chez elle tandis qu'il recommençait à pleuvoir.

13

Mêlées au murmure omniprésent du téléviseur, elle entendit les voix de James et de Jonan, qui discutaient dans le salon de tante Engrasi, manifestement étrangers au vacarme que faisaient les six vieilles dames qui jouaient au poker sur une table hexagonale recouverte d'un tapis vert, semblable à celles que l'on trouve dans n'importe quel casino et que sa tante s'était fait rapporter de Bordeaux afin de miser dessus chaque soir quelques euros et l'honneur. Quand ils virent Amaia sur le seuil, les deux hommes quittèrent la table de jeu et s'approchèrent d'elle. James l'embrassa rapidement en lui prenant la main et en l'entraînant vers la cuisine.

— Jonan t'attendait, il a quelque chose à te dire. Je vous laisse tous les deux.

Le sous-inspecteur s'avança et lui tendit une enveloppe marron.

— Chef, le relevé d'empreintes est arrivé de Saragosse, j'ai pensé que vous voudriez le voir tout de suite, dit Jonan, promenant le regard à travers l'immense cuisine de tante Engrasi. Je croyais que ce genre d'endroit n'existait plus.

— Et il n'existe plus, croyez-moi, dit Amaia en sortant un pli de l'enveloppe. C'est... c'est hallucinant. Les poils que nous avons trouvés sur les cadavres sont des poils de sanglier, de mouton, de renard et peut-être même d'un ours, mais le labo n'en est pas encore sûr ; et puis, les fragments de peau épithéliaux sur la cordelette proviennent d'une chèvre.

— De chèvre ?

— Oui, Jonan, oui, on a une sacrée arche de Noé, je suis presque étonnée qu'on n'ait pas trouvé de mucus d'éléphant ni de sperme de baleine...

— Et pour ce qui est des restes humains ?

— Rien d'humain, pas un poil, aucun fluide, rien. Que diraient nos amis les gardes forestiers s'ils apercevaient ça, à ton avis ?

— Ils diraient que c'est normal, parce qu'un basajaun n'est pas un être humain.

— À mon avis, Flores est un imbécile. Comme il l'a expliqué lui-même, les *basajaunes* sont perçus comme des êtres pacifiques, protecteurs de la vie de la forêt... Il a dit lui-même que l'un d'entre eux lui avait sauvé la vie, explique-moi comment il le case dans cette histoire.

Jonan la regarda, évaluant l'argument.

— Sa présence n'indique pas nécessairement qu'il ait tué les gamines, bien au contraire : en tant que protecteur de la forêt, il est logique qu'il se sente impliqué, provoqué par la présence du prédateur.

Amaia le regarda, surprise.

— Logique ?... Ça t'amuse, pas vrai ? (Jonan sourit.) Ne dis pas le contraire, tu raffoles de toutes ces sottises au sujet du basajaun.

— Juste la partie où il n'y a pas d'adolescentes mortes. Mais vous savez mieux que personne que ce ne sont pas des sottises, chef, et je vous le dis, moi, qui en plus d'être flic, suis archéologue et anthropologue...

— Celle-là, elle est bonne. Voyons, explique-moi : pourquoi moi mieux que quiconque.

— Parce que vous êtes née ici et y avez grandi, vous n'allez pas me dire que vous n'avez pas tété ces histoires dès l'enfance ? Ce ne sont pas des niaiseries, ça appartient à la culture et à la mythologie basco-navarraise, et il ne faut pas oublier que ce qui relève aujourd'hui de la mythologie a d'abord été religieux.

— Eh bien, n'oublie pas non plus qu'au nom de la religion la plus fondamentaliste, dans cette même vallée, on a poursuivi et condamné des dizaines de femmes qui sont mortes sur le bûcher dans l'autodafé de 1610, à cause de croyances aussi absurdes que celle-ci, et que l'évolution de la société a par chance rendues caduques.

Jonan tint bon, faisant découvrir à Amaia tout le savoir qu'il cachait sous l'apparence du jeune sous-inspecteur qu'il était.

— On sait que l'obscurantisme religieux et les craintes alimentées par des légendes et des ploucs ont fait beaucoup de mal, mais on ne peut nier qu'il s'agisse de l'un des phénomènes de piété les plus prégnants de l'histoire récente, chef. Il y a cent ans, cent cinquante tout au plus, il était rare de rencontrer quelqu'un qui déclare ne pas croire aux sorcières, *belagiles*[1], basajaun, *tartalo*[2] et, surtout, en Mari, la déesse, le génie, la mère, la protectrice des récoltes et des troupeaux qui faisait tonner le ciel à sa guise et tomber une grêle qui plongeait le village dans la plus terrible des famines. À une époque les gens croyaient plus volontiers aux sorcières qu'en la très Sainte-Trinité, et cela n'échappait pas à l'Église, qui voyait ses fidèles, au sortir de la messe, continuer à observer les rituels anciens que leurs familles se transmettaient depuis un temps immémorial. Et ce furent des obsédés à moitié malades tels que l'inquisiteur de Bayonne, Pierre de Lancré, qui livrèrent une guerre impitoyable contre les anciennes croyances, obtenant par leur folie l'effet contraire. Ces croyances populaires ont été maudites, leurs adeptes persécutés, objet de dénonciations absurdes motivées la plupart du temps par la conviction que quelqu'un qui collaborait avec l'Inquisition était au-dessus de tout soupçon. Mais avant d'en arriver à ce délire, l'ancienne religion faisait partie intégrante des habitants des Pyrénées. Je crois que ça ne ferait pas de mal à notre société de renouer avec certaines valeurs du passé.

— Jonan, la folie et l'intolérance existent toujours, dans toutes les sociétés, et on dirait que tu viens de parler avec ma tante Engrasi…, dit Amaia, impressionnée par le flot de paroles du sous-inspecteur, habituellement plutôt introverti.

— Non, mais j'adorerais le faire. Votre mari m'a dit qu'elle tirait les cartes, ce genre de choses.

— Oui… ce genre de choses. Ne t'approche pas

---

1. Femme puissante, sorcière. (*N.d.A.*)
2. Cyclope de la mythologie basque. (*N.d.T.*)

de ma tante, dit Amaia en souriant, elle a déjà la tête assez chaude comme ça.

Jonan rit sans quitter des yeux le rôti qui attendait près du four de se faire dorer avant le dîner.

— En parlant de têtes chaudes, tu as une idée de l'endroit où se terre Montes ?

Le sous-inspecteur allait répondre, mais, dans un élan de discrétion, il se mordit la lèvre inférieure et détourna le regard. Le geste n'échappa pas à Amaia.

— Jonan, nous menons peut-être l'enquête la plus importante de notre carrière, nous jouons gros dans cette affaire. Prestige, honneur, et, le plus important, la mise hors circuit de cet être nuisible pour éviter qu'il ne fasse à une autre fille ce qu'il a fait aux dernières. J'apprécie ton esprit de camaraderie, mais Montes est un électron libre et son comportement peut interférer gravement dans l'enquête. Je comprends ce que tu ressens, parce que j'éprouve la même chose. Je n'ai pas encore décidé de ce que j'allais faire, et je n'en ai parlé à personne, bien sûr, mais, même si c'est douloureux, même si j'apprécie Fermín Montes, je ne laisserai pas son comportement excentrique porter préjudice au travail de tant de professionnels qui, eux, se donnent à cent pour cent. Maintenant, Jonan, dis-moi, qu'est-ce que tu sais sur Montes ?

— Eh bien, chef, je suis d'accord avec vous, et vous savez que je suis de votre côté ; si je n'ai rien dit, c'est parce qu'il m'a semblé que c'était d'ordre privé...

— J'en jugerai par moi-même.

— Aujourd'hui, je l'ai vu déjeuner à la taverne Antxitonea... avec une femme.

— Quelle femme ? s'étonna-t-elle.
— Votre sœur.
— Ma sœur ? Rosaura ?
— Non, l'autre, Flora.
— Flora ? Ils vous ont vus ?
— Non, j'étais avec Iriarte près de la porte vitrée, quand ils sont entrés et je me suis approché pour les saluer ; à ce moment-là ils sont passés dans la salle à manger et je n'ai pas jugé opportun de les suivre. Quand nous sommes ressortis, une demi-heure plus tard, j'ai vu à travers la porte vitrée qui donne sur le bar qu'ils avaient commandé et s'apprêtaient à déjeuner.

La pluie n'avait jamais contrarié Jonan Extaide. En fait, marcher dessous sans parapluie était l'un de ses plus grands plaisirs et, chaque fois qu'il en avait l'occasion, à Pampelune, il partait se promener en anorak, solitaire, le pas lent, pendant que les autres s'engouffraient dans les cafétérias ou défilaient maladroitement sous les avant-toits traîtres des bâtiments, qui laissaient s'écouler de véritables cascades d'eau. Il déambula dans les rues d'Elizondo en admirant le doux rideau de pluie qui semblait se déplacer à loisir sur la chaussée, produisant un effet mystérieux, tel un voile de mariée déchiré. Les phares des voitures trouaient l'obscurité en dessinant des fantômes aqueux et la lumière rouge des feux de signalisation, liquide, se répandait en formant une flaque d'eau rouge à ses pieds. Les trottoirs étaient déserts, et la circulation fluide à cette heure où tout le monde semblait se rendre quelque part, comme des amants à un rendez-vous. Jonan remonta la rue Santiago en direction de la place, fuyant le bruit d'un pas rapide mais ralentissant dès qu'il aperçut les douces formes qui l'emportèrent rapidement vers une autre époque.

Il admira la façade de la mairie et à côté celle du casino, construit au début du XXe siècle, lieu de réunion des notables où se déroulait une grande partie de leur vie sociale. De nombreuses décisions commerciales et politiques avaient été prises derrière ces vitres, probablement plus qu'à la mairie elle-même, à une époque où jouir d'une position et la faire valoir importait plus encore qu'aujourd'hui. Sur un côté de la place, à l'endroit où se dressait autrefois l'ancienne église, il trouva la demeure de l'architecte Víctor Eusa, mais il nourrissait un intérêt particulier pour la maison Arizkunenea, et sa présence majestueuse ne le déçut pas.

Il descendit par la rue Jaime-Urrutia, charmé par la pluie et l'architecture évocatrice des belles maisons. Au numéro 27, entre les rues Jaime-Urrutia et Santiago, il existe un passage, *belena* ou couloir, qui reliait, au même titre que d'autres qui avaient disparu après la construction de la route actuelle, des maisons aux champs, des écuries et des vergers. Devant les *gorapes*, espaces en portique sous les maisons, sur un côté de la place du marché, on trouve l'ancien moulin d'Elizondo, reconstruit à la fin du XIXe siècle et transformé en centrale électrique au milieu du XXe. L'architecture d'un village ou d'une ville témoigne des existences et préférences de ses habitants autant que les habitudes d'un homme révèlent sa personnalité. Les lieux reflètent un aspect du caractère, et ce lieu parlait d'orgueil, de courage et de lutte, d'honneur et de gloire. Il avait été conquis certes par la force, mais aussi grâce à l'intelligence et la grâce représentées à juste titre par un échiquier, que les habitants d'Elizondo exhibaient avec la dignité de qui doit sa maison à l'honnêteté et à la loyauté dont il a fait preuve toute sa vie.

Et au milieu de cette place d'honneur et d'orgueil, un assassin osait représenter son œuvre macabre, comme un roi noir impitoyable avançant implacablement sur l'échiquier et dévorant les pions blancs. Avec la même superbe, la même ostentation et la même arrogance que tous les tueurs en série qui l'avaient précédé. Jonan se remémorait la cruelle histoire de prédateurs tout aussi sinistres. Le premier tueur en série des temps modernes avait sans doute été Jack l'Éventreur, qui avait assassiné cinq prostituées et bouleversa le monde entier; son identité constitue encore aujourd'hui un mystère. Le contemporain de Jack l'Éventreur aux États-Unis, H. H. Holmes, avoua quant à lui avoir commis vingt-sept assassinats et fut le premier *serial killer* dont on étudia le comportement. Deux décennies plus tard, surgit à La Nouvelle-Orléans un dépeceur qui tuait ses victimes à la hache et affola la ville pendant deux ans avant de se faire prendre.

Mais l'épidémie de tueurs en série aux États-Unis se déchaîna après la Seconde Guerre mondiale, principalement pendant la guerre du Vietnam, avec des troupes dont la moyenne d'âge était de dix-neuf ans, auprès de qui on recueillit des rapports et des aveux mentionnant de nombreux soldats qui, rendus fous par le climat d'extrême violence mêlé à la panique et à l'impunité dont ils jouissaient, s'étaient mis à tuer d'innocentes victimes vietnamiennes et à organiser des massacres. Murray Glatman, en Californie, prenait des photos de ses victimes au moment où, terrifiées, elles comprenaient qu'elles allaient mourir. Martha Beck et Raymond Fernandez, les « Tueurs aux petites annonces », s'en prenaient aux couples qu'ils surprenaient en train de faire l'amour dans leurs voitures. Cas plus connus : ceux d'Albert DeSalvo, « l'étrangleur de Boston » ; Charles Manson, chef d'une secte satanique qui fut condamné en tant qu'instigateur de l'assassinat de Sharon Tate, l'épouse de Roman Polanski, lors de cette « Nuit des longs couteaux », ou le tueur du Zodiaque, qui, après avoir assassiné trente-neuf personnes, disparut sans laisser de traces.

Dans les années soixante-dix, il y eut tant de tueurs en série, et si cruels, que le système judiciaire américain finit par définir ce phénomène comme une catégorie du crime à part entière, et cela donna lieu à des études, des statistiques et des profilages pour chaque assassin que l'on arrêtait. On observait à la loupe tous les éléments qui avaient constitué sa vie depuis sa naissance – ses parents, ses études, son enfance, ses jeux, ses goûts, son sexe, son âge... On établit ainsi un modèle type des comportements qui se répétaient régulièrement chez les auteurs de telles boucheries, ce qui permit d'anticiper les actions de certains d'entre eux et d'en identifier de nombreux autres.

Les cas les plus récents étaient ceux de David Berkowitz, connu sous le surnom de fils de Sam, qui tua de manière compulsive à New York, inspiré par des voix qu'il disait entendre ; de Ted Bundy, qui assassina vingt-huit prostituées en Floride ; d'Ed

Kemper qui violait, assassinait et dépeçait ses victimes, toutes de jeunes et belles étudiantes, et, finalement, de Jeffrey Dahmer qui, non content de mettre en pièce ses victimes, les mangeait. Thomas Harris s'en inspira pour créer le terrifiant Dr Hannibal Lecter, le héros maléfique de son roman *Le Silence des agneaux*, adapté au cinéma avec un immense succès et un Anthony Hopkins éblouissant dans le rôle du savant assassin.

Pour Jonan, faire sortir de l'obscurité le profil d'un meurtrier était quasiment devenu une obsession. Il était fasciné par ce jeu d'échecs où il était primordial d'anticiper le coup duquel découleraient les autres jusqu'à la victoire de l'un ou l'autre joueur. Il aurait donné n'importe quoi pour assister à l'un des cours qu'avait suivis l'inspectrice Salazar. Mais, en attendant, il se contentait de travailler à ses côtés et de contribuer à l'enquête par des suggestions et des idées qu'elle semblait beaucoup apprécier.

14

Rosaura Salazar avait froid, un froid horrible qui la tenaillait dedans et dehors, l'obligeant à marcher très droite et la mâchoire tellement serrée qu'elle éprouvait la sensation curieuse de mordre du caoutchouc. Elle suivit la rive sous son parapluie, tentant de faire en sorte que sa douleur, la douleur qu'elle portait en elle et qui menaçait de l'obliger à hurler à tout moment, soit atténuée par la température glacée des rues quasi désertes. Incapable de retenir les larmes qui lui brûlaient les yeux, elle les laissa couler tout en sentant que son malheur n'était pas aussi furieux et viscéral qu'il avait pu l'être quelques mois plus tôt encore. Elle se sentit malgré tout dégoûtée d'elle-même et en même temps secrètement soulagée en réalisant que, si elle l'avait éprouvée à l'époque, cette douleur aurait pu la détruire. Mais pas maintenant. Plus maintenant. Les larmes se tarirent vite, lui donnant l'impression de porter sur son visage glacé un masque tiède qui se refroidissait et durcissait au contact de sa peau.

Maintenant elle était prête à rentrer chez elle, maintenant qu'elle savait que ces larmes ne trahiraient pas son amertume. Elle passa devant l'*ikastola*[1] en contournant les flaques et sécha inconsciemment du revers de sa main ce qui restait de ses larmes lorsqu'elle vit une femme arriver en face. Elle soupira, soulagée de constater qu'elle ne la connaissait pas et qu'elle ne serait pas obligée de s'arrêter, ou simplement de la saluer. Mais ce fut la femme qui s'arrêta et la regarda dans les yeux. Rosaura ralentit le pas, un peu troublée. C'était une fille du village, elle la connaissait de vue, même si elle ne se rappelait pas son nom. Maitane, peut-être. La fille lui adressa un sourire si charmant que Rosaura, sans très bien savoir pourquoi, le lui rendit, quoique timidement. La fille se mit alors à rire, d'abord tout bas, puis plus fort, jusqu'à ce que ses éclats de rire emplissent tout l'espace. Rosaura ne souriait plus ; elle avala sa salive et regarda autour d'elle, cherchant à deviner la raison de son attitude. Et quand elle observa de nouveau la fille, une moue méprisante s'était formée sur ses lèvres pendant qu'elle continuait à rire. Rosaura ouvrit la bouche pour dire quelque chose, pour poser une question, pour… Mais ce fut inutile, car, comme si on lui avait ôté un bandeau des yeux, tout devint soudain très clair. Et cela provoqua le mépris, la méchanceté et l'orgueil de cette sorcière, qui l'enveloppèrent pendant que les rires se gravaient dans sa tête, lui faisant éprouver une telle honte qu'elle avait la nausée. Son mal grandissait, elle avait froid, et au moment où elle commençait à penser que cette horrible scène relevait d'un cauchemar dont elle devait se réveiller, la fille cessa de rire et reprit sa route sans

---

1. Terme basque désignant l'école. (*N.d.T.*)

cesser de la fixer de ses yeux cruels jusqu'à ce qu'elle l'ait dépassée. Rosaura fit encore cinquante mètres sans oser regarder derrière elle, puis s'approcha du muret qui longeait la rivière et vomit.

15

La joyeuse bande se réunissait depuis des années pour jouer au poker durant les soirées d'hiver. Avec plus de soixante-dix printemps au compteur, la plus jeune était Engrasi, et la plus âgée Josepa, frôlant les quatre-vingts. Engrasi et trois autres étaient veuves, seules deux d'entre elles avaient toujours leur mari. Celui d'Anastasia redoutait le froid de la Baztán et refusait de sortir de la maison pendant les mois d'hiver, et celui de Miren devait faire la tournée des tavernes en buvant des txikitos[1] avec sa bande.

Quand elles quittaient la table de jeu et se donnaient rendez-vous pour le lendemain, elles laissaient flotter dans la pièce une atmosphère vibrante, comme à l'approche de ces tempêtes qui ne parviennent pas à éclater mais dont l'électricité statique vous fait se dresser tous vos poils. Amaia aimait ces «filles», elle les aimait beaucoup, parce qu'elles avaient cette présence et cet attrait de qui est de retour et a beaucoup aimé le voyage. Elle savait qu'elles n'avaient pas toujours eu la vie facile. Mala-

1. Verres de vin. (*N.d.A.*)

dies, décès du mari, avortements, enfants rebelles, problèmes familiaux, et pourtant elles avaient laissé derrière elles tout ressentiment et toute rancœur contre la vie et arrivaient chaque jour aussi joyeuses que des adolescentes à une fête et aussi sages que des reines d'Égypte. Si, par chance, elle devenait vieille un jour, Amaia aimerait être comme elles, indépendantes et en même temps si attachées à leurs origines, énergiques et pleines de vitalité, dégageant cette sensation de triomphe propre à ces personnes âgées qui vivent en tirant parti de chaque jour sans penser à la mort. Ou peut-être en pensant à elle pour lui voler encore un jour, encore une heure.

Après avoir ramassé leurs sacs et leurs foulards, après avoir réclamé le droit à la revanche pour le lendemain et avoir distribué bises, câlins et compliments sur l'allure de James, elles finirent par s'en aller, laissant derrière elles l'énergie blanche et noire d'un sabbat.

— Vieilles sorcières, murmura Amaia sans cesser de sourire.

Elle considéra alors l'enveloppe qu'elle tenait encore à la main et son visage se fit sérieux. « De la peau de chèvre », pensa-t-elle. Elle releva la tête, croisa le regard inquisiteur de James et tenta de sourire à nouveau sans y parvenir entièrement.

— Amaia, la clinique Lenox a appelé, ils veulent savoir si on ira au rendez-vous cette semaine ou si on va devoir reporter encore une fois.

— Oh, James, tu sais bien que je ne peux pas penser à ça pour l'instant, j'ai déjà assez de soucis.

Il afficha un air contrarié.

— Quoi qu'il en soit, on doit leur donner une réponse, on ne peut pas repousser éternellement.

Ella perçut le mécontentement dans sa voix et lui prit la main.

— Ça ne va pas durer éternellement, James, mais je ne peux vraiment pas penser à ça pour l'instant.

— Tu ne peux pas, ou tu ne veux pas ? demanda-t-il en lui lâchant la main d'un geste qu'il sembla regretter immédiatement.

Il fixa l'enveloppe qu'elle tenait à la main.

— Je suis désolé. Je peux t'aider ?

Elle considéra tour à tour l'enveloppe et son mari.

— Oh, non, c'est juste un casse-tête que je dois résoudre, mais pas maintenant. Fais-moi un café, viens près de moi et raconte-moi ce que tu as fait toute la journée.

— D'accord, mais sans café, tu m'as l'air déjà assez excitée comme ça. Je vais te faire une tisane.

Amaia s'assit dans l'un des fauteuils à oreilles qui se trouvaient devant la cheminée. Elle mit l'enveloppe de côté tout en écoutant le bavardage de tante Engrasi. Elle posa le regard sur les flammes qui dansaient en léchant une bûche, et quand James lui tendit la tasse fumante, elle s'aperçut que son esprit s'était perdu quelques minutes dans la chaleur hypnotique du feu.

— On dirait que tu n'as plus besoin de moi pour te détendre, s'exclama James dans une grimace.

Elle se tourna vers lui en souriant.

— J'ai toujours besoin de toi, pour me détendre et pour d'autres choses... C'est le feu... et cette maison, dit-elle. Je me suis toujours sentie bien ici, je me rappelle que, quand j'étais petite, je venais m'y réfugier lorsque je me disputais avec ma mère, ce qui arrivait assez souvent. Je m'asseyais devant le feu et je restais devant jusqu'à ce que mes joues brûlent ou que je m'endorme.

James posa une main sur sa tête et la laissa glisser très lentement jusqu'à sa nuque, ôta l'élastique qui lui retenait les cheveux et les étala en éventail sur ses épaules.

— C'était presque mon véritable foyer. Quand j'avais huit ans, je fantasmais même sur l'idée qu'Engrasi était ma véritable mère.

— Tu ne m'en avais jamais parlé.

— Non, il y a longtemps que je n'y avais pas pensé ; sans compter que c'est une partie de mon passé dont je n'aime pas me souvenir. Mais en revenant ici, toutes ces sensations semblent refaire surface, reprendre forme, comme des fantômes. Et puis, je suis préoccupée par cette enquête..., ajouta-t-elle en soupirant.

— Tu vas l'arrêter, j'en suis sûr.

— Moi aussi. Mais aujourd'hui je ne veux pas parler de cette affaire, j'ai besoin d'une parenthèse. Raconte-moi ce que tu as fait en mon absence.

— Je me suis promené dans le village, j'ai acheté ce délicieux pain qu'on vend à la boulangerie de la rue Santiago, celle qui fait ces si bonnes madeleines. Ensuite, j'ai conduit ta tante au supermarché qui est dans la banlieue, on a acheté de quoi nourrir un régiment, on a mangé d'excellents haricots noirs dans un bar de Gartzain et, l'après-midi, j'ai accompagné ta sœur, Ros, chez elle pour qu'elle y récupère des affaires. Ma voiture est remplie de cartons pleins de vêtements et de papiers, mais je ne sais pas quoi faire tant qu'elle n'est pas revenue, je ne sais pas où elle veut que je les mette.

— Où est-elle, en ce moment ?

— Eh bien, c'est la partie que tu ne vas pas aimer. Freddy était chez eux. Quand on est arrivés, il était affalé sur le canapé, au milieu de canettes de bière, l'air de ne pas avoir pris de douche depuis plusieurs jours. Avec ses yeux rouges et gonflés et son nez qui coulait, il était enveloppé dans une couverture et entouré de mouchoirs en papier usagés ; au début, j'ai pensé qu'il avait la grippe, mais ensuite, je me suis rendu compte qu'il avait pleuré. Le reste de la maison était dans le même état, une vraie porcherie et ça en avait l'odeur, crois-moi. J'ai attendu près de la porte, il ne m'a pas réservé un très bon accueil, mais il m'a dit bonjour ; ensuite, ta sœur a commencé à rassembler des vêtements, des papiers... Lui, on aurait dit un chien battu qui la suivait d'une pièce à l'autre. Je les ai entendus chuchoter et, une fois la voiture chargée, Ros m'a dit qu'elle allait encore rester un moment, qu'elle devait lui parler.

— Tu n'aurais pas dû la laisser seule.

— Je savais que tu me dirais ça, mais qu'est-ce que je pouvais faire, Amaia ? Elle a insisté, et je dois dire que l'attitude de Freddy ne semblait absolument pas menaçante, au contraire, il était plutôt timide et boudeur comme un gamin.

— Comme l'enfant mal élevé qu'il est resté, précisa-t-elle. Mais il ne faut pas s'y fier, de nombreux cas d'agression se produisent au moment où la femme annonce qu'elle met fin à la relation. Rompre avec ces minables n'a rien de facile. Ils résistent généralement par des prières, des pleurs et des supplications, car ils savent parfaitement qu'ils ne sont rien sans elles. Et si aucune de ces tactiques ne marche jamais, survient l'agression, il ne faut donc pas laisser seule une femme qui vient rompre avec la tique de service.

— Si j'avais décelé quelque chose de louche chez lui, je ne l'aurais pas laissée seule avec lui, et, à vrai dire, j'ai hésité, mais elle m'a assuré que tout irait bien et qu'elle serait là pour le dîner.

Amaia consulta sa montre. Chez Engrasi, on dînait vers vingt-trois heures.

— Ne t'inquiète pas, si elle n'est pas rentrée d'ici une demi-heure, j'irai la chercher, d'accord ?

Elle acquiesça en serrant les lèvres. Ils entendirent le bruit de la porte tandis que le froid intense de la rue pénétrait avec Ros la maison. Ils l'entendirent remuer des choses dans le vestibule pressentant qu'elle prenait volontairement beaucoup de temps pour accrocher son manteau et, quand elle entra enfin au salon, elle arborait le visage sombre et couleur cendre, mais serein, de celui qui apprivoise la douleur. Elle salua James et Amaia sentit sa joue tressaillir quand Ros se pencha pour l'embrasser. Puis elle se dirigea vers le buffet, prit un petit paquet enveloppé dans de la soie et s'assit à la table de jeu.

— Tía[1]..., murmura-t-elle.

Engrasi revint de la cuisine en s'essuyant les mains sur un torchon et s'assit en face d'elle.

Inutile de leur demander ce qu'elles se préparaient à faire, ou même de regarder, Amaia avait vu ce jeu enveloppé dans son foulard de soie noire des milliers

---

1. « Tante ». (*N.d.T.*)

de fois. Le jeu de tarot de Marseille que sa tante utilisait pour tirer les cartes, et qu'elle l'avait vue mélanger et couper, disposer en croix ou en cercles. Elle les avait elle-même consultées. Mais il y avait longtemps, très longtemps de cela.

PRINTEMPS 1989

Elle avait huit ans, on était au mois de mai et elle venait de faire sa première communion. Les jours précédant la cérémonie, sa mère s'était montrée inhabituellement gentille avec elle, la comblant d'attentions auxquelles elle n'était pas habituée. Rosario était une femme orgueilleuse et profondément soucieuse de renvoyer une image d'opulence typique des mœurs villageoises de l'époque, sans doute influencée par le sentiment qu'elle avait dû éprouver quand elle, l'étrangère, était venue épouser le célibataire le plus couru d'Elizondo. Les affaires marchaient bien, mais presque tout l'argent était réinvesti dans la fabrique ; malgré tout, chacune des fillettes eut en son temps sa robe de communion neuve, suffisamment différente de celle de ses sœurs pour que personne ne pense qu'il s'agissait de la même. On avait emmené Amaia chez le coiffeur, où on avait relevé les cheveux blonds qui lui arrivaient presque à la taille, et composé de jolies boucles qui semblaient couler sous la tiare de petites fleurs blanches qui la couronnait. Elle ne se rappelait pas s'être jamais sentie aussi heureuse, ni avant ni après.

Le lendemain de la communion, sa mère l'installa

sur un tabouret dans la cuisine, lui fit une natte et la coupa à ras. La petite ne comprit ce qui lui arrivait que lorsqu'elle vit la grosse natte sur la table et elle pensa qu'il s'agissait d'un animal inconnu. Elle se rappelait encore la sensation de dépossession qu'elle avait ressenti en palpant son crâne, et les larmes bouillantes qui lui avaient noyé les yeux, l'empêchant d'en voir davantage.

— Ne sois pas sotte, l'été arrive, tu seras plus à l'aise comme ça, et quand tu seras grande tu pourras te faire un élégant postiche comme ceux que portent les dames de San Sebastián, lui lança sa mère.

Elle se rappelait aussi chaque mot de son père lorsqu'il était entré dans la cuisine, alerté par ses pleurs.

— Pour l'amour du ciel! Qu'est-ce que tu lui as fait? gémit-il en prenant sa fille dans ses bras et en l'emmenant hors de la pièce comme pour fuir un incendie. Qu'est-ce que tu as fait, Rosario? Pourquoi est-ce que tu agis de la sorte? murmura-t-il en berçant la petite dans ses bras, et ses larmes lui mouillaient le visage. Il l'installa sur le canapé avec la même précaution que si ses os avaient été de verre, et il retourna à la cuisine. Elle savait ce qui allait se passer maintenant, une litanie de reproches chuchotés par son père, les cris contenus de sa mère, qui s'apparentaient à ceux d'un animal en train de se noyer et qui cédaient bientôt la place aux prières de son père tentant de la convaincre, de la persuader, de lui mentir pour qu'elle accepte de prendre ces petites pilules blanches qui lui permettaient de ne plus détester sa fille. Est-ce sa faute à elle, si elle ressemblait aussi peu à sa mère et autant à sa défunte grand-mère, la mère de son père. Était-ce une raison pour ne pas aimer un enfant ? Son père lui expliquait que sa mère n'allait pas bien, qu'elle prenait des médicaments pour ne pas agir ainsi avec elle, mais la petite se sentait de plus en plus mal.

Elle enfila une veste à capuche et s'enfuit dehors, vers le silence compatissant. Elle courut dans les rues désertes en se frottant les yeux avec fureur, essayant de contrôler le débit salé de larmes qui semblait sans fin. Elle arriva chez tante Engrasi et, à son habitude, ne sonna pas. Elle monta sur un grand pot de fleurs aux tiges aussi hautes qu'elle et atteignit la clé qui se trouvait sur le linteau de la porte. Elle ne cria pas pour appeler sa tante, ne parcourut pas la maison à sa recherche. Ses pleurs cessèrent dès qu'elle vit le ballot de soie noire sur la table. Elle s'assit devant, l'ouvrit, et se mit à battre les cartes comme elle avait vu sa tante faire des centaines de fois.

Ses mains étaient maladroites, mais son esprit était clair et concentré sur la question qu'elle formulerait sans la prononcer, et elle était tellement absorbée par le contact soyeux et le parfum de musc qui émanait du jeu qu'elle ne s'aperçut même pas de la présence d'Engrasi, qui l'observait, stupéfaite, depuis le seuil de la cuisine. La fillette étala les cartes sur la table à deux mains, en sélectionna une qu'elle plaça devant elle et continua ainsi jusqu'à former un cercle en suivant le sens des aiguilles d'une montre. Elle les regarda un long moment, ses yeux sautaient de l'une à l'autre, extrayant, devinant la signification de cette combinaison unique qui contenait la réponse à sa question. Redoutant de briser la concentration mystique dont elle était le témoin, Engrasi s'approcha très lentement et demanda avec douceur :

— Que disent-elles ?

— Ce que je veux savoir, répondit Amaia sans la regarder, comme si elle entendait sa voix à travers des écouteurs.

— Et qu'est-ce que tu veux savoir, ma chérie ?

— Si cela va s'arrêter un jour.

Amaia désigna la lettre qui marquait midi sur la pendule. C'était la roue de la fortune.

— Un grand changement approche, je vais avoir plus de chance, dit-elle.

Engrasi respira profondément, mais elle se tut.

Amaia tira une nouvelle carte, qu'elle plaça au centre du cercle, et sourit.

— Tu vois, dit-elle en la désignant, un jour je partirai d'ici et je ne reviendrai jamais.

— Amaia, tu sais que tu ne devrais pas tirer les cartes, je suis très surprise. Quand as-tu appris à le faire ?

La petite ne répondit pas ; elle prit une autre carte et la plaça en travers de la précédente. C'était la mort.

— C'est ma mort, tía, cela veut peut-être dire que je ne reviendrai que quand je serai morte pour qu'on m'enterre ici, avec l'amona Juanita.

— C'est la mort qui te fera revenir, Amaia, mais pas la tienne.

— Je ne comprends pas, qui va mourir alors ? Que pourrait-il se passer qui m'oblige à revenir ici ?

— Tire une autre carte et place-la à côté de celle-ci, ordonna sa tante. Le diable.

— La mort et le mal, murmura la petite.

— C'est encore loin, Amaia. Les choses se définissent peu à peu, il est trop tôt pour le voir encore, et tu n'as pas le discernement nécessaire pour deviner ton propre avenir, arrête.

— Je n'ai pas de discernement, tía ? Eh bien, je crois que l'avenir est déjà là, dit-elle en découvrant sa tête sous le regard horrifié d'Engrasi. Il fallut longtemps à sa tante pour la consoler, la convaincre d'accepter un peu de lait et des biscuits. Pourtant, elle s'endormit un instant après s'être assise devant le feu qui flambait dans la cheminée de tante Engrasi bien que l'on soit en mai, allumé peut-être pour combattre un hiver glacial qui se refermait sur elles tel un héraut de la mort.

Les cartes étaient toujours sur la table, annonçant des horreurs qui allaient changer la vie de cette petite fille qu'Engrasi aimait plus que quiconque et qui possédait le don de percevoir le mal. Elle espérait juste que le bon Dieu l'ait aussi dotée de suffisamment de force pour le combattre. Elle commença à ramasser les cartes et vit la roue de la fortune qui symbolisait Amaia, une noria gouvernée par des singes stupides et immoraux qui faisaient tourner la roue à leur guise et qui, à l'occasion d'un de ces mouvements dénués de sens, pouvaient vous mettre la tête en bas. Son anniversaire était dans moins d'un mois, au moment où sa planète gouvernante entrerait dans son signe, le moment où tout ce qui devait arriver arriverait.

Elle s'assit, soudain épuisée, sans cesser de regarder la pâleur de la nuque de la petite qui s'était endormie près du feu.

16

Engrasi défit le balluchon et tendit les cartes à Rosaura pour qu'elle les batte.

— Tu veux qu'on sorte ? demanda Amaia.

— Non, non, restez, on en a pour dix minutes à peine et on dînera tout de suite après. La consultation sera courte.

— En fait, je voulais dire que tu allais peut-être devoir annoncer quelque chose d'ordre privé, quelque chose qu'on ne devrait pas entendre... Vous avez peut-être besoin d'un peu d'intimité.

— Ce ne sera pas nécessaire. Rosaura tire les cartes aussi bien que moi, bientôt elle pourra le faire seule. En fait, elle n'a pas besoin de moi pour l'interprétation, mais tu sais bien qu'on ne doit pas se les tirer à soi-même.

— Je ne savais pas que tu tirais les cartes, Ros.

— Je pratique depuis peu ; on dirait que dernièrement, dans ma vie, tout est nouveau...

— Je ne vois pas ce qui t'étonne, toutes mes nièces ont le don de tirer les cartes, même Flora pourrait bien s'en tirer, mais toi surtout... Je te l'ai toujours dit, tu serais excellente.

— C'est vrai ? demanda James, intéressé.

— Non, fit Amaia.

— Bien sûr, mon chéri, ta femme est une réceptrice naturelle, comme ses sœurs ; elles sont toutes les trois extrêmement sensibles, elles doivent juste trouver le véhicule adéquat pour leur don, et c'est chez Amaia qu'il est le plus développé... Regarde la profession qu'elle a choisie, un travail où, en plus de la méthode, des preuves et des données, la perception, la capacité d'apercevoir ce qui est caché joue un rôle important.

— Je dirais que c'est du sens commun associé à l'apprentissage d'une science appelée criminologie.

— Oui, et un sixième sens. Être assis en face de quelqu'un et deviner qu'il souffre, qu'il ment, qu'il cache quelque chose, qu'il se sent coupable, tourmenté, sale ou au-dessus des autres est aussi commun pour moi lors de ma consultation que pour toi dans un interrogatoire, à la différence que les gens viennent me voir volontairement et pas toi.

— C'est logique, dit James. Tu es peut-être entrée dans la police parce que tu es une réceptrice naturelle, comme dit ta tante.

— C'est bien ce que je dis, déclara Engrasi.

Ros tendit le jeu battu à sa tante et celle-ci se mit à extraire des cartes de la partie supérieure du paquet et à les poser sur la table en un cercle qui obéissait à la distribution classique de douze cartes où celle qui occupe midi sur l'horloge symbolise le consultant... Elle ne dit pas un mot, regardant fixement Ros, qui observait les cartes, absorbée.

— On pourrait creuser davantage, dit-elle en touchant l'une d'elles.

La tante, qui était restée dans l'expectative, eut un sourire satisfait.

— Bien sûr, dit-elle en ramassant les cartes sur la table et en les joignant au reste du jeu.

Puis elle les tendit de nouveau à Ros, qui les mélangea rapidement et les déposa sur la table. Engrasi les disposa en croix cette fois, une distribution de six cartes qui peut aller jusqu'à dix et fournit une réponse plus précise à une question concrète. Quand elle les eut toutes retournées, elle eut un demi-sourire, entre confirmation et lassitude, et en désignant une de ses doigts effilés, elle déclara :

— La voici.

— Putain, murmura Rosaura.

— Bien dit, petite, c'est clair comme de l'eau de roche.

James les avait observées, à la fois amusé et tendu, à la manière d'un enfant qui visite la maison de l'horreur d'une fête foraine. Pendant qu'elles disposaient les cartes, il s'était penché vers Amaia pour lui demander à voix basse :

— Pourquoi ne doit-on pas se tirer les cartes à soi-même ?

— Parce qu'on n'est pas assez objectif quand on est concerné. Les craintes, les désirs, les préjugés peuvent brouiller le jugement. On dit également que cela porte malheur et attire le mal.

— Eh bien, c'est aussi un point commun avec l'investigation policière, car un inspecteur ne doit pas enquêter sur une affaire qui le touche personnellement.

Amaia ne répondit pas ; cela ne valait pas le coup de discuter avec James, elle savait qu'il était fasciné de voir sa tante tirer les cartes. Depuis le premier jour, il avait accepté ce qui pouvait être qualifié de « particularité », cette sorte de gloire familiale, comme si, au lieu de tirer les cartes, elle avait été une célèbre chanteuse de chansons populaires ou une vieille actrice à la retraite. Elle-même, en les voyant pratiquer la chose en silence, eut la sensation d'être privée d'un bien précieux qu'elles étaient les seules à partager, et, à un moment donné, elle se sentit aussi exclue que si on l'avait fait sortir de la pièce. Les gestes de compréhension mutuelle, une connaissance qu'elles partageaient et qui lui était pourtant défendue. Même si cela n'avait pas toujours été le cas.

— C'est tout, dit Rosaura.

Engrasi ramassa le jeu, le disposa dans le foulard de soie, l'enveloppa soigneusement en nouant les extrémités jusqu'à former un petit paquet serré et le remit à sa place derrière la porte vitrée.

— Maintenant, on va dîner, annonça-t-elle.

— Je meurs de faim, dit James d'un ton joyeux.

— Tu meurs toujours de faim, observa Amaia en riant. Je ne sais vraiment pas où tu mets tout ça.

Il s'attardait à dresser la table et, quand Amaia passa à côté de lui en apportant des assiettes, il se pencha pour lui dire :

— Après, en privé, je t'expliquerai en détail où je mets tout ce que je mange.

— Chuuut, lui ordonna-t-elle en posant un doigt sur ses lèvres, le regard tourné vers la cuisine.

Engrasi revint avec une bouteille de vin et ils s'assirent pour dîner.

— Ce rôti est délicieux, tía, dit Rosaura.

— J'ai presque dû mettre Jonan à la porte, il est

venu m'apporter un rapport et pendant qu'on parlait, il ne quittait pas le plat des yeux... Il a émis un commentaire sur le fait qu'on ne dîne plus comme ça désormais, ajouta Amaia en se servant un verre de vin.

— Pauvre garçon, fit Engrasi. Pourquoi ne lui as-tu pas proposé de rester ? On avait largement assez de viande et je le trouve très sympathique. Il est historien, non ?

— Anthropologue et archéologue, précisa James.

— Et policier, compléta Rosaura.

— Oui, c'est un très bon élément. Il manque encore d'expérience, il est encore très scolaire, mais c'est vraiment très intéressant de travailler avec lui. Et puis, il est fort bien élevé.

— Très différent de Fermín Montes, lâcha tante Engrasi.

— Fermín, soupira Amaia en exhalant tout l'air contenu dans ses poumons.

— Il te pose problème ?

— Si au moins il se montrait pour m'en poser... Tout le monde est très bizarre, dernièrement. On dirait qu'une tempête solaire a court-circuité le sens commun de chacun. Je ne sais pas si c'est l'hiver qui commence à durer trop longtemps, ou cette affaire... Tout est si...

— C'est compliqué, n'est-ce pas ? fit la tante en la regardant, soucieuse.

— Eh bien, tout est allé très vite, deux assassinats en l'espace de quelques jours... Enfin, vous savez que je ne peux pas en parler, mais les résultats des analyses sont très confus ; il y a même une théorie selon laquelle un ours rôderait dans la vallée.

— Oui, c'est ce que dit le journal, fit Rosaura.

— J'ai rencontré des experts qui enquêtent là-dessus, mais les gardes forestiers ne croient pas qu'il s'agisse d'un ours.

— Moi non plus, dit Engrasi. Il n'y a plus d'ours dans la vallée depuis des siècles.

— Mais ils pensent qu'il y a quelque chose... Quelque chose de grande taille.

— Un animal ? demanda Ros.

— Un basajaun. L'un d'eux affirme même en avoir vu un il y a quelques années. Qu'en pensez-vous ?

Rosaura sourit.

— Eh bien, il y a d'autres gens qui affirment en avoir vu.

— Oui, au XVIIIe siècle, mais en 2012 ? hésita Amaia.

— Un basajaun... Qu'est-ce que c'est, une sorte de génie de la forêt ? s'enquit James.

— Non, non, un basajaun est une créature réelle, un hominidé d'environ deux mètres cinquante, large d'épaules, les cheveux longs et bien sûr couvert de poils. Il habite dans les bois, auxquels il appartient et où il agit comme une entité protectrice. D'après la légende, il veille à maintenir intact l'équilibre de la forêt. Et même s'il ne se montre guère, il est généralement amical envers les humains. Autrefois, la nuit, pendant que les bergers dormaient, le basajaun surveillait les brebis à distance et, si un loup s'approchait, il réveillait les bergers en sifflant fort, selon un code qui lui était propre et s'entendait à des kilomètres à la ronde. Il les prévenait aussi depuis les collines les plus élevées, à l'approche d'une tempête, pour qu'ils aient le temps de mettre les troupeaux à l'abri. Et les bergers le remerciaient en lui laissant sur une pierre ou à l'entrée d'une grotte un peu de pain, du fromage, des noix ou du lait de leurs brebis, puisque le basajaun ne mange pas de viande, expliqua Ros.

— C'est fascinant, fit James. Dis-m'en plus.

— Il y a aussi un génie, comme ceux des contes des *Mille et Une Nuits*, puissant, capricieux et terrible, féminin de surcroît, qui s'appelle Mari. Elle vit dans les grottes et dans les anfractuosités, toujours au sommet des montagnes. Mari est apparue bien avant le christianisme, elle symbolise la mère nature et le pouvoir tellurique. Elle veille sur les récoltes, la reproduction du bétail, et favorise la fécondité non seulement de la terre et des troupeaux, mais aussi des femmes. Un génie, une dame nature et, pour certains, un esprit capable de prendre l'apparence de n'importe quel élément de la nature, un rocher, une branche, un arbre, qui rappellent toujours un peu sa silhouette de femme, celle qu'elle préfère : celle d'une belle dame élégamment vêtue, comme une reine. C'est ainsi qu'elle apparaît, et on ne sait jamais que c'est elle avant qu'elle ne soit partie.

James souriait, ravi, et Ros continua.

— Elle a plusieurs maisons, elle se déplace en volant d'Aia à Amboto, de Txindoki jusqu'ici. Elle vit dans des endroits qui, de l'extérieur, ressemblent à des rochers, des arêtes ou des grottes, mais dont les couloirs secrets conduisent à des appartements, luxueux et majestueux, pleins de richesses. Si tu veux qu'elle t'accorde une faveur, tu dois te rendre à l'entrée de sa grotte et y déposer une offrande. Et si ce que tu souhaites, c'est avoir un enfant, il y a un lieu avec un rocher dont les formes rappellent celles d'une femme en lequel Mari s'incarne parfois afin de surveiller le chemin. Tu dois t'y rendre et déposer sur la roche un caillou que tu auras transporté depuis le seuil de ta maison. Après avoir déposé ton offrande, il te faut t'éloigner sans te retourner, en marchant à reculons jusqu'à ce que tu ne puisses plus voir le rocher ou l'entrée de la grotte. C'est une belle histoire.

— Oui, murmura James, influencé par l'atmosphère magique du récit.

— De la mythologie, précisa Amaia, sceptique.

— N'oublie pas, sœurette, que la mythologie est fondée sur des croyances qui ont subsisté pendant des siècles.

— Juste pour des ploucs crédules.

— Amaia, je n'arrive pas à croire que tu dises ça. La mythologie basco-navarraise a été recueillie dans des documents et des traités aussi prestigieux que ceux du père Barandiarán[1], qui n'était pas précisément un plouc crédule, mais un anthropologue reconnu. Et l'une de ces anciennes coutumes a perduré jusqu'à nos jours. Il y a une église dans le sud de la Navarre, à Ujué, où les femmes qui veulent devenir mères se rendent en pèlerinage munies d'une pierre qu'elles ont apportée de chez elles ; elles la déposent sur un grand tas de cailloux et prient la Vierge des lieux, car on sait que les femmes venaient

---

1. José Miguel Barandiarán Ayerbe (1889-1991). Prêtre, chercheur et scientifique considéré comme le gardien de la culture basque qu'il a contribué à faire connaître. (*N.d.T.*)

déjà en pèlerinage à cet endroit avant que ne soit édifié l'ermitage, et à l'époque elles jetaient la pierre dans une grotte naturelle, une sorte de puits ou de mine très profonde. L'efficacité du rituel est réputé. Dis-moi ce que cela a de catholique, de chrétien ou de logique d'apporter une pierre de chez soi et de demander à cette dame de te donner un enfant ? Il est très probable que l'Église catholique, devant son impuissance à combattre ces coutumes si enracinées parmi la population, a décidé qu'il valait mieux construire là un ermitage et transformer un rite païen en un rite catholique, comme ce fut le cas pour les solstices avec les Saint-Jean et Noël.

— Que Barandiarán les ait collectées signifie juste qu'elles étaient très populaires, pas qu'elles étaient exactes, réfuta Amaia.

— Mais, Amaia, qu'est-ce qui compte vraiment, qu'une chose soit prouvée, ou que tant de personnes la croient ?

— Ce ne sont rien que des histoires de village, destinées à disparaître. Tu crois peut-être qu'à l'ère du mobile et d'Internet, on va accorder de la crédibilité à ces histoires – au demeurant jolies, je le reconnais ?

Engrasi toussa légèrement.

— Je ne veux pas t'offenser, tía, dit Amaia, comme si elle voulait se faire pardonner.

— La foi régresse en ces temps de technologie avancée. Et dis-moi à quoi tout cela sert quand il s'agit d'empêcher un monstre d'assassiner des fillettes et de jeter leurs corps dans la rivière. Crois-moi, Amaia, le monde n'a pas tellement changé, il reste un lieu parfois obscur, où les esprits malins guettent notre cœur, où la mer continue à avaler des navires entiers sans qu'on puisse en retrouver aucune trace, et il y a toujours des femmes qui prient pour se voir accorder la grâce d'enfanter. Tant qu'il y aura de l'obscurité, il y aura de l'espoir, et ces croyances auront toujours de la valeur et elles feront partie de nos vies. On trace une croix sur le pain, ou on met une *eguzkilore*[1] sur la porte afin de protéger la maison du mal ; certains suspendent un fer à cheval, les fermiers allemands peignent les granges en rouge et dessinent des étoiles dessus. On amène les animaux devant saint Antoine, ou on demande à saint Blaise de nous débarrasser d'un rhume... Aujourd'hui, cela peut sembler stupide, mais au début du siècle dernier, une épidémie de grippe a décimé l'Europe, c'est comme ça qu'a commencé ce rite. Et l'hiver dernier, devant la menace suscitée par la grippe A, les gouvernements ont dépensé des millions en vaccins inutiles. On a toujours cherché aide et protection quand on était le plus à la merci des forces de la nature, et jusque récemment il semblait encore essentiel de vivre en communion avec la nature, avec Mari ou les saints et la Vierge qui sont arrivés avec le christianisme. Mais quand viennent des temps obscurs, les vieilles formules fonctionnent toujours. Lorsque le courant saute, on fait chauffer le lait sur le feu avec une casserole en métal au lieu d'utiliser le micro-ondes. Délicat ? Compliqué ? Possible, mais ça marche.

---

1. Symbole qui représente la fleur sèche du chardon sylvestre et que l'on cloue sur la porte pour protéger le foyer des mauvais esprits. (*N.d.A.*)

Amaia resta silencieuse un instant, comme si elle assimilait ce qu'elle venait d'entendre.

— Je comprends ce que tu veux me dire, tía, mais j'ai tout de même beaucoup de mal à concevoir que quelqu'un aille jusqu'à une grotte ou un rocher pour demander à un génie de l'aider à avoir un enfant. Je crois qu'une femme qui a un minimum de jugeote chercherait plutôt un bon étalon.

— Et si ça ne marche pas ? demanda Engrasi.

— Un spécialiste en reproduction, dit James en regardant fixement Amaia.

— Et si ça ne marche pas ? insista Engrasi.

— Je suppose qu'alors il reste l'espoir…, capitula Amaia.

La tante acquiesça en souriant.

— J'aimerais voir cet endroit, dit James. C'est près d'ici, tu pourrais m'y emmener ?

— Bien sûr, répondit Ros, on peut y aller demain s'il ne pleut pas, ça te dit, tía ?

— Vous m'excusez, allez-y sans moi, ce n'est plus de mon âge. La grotte est située près de l'endroit où on a retrouvé cette fille, Carla. Tu devrais y aller toi aussi, Amaia, ne serait-ce que par curiosité.

James la regarda, attendant sa réponse.

— Demain, ce sont les funérailles d'Anne Arbizu, je dois aussi voir Flora et… (Elle se rappela quelque chose, sortit son portable et composa le numéro de Montes. Le service de téléphonie répondit, l'invitant à laisser un message vocal qui deviendrait un texte.) Montes, appelle-moi, c'est Salazar. Amaia, précisa-t-elle, se rappelant que ses sœurs s'appelaient aussi Salazar.

Ros prit congé, gagna l'escalier, et James embrassa tante Engrasi et entoura sa femme par la taille.

— On ferait mieux d'aller se coucher.

La tante ne bougea pas.

— James, va l'attendre en haut. Amaia, reste ici, s'il te plaît, j'ai quelque chose à te dire. Éteins cette lumière qui m'aveugle, sers-nous deux verres de liqueur de café et assieds-toi là, à côté de moi. Et ne m'interromps pas. La semaine de mes dix-huit ans, j'ai vu un basajaun dans la forêt. J'y allais tous les jours pour ramasser du bois jusqu'à la nuit : c'était une époque très dure, il en fallait suffisamment pour les fourneaux de la fabrique, pour la cheminée de la maison et pour le commerce. Un jour, la charge était si lourde que, frustrée et à bout de force, j'avais jeté mon fardeau sur le bas-côté du sentier et, allongée par terre entre les fagots, j'ai pleuré d'épuisement. Puis je me suis ressaisie même si je me demandais comment j'allais m'y prendre pour les rapporter au village. Alors je l'ai entendu. Au début, j'ai cru qu'il s'agissait d'un cerf – ils sont toujours silencieux, pas comme les sangliers, qui font un boucan du diable. J'ai levé la tête au-dessus d'un fagot et je l'ai vu. J'ai tout d'abord pensé que c'était un homme très velu, le plus grand que j'aie jamais vu ; il était torse nu, avec de longs cheveux qui lui recouvraient le dos. Il grattait l'écorce d'un arbre avec un bâtonnet et en ramassait les morceaux qui tombaient avec ses doigts longs et habiles avant de les porter à sa bouche comme s'il s'agissait d'un mets délicieux. Soudain, il s'est retourné et a reniflé l'air à la manière d'un lapin. J'étais certaine en y repensant qu'il savait que j'étais tout près. Avec le temps, quand j'y ai repensé calmement, j'en suis venue à la conclusion qu'il connaissait parfaitement mon odeur, une odeur qui faisait partie de la forêt, car j'y passais ma vie. Je partais en direction de la montagne le matin, dès que le brouillard se dissipait, et je travaillais jusqu'à midi. Je m'arrêtais un instant pour manger avec mes sœurs le repas chaud que nous apportait notre mère, elle chargeait avec ma sœur aînée les fagots que nous avions faits le matin même sur un petit âne que nous avions, et ta mère et moi restions travailler deux heures encore ou jusqu'à la tombée de la nuit. Mon odeur devait faire partie de cette zone de la forêt comme celle de n'importe quel petit animal, nous avions même des chiottes plus ou moins définies où nous allions quand nous ressentions le besoin, principalement pour éviter de marcher sur de la crotte en cherchant du bois. Du coup, le basajaun a reconnu mon odeur et retourna à ses affaires comme si de rien n'était, quoiqu'il ait tourné la tête à plusieurs reprises, nerveux, détectant une présence derrière lui. Il est resté quelques minutes encore puis s'est éloigné lentement, s'arrêtant de temps en temps pour gratter de petits morceaux d'écorce et de lichen sur les arbres. Je me suis relevée et ai soulevé les fagots avec une force venue de je ne sais où, mais qui n'avait rien à voir avec la panique; j'étais terrifiée, ça oui, mais plutôt à la manière de quelqu'un qui a assisté à un prodige dont il ne s'estime pas digne d'avoir été le témoin qu'à celle d'une fillette qui aurait vu le père Fouettard dans la forêt. Je sais juste qu'en arrivant à la maison, j'étais aussi pâle que si j'avais plongé le visage dans une assiette de farine, et j'avais les cheveux collés sur le crâne par une sueur froide et gélatineuse qui a fait peur à ta grand-mère, laquelle me mit au lit et m'a fait boire des infusions de *pasmo belarra*[1] à m'en user la gorge. Je n'ai rien dit, probablement parce que je savais que ce que j'avais vu était inconcevable pour mes parents. Je savais, moi, que c'était un basajaun : comme tous les enfants du Baztán, j'avais souvent entendu raconter des histoires de basajaunes et d'autres êtres un peu magiques qui vivaient déjà dans la forêt bien avant que les hommes ne fondent Elizondo à côté de l'église. Le dimanche suivant, en allant à confesse, j'en ai parlé au curé de l'époque, un jésuite cruel dont il fallait se méfier, qui s'appelait Don Serafín. Et pourtant je t'assure qu'il n'était pas vraiment angélique : il m'a traitée de menteuse, de mythomane et de pauvre fille, et cela ne lui semblant pas suffisant, probablement il est sorti du confessionnal et m'a donné un coup de poing sur la tête qui m'a fait monter les larmes aux yeux. Puis il m'a asséné un sermon sur le danger qu'il y avait à s'inventer ce genre de conte, m'a défendu d'en reparler même à ma famille, et m'a infligé une pénitence de « Notre Père », « Ave Maria », « Credo » et autres « Je confesse à Dieu » qui m'a pris des semaines, c'est pourquoi j'ai pris la décision de ne plus jamais rien lui raconter. Par la suite, j'allais ramasser du bois dans la montagne, je faisais tellement de bruit que j'effrayais n'importe quelle bête vivante à deux kilomètres à la ronde, je chantais le *Te Deum* en latin et

---

1. Mouron. (*N.d.T.*)

à tue-tête, et lorsque je rentrais à la maison, j'étais presque toujours aphone. Je n'ai jamais revu le basajaun, même si j'ai souvent cru distinguer les traces de son passage ; il est vrai que cela aurait aussi bien pu être des cerfs ou des ours, il y en avait à l'époque, mais j'ai toujours su que mon chant était pour lui un signal, que rien qu'en l'entendant il s'éloignerait, qu'il savait que j'étais là, l'acceptait et me fuyait, comme je le fuyais.

Quand Engrasi eut fini son récit, elle regarda sa nièce de ce regard qui avait été d'un bleu aussi intense que le sien, et qui semblait maintenant passé comme des saphirs ternis, même s'il conservait le brillant malicieux propre à un esprit sagace et éveillé.

— Tía, commença-t-elle, ce n'est pas que je remette en cause la façon dont tu as vécu cette expérience et dont tu te la rappelles, mais tu dois reconnaître, et ce n'est pas une critique de ma part, que tu as toujours eu beaucoup d'imagination, ne le prends pas mal, tu sais que je ne te le reproche pas... Mais tu dois comprendre que je suis en pleine enquête criminelle, et je dois considérer les choses avec lucidité...

— Tu fais preuve de beaucoup de bon sens, remarqua Engrasi.

— As-tu envisagé la possibilité que ce que tu as vu n'était pas un basajaun, mais autre chose ? poursuivit Amaia. Bien sûr, les filles de ta génération n'étaient pas influencées par la télévision et Internet comme celles d'aujourd'hui, mais dans cette région et dans la campagne en général, les légendes de ce genre foisonnaient. Adopte mon point de vue. Une adolescente prémenstruelle, seule toute la journée dans la forêt, épuisée et à moitié déshydratée par l'effort physique, pleurant toutes les larmes de ton corps, voire jusqu'à t'endormir. Une candidate idéale à une apparition mariale au Moyen Âge ou à un enlèvement par les extraterrestres dans les années soixante-dix.

— Je n'ai pas rêvé, j'étais aussi réveillée qu'aujourd'hui, et je l'ai vu comme je te vois. Mais bon, je m'attendais à cette réaction de ta part.

Amaia lui adressa un regard complice et Engrasi sourit à son tour, dévoilant un impeccable dentier – l'inspectrice ignorait pourquoi cela l'amusait toujours et faisait naître en elle un immense élan d'amour envers sa tante. Sans se départir de son sourire, Engrasi la désigna d'un doigt blanc et osseux couvert de bagues.

— Oui, madame, je le savais, parce que je ne sais que trop comment fonctionne ta petite tête, et j'ai un autre témoin pour toi.

Sa nièce lui jeta un regard soupçonneux.

— Qui, une de tes partenaires de poker de la joyeuse bande ?

— Tais-toi, mécréante, et écoute. Il y a six ans, un après-midi d'hiver, en sortant de la messe, j'ai trouvé Carlos Vallejo qui m'attendait devant l'entrée de l'église.

— Carlos Vallejo, mon professeur de lycée ?

Bien qu'elle ne l'ait pas revu depuis des années, l'image de Don Carlos Vallejo se dessina comme si elle venait de le croiser. Ses costumes chinés à la coupe parfaite, son livre de maths sous le bras, sa moustache toujours bien taillée, ses cheveux blancs et touffus qu'il coiffait en arrière avec de la brillantine et l'odeur pénétrante de sa lotion après-rasage.

— Oui, madame.

Engrasi sourit en voyant croître l'intérêt de sa nièce pour l'histoire.

— Il portait des vêtements de chasse complètement trempés et maculés de boue, et il avait également son fusil dans sa housse en cuir. Cela a attiré mon attention, parce que, comme je te l'ai dit, c'était l'hiver et la nuit tombait tôt, ce n'était pas une heure pour rentrer de la chasse avec les vêtements mouillés bien qu'il n'ait pas plu les jours précédents et, surtout, son visage était pâle comme si on avait effacé les traits à force de les laver à l'eau glacée. Je savais bien sûr qu'il aimait la chasse, un jour je l'avais croisé au volant de sa voiture, de retour de la montagne, mais il ne portait jamais de vêtements de chasse au village... Tu sais bien sûr comment on l'a toujours appelé...

— Le dandy, murmura Amaia.

— Le dandy, oui, madame... Eh bien ! le dandy avait ce jour-là de la boue sur son pantalon et ses bottes, et quand je lui ai mis une tasse de camomille entre les mains, j'ai vu qu'elles étaient couvertes de griffures et qu'il avait les ongles noirs comme ceux d'un charbonnier. J'ai attendu qu'il parle, c'est de cette manière qu'on obtient les meilleurs résultats.

Amaia approuva.

— Il est resté silencieux un bon moment, le regard perdu dans le fond de la tasse ; ensuite, il a bu une longue gorgée de sa tisane, m'a regardée dans les yeux et m'a dit avec toutes l'élégance et l'éducation dont il avait toujours fait preuve : « Engrasi, j'espère que tu pourras me pardonner de m'être présenté chez toi dans cet état. » Il a regardé autour de lui comme s'il réalisait subitement où il se trouvait vraiment. « Depuis toutes ces années que je te connais, je ne suis jamais venu chez toi. » J'ai su qu'il voulait dire « dans ton cabinet ». J'ai acquiescé en attendant qu'il continue. « Je suppose que ma visite te surprend, mais je ne savais pas où aller, et j'ai pensé que toi, peut-être... » Je l'ai incité à poursuivre jusqu'à ce qu'il me le dise : « Ce matin, dans la forêt, j'ai vu un basajaun. »

17

Le tableau du commissariat était couvert d'un schéma composé de diagrammes de Venn dont le centre était occupé par les photos des trois filles. Jonan relisait en boucle les rapports du médecin légiste pendant qu'Amaia absorbait à petites gorgées le contenu de la tasse qu'elle tenait entre les mains, croisées pour essayer de se réchauffer, observant le tableau de façon presque hypnotique, comme si, à force de scruter ces visages, ces mots, elle allait pouvoir en extraire un élixir, l'essence vive des âmes qui faisait défaut derrière les yeux morts des fillettes.

— Inspectrice Salazar, l'interrompit Iriarte.

(En la voyant sursauter, il sourit et Amaia pensa que c'était un type aimable, avec un bureau décoré de calendriers de la Vierge et une photo de sa femme et de leurs deux gamins qui souriaient ouvertement à l'objectif et qui avaient hérité des cheveux blonds de leur mère, car Iriarte en avait peu, et ils étaient noirs et très fins.)

— On a reçu le rapport toxicologique d'Anne. Cannabis et alcool.

Amaia relut ses notes à voix basse.

— « Quinze ans, Juventudes Marianas Vicencianas[1], avec des appréciations oscillant entre très bien et bien. Équipe de basket et club d'échecs, carte de bibliothèque. Dans sa chambre : dessus-de-lit rose, peluches Winnie l'ourson, cœurs et livres de Danielle Steel. » Il y a quelque chose qui cloche dans ce profil, dit-elle en levant la tête vers Iriarte.

— Il me semble aussi, alors ce matin on a parlé à des copines d'Anne, et leur version est assez différente. Anne menait une double vie pour satisfaire ses parents et les maintenir dans l'illusion qu'elle était une fille modèle. D'après ses amies, elle fumait des pétards, buvait et prenait parfois des trucs plus forts. Elle passait des heures sur les réseaux sociaux d'Internet et publiait des photos osées sur la Toile ; à les croire, elle adorait montrer ses seins devant la webcam ; je cite : « C'était une délurée déguisée en sainte nitouche, au point d'entretenir une relation avec un homme marié. »

— Un homme marié ? Qui ? Cela peut être très important... Vous en ont-elles dit plus ?

— Elles ne savent pas qui c'est, ou alors elles ne veulent pas en parler. La chose durait manifestement depuis des mois, mais elle allait le quitter ; elle disait que « le type était en train de tomber amoureux » et que « ce n'était plus amusant ».

— Pour l'amour du ciel, Iriarte, je crois qu'on a une piste : elle voulait rompre alors il l'a tuée, peut-être a-t-il eu aussi une relation avec Carla et Ainhoa...

---

1. « Jeunesses mariales vincentiennes ». (*N.d.T.*)

— Avec Carla, c'est possible. Mais Ainhoa était vierge, elle n'avait que douze ans.

— Il a pu essayer, et, en essuyant un refus... Bon, je reconnais que c'est un peu tiré par les cheveux, mais on peut creuser. Sait-on au moins s'il est du village ?

— Les filles disent que c'est presque sûr, même s'il pourrait venir d'une localité proche.

— Il faut retrouver ce type qui aime les gamines. Demandez un mandat de perquisition pour l'ordinateur, les journaux et les notes qui se trouvent au domicile d'Anne, fouillez également son casier au lycée, appelez les parents et demandez-leur la permission de parler avec toutes ses amies mineures, allez les voir chez elles... Et tout le monde en civil, la dernière chose que je souhaite c'est éveiller des soupçons parmi les témoins. Et pour l'instant, pas un mot aux parents d'Anne, il est évident qu'ils ignoraient tout de la double vie de leur fille, inspecteur.

Elle consulta sa montre.

— Dans trois heures, je veux tout le monde à l'église et au cimetière, même mode opératoire que pour Ainhoa. Quand vous aurez fini, je veux que vous alliez au commissariat, Jonan a un très bon logiciel de gestion des photos numériques et, dès que les images seront prêtes, vous rappliquez tous ici pour une mise en commun des infos. Jonan, essaie de voir si tu peux tirer quelque chose de l'ordinateur d'Anne Arbizu, fouille partout, et tant pis si tu dois y passer la nuit.

— Bien sûr, chef, j'y passerai le temps qu'il faudra.

— Au fait, où est-ce que tu en es avec les chasseurs de fantômes de Huesca ?

— Je dois les voir aujourd'hui à dix-huit heures, à leur retour de la montagne. J'espère qu'à ce moment-là, ils auront des choses à me dire.

— Moi aussi, tu leur as donné rendez-vous ici ?

— Eh bien, je l'ai suggéré, mais le docteur russe est manifestement allergique aux commissariats, ou quelque chose d'approchant, elle a essayé de me l'expliquer au téléphone mais je n'ai pas compris le quart. Alors on a rendez-vous à leur hôtel. « El Baztán », lut-il.

— Je vois lequel c'est, j'essaierai d'y passer, dit Amaia en le notant sur son PDA.

Zabalza entra dans la salle avec plusieurs fax qu'il posa sur la table.

— Inspectrice, la presse de Pampelune n'arrête pas d'appeler, plusieurs médias veulent couvrir les funérailles, et ils nous conseillent de rédiger un communiqué.

— Ça, c'est le travail de Montes, dit-elle en jetant un regard autour d'elle. On peut savoir où il est encore passé ?

— Il a téléphoné ce matin pour dire qu'il ne se sentait pas bien et qu'il nous rejoindrait au cimetière.

— Bon sang, souffla Amaia... S'il vous plaît, que le premier qui le verra lui dise de se présenter de toute urgence au bureau de l'inspecteur Iriarte. Zabalza, obtenez-moi un rendez-vous avec les parents d'Anne vers seize heures, si possible.

Il pleuvait depuis une heure, et le parfum douceâtre des fleurs associé à l'odeur des manteaux mouillés rendait l'air irrespirable à l'intérieur de l'église. Le sermon fut un simple écho des précédents auquel Amaia prêta à peine attention ; peut-être y avait-il plus de fidèles, de voyeurs, de curieux et de journalistes, que le prêtre avait laissés entrer à condition qu'ils ne filment pas à l'intérieur de l'église. Les mêmes scènes de douleur, les mêmes pleurs... Mais quelque chose de nouveau aussi, un climat particulier d'horreur qui semblait avoir recouvert les visages des gens à la façon d'un voile subtil. Les premiers rangs, hormis la famille, comptaient un grand nombre de garçons et de filles très jeunes, certainement des camarades de lycée d'Anne. Certaines filles se tenaient enlacées et pleuraient en silence ; l'espèce de torpeur qu'Amaia avait déjà observée chez les amies d'Ainhoa se reflétait aussi sur leurs figures. Elles avaient perdu ce brillant naturel que possèdent les visages jeunes, cet air moqueur provenant de la certitude de ne jamais mourir, d'une mort survenant inconcevable et si lointaine, à des années-lumière, mais qui, en ce moment cruel, acquérait pour ces adolescents une présence réelle et palpable. Ils avaient peur. Ce genre de peur qui paralyse, qui invite à se rendre invisible pour que la mort ne vous trouve pas. Tout cela était perceptible comme une fine couche de cendre sur leurs visages fatigués, semblables à ceux de vieillards silencieux et discrets. Personne ne détournait le regard du cercueil d'Anne, qui, disposé devant l'autel, brillait de façon hypnotique à la lumière des cierges brûlant sur les côtés, entouré de fleurs blanches dignes d'une mariée virginale.

— Allons-y, murmura Amaia à Jonan. Je veux qu'on arrive les premiers.

Le cimetière d'Elizondo était accroché à la pente douce d'une petite côte du quartier d'Anzanborda, quoique le qualificatif de quartier pour désigner les trois maisons qu'on apercevait depuis la porte du cimetière fût assez prétentieux. L'inclinaison légère devenait plus marquée au fur et à mesure qu'on progressait entre les tombes. Amaia supposa qu'elle était destinée à éviter que les pluies fréquentes ne s'infiltrent à l'intérieur des sépulcres. De nombreuses tombes étaient surélevées et fermées par de lourdes portes, mais, dans la partie basse du cimetière, on en trouvait d'autres, plus humbles et traditionnelles, que permettaient de distinguer des stèles discoïdales s'enfonçant dans la terre. Ces tombes lui rappelèrent d'autres sépultures surélevées : celles qu'elle avait vues à La Nouvelle-Orléans, deux ans auparavant. À l'époque, elle participait à un échange avec l'académie du FBI à Quantico, qui incluait un symposium sur les profils criminels. Le congrès avait été complété par une visite de La Nouvelle-Orléans, où avait lieu un exercice pratique sur le terrain d'identification et de dissimulation, car bien des crimes avaient été balayés par l'ouragan Katrina, et beaucoup d'indices et de preuves refaisaient encore surface des années plus tard. Amaia fut surprise que, après tout ce temps, la ville porte toujours les stigmates du désastre mais, qu'elle ait malgré tout conservé sa majesté décadente et lugubre qui rappelait le luxe fané auréolant la mort dans certaines cultures. L'un des policiers qui l'accompagnait, l'agent spécial Dupree, l'avait incitée à suivre le cortège d'une de ces magnifiques cérémonies funèbres où un orchestre de jazz escortait le cercueil jusqu'au cimetière de Saint-Louis.

— Ici, toutes les tombes sont surélevées pour éviter que les inondations cycliques ne déterrent les morts, avait expliqué Dupree. Ce n'est pas la première fois que le mal nous rend visite ; la dernière fois, c'était sous le nom de Katrina, mais il est souvent venu sous d'autres noms.

Amaia l'avait regardé, perplexe.

— Je suppose que vous trouvez surprenant d'entendre un agent du FBI parler en ces termes, mais croyez-moi, c'est là la malédiction de ma ville, ici les morts ne peuvent être enterrés étant donné que nous nous trouvons à six pieds au-dessous du niveau de la mer. Les cadavres sont donc entassés dans des tombes de pierre qui peuvent contenir plusieurs générations d'une même famille, et je crois que c'est pour cette raison, parce qu'ils ne reçoivent pas de sépulture chrétienne, que les morts ne trouvent pas le repos à La Nouvelle-Orléans. C'est le seul endroit des États-Unis où les cimetières ne s'appellent pas des cimetières mais des villes de morts, comme si les défunts vivaient encore, d'une certaine façon.

Amaia avait tourné les yeux vers lui avant de parler.

— En basque, cimetière se dit *hilherria*. Littéralement, cela signifie « le village des morts ».

Il l'avait regardée en souriant.

— Nous avons donc quelques points communs : la proximité avec le peuple français, l'encierro du 7 juillet et le nom que nous donnons à nos cimetières.

L'esprit d'Amaia regagna le présent. La nécessité d'affronter les inondations avait peut-être conduit les habitants d'Elizondo à concevoir ainsi le nouveau cimetière. Celui d'origine, selon la tradition, jouxtait l'église, qui se trouvait alors près de la mairie, sur la place du village, jusqu'à ce qu'elle soit transportée pierre par pierre et reconstruite à l'endroit qu'elle occupait actuellement. On avait fait la même chose avec le cimetière, qui avait été transféré sur le chemin des Alduides, à la hauteur d'Anzanborda. Dans les annales, on avait justifié le déplacement du terrain sacré pour «raison de salubrité».

De la même façon qu'on appose un blason sur les portes d'une ville, celle du cimetière était ornée d'une tête de mort qui surveillait de ses orbites vides les visiteurs, les prévenant qu'ils entraient sur le domaine de ce gouverneur particulier de la ville des morts. Un seul cyprès était planté juste à droite de l'entrée, un peu plus loin on trouvait un saule pleureur et, à l'autre extrémité, un hêtre. Une croix se dressait, majestueuse, juste au centre du cimetière et de son pied partaient quatre chemins pavés qui divisaient le cimetière en quatre secteurs parfaitement identiques sur lesquels étaient réparties les sépultures. La tombe de la famille Arbizu se trouvait à l'endroit même où commençait l'une de ces allées ; sur le mausolée reposait un ange indolent et l'air ennuyé, indifférent à la douleur des vivants, semblant observer les fossoyeurs qui avaient déplacé la dalle en la faisant rouler sur des barres en acier. Amaia rejoint Jonan qui détaillait la base de la croix.

— Je croyais qu'on ne les plaçait qu'à la croisée des chemins, remarqua-t-elle.

— Eh bien, vous vous trompez, chef, l'origine des croix est aussi ancienne qu'incertaine, et malgré leur rapport indéniable avec le christianisme, leur emplacement à la croisée des chemins semble obéir à la superstition et aux croyances liées davantage au monde souterrain qu'à celui de la surface

— Ça n'a pas été une décision de l'Église de les mettre là ?

— Pas nécessairement, elle les a plutôt christianisées afin d'intégrer une coutume païenne qui lui semblait difficile à éradiquer. Depuis la nuit des temps, la croisée des chemins est considérée comme un lieu d'incertitude et de confluence quant à la voie à suivre et aux rencontres que l'on allait y faire. Imaginez la scène en pleine nuit, sans éclairage et sans panneaux pour indiquer la bonne direction. La peur devenait telle que les gens s'arrêtaient à un croisement, et restaient pendant un bon moment immobiles, aux aguets, avant de déceler la présence maligne d'une âme en peine. Selon une croyance répandue, ceux qui avaient connu une mort violente et leurs assassins ne pouvaient pas reposer en paix et erraient sur les chemins en cherchant le bon, sur lequel ils seraient vengés, ou trouveraient quelqu'un qui les aiderait à porter leur charge. Et une rencontre avec l'une de ces forces obscures pouvait vous rendre malade ou vous faire devenir fou.

— D'accord, pour la croisée des chemins, je comprends, mais ici, au cimetière ?

— Ne regardez pas cet endroit tel qu'il est aujourd'hui. Peut-être qu'avant d'être un cimetière, c'était déjà un lieu d'incertitude, que trois ou quatre chemins y confluaient, deux sont évidents, d'Elizondo à Beartzun, mais depuis cette colline un autre, qui aurait complètement disparu aujourd'hui, pouvait descendre d'Etxaide. Peut-être était-il nécessaire de sanctifier les lieux.

— Jonan, c'est un cimetière, sa terre est sacrée.

— Il est possible que cela préexiste à ce cimetière... On plaçait aussi des croix dans les endroits où des actes odieux avaient été commis, afin de les purifier : morts violentes, viols, ou aussi sabbats, il y en a eu beaucoup par ici. La croix a une double fonction : elle sanctifie les lieux et indique à celui qui la voit qu'il se trouve en terre incertaine. Elle a également pu être mise là en raison de sa forme. Quatre chemins parfaitement tracés qui se rejoignent au centre du cimetière, mais aussi au-dessous, dans l'inframonde, où pullulent les âmes tourmentées des assassins et de leurs victimes, lui dit-il en lui désignant la disposition des lieux.

Amaia considéra, admirative, le jeune sous-inspecteur.

— Mais on aurait donc enterré des assassins dans un cimetière ? Je croyais qu'on les excommuniait et qu'on les inhumait hors du sol sacré.

— Encore fallait-il avoir connaissance de leurs méfaits, mais si aujourd'hui, des meurtres restent impunis, imaginez ce que c'était au XVe siècle. Un tueur en série devait être comme un coq en pâte, on eût tôt fait d'imputer ses crimes à un analphabète à demi attardé. Les croix immunisaient davantage de ce qui était caché que de ce qui était visible. Il y a une autre explication qui, dans le cas présent, perd de sa force, car celle-ci se trouve à l'intérieur du cimetière. Au début du XXᵉ siècle, on ne permettait pas toujours d'enterrer dans le sol sacré les nouveau-nés décédés avant d'avoir été baptisés, c'était un problème douloureux pour les familles qui voulaient assurer une protection à leurs âmes, mais qui en étaient empêchées par la loi. Bien souvent, si la mère décédait avec le bébé lors de l'accouchement, la famille dissimulait l'enfant entre ses jambes afin de les enterrer ensemble. On considère comme sacré l'emplacement où se dresse la croix, et puisqu'il y avait un vide juridique en ce qui concernait les enterrements, on dit que les familles sortaient en pleine nuit et inhumaient leurs petits à son pied. Après quoi, elles gravaient grossièrement dessus les initiales ou une petite croix. Et ce sont exactement les signes que je cherchais, mais je n'en vois nulle trace.

— Eh bien, sur ce point je peux te donner une leçon d'anthropologie basque, si tu le permets. Dans la vallée de Baztán, les enfants morts sans avoir été baptisés étaient enterrés à proximité de leur propre maison.

Amaia se pencha et, regardant en direction de l'entrée, crut percevoir une présence entre les arbustes qui ceignaient le cimetière ; elle se redressa, certaine d'avoir reconnu des traits familiers.

— Qui est-ce ? demanda Jonan dans son dos.

— Freddy, mon beau-frère.

Le visage émacié était assombri par les cernes qui entouraient les yeux rougis de l'homme. Amaia fit un pas vers la grille, mais il disparut dans le feuillage. Ce fut alors qu'il commença à pleuvoir. Les parapluies innombrables compliquèrent énormément la tâche de la police pour recenser les personnes présentes. Amaia repéra Montes posté près des parents d'Anne. Il la salua d'un geste, paraissant sur le point de les aborder, mais elle l'en dissuada d'un signe.

Le couple avait l'âge d'être ses grands-parents. Leur fille était arrivée au moment où il semblait ne plus y avoir d'espoir, et elle était devenue dès lors leur raison d'être. La mère, manifestement sous calmants, ne pleurait pas, elle se tenait bien droite et soutenait presque une autre femme, peut-être sa belle-sœur. Elle l'entourait de son bras, fixant un point dans le vide entre le cercueil de sa fille et la fosse ouverte dans la terre. Amaia les connaissait de vue depuis l'enfance, sans être sûre toutefois de leur lien de parenté. Le père, lui, était en pleurs. Placé quelques mètres devant, il se pencha en avant sans cesser de caresser le cercueil, redoutant le moment où le seul lien qui l'unissait encore à sa fille allait se rompre, repoussant avec brusquerie les mains qui se tendaient vers lui pour lui venir en aide et les parapluies qui tentaient en vain de le protéger de la pluie qui se mêlait à ses larmes. Quand on commença à descendre le cercueil dans la fosse et qu'il perdit le contact avec le bois mouillé, il s'écroula tel un arbre qu'on aurait scié à la base, et tomba évanoui dans les flaques.

La scène la toucha droit au cœur. Cette preuve d'amour intense suffit à ébranler la réserve que sa fonction imposait. Ce fut la main du père, dans ce geste qu'elle enviait secrètement chez d'autres parents, qui brisa la digue de ses émotions laissant déferler, à travers la profonde brèche qui s'ouvrit, un océan de crainte, d'angoisse et de désir inassouvi d'être mère. Bouleversée, Amaia recula de quelques pas et se dirigea vers la croix en tentant de dissimuler son trouble. La main. C'était le lien. Elle avait beau essayer depuis des années de tomber enceinte, elle n'éprouvait pas cette attirance particulière envers les jeunes enfants qu'elle avait observée chez des amies ou chez ses sœurs, elle n'était pas fascinée par les bébés que les mères tenaient dans leurs bras. Mais elle avait conscience du privilège dont elle était privée quand elle voyait une mère marcher à côté de son fils en le tenant par la main. La protection et la confiance que renfermait ce geste intime représentaient pour elle la proximité ultime qui pouvait s'établir entre deux êtres humains. Amaia percevait dans chaque paire de petites mains tenues délicatement par celles d'une mère, tout l'amour et l'abandon que cette maternité qui ne lui était pas accordée, qui ne lui serait peut-être jamais accordée, la privant définitivement du bonheur infini de tenir son fils par la main. Une maternité par laquelle elle voulait compenser à travers un autre être humain, le sang de son sang, l'enfance heureuse qu'elle n'avait pas eue, l'absence d'amour qu'elle avait toujours ressentie chez une mère torturée. La sienne.

18

L'enterrement terminé, la pluie et les gens qui y avaient assisté semblaient s'être évaporés, ou avoir été engloutis par le brouillard dense qui s'étendait maintenant dans la vallée, chevauchait la Baztán et se répandait dans les rues, les rendant plus tristes encore si tant est que ce fût possible. Transie de froid, Amaia patienta devant la fabrique jusqu'à l'arrivée de sa sœur.

— Eh bien, madame l'inspectrice ! Quel honneur ! se moqua Flora. Tu ne devrais pas être en train de chercher un assassin ?

Amaia sourit et la pointa du doigt.

— C'est ce que je fais.

Flora s'arrêta, la clé à la main, soudain intéressée, peut-être aussi un peu effrayée.

— Ici, à Elizondo ?

— Oui, ici, les meurtriers sont souvent des personnes proches des victimes. Si on n'en comptait qu'une... Mais cela en fait déjà trois. Il doit forcément être d'ici ou des environs.

Elles entrèrent dans la fabrique et furent accueillies par l'arôme familier qu'Amaia avait respiré pendant toute son enfance. En fermant les yeux, elle pouvait voir son père en pantalon blanc et débardeur, étalant les plaques de pâte feuilletée avec un énorme rouleau d'acier, pendant que sa mère dosait les ingrédients dans un verre mesureur, les mains pleines de farine, et dégageant cette odeur d'essence d'anis qu'Amaia relierait toujours à elle. Elle regarda le pétrin et un frisson lui parcourut le dos pendant qu'une sensation de nausée lui tordait l'estomac. Elle fut soudain étourdie par un flot de souvenirs obscurs. Elle ferma les yeux et tenta de barrer le passage à l'horreur que la vision avait fait resurgir.

— À quoi penses-tu ? demanda Flora, surprise par l'attitude de sa sœur.

— À l'aita et à l'ama, au travail qu'ils abattaient et comme ils étaient heureux, mentit-elle.

— C'est vrai qu'ils ont beaucoup travaillé, reconnut Flora en se lavant les mains. Mais ils étaient deux, et aujourd'hui je bosse beaucoup plus, mais seule... Même si ce n'est pas vraiment ce qui t'inquiète, n'est-ce pas, ma sœur ?

— Je sais que c'est très lourd, Flora, mais tu n'as pas écouté la seconde partie : ils étaient heureux de le faire. C'est sans doute la clé de leur succès, et du tien.

— Ah oui ? Qu'est-ce que tu en sais... ? Tu crois que je suis heureuse de faire ça ? demanda-t-elle à sa sœur tandis qu'elle ouvrait les persiennes de son bureau.

— Disons que ça marche très bien pour toi... À merveille, même. Tu as écrit des livres, tu vas avoir une émission à la télévision, Mantecadas Salazar est une référence en Europe et tu es riche. Tu ne renvoies pas précisément l'image que je me fais de l'échec.

Sa sœur semblait attentive, évaluant les paroles d'Amaia, tentant certainement d'y déceler quelque chose de faux.

— Je crois que si tu n'avais pas mis autant de cœur à l'ouvrage, tu n'aurais pas réussi, poursuivit Amaia. Tu as toutes les raisons d'être très satisfaite, et la satisfaction se trouve tout près de la félicité.

— Oui, admit son aînée en haussant les sourcils, peut-être aujourd'hui, mais avant d'y parvenir...

— Flora, on a tous notre chemin à tracer.

— Vraiment, s'indigna-t-elle, et quel a été le tien, on peut savoir?

— Je t'assure que je ne suis pas arrivée là où je suis sans efforts, répliqua Amaia en conservant le ton bas et tranquille qui irritait tant sa sœur.

— Oui, mais c'était ton choix alors que cela m'a été imposé, je n'ai reçu aucune aide. Tout le monde m'a laissée tomber, toi, en te tirant, Víctor en levant le coude, et ta sœur...

Amaia se tut un instant pour évaluer le poids de tous les reproches qu'elle avait entendu prononcer par ses sœurs en moins de vingt-quatre heures.

— Toi aussi, tu aurais pu décider, si ce n'était pas ce que tu voulais faire.

— Et qui m'a demandé ce que je voulais faire?

— Flora...

— Non, dis-le-moi, qui m'a demandé si je voulais rester ici à étaler de la pâte feuilletée?

— Flora, tout le monde a le choix : mais toi, tu as choisi de ne pas choisir... Personne ne m'a posé de questions à moi non plus. J'ai pris ma décision et j'ai tracé ma route.

— En te foutant du sort des autres.

— Ce n'est pas vrai, Flora, et personne n'a été blessé dans l'histoire. Contrairement à toi et à Ros, je n'ai jamais aimé la fabrique, même pas quand j'étais plus jeune... Dès que je pouvais, je m'échappais, et je ne venais ici que sous la contrainte, tu le sais aussi bien que moi. Je voulais faire des études, les aitas étaient d'accord.

— L'ama pas tant que ça, mais de toute façon ils étaient tranquilles : ils nous avaient, Ros et moi, pour perpétuer la tradition familiale.

— Tu aurais pu partir, toi aussi.

Flora explosa.

— Tu n'as aucun sens des responsabilités, dit-elle en se retournant, un doigt pointé sur elle.

— S'il te plaît..., la pria Amaia, excédée.

— Oh pas de ça avec moi... Ni toi, ni ta sœur, ni cet égaré de Víctor ne connaissez le sens de ce mot...

— Je vois que tout le monde en prend pour son grade. Flora, tu ne me connais plus, je ne suis plus la fillette de neuf ans qui s'échappait de la fabrique. Je t'assure que dans mon travail, tous les jours...

— Ton travail, l'interrompit-elle, qui te parle de ton travail ? Juste toi, petite sœur, moi, je parle de la famille, quelqu'un devait continuer.

— Mon Dieu, on dirait Michael Corleone... L'affaire, la famille, la mafia. (Amaia eut un geste moqueur en joignant les doigts, et cela irrita encore plus sa sœur, qui, furieuse, jeta le chiffon qu'elle tenait dans les mains sur la table avant de s'asseoir dans son fauteuil en faisant trembler la petite lampe qui éclairait le plan de travail.) Flora, Ros et toi, vous viviez ici, vous montriez toutes les deux de l'intérêt pour la pâtisserie depuis l'enfance, vous adoriez y passer des heures. À trois ans Ros savait déjà faire des gâteaux secs et des madeleines...

— Ta sœur, murmura-t-elle avec mépris... Sa passion n'a duré qu'un temps, jusqu'au moment où elle s'est rendue compte de ce que ça demandait comme travail. Tu crois peut-être que l'affaire aurait pu tourner très longtemps de la façon dont les aitas la géraient? Je l'ai rénovée de fond en comble, je l'ai modernisée et je l'ai rendue compétitive. Tu as une idée de la quantité de contrôles qu'il faut subir pour entrer dans le circuit européen? Tout ce qu'elle a conservé, c'est son nom, Mantecadas Salazar, et l'enseigne datant de l'époque où nos grands-parents l'ont fondée.

— Tu vois que j'ai raison, Flora, toi seule avait cette qualité de visionnaire, et si tu as pu l'exprimer, c'est parce que tu adorais cette affaire.

Ces dernières paroles firent leur chemin dans l'esprit de Flora. Amaia vit les lignes d'expression de son visage, restées jusque-là froncées en un mépris intolérant, se détendre, laissant la place à un air d'orgueil satisfait. Elle regarda autour d'elle, se redressant dans son fauteuil.

— Oui, reconnut-elle, mais la question n'était pas de l'adorer ou non, ou, comme tu dis, qu'elle me rende heureuse ou pas. Quelqu'un devait s'en charger, et comme toujours ç'a été moi, qui suis par ailleurs la seule de cette famille capable de réussir, ce qui est impossible si on n'est pas rationnel et si on n'a pas le sens des responsabilités. Il fallait faire prospérer le patrimoine familial, l'entreprise que les nôtres ont eu tant de mal à créer. Le renom, la tradition. Avec orgueil, avec force.

— Tu parles comme si tu devais porter tout le poids du monde sur tes épaules. Que serait-il arrivé, à ton avis, si tu avais fait autre chose ?

— Je te le dis, tout cela n'existerait pas.

— Ros la dirigerait peut-être, elle a toujours aimé cette fabrique.

— Non, pas la fabrique. Ce qu'elle aime, elle, c'est faire des gâteaux, ce qui n'est pas la même chose. Je ne veux même pas imaginer Ros en directrice, tu ne sais pas ce que tu dis... Elle n'a pas de bon sens même pour ce qui la concerne personnellement, c'est une irresponsable infantile qui croit que l'argent tombe du ciel. Si les aitas ne lui avaient pas laissé la maison, elle serait à la rue à l'heure qu'il est. Avec ce malheureux qu'elle a pour mari, fumeur de pétards et fainéant comme pas deux, un champion de la PlayStation qui lui prend son fric et drague les gamines. C'est ça, la Rosaura capable de faire fructifier cette affaire ? Elle n'est pas à la hauteur ou bien dis-moi, où est-elle maintenant ?

— Si tu n'avais pas été aussi dure avec elle, peut-être...

— La vie est dure, ma sœur.

Elle avait prononcé « sœur » sur le ton méprisant d'une insulte.

— Rosaura est une gentille fille, et aucune femme n'est à l'abri d'une erreur quand elle choisit son mari.

C'est comme si un éclair l'avait foudroyée. Flora se tut en regardant Amaia fixement.

— Flora, je ne parlais pas de Víctor.

— Je vois, répondit-elle.

Et Amaia devina qu'elle s'apprêtait à sortir l'artillerie lourde.

— Flora…

— Oui, vous êtes très gentilles toutes les deux, pleines de bonnes intentions, mais dis-moi une chose, gentille fille, où étais-tu quand l'ama est tombée malade ?

Amaia hocha la tête, écœurée.

— Tu veux vraiment revenir là-dessus ?

— Qu'est-ce qu'il y a, gentille fille, ça te dérange, de parler de la façon dont tu as abandonné ta mère malade ?

— Bon sang, Flora, toi aussi tu es malade, protesta Amaia. J'avais vingt ans, je faisais mes études à Pampelune, je rentrais tous les week-ends, et Ros et toi étiez sur place, vous travailliez ici et vous étiez déjà mariées.

Flora se leva et s'approcha vers elle.

— Ce n'était pas suffisant. Tu arrivais le vendredi et tu repartais le dimanche. Tu sais combien de jours compte une semaine ? Sept, et il y a sept nuits aussi. Et tu sais qui était à côté de l'ama toutes les nuits ? Moi, pas toi, moi. (Elle se frappa la poitrine avec véhémence.) Je portais les aliments à sa bouche, je lui faisais sa toilette, je la couchais, je changeais ses couches et je la recouchais, je lui apportais à boire et elle se faisait dessus régulièrement. Elle me frappait et m'insultait, me maudissait, moi, la seule qui étais à ses côtés, la seule qui l'avait toujours été. Le matin, Ros arrivait et elle l'emmenait se promener dans le parc pendant que j'ouvrais la fabrique, sans avoir dormi de la nuit. Et quand je rentrais à la maison, rebelote, jour après jour, sans aucune aide, parce que je ne pouvais pas compter sur Víctor non plus. Même si, après tout, ce n'était pas sa mère. Il s'est occupé de la sienne quand elle est tombée malade et qu'elle est morte, mais il a eu plus de chance, une pneumonie l'a emportée en deux mois. En ce qui me concerne, j'ai dû me battre pendant trois ans. Alors, les gentilles filles, dites-moi où vous étiez et si je n'ai pas le droit de vous traiter d'irresponsables ?

Elle lui tourna le dos pour aller s'asseoir derrière la table.

— Tu es injuste, Flora, je sais que Ros faisait des heures sup la nuit pour être avec elle le matin, et c'est toi qui as insisté pour que l'ama vienne habiter chez toi quand l'aita est mort. Vous vous êtes toujours bien entendues, vous avez toujours eu un rapport spécial qu'elle n'avait pas avec Ros, et encore moins avec moi, bien sûr. Et puis, vous étiez les aînées, moi, rien qu'une gamine. Je venais dès que je pouvais, et tu sais que, aussi bien Ros que moi, nous étions d'accord pour la faire hospitaliser quand son état s'est dégradé. On t'a pleinement appuyée quand il a fallu la déclarer inapte, on a même proposé de donner de l'argent pour payer le centre de soins.

— Payer, voilà comment vous réglez les problèmes, vous, les irresponsables. « Je paie et je m'en débarrasse. » Non, ce n'était pas une question d'argent, tu sais bien que lorsque l'aita est mort, il en a laissé beaucoup. La vraie question était de faire ce qu'il fallait, et l'idée de la déclarer inapte ne venait pas de moi, mais de ce maudit médecin, dit-elle, la voix brisée.

— Mais enfin, Flora, j'hallucine de voir qu'on est

encore en train de parler de ça. L'ama n'allait pas bien, elle n'était plus capable de s'occuper d'elle et encore moins de l'affaire. Le Dr Slaverria a suggéré cette solution car il savait par quoi nous passions. Tu te rappelles que le juge n'a pas eu le moindre doute sur la question. Je ne vois pas pourquoi tu te tracasses avec ça.

— Ce médecin s'est mêlé de ce qui ne le regardait pas, et vous lui avez laissé le champ libre. Je n'aurais pas dû permettre ça. Elle n'aurait pas fini de cette façon si on avait soigné sa pneumonie à la maison. Je le savais, je savais qu'elle était très délicate et que l'hôpital était une mauvaise idée, mais vous n'avez pas voulu m'écouter, et ça s'est mal terminé.

Amaia adressa à sa sœur un regard lourd de la peine qu'elle éprouvait devant tant de rancœur, d'aversion. À une autre époque, elle serait entrée dans son jeu de reproches, d'explications et de sentences. Mais son travail dans la police lui avait beaucoup appris sur la maîtrise de soi et lui avait permis de la mettre en pratique des centaines de fois face à des êtres si mesquins que Flora, par comparaison, avait l'air d'une collégienne têtue et puérile. Elle baissa encore la voix, murmurant presque :

— Tu sais ce que je crois, Flora ? Je crois que tu fais partie de ces femmes dévouées qui se consacrent corps et âme à soutenir une famille, dans le seul but de disposer d'une bonne dose de culpabilité et de reproches dont elles peuvent accabler les autres, jusqu'à ce qu'elles se retrouvent avec leur abnégation et leurs récriminations mais plus personne autour d'elles pour en entendre parler. Voilà ce qui t'arrive, Flora. En fin de compte, dans ta tentative de moraliser, de diriger et de mener tout le monde à la baguette, tout ce que tu obtiens, c'est de faire le vide autour de toi. Personne ne t'a demandé d'être une héroïne ou une martyre.

Flora fixait un point dans le vide ; elle appuyait les coudes sur son bureau et croisait les mains sur sa bouche comme pour s'imposer le silence, un silence temporaire, attendant le bon moment pour lancer de nouveaux dards empoisonnés – elle serait alors implacable. Quand elle reprit la parole, elle avait repris le contrôle expéditif, et de sa voix elle s'exprima avec son ton habituel.

— Je suppose que tu es venue pour autre chose que pour me dire ce que tu penses de moi, alors si tu as une question précise à me poser, fais-le, sinon, tu vas devoir partir. Je n'ai pas de temps à perdre.

Amaia sortit de son sac une petite boîte en carton, ouvrit le couvercle et, avant d'en extraire le contenu, regarda sa sœur.

— Ce que je vais te montrer est une pièce à conviction retrouvée sur une scène de crime. Je viens te voir en tant que consultante de la police. J'espère que tu comprendras que cela doit rester confidentiel. Tu ne dois en parler à personne, pas même à la famille.

Flora acquiesça. Son visage reflétait de l'intérêt.

— Alors, dis-moi ce que tu en penses.

Elle sortit le sac contenant le petit gâteau odorant retrouvé sur le corps d'Anne.

— Un txatxingorri, c'est ce qu'on a trouvé sur le lieu du crime ?
— Oui.
— À chaque fois ?

— Je ne peux pas te donner cette information, Flora.

— L'assassin a mangé le reste ?

— Non, il semble plutôt avoir été placé là pour qu'on l'y trouve. Le morceau manquant, on l'a envoyé au labo. Qu'est-ce que tu peux me dire ?

— Tu m'autorises à le toucher ?

Amaia le lui tendit. Flora le sortit du sac, le porta à son nez et le renifla pendant quelques secondes. Elle le serra entre le pouce et l'index et en racla une petite portion avec l'ongle.

— Il a pu être contaminé ou empoisonné ?

— Non, le labo l'a analysé et ce n'est pas le cas.

Flora en porta un morceau à sa bouche et le savoura.

— Eh bien, alors, on a dû te donner la liste des ingrédients...

— Oui, maintenant je veux que tu me dises tout le reste.

— Des ingrédients de première qualité. Frais et avec le bon dosage. Fait dans la semaine, je dirais qu'il n'a pas plus de quatre jours, et à la couleur, qu'il a fort probablement été cuit dans un four à bois traditionnel.

— Incroyable, dit Amaia, sincèrement impressionnée. Comment fais-tu pour savoir tout ça ?

Flora sourit.

— C'est que moi, je connais mon travail.

Amaia ignora l'insulte masquée.

— Qui fabrique ces gâteaux, en dehors de l'entreprise Salazar ?

— Eh bien, je suppose que n'importe qui pourrait l'avoir fait. Ce n'est pas un secret, j'ai publié la recette de l'aita dans mon premier livre et c'est un dessert typique de la région. J'imagine qu'il doit y en avoir une douzaine de variantes dans toute la vallée... Bien qu'elles ne possèdent certainement pas toutes ces qualités, ni cet équilibre dans les proportions.

— Je veux que tu me dresses une liste de tous les ateliers, pâtisseries et boutiques des environs qui en vendent ou en préparent.

— Ce ne sera pas très difficile. Cette qualité-là tu ne la trouveras que chez moi, et aussi Salinas à Tudela, Santa Marta à Vera et peut-être aussi chez un fabricant à Logroño... En fait, ils ne sont pas aussi bons. Je peux te fournir une liste de mes clients, mais ici même, à Elizondo, je sais qu'on les vend à des touristes, des visiteurs et aux gens du village. Je doute que ça vous serve à quelque chose.

— Ne t'inquiète pas de ça. Mais quand peux-tu me la donner ?

— En fin d'après-midi, aujourd'hui j'ai pas mal de travail, la faute à qui tu sais.

— Parfait.

Amaia ne voulut pas céder à la provocation. Elle ramassa le sac contenant les restes du gâteau.

— Merci, Flora, l'inspecteur Montes passera la prendre...

Flora ne cilla pas.

— On m'a dit que vous vous connaissiez.

— Eh bien, il est appréciable de constater que pour une fois tu es bien informée. Oui, je le connais, c'est un homme charmant. Il est venu ici pour me présenter ses hommages à l'heure de la fermeture. Je lui ai un peu montré le village, on a pris un café et on a parlé d'un tas de choses, y compris de toi.

— De moi ? demanda Amaia, surprise.

— Oui, de toi, petite sœur, l'inspecteur Montes m'a raconté comment tu t'étais débrouillée pour qu'on te charge de l'enquête.

— C'est ce qu'il t'a dit ?

— En bien, il a utilisé d'autres termes, c'est un homme très bien élevé et avec un grand cœur. Tu as de la chance de travailler avec un professionnel de son calibre. Tu apprendras peut-être à son contact, dit-elle en souriant.

— C'est aussi Montes qui te l'a dit ?

— Bien sûr que non, mais c'est facile à déduire. Oui, madame, un homme séduisant.

— C'est aussi mon avis, dit Amaia en se levant pour poser sa tasse dans l'évier.

— Oui, tous tes collaborateurs sont bien agréables... Je t'ai vue ce matin au cimetière avec un très bel homme.

Amaia sourit, amusée par la malice de sa sœur.

— Vos têtes étaient très proches l'une de l'autre et on aurait dit qu'il te murmurait quelque chose à l'oreille. Je me demande ce qu'aurait dit James en voyant ça.

— Je ne t'ai pas vue, sœurette.

— C'est parce que je ne suis pas entrée, je n'ai pas pu assister aux funérailles car j'avais rendez-vous avec les gens de la maison d'édition, mais ensuite je me suis approchée du cimetière. Je vous ai vus immobiles devant une tombe... Tu t'es penchée dessus et il t'a prise dans ses bras.

Amaia se mordit la lèvre inférieure et sourit tout en hochant la tête.

— Flora, Jonan Etxaide est gay.

Cette dernière ne put dissimuler ni sa surprise ni sa contrariété.

— Je me suis juste inclinée sur la tombe de l'une de mes institutrices de l'école primaire, Irene Barno, tu t'en souviens? J'ai glissé et il m'a retenue.

— Comme c'est attendrissant, tu es allée sur sa tombe? se moqua Flora.

— Non, je me suis simplement penchée pour redresser un pot de fleurs que le vent avait renversé, et c'est à ce moment-là que j'ai reconnu son nom.

Flora la regarda dans les yeux.

— Tu ne vas jamais voir l'ama.

— Non, Flora, je n'y vais jamais. À quoi cela servirait-il aujourd'hui?

Flora se tourna vers la fenêtre et murmura :

— Maintenant, ce serait trop tard.

On entendit un grand bruit de moteur et une ombre assombrit momentanément le visage de Flora.

— Ce doit être Víctor, murmura-t-elle.

Elles sortirent par la porte de derrière, là où l'ex-mari de Flora garait sa moto de collection.

— Oh, Víctor, qu'elle est jolie, d'où la sors-tu? demanda Amaia en guise de salut.

— Je l'ai achetée à un ferrailleur de Soria, mais je peux t'assurer qu'elle n'avait pas cette allure quand je l'ai rapportée.

Amaia en fit le tour pour mieux l'examiner.

— Je ne savais pas que tu t'intéressais à ça, beau-frère.

— C'est un hobby relativement nouveau, je m'intéresse aux motos depuis deux ans. J'ai commencé avec une Bultaco Mercurio et une Montesa Impala 175 Sport, et depuis, j'en ai restauré quatre avec celle-ci. C'est une Ossa 175 Sport... Une de celles dont je suis le plus fier.

— Tu as fait un travail magnifique.

Flora souffla d'agacement, et dit en se dirigeant vers la porte :

— Eh bien, quand tu auras fini de jouer, tu me préviendras, je serai à l'intérieur... en train de travailler.

Elle disparut en claquant la porte.

Víctor fit un sourire de circonstance et tenta de justifier le comportement de sa femme.

— Flora n'aime pas les motos, pour elle ce genre de loisir est une perte de temps et d'argent. Quand j'étais célibataire, j'avais une Vespa et je l'emmenais souvent faire un tour.

— C'est vrai, je m'en souviens, elle était rouge et blanche ! Tu venais la chercher ici, au magasin, et quand vous vous quittiez, elle te disait toujours la même chose, de faire attention et de...

Elle s'interrompit brusquement.

— ... de ne pas boire, acheva Víctor. Dès qu'on s'est mariés, elle m'a convaincu de la vendre, et tu vois, je ne l'ai écoutée que sur le premier point.

— Oh, Víctor, je ne voulais pas te mettre dans l'embarras...

— Ne t'inquiète pas, Amaia, je suis alcoolique, c'est une chose que j'ai eu du mal à admettre, mais cela fait partie de ma vie et je vis avec. Je suis comme un diabétique, même si, au lieu d'être privé de dessert, je me suis retrouvé sans ta sœur.

— Comment ça va ? Ma tante m'a dit que tu habitais la ferme de tes parents...

— Ça va bien, à part pour la ferme, mais grâce à la prévoyance de ma mère je dispose d'une rente mensuelle qui me permet de vivre. Je vais aux réunions des alcooliques anonymes à Irún, je restaure des motos... Je ne me plains pas.

— Et avec Flora ?

— Eh bien... (Il sourit en regardant vers la porte du magasin.) Tu la connais, comme toujours.

— Mais...

— On n'est pas divorcés, Amaia, elle ne veut pas en entendre parler, et moi non plus, quoique je suppose que ce soit pour d'autres raisons.

Elle observa Víctor, appuyé contre sa moto avec sa chemise bleue fraîchement repassée, rasé, dégageant un léger parfum d'eau de Cologne... Elle se rappela le fiancé qu'il avait été un jour, et eut la certitude qu'il n'avait jamais cessé d'aimer Flora, malgré tout ce qui s'était passé entre eux. Cette conviction la déconcerta, et elle ressentit immédiatement un élan d'affection envers son beau-frère.

— Je dois dire que je ne lui ai pas simplifié la vie, tu n'imagines pas ce que l'alcool te pousse à faire.

« Dis plutôt que tu ne sais pas où cela peut te mener de vivre vingt ans avec la sorcière de l'ouest. Lever le coude a dû finir par lui sembler le meilleur moyen de la supporter », pensa Amaia.

— Pourquoi vas-tu à Irún, il n'y a pas de réunions organisées près d'ici ?

— Si, au local de la paroisse, le jeudi, je crois, mais ici, je préfère qu'on continue à voir en moi l'ivrogne de service.

PRINTEMPS 1989

C'était certainement le cartable le plus laid qu'elle ait jamais vu, vert foncé avec des boucles marron, le genre de cartable que plus personne n'utilisait depuis des années. Elle n'y toucha même pas, du moins pas ce jour-là. Par chance, l'année scolaire s'achevait et elle n'aurait pas à l'utiliser avant le mois de septembre. C'est ce qu'elle pensa. Non, ce jour-là elle n'y toucha pas. Elle se tut en regardant cette horreur posée sur une chaise de la cuisine et, à son insu, passa une main dans ses cheveux très courts que sa tante avait égalisés à grand-peine, comme si elle avait pressenti que les offenses étaient liées. Ses yeux se remplirent de larmes d'enfant le jour de son anniversaire, des larmes de pure déception. Ses deux sœurs la regardaient avec des yeux ronds comme des soucoupes, à moitié dissimulées par leurs grandes tasses de lait fumant.

— On peut savoir ce que tu as, maintenant? s'impatienta sa mère.

Elle aurait voulu dire beaucoup de choses. Que c'était un cadeau hideux, qu'elle savait qu'elle n'aurait pas la salopette en jean, mais qu'elle ne s'attendait pas à ça. Que certains présents étaient conçus pour déshonorer, humilier et blesser, leçon qu'une fillette ne devrait pas apprendre le jour de ses neuf ans. Amaia en prit conscience en regardant, désolée, l'affreux objet sans pouvoir retenir ses larmes. Elle comprenait que cet affreux cartable n'était pas le fruit de la négligence ni de la hâte du dernier moment, de la même façon qu'il ne répondait pas à une nécessité. Elle avait déjà une sangle en toile pour transporter ses livres, en parfait état. Non. Il avait été pensé et choisi avec le plus grand soin afin de faire son effet. Un franc succès.

— Il ne te plaît pas ? lui demanda sa mère.

Elle aurait voulu dire tant de choses, des choses qu'elle savait, qu'elle pressentait mais que son esprit d'enfant ne parvenait pas à mettre en ordre. Elle se contenta de murmurer :

— C'est pour les garçons.

Rosario sourit d'un air condescendant qui révélait le plaisir qu'elle prenait à la situation.

— Ne dis pas de sottises, ces choses-là sont faites aussi bien pour les garçons que pour les filles.

Amaia ne répondit pas, elle se retourna très lentement et se dirigea vers la porte.

— Où vas-tu ?

— Chez la tante.

— Hors de question, dit Rosario soudain irritée. Qu'est-ce que tu crois, tu méprises le cadeau que t'ont fait tes parents, et tu veux aller te plaindre à ta tante, la *sorgiña*[1] ? Tu veux qu'elle te lise l'avenir ? Tu veux savoir quand tu auras une salopette comme tes copains ? Pas question, si tu veux te tirer d'ici, va aider ton père à la fabrique.

---

1. Terme basque signifiant « sœur ». (*N.d.T.*)

Amaia continua à marcher en direction de la porte sans oser la regarder.

— Avant de partir, emporte ton cadeau dans ta chambre.

Sans se retourner, Amaia pressa le pas et entendit sa mère l'appeler avant de gagner la rue.

La fabrique l'accueillit avec l'arôme douceâtre de l'essence d'anis. Son père transportait des sacs de farine qu'il déposait à côté du pétrin, dans lequel il les déverserait plus tard. Il remarqua subitement sa présence et s'avança vers elle, secouant son tablier plein de farine avant de la prendre dans ses bras.

— Pourquoi fais-tu cette tête ?

— Maman m'a donné mon cadeau, gémit-elle en enfouissant son visage contre la poitrine de son père, étouffant ainsi ses paroles.

— Allons, allons, c'est fini, la consola-t-il en caressant ses cheveux courts. Viens, dit-il en l'écartant suffisamment de lui pour voir son visage. Arrête de pleurer et va te laver la figure. Je ne t'ai pas encore donné le mien.

Amaia se dirigea vers l'évier situé près de la table, sans quitter des yeux son père, qui tenait à la main une enveloppe sépia sur laquelle figurait son nom. Elle contenait un billet neuf de cinq mille pesetas. La fillette se mordit les lèvres et regarda son père.

— Maman va me le prendre, dit-elle, soucieuse, et elle te disputera.

— J'y ai déjà pensé, c'est pour ça qu'à l'intérieur de l'enveloppe, il y a autre chose.

En regardant au fond, Amaia vit en effet qu'elle contenait une clé. Elle adressa un regard interrogateur à son père. Il prit l'enveloppe et la lui vida dans la main.

— C'est une clé de la fabrique. Je me suis dit que tu pourrais y cacher l'argent, et quand tu en auras besoin, tu viendras la chercher pendant que l'ama sera à la maison. J'ai déjà parlé à la tante et elle t'achètera la salopette que tu veux à Pampelune, mais cet argent est pour toi, pour t'offrir ce qui te fera plaisir. Essaie d'être discrète et ne le dépense pas d'un coup, ou ta mère s'en apercevra.

Amaia regarda autour d'elle, savourant d'ores et déjà la liberté et le privilège que cela supposait d'avoir accès à la fabrique. Son père passa un morceau de ficelle dans le trou de la clé, la noua et brûla les extrémités avec un briquet afin d'éviter qu'elle ne s'effiloche avant de la passer autour du cou de sa fille.

— Que l'ama ne la voie pas, mais si ça arrive, dis-lui que c'est la clé de chez ta tante. Assure-toi de bien fermer la porte en partant et il n'y aura pas de problème. Tu peux conserver l'enveloppe derrière ces bidons d'essence, on ne s'en sert plus depuis des années.

Au fil des jours, Amaia rangea dans son cartable les petits trésors qu'elle achetait avec son argent, presque tous des articles de papeterie. Un agenda avec un très beau Pierrot assis sur un croissant de lune en couverture ; un stylo avec un imprimé à fleurs et de l'encre parfumée à la rose ; un étui en toile qui imitait la partie supérieure d'un pantalon avec ses poches et ses fermetures Éclair, et un poinçon en forme de cœur avec trois petites boîtes de cartouches d'encre de couleurs différentes.

19

À seize heures, le père d'Anne les reçut dans un salon aussi propre que rempli de photos de la jeune fille. Malgré le léger tremblement des mains avec lequel il servit le café, il se montrait serein et maître de lui-même.

— Veuillez excuser ma femme, elle a pris un tranquillisant et elle est couchée, mais s'il le faut...

— Ne vous inquiétez pas, nous voulons juste vous poser quelques questions et, à moins que vous ne l'estimiez opportun, je crois qu'il ne sera pas nécessaire de la déranger, dit Iriarte avec une note d'émotion dans la voix que remarqua Amaia. Elle se rappela combien il avait été affecté quand il avait reconnu Anne à la rivière.

Le père eut un sourire qu'Amaia avait observé à de nombreuses reprises : celui d'un homme vaincu.

— Vous allez mieux ? Je vous ai vu au cimetière...

— Oui, merci, c'était la tension, le médecin m'a dit de prendre ces médicaments, dit-il en désignant une petite boîte, et de ne pas boire de café. Il sourit de nouveau en regardant les tasses fumantes sur la petite table.

Amaia s'accorda quelques secondes pour regarder l'homme fixement et évaluer sa douleur, puis elle demanda :

— Que pouvez-vous nous dire sur Anne, monsieur Arbizu ?

— Que du bien. Il faut que vous sachiez que ne sommes pas les parents biologiques d'Anne.

Amaia s'aperçut qu'il évitait de dire : « Ce n'était pas notre fille. »

— Depuis le jour où nous l'avons ramenée à la maison, tout n'a été que bonheur... Elle était jolie, regardez.

Il sortit de sous un coussin un cadre avec une photo qui montrait un bébé blond et souriant. Amaia supposa qu'il l'avait regardée juste avant leur arrivée et qu'il l'avait recouverte du coussin, obéissant à un ordre inconscient. Elle observa la photo et la montra à Iriarte, qui murmura :

— Jolie.

Et elle rendit le portrait à M. Arbizu, qui le recouvrit de nouveau.

— Elle obtenait de très bonnes notes au collège, demandez à ses professeurs, elle est... elle était très intelligente, beaucoup plus que nous, et très gentille, elle ne nous a jamais contrariés. Elle ne buvait pas et elle ne fumait pas, contrairement à d'autres filles de son âge, et elle n'avait pas de petit copain, elle disait qu'avec ses études, elle n'avait pas le temps pour ça.

Il se tut et baissa les yeux sur ses mains vides. Il resta ainsi quelques secondes, comme quelqu'un à qui on avait volé quelque chose et qui ne comprendrait pas comment cet objet avait pu disparaître alors qu'il le tenait encore un instant plus tôt.

— C'était la fille que tout le monde aurait voulu avoir…, murmurait-il, presque pour lui-même.

— Monsieur Arbizu, l'interrompit Amaia, et il la regarda comme s'il venait de sortir d'une longue léthargie. Nous permettriez-vous de voir la chambre de votre fille ?

— Bien sûr.

Ils parcoururent ensemble le couloir, dont les murs étaient recouverts d'autres photos d'Anne, dans sa robe de communiante à l'école à trois ou quatre ans, en jean à sept ; le père s'arrêtait devant chacune pour leur raconter une anecdote. La chambre était un peu en désordre à cause de Jonan et de l'équipe de la police scientifique qui étaient venus prendre son ordinateur et ses journaux. Amaia jeta un coup d'œil général. Du rose et du violet dans une chambre au demeurant assez classique. Des meubles de bonne qualité couleur crème. Un couvre-lit à motif floral que l'on retrouvait sur les rideaux et des étagères qui comptaient davantage de peluches que de livres. Amaia s'approcha et parcourut les titres. Maths, échecs et astronomie mêlés à des romans sentimentaux ; elle se retourna, surprise, vers Iriarte, qui, comprenant la question non formulée, répondit :

— Cela figure dans le rapport, y compris la liste des titres.

— Je vous ai dit que ma petite Anne était très intelligente, précisa maladroitement le père depuis le seuil, où il s'était arrêté pour regarder à l'intérieur de la chambre, avec une grimace dont Amaia savait qu'elle était destinée à retenir ses larmes.

Elle jeta un dernier coup d'œil à l'intérieur du placard à vêtements. Ceux qu'une bonne mère chrétienne achèterait à sa fille adolescente. Elle referma les portes et sortit, précédée par Iriarte. Le père voulut les accompagner jusqu'à la porte.

— Monsieur Arbizu, Anne aurait-elle pu vous cacher quelque chose, des secrets importants ou des amitiés particulières ?

Le père démentit de façon catégorique.

— C'est impossible. Anne nous racontait tout, nous connaissions tous ses amis, nous communiquions très librement.

Alors qu'ils descendaient, la mère les aborda dans l'escalier. Amaia supposa qu'elle les attendait là, sur les marches qui séparaient l'entrée principale de l'étage. Elle portait une robe de chambre marron d'homme sur un pyjama bleu, d'homme également.

— Amaia... Pardon, inspectrice, tu te souviens de moi ? Je connaissais ta mère, ma sœur et elle étaient amies, tu ne t'en souviens peut-être pas.

En parlant, elle se tordait les mains de façon si atroce qu'Amaia ne pouvait s'empêcher de les regarder, y voyant deux créatures blessées cherchant vainement un refuge.

— Je me souviens de vous, dit-elle en lui tendant la main.

Soudain, sans que personne ait deviné ses intentions, la mère s'agenouilla devant Amaia et ses mains, ces mains blessées dans le vide, tenaillèrent les siennes avec une force insoupçonnable chez cette femme fragile. Elle leva les yeux et supplia.

— Capturez le monstre qui a tué ma princesse, ma merveilleuse petite. Il me l'a tuée et il ne peut y avoir de paix désormais pour lui.

Le mari gémit.

— Oh, je t'en prie, relève-toi, ma chérie.

Il descendit l'escalier en courant et tenta de prendre sa femme dans ses bras. Iriarte la souleva en la saisissant sous les aisselles, mais elle ne lâcha pas pour autant les mains d'Amaia.

— Je sais que c'est un homme, car j'ai souvent vu la façon dont ils regardaient ma petite Anne, on aurait dit des loups, avec une convoitise et une faim féroces... Une mère peut voir ça. Je l'ai distinguée clairement, la façon dont ils désiraient son corps, son visage, sa bouche merveilleuse. Vous l'avez vue, inspectrice ? C'était un ange. Si parfaite qu'elle semblait irréelle.

Le mari la regardait dans les yeux, pleurant en silence, et Amaia observa Iriarte avaler sa salive et respirer lentement.

— Je me rappelle le jour où j'ai été mère, le jour où on me l'a donnée et où je l'ai prise dans mes bras. Je ne pouvais pas avoir d'enfants, ils mouraient dans mon ventre lors des premières semaines de grossesse, les fausses couches, d'un coup, on les appelle naturels, comme si le fait que tes enfants meurent en toi pouvait être une chose naturelle. J'ai subi cinq fausses couches avant d'aller chercher Anne, et à l'époque j'avais perdu tout espoir d'être mère, je ne voulais plus... repasser par tout ça. J'étais incapable de m'imaginer tenant dans les mains autre chose que ces petits sacs sanguinolents qui étaient tout ce que j'arrivais à concevoir. Le jour où j'ai ramené Anne à la maison, je ne pouvais pas m'arrêter de trembler, à tel point que mon mari a cru que la petite allait me tomber des mains. Tu te souviens ? fit-elle en le regardant.

Il acquiesça sans mot dire.

— Durant tout le trajet en voiture, je n'avais pas pu détourner les yeux de son visage parfait, si beau. En arrivant ici, je l'ai posée sur mon lit, je l'ai déshabillée entièrement, le rapport indiquait que c'était une petite fille en bonne santé, mais j'étais sûre qu'elle allait avoir un défaut, une tare, une horrible tache, quelque chose qui ternirait sa perfection. J'ai examiné son petit corps et je n'ai pu que m'extasier devant ce que je voyais, j'ai ressenti une sensation étrange, c'était comme regarder une statue de marbre.

Amaia se rappela le corps inerte de la petite, qui lui avait fait penser à une madone, dans sa blancheur immaculée.

— J'ai passé les jours suivants à l'admirer, émerveillée, et quand je la prenais dans mes bras, je me sentais tellement reconnaissante que je me mettais à pleurer de bonheur. Et alors, au fil de ces jours magiques, je suis tombée enceinte une nouvelle fois, et quand je l'ai découvert, ça n'avait plus d'importance, vous voyez, car j'étais mère, mon cœur avait accouché, j'ai porté ma fille entre mes bras, et c'est peut-être pour ça, parce que concevoir un enfant n'était plus l'objectif de ma vie, que la grossesse s'est bien passée. Nous n'en avons parlé à personne, nous ne le faisions plus. Après toutes ces déceptions, nous avions appris à garder le secret. Mais cette fois, la grossesse a suivi son cours, je suis arrivée au cinquième mois ; mon ventre rendait mon état plus qu'évident et les gens se sont mis à parler. Anne avait presque le même âge que l'enfant que je portais, environ six mois, elle était jolie, des cheveux blonds lui couvraient déjà la tête et ondulaient sur ses tempes, et ses yeux bleus, avec ses longs cils, éclairaient son visage immaculé. Je la promenais dans son landau avec une petite robe bleue que j'ai conservée, et j'étais si fière quand les gens se penchaient pour la regarder que je frôlais l'euphorie. Un jour, une de mes belles-sœurs s'est approchée de moi et m'a embrassée. « Félicitations, m'a-t-elle dit, vois comme sont les choses, tu avais juste besoin de te détendre pour être enceinte, et maintenant tu vas avoir un fils du même sang que toi. » J'en ai été glacée. « Les enfants ne sont pas faits de sang, mais d'amour », lui ai-je répondu en tremblant presque. « Si je te comprends bien, recueillir une enfant abandonnée est très généreux et tout ça, mais si tu l'avais su, tu l'aurais rapportée », en me touchant le ventre. Je suis rentrée à la maison écœurée, j'ai pris ma fille dans mes bras et je l'ai serrée contre ma poitrine pendant que l'angoisse et la panique croissaient en moi et qu'une sensation de brûlure s'étendait dans mon ventre, depuis l'endroit où cette sorcière m'avait touchée. Cette nuit-là, je me suis réveillée baignée de sueur et terrifiée, avec la certitude que mon fils se déchirait en moi. Je sentais se rompre les fines amarres qui l'avaient uni à moi et, pendant que la douleur montait, une force puissante me ravageait de l'intérieur, me paralysant au point que j'étais incapable de tendre la main vers mon époux, qui dormait à côté de moi, et d'émettre autre chose que des halètements saccadés jusqu'à ce que le liquide ardent commence à couler entre mes jambes. Plus tard, le médecin m'a montré l'enfant, un garçon au visage violacé et transparent à certains endroits. Il m'a dit qu'il devait m'opérer, qu'il devait me faire un curetage car le placenta n'était pas complètement sorti. Et moi, sans cesser de regarder le visage affreux de mon fils mort, je lui ai demandé de me ligaturer les trompes ou de m'ôter l'utérus, cela m'était égal. Mon ventre n'était pas le berceau mais la tombe de mes enfants. Le médecin a hésité, il m'a dit que peut-être, plus tard, je pourrais de nouveau être mère, mais je lui ai répondu que je l'étais déjà, que j'étais déjà la mère d'un ange et que je ne voulais plus être la mère d'aucun autre enfant.

Amaia compatissait à l'immense douleur de cette femme, qui rejoignait en partie la sienne : son ventre, une tombe pour les enfants non nés. La mère d'Anne continua à parler, déversant sur eux cette sorte de confession qui semblait la consumer de l'intérieur.

— Je n'avais pas adressé la parole à ma belle-sœur depuis quinze ans et cette fille de pute ne sait même pas pourquoi. Jusqu'à aujourd'hui pendant les funérailles. Elle s'est approchée de moi le visage plein de larmes, et elle m'a murmuré : « Pardonne-moi. » Elle m'a fait tant de peine que je l'ai prise dans mes bras et je l'ai laissée pleurer, mais je ne lui ai pas répondu, parce que je ne lui pardonnerai jamais. Je ne suis plus mère, inspectrice, quelqu'un m'a volé la rose qui avait poussé dans mon cœur, comme dans le poème, et maintenant j'ai une tombe dans le ventre et une autre dans la poitrine. Arrêtez-le et tuez-le. Faites-le, si vous ne le faites pas, je m'en chargerai. Je vous jure sur tous mes enfants morts que je consacrerai ma vie à le poursuivre, à l'attendre, à le traquer jusqu'à ce que je puisse en finir avec lui.

Une fois dans la rue, Amaia avait l'impression de se retrouver dans l'état un peu étrange que l'on ressent quand on vient d'atterrir après un long vol.

— Vous avez vu les murs, chef ? demanda Iriarte.

Elle acquiesça, se rappelant les photos qui tapissaient cette maison ressemblant désormais à un mausolée.

— Elle semblait nous regarder de tous côtés. Je ne sais pas comment ils vont surmonter cette épreuve s'ils restent dans cette maison.

— Ils n'y arriveront pas, dit-elle, contrite.

Elle remarqua soudain une femme qui arrivait en courant, traversant la rue en diagonale dans le but évident de les aborder. Quand elle fut en face d'elle, Amaia reconnut la tante d'Anne, la belle-sœur que sa mère avait refusé de saluer pendant des années.

— Vous venez de chez eux ? demanda-t-elle, essoufflée.

Amaia ne répondit pas, sûre que ce qui l'intéressait n'était pas de savoir d'où ils venaient.

— Je…, hésita-t-elle. J'aime beaucoup ma belle-sœur, ce qui leur est arrivé est terrible. Je vais passer les voir, pour… Eh bien, pour être avec eux. Que puis-je faire d'autre ? C'est horrible, et pourtant…

— Oui ?

— Cette petite, Anne, n'était pas normale… Je ne sais pas si vous voyez ce que je veux dire. Elle était jolie, et très intelligente, mais il y avait quelque chose d'étrange en elle, de mauvais.

— De mauvais ? Qu'est-ce que c'était ?

— C'était elle, elle était ce qui était mauvais. Anne était une belagile, aussi sombre à l'intérieur qu'elle était claire à l'extérieur. Enfant, déjà, son regard semblait vous transpercer, il avait des reflets mauvais. Et les sorcières ne trouvent pas la paix quand elles meurent, vous verrez. Anne n'a pas dit son dernier mot.

Elle l'affirma avec les mêmes air et conviction que si elle avait parlé devant le tribunal de l'Inquisition, sans manifester une once de honte ou de doute en prononçant un mot qui semblait à l'heure actuelle n'être plus crédible que dans les films d'horreur. Et pourtant, on la sentait terriblement inquiète, et même effrayée. Ils la virent s'éloigner avec l'assurance de quelqu'un ayant accompli un devoir pénible mais qui l'honore cependant.

Après quelques secondes de confusion, Amaia et le sous-inspecteur continuèrent à arpenter la rue Akullegi quand le téléphone d'Iriarte sonna.

— Oui, elle est avec moi, on se dirige au commissariat. Je vais le lui dire.

Amaia le regardait, dans l'expectative.

— Inspectrice, c'est Alfredo, votre beau-frère... Il est à l'hôpital de Navarre, à Pampelune, il a tenté de mettre fin à ses jours. L'un de ses amis l'a trouvé pendu dans la cage d'escalier. Heureusement, il est arrivé à temps, quoique son état soit très grave.

Amaia consulta l'heure à sa montre. Dix-sept heures cinq. Ros allait rentrer du travail.

— Inspecteur, allez au commissariat, moi, je rentre à la maison, je ne veux pas que ma sœur l'apprenne par quelqu'un d'autre que moi. Ensuite, j'irai à l'hôpital, et je reviendrai dès que possible, pendant ce temps, occupez-vous de tout ici, et si...

Il l'interrompit.

— Inspectrice, c'était le commissaire au téléphone, il m'a demandé de vous accompagner à Pampelune... La tentative de suicide a manifestement un rapport avec l'affaire.

Amaia le regarda, déconcertée.

— En rapport avec l'affaire, quelle affaire, celle du basajaun ?

— Le sous-inspecteur Zabalza nous attend à l'hôpital, il vous en dira plus, je n'en sais pas plus que vous. Après, le commissaire veut nous voir au commissariat de Pampelune à vingt heures.

20

L'ancien nom de la rue Braulio-Iriarte était « rue du Soleil », car toutes les façades sont orientées au sud, et le soleil chauffe et éclaire la rue jusqu'au moment où il se couche. Avec le temps, on avait changé son nom en hommage à un bienfaiteur de la commune qui, après être parti pour les Amériques et s'être enrichi en fondant l'empire de la bière Coronita, était rentré au village et avait financé un fronton de pelote, une maison de bienfaisance et certains autres travaux importants. Mais Amaia continuait à penser que « rue du Soleil » était plus approprié, en raison de son caractère basique et ancestral, qui illustrait bien l'époque où l'homme vivait en communion avec la nature et qui avait été balayée depuis par l'argent devenu roi. Amaia fut reconnaissante aux tièdes rayons du soleil de lui réchauffer le visage et les épaules malgré le froid du mois de février et cet autre froid beaucoup plus mordant qui remontait en elle, tel un cadavre mal enterré, un froid que les paroles d'Iriarte avait ravivé. Elle ne cessait de retourner les informations dont elle disposait. Dans une tentative désespérée d'éclaircir la chose, elle avait bombardé son collègue de questions, qui se refusait prudemment à lancer de nouvelles hypothèses en l'air. Il avait fini par se plonger dans un silence irrité en se contentant de marcher à ses côtés. En arrivant chez Engrasi, ils virent la Ford Fiesta de Ros s'arrêter devant l'entrée.

— Bonjour, ma sœur, la salua Ros, contente de voir Amaia.

— Ros, entre, je dois te parler.

Le sourire de Ros s'évanouit.

— Tu me fais peur, dit-elle alors qu'elles entraient dans le séjour. Amaia la regardait fixement.

— Assieds-toi, Ros, dit-elle en lui désignant une chaise.

Ros choisit celle où elle s'installait pour tirer les cartes.

— Où est la tante ? s'enquit Amaia, prenant soudain conscience de l'absence d'Engrasi.

— Je ne sais pas. Mon Dieu, il lui est arrivé quelque chose ? Elle m'a dit qu'elle irait peut-être faire des courses à Eroski avec James...

— Non, ce n'est pas à la tante... Ros, c'est qu'il est arrivé quelque chose à Freddy.

— Freddy ? répéta-t-elle comme si elle n'avait jamais entendu ce nom.

— Il a tenté de mettre fin à ses jours en se pendant à la balustrade de l'escalier chez toi.

Ros encaissa le coup, peut-être un peu trop bien.

— Il est mort ? voulut-elle savoir.

— Non, par chance un de ses amis passait par là à ce moment-là et... Tu sais s'il y avait une clé cachée dans l'entrée ?

— Oui, on s'est disputés plusieurs fois à ce sujet, ça ne me plaisait pas tellement que ses copains puissent entrer à la maison n'importe quand.

— Je suis vraiment désolée, Ros, murmura Amaia.

Ros se mordit la lèvre inférieure et se tut, fixant un point dans le vide.

— Ros, je pars tout de suite pour Pampelune, on nous a dit qu'il était à l'hôpital de Navarre.

Elle s'abstint de lui dire quoi que ce soit sur le rapport présumé de Freddy avec l'affaire.

— Laisse un mot à la tante, on téléphonera à James en chemin.

Ros ne bougea pas.

— Vas-y sans moi, Amaia.

Cette dernière, qui avait déjà fait quelques pas vers la porte, s'immobilisa.

— Ah non ? Et pourquoi ? demanda-t-elle, sincèrement surprise.

— Je ne veux pas y aller, je ne peux pas. Je n'en ai pas la force.

Amaia l'observa pendant quelques secondes avant d'acquiescer.

— D'accord, je comprends, mentit-elle. Je t'appellerai quand j'en saurai plus.

— Oui, c'est mieux comme ça.

En montant dans le véhicule garé devant la maison, elle regarda Iriarte, qui s'était déjà installé au volant.

— Je n'y comprends vraiment rien, dit-elle.

Il hocha la tête, tout aussi perplexe.

L'hôpital les accueillit avec son odeur caractéristique de désinfectant et un courant d'air glacé qui balayait le vestibule.

— Où se trouve l'unité de soins intensifs ?
— Par ici, près du bloc opératoire, je vous y conduis. Je suis déjà venu plusieurs fois.

En suivant la ligne verte tracée au sol, ils parcoururent une enfilade de couloirs, jusqu'à ce que le sous-inspecteur Zabalza surgisse d'une petite salle meublée seulement d'une table et d'une demi-douzaine de fauteuils, un peu plus confortables du reste que les chaises en plastique alignées dans les couloirs.

— Venez, on peut parler tranquillement ici, il n'y a personne. Le médecin ne tardera pas.

Il allait s'asseoir, mais, voyant qu'Amaia restait debout et le regardait avec insistance, il sortit son carnet et se mit à lire ses notes.

— « Aujourd'hui, vers treize heures, Alfredo a croisé un ami, celui qui l'a retrouvé plus tard, et qui a appelé le 112. Lequel déclare qu'il avait mauvaise mine, comme s'il était très malade ou souffrait beaucoup. »

Amaia pensa à son air abattu au cimetière, le matin même. Zabalza poursuivit.

— « Il dit que son aspect l'a effrayé, mais Freddy a simplement murmuré quelques mots incompréhensibles et il est parti. Son ami s'est inquiété, aussi, après le déjeuner, est-il passé chez lui. Il a sonné. Comme Alfredo ne répondait pas, il a regardé par la fenêtre et il a vu la télé allumée. Il a insisté et, n'obtenant toujours pas de réponse, il est entré dans la maison en utilisant la clé qui, d'après lui, se trouvait sous un pot de fleurs de l'entrée, et avait été placée là pour que les amis d'Alfredo puissent passer le voir quand ils voulaient. Il dit qu'ils connaissent tous l'existence de cette clé. Il est entré, l'a trouvé pendu dans la cage d'escalier et, bien qu'il ait eu très peur, il a pris un couteau dans la cuisine, est monté dans l'escalier et a coupé la corde. D'après lui, Alfredo gigotait encore. Il a appelé le 112 et l'a accompagné dans l'ambulance.» Il se trouve dans une salle de la zone commune, au cas où vous souhaiteriez lui parler.

Amaia soupira.

— Autre chose?

— Oui, cet ami dit qu'Alfredo n'allait pas bien depuis quelques jours; il ignore si c'est la raison, mais il assure que sa femme... (Il regarda Amaia en prenant un air de circonstance.) Que votre sœur l'avait quitté.

— C'est vrai, confirma-t-elle.

— Ça explique peut-être son acte. Il a laissé un mot.

Zabalza leur montra un sac de preuves qui contenait un morceau de papier sale, froissé et humide.

— Il est froissé parce que Alfredo le tenait serré dans sa main. On le lui a pris dans l'ambulance. Et l'humidité, eh bien je suppose qu'elle provient de la morve et des larmes, mais on peut quand même lire ce qu'il a écrit : «Je t'aime, Anne, je t'aimerai toujours.» Amaia regarda Iriarte et de nouveau Zabalza.

— Zabalza, ma sœur s'appelle Ros, Rosaura. Et je crois qu'on sait tous qui est Anne.

— Oh, je suis désolé, dit-il... Je...

— Faites venir l'ami, dit Iriarte en lui adressant un regard de reproche.

Après le départ de Zabalza, il se tourna vers Amaia.

— Excusez-le, il ne savait pas ; moi, on me l'a dit au téléphone. Le mot établit une relation entre Freddy et Anne, et c'est la raison pour laquelle le commissaire doit vouloir nous voir.

Zabalza revint quelques minutes plus tard en compagnie d'un homme d'une trentaine d'années, mince, brun et osseux. Son jean un peu trop grand pour lui et sa veste noire en polaire lui donnaient l'air encore plus mince, comme perdu dans ses vêtements. Malgré l'épreuve qu'il avait dû traverser, un air de satisfaction se lisait sur son visage, lié peut-être au fait qu'il était le centre de l'attention.

— Voici Ángel Ostolaza. Monsieur Ostolaza, je vous présente les inspecteurs Salazar et Iriarte.

Amaia lui tendit la main et sentit un léger tremblement agiter la sienne. Il semblait disposé à raconter de nouveau en détail l'expérience qu'il avait vécue, aussi sembla-t-il un peu déçu lorsque l'inspectrice entreprit de l'interroger sur un tout autre sujet.

— Diriez-vous que vous êtes un ami intime de Freddy ?

— On se connaît depuis l'enfance, on est allés au collège et au lycée ensemble, jusqu'à ce qu'il arrête, bien qu'on ait toujours fait partie de la même bande par la suite.

— Mais êtes-vous intimes au point de vous raconter des choses, disons, très privées ?

— Eh bien... Je ne sais pas, oui, je suppose.

— Connaissiez-vous Anne Arbizu ?

— Tout le monde la connaissait, Elizondo est un tout petit village, dit-il comme si cela expliquait tout. Et Anne ne passait pas inaperçue. Vous voyez de quoi je veux parler ? ajouta-t-il en souriant aux deux hommes, cherchant peut-être une complicité masculine qu'il ne trouva pas.

— Freddy avait-il des rapports avec Anne Arbizu ?

Il sentit sans doute que sa réponse allait influer sur le cours de l'interrogatoire.

— Qu'est-ce que vous voulez dire ? Bien sûr que non, répondit-il, indigné.

— Vous a-t-il un jour fait un commentaire sur le fait qu'il la trouvait attirante ou désirable ?

— Mais qu'est-ce que vous êtes en train d'insinuer ? C'était une gamine, une gamine très jolie... Enfin, on a peut-être fait des commentaires, vous savez comment on est, nous les mecs. (Et il chercha une fois de plus du regard l'appui de Zabalza et Iriarte, qui l'ignorèrent de nouveau.) On a peut-être dit qu'elle devenait très jolie, qu'elle était très développée pour son âge, mais je ne suis même pas sûr que la remarque soit venue de Freddy, c'est plutôt quelqu'un d'autre qui l'a dit et on était d'accord.

— Qui ? Qui a dit ça ? demanda Amaia durement.

— Je ne sais pas, je vous le jure, je ne sais pas.

— D'accord, nous aurons peut-être encore besoin de votre aide. Pour l'instant ce sera tout.

Il parut surpris. Il regarda ses mains et sembla soudain désolé, comme s'il ne savait qu'en faire ; il finit par les enfouir au fond de ses poches et quitta la pièce sans rien ajouter.

Le médecin entra alors, visiblement contrarié, il promena le regard sur l'assistance et cela sembla le conforter dans son état d'esprit. Après une brève présentation, il s'adressa à Zabalza et Iriarte, en ignorant ostensiblement Amaia :

— M. Alfredo Belarrain souffre d'une grave lésion médullaire et d'une rupture partielle de la trachée. Vous saisissez la gravité de son état ?

Il regarda les deux hommes et ajouta :

— En d'autres termes, j'ignore par quel miracle il est encore en vie, il s'en est vraiment fallu de peu. C'est la lésion médullaire qui nous inquiète le plus. Nous pensons qu'avec le temps et de la rééducation il pourra retrouver une certaine mobilité, mais je doute qu'il puisse remarcher un jour.

— Les lésions correspondent-elles à une tentative de suicide ? demanda Iriarte.

— À mon avis, oui, ce sont des lésions auto-infligées par pendaison.

— Est-il possible que quelqu'un l'ait « aidé » ?

— Il ne présente pas de blessures défensives ni d'abrasions révélant qu'on l'aurait traîné sur le sol, il n'y a aucune trace d'hématomes indiquant qu'il aurait été poussé ou contraint. Il a monté l'escalier, il a attaché la corde et il a sauté. Les lésions correspondent à la pendaison et, sous les marques laissées par la corde, aucun signe ne révèle qu'il ait été étranglé avant d'être pendu. Maintenant, si vous n'avez pas d'autres questions et que notre affaire est résolue, je repars travailler.

Amaia le regarda fixement en inclinant légèrement la tête de côté.

— Attendez, Docteur... (Elle s'arrêta à quelques centimètres du médecin et prit le temps de lire son nom sur son badge.) Docteur... Martínez-Larrea ?

Il recula, visiblement intimidé.

— Je suis l'inspectrice Salazar, de la section des homicides de la police régionale, et je dirige une enquête dans laquelle M. Belarrain est impliqué. Vous comprenez ?

— Oui, enfin...

— Il est primordial que je puisse l'interroger.

— Impossible, répondit-il en levant les mains dans un geste qui se voulait clairement conciliant.

Amaia fit un pas en avant.

— Non, je vois bien que, même si vous êtes intelligent au point de nous avoir mâché le travail, vous ne comprenez rien. Cet homme est le principal suspect dans une affaire de meurtres en série, et je dois l'interroger.

Il recula à nouveau de quelques pas, se retrouvant presque dans le couloir.

— Si c'est un assassin, vous pouvez être tranquilles, il n'ira nulle part : il a le dos et la trachée en compote, il est intubé jusqu'aux poumons, plongé dans un coma artificiel, et, même si je voulais le réveiller – ce qui m'est impossible – il serait incapable de parler, d'écrire, ou même de bouger un cil. (Un nouveau pas en direction du couloir.) Accompagnez-moi, madame, murmura-t-il, vous allez le voir, mais deux minutes seulement, et à travers la vitre.

Elle accepta et le suivit.

La pièce où se trouvait Freddy avait en commun avec une chambre la présence inévitable du lit, mais elle aurait tout aussi bien pu être un laboratoire, une cabine d'avion ou le décor d'un film de science-fiction. Freddy disparaissait sous les tubes, les câbles et les pièces matelassées qui lui maintenaient la tête comme un casque. De sa bouche sortait un tube dont le diamètre parut inhabituellement gros à Amaia et qui était maintenu dans cette position par un morceau de sparadrap blanc rendant plus évidente par comparaison la pâleur de son visage. Il n'y avait que sur les paupières, gonflées, que l'on distinguait une note de couleur violacée, et le reflet perlé d'une larme qui avait glissé sur son visage jusqu'à l'oreille. L'image de ce matin-là, quand elle l'avait vu se faufiler entre les haies de l'entrée du cimetière, lui trottait dans la tête. Elle lui accorda quelques instants supplémentaires tout en se demandant si elle éprouvait de la compassion pour lui. Et elle décida que oui. Elle éprouvait de la pitié pour cette vie détruite, mais toute la pitié du monde ne parviendrait pas à l'empêcher de rechercher la vérité.

Alors qu'elle était sur le point de partir, elle croisa la mère de Freddy, qui allait la remplacer pendant deux minutes devant la vitre. Elle allait la saluer quand la femme l'interpella :

— Qu'est-ce que tu fais là, toi ? Le médecin m'a dit que tu voulais interroger mon fils... Vous ne pouvez pas nous laisser tranquilles ? Tu crois que ta sœur ne lui a pas fait assez de mal comme ça ? Elle lui a brisé le cœur quand elle l'a quitté et mon pauvre garçon n'a pas pu le supporter, il a perdu la tête. Et tu viens l'interroger ? L'interroger sur quoi ?

Amaia sortit dans le couloir et rejoignit Zabalza et Iriarte, qui l'attendaient. La porte vitrée assourdit les cris de la femme.

— Que se passe-t-il ?

— « Le Dr Vous-comprenez »... Cet imbécile a dit à la mère de Freddy qu'il était suspecté de meurtre.

21

Le commissaire reçut Amaia et Iriarte dans son bureau et, tout en les ayant invités à s'asseoir, resta debout.

— J'irai droit au but, annonça-t-il. Inspectrice, quand j'ai pris la décision de vous charger de cette affaire – en comptant toujours sur l'appui du chef de la police d'Elizondo –, je n'imaginais pas qu'elle puisse prendre une tournure pareille. Il ne vous aura pas échappé qu'un de vos proches étant impliqué dans l'affaire, votre position est devenue très délicate, et nous ne pouvons pas risquer qu'une situation de ce genre compromette de futures actions judiciaires.

Il regarda fixement Amaia, qui resta impassible, malgré le léger tremblement nerveux qui s'était emparé de son genou, comme s'il avait été relié à un câble à haute tension. Le commissaire se tourna vers la fenêtre et regarda à travers un instant en silence. Il toussa bruyamment avant de demander :

— Quel peut être le degré d'implication de cet individu dans l'enquête, à votre avis ?

Il était difficile de savoir à qui s'adressait la question. Amaia regarda Iriarte, qui lui fit signe de répondre.

— Nous avions découvert qu'Anne Arbizu entretenait une liaison avec un homme marié mais, bien que nous ayons inspecté son ordinateur, ses journaux et la liste de ses communications, nous ignorions de qui il s'agissait. Nous savions juste que, pour la fille, la relation s'était achevée peu de temps auparavant. Je crois qu'il s'agissait de Freddy. Mais il ne cadre pas du tout avec le profil de l'assassin que nous cherchons. Freddy est velléitaire, paresseux et brouillon et je suis sûre que celui qui a tué Anne est aussi le meurtrier des autres filles.

— Qu'en pensez-vous, Iriarte ?

— Je suis entièrement d'accord avec l'inspectrice.

— Je n'aime pas du tout cette situation, inspectrice, mais je vais vous donner quarante-huit heures pour vérifier son alibi, s'il en a un, et écarter Alfredo Belarrain de la liste des suspects ; si à l'issue de ce laps de temps vous êtes convaincue que cet homme n'a rien à voir avec la mort d'Anne Arbizu, ou celle de n'importe laquelle des autres filles, je devrai vous retirer l'affaire, et ce sera l'inspecteur Iriarte qui prendra les commandes. J'en ai déjà parlé au chef de la police d'Elizondo, et il est d'accord. Et maintenant, excusez-moi, je suis pressé. (Il ouvrit la porte et, avant de sortir, se retourna.) Quarante-huit heures.

Amaia souffla lentement jusqu'à vider entièrement ses poumons.

— Merci, Iriarte, dit-elle en le regardant dans les yeux.

Il se leva en souriant.

— Allez, on a du boulot.

La nuit était tombée quand ils arrivèrent chez Engrasi. Dans le salon de la tante, la joyeuse bande du poker avait été remplacée par une sorte de veillée familiale sans défunt. James, assis près du feu, semblait soucieux comme jamais ; la tante était assise sur le canapé à côté de Ros qui, curieusement, semblait la plus sereine des trois. Jonan Etxaide et l'inspecteur Montes occupaient des chaises à la table de jeu. La tante se leva dès qu'elle la vit entrer.

— Comment va-t-il, ma petite ? demanda-t-elle, hésitant à s'avancer vers Amaia ou à rester là où elle se trouvait.

Amaia prit une chaise et s'assit en face de Ros, laissant à peine quelques centimètres entre elles. Elle regarda fixement sa sœur pendant quelques secondes avant de répondre.

— Il va très mal, il a eu la trachée écrasée par la corde qui a failli lui briser le cou. Et la moelle épinière est touchée, il ne marchera plus.

Tout en écoutant les lamentations de sa tante et de James, elle avait le regard fixé sur le visage de Ros. Un léger battement de paupières, un geste de contrariété qui lui fit crisper brièvement les lèvres. Rien d'autre.

— Pourquoi n'es-tu pas allée à l'hôpital, Ros ? Pourquoi n'es-tu pas allée voir ton mari, qui a tenté de mettre fin à ses jours quand tu as rompu avec lui ?

Ros la regarda à son tour et se mit à hocher la tête, mais elle resta muette.

— Tu le savais, affirma Amaia.

Ros avala sa salive, ce qui sembla lui coûter.

— Je savais qu'il était avec quelqu'un, répondit-elle enfin.

— Tu savais que c'était Anne?

— Non, je savais juste qu'il était avec une autre. Si tu l'avais vu... C'était le cliché de l'infidèle. Il était euphorique, il avait arrêté de fumer des joints et il ne buvait plus, il prenait trois douches par jour et s'aspergeait même d'une eau de Cologne que je lui avais offerte il y a trois ans pour Noël et qu'il n'avait jamais utilisée. Je ne suis pas stupide, et il m'a donné toutes les pistes. Il était évident qu'il avait une aventure.

— Et tu savais avec qui.

— Non, je te le jure. Mais j'ai su que c'était fini le jour où, en passant chercher des affaires à la maison, je l'ai trouvé en train de pleurer comme un gosse. Il était ivre. Les yeux révulsés, le visage enfoui dans un coussin, et il sanglotait de façon si désespérée que j'avais du mal à comprendre ce qu'il disait. Il était l'image incarnée du désespoir, j'ai cru que sa mère, ou une de ses tantes... Puis il est parvenu à se calmer un peu et il m'a lâché que les choses avaient mal tourné par sa faute, que maintenant tout était fini, il n'avait jamais aimé personne comme ça, il était sûr de ne pas pouvoir le supporter. Quel imbécile! L'espace d'un instant, j'ai pensé qu'il parlait de nous, de notre amour. Alors il a dit quelque chose du genre «Je l'aime comme je n'ai jamais aimé personne de ma vie»... Tu te rends compte? J'avais envie de le tuer.

— Et il t'a dit de qui il s'agissait?

— Non, murmura Ros.

— Tu étais chez toi, aujourd'hui ?
— Non.

C'était à peine si on percevait un filet de voix sortir de sa bouche.

— Où étais-tu entre treize heures et quatorze heures ?

— Pourquoi cette question ? demanda-t-elle en parlant soudain plus fort.

— C'est le genre de question que je dois te poser, répondit Amaia sans se troubler.

— Amaia, tu crois... Elle n'acheva pas sa phrase.

— C'est la routine, Ros. Réponds.

— À treize heures précises, je suis sortie du bureau, et, comme tous les jours, j'ai déjeuné dans un bar de la rue Lekaroz, ensuite j'ai pris un café avec le gérant et, à quatorze heures trente, je suis retournée bosser jusqu'à dix-sept.

— Maintenant, je vais devoir te poser une autre question, dit Amaia en adoucissant le ton. S'il te plaît, sois sincère, Ros. Tu savais qui ton mari voyait ? Je sais que tu m'as dit l'ignorer, mais quelqu'un te l'a peut-être dit, ou a peut-être insinué quelque chose.

Ros se tut et baissa les yeux vers ses mains, qui tordaient compulsivement un mouchoir en papier.

— Sœurette, pour l'amour de Dieu, dis-moi la vérité, sinon je ne pourrai pas t'aider.

Ros se mit à pleurer en silence, et de grosses larmes coulèrent sur son visage tandis qu'elle parodiait un semblant de sourire. Amaia eut l'impression que le sol s'effondrait sous ses pieds. Elle se pencha en avant et prit sa sœur dans ses bras.

— Dis-le-moi, s'il te plaît, dit-elle en collant la

bouche à son oreille. On t'a vue discuter avec une femme.

Ros échappa brusquement à son étreinte et alla s'asseoir près du feu.

— C'était une belagile, murmura-t-elle, angoissée.

Amaia se dit que c'était la deuxième fois de la journée qu'elle entendait ce qualificatif appliqué à Anne.

— De quoi avez-vous parlé ?
— On n'a pas parlé.
— Que t'a-t-elle dit ?
— Rien.
— Rien ? Inspecteur Montes, veuillez répéter ce que vous avez dit hier à Zabalza, dit-elle en se tournant brusquement vers l'inspecteur, resté silencieux et renfrogné jusqu'alors.

Il se leva comme s'il prêtait serment à un procès, tira sur sa veste et passa une main dans ses cheveux gominés.

— Hier, après la tombée de la nuit, je marchais de ce côté de la rivière et sur l'autre rive, à la hauteur de l'ikastola, j'ai vu Rosaura et une autre femme, immobiles, face à face. Je n'ai pas pu entendre ce qu'elles se disaient, mais l'autre femme riait si fort que je l'ai clairement entendue d'où je me trouvais.

— C'est tout ce qu'elle a fait, dit Ros en esquissant une grimace d'anxiété. Hier après-midi, après avoir quitté la maison, j'étais un peu étourdie et je me suis promenée un moment sur l'autre rive. Anne Arbizu marchait dans ma direction ; elle portait une cape qui lui dissimulait partiellement le visage, et, au moment où nous allions nous croiser, j'ai remarqué qu'elle me regardait dans les yeux. Même si je la connaissais de vue, nous ne nous étions jamais adressé la parole, et j'ai pensé qu'elle allait me demander quelque chose, mais, au lieu de ça, elle s'est immobilisée face à moi, à quelques centimètres, et elle s'est mise à rire sans cesser de me regarder.

Amaia vit l'air surpris des autres, mais elle insista :

— Qu'est-ce que tu lui as dit ?

— Rien, à quoi bon ? J'ai tout compris sur-le-champ, les mots étaient inutiles, elle se moquait de moi. Je me suis sentie honteuse et humiliée, mais aussi intimidée... Si tu avais vu ses yeux. Je te jure, je n'ai jamais vu de ma vie autant de méchanceté dans un regard, empli de tant de malice et de connaissance, comme celui d'une vieille femme pleine de sagesse et de mépris.

Amaia émit un soupir sonore.

— Ros, je veux que tu réfléchisses à ce que tu m'as dit. Je sais que tu as parlé à une femme, l'inspecteur Montes en a été témoin, mais cela ne pouvait pas être Anne Arbizu, car hier à cette heure, quand tu sortais de chez toi, Anne était morte depuis une vingtaine d'heures.

Ros trembla, comme secouée par un vent fort qui aurait soufflé dans toutes les directions, et éleva les mains en un geste d'incompréhension.

— À qui as-tu parlé, Ros ? Qui était cette femme ?

— Je te l'ai dit, c'était Anne Arbizu, cette belagile, ce démon.

— Pour l'amour du ciel ! Arrête de mentir, sans quoi, je ne pourrai pas t'aider ! s'exclama Amaia.

— C'était Anne Arbizu ! lui cria Ros, hors d'elle.

Amaia se tut un instant, elle regarda Iriarte et acquiesça, l'autorisant à prendre la parole.

— Cela pouvait être une femme qui aurait beaucoup ressemblé à Anne. Vous avez dit que vous ne lui aviez jamais parlé, vous avez pu la confondre avec une autre fille. Si elle portait une capuche, vous n'avez peut-être pas bien vu son visage, dit-il.

— Je ne sais pas. C'est possible..., admit Ros sans conviction.

Il s'approcha tout près d'elle.

— Rosaura Salazar, nous avons demandé une commission rogatoire pour votre domicile, vos téléphones portables, vos ordinateurs, qui inclut aussi les cartons que vous avez emportés hier, dit-il d'un ton neutre.

— C'est inutile, vous pouvez fouiller tout ce que vous voulez. Je suppose que c'est la procédure. Amaia, dans les cartons, il n'y a que des choses qui m'appartiennent, rien à lui.

— J'imagine...

— Attends, je suis suspecte ? Moi ?

Amaia ne répondit pas, elle regarda sa tante, qui avait un bras en travers de la poitrine et se couvrait la bouche de l'autre main. Elle était sur le point de défaillir à cause du mal que tout cela lui faisait. Iriarte s'avança, conscient de la tension qui s'accumulait progressivement.

— Votre mari avait une relation avec Anne Arbizu, elle est morte, assassinée, et il a tenté de mettre fin à ses jours. Il est notre principal suspect, mais vous avez appris hier l'existence de cette aventure, d'abord par lui, puis par cette femme qui s'est moquée de vous en pleine rue.

— Celle-là, je ne la voyais pas venir... Est-ce que jusqu'à maintenant vous n'attribuiez pas les trois crimes à un tueur en série ? Vous allez sortir une nouvelle hypothèse de votre manche ? Freddy est un imbécile, un bon à rien et un abruti, et aussi un parasite. Mais ce n'est pas un assassin.

Le sous-inspecteur Zabalza regarda Amaia et intervint :

— Rosaura, ce sont les formalités d'usage, on fouille la maison et, si on ne trouve rien de bizarre, on confronte vos alibis et on le raye de la liste des suspects. Il n'y a là rien de personnel, c'est la démarche habituelle. Vous ne devez pas vous inquiéter.

— Rien de bizarre ? Tout a été très bizarre, ces derniers mois, tout.

Elle se rassit dans le fauteuil et ferma les yeux, en proie à un épuisement extraordinaire.

— Rosaura, on va avoir besoin de votre déposition, dit Iriarte.

— Je viens de la faire, répliqua-t-elle sans ouvrir les yeux.

— Au commissariat.

— Je comprends.

Elle se leva brusquement, prit son sac et sa veste sur le canapé et se dirigea vers la porte en embrassant au passage sa tante mais sans adresser un regard à sa sœur.

— Le plus tôt sera le mieux, dit-elle en s'adressant à Iriarte.

— Merci, dit-il avant de lui emboîter le pas.

Amaia appuya les mains sur le manteau de la cheminée et sentit que son pantalon était si chaud qu'il semblait sur le point de prendre feu d'un moment à l'autre. Le téléphone de Montes, celui de Jonan et le sien émirent presque à l'unisson un signal indiquant l'arrivée d'un message.

— La commission rogatoire ? demanda-t-elle sans le lire.

— Oui, chef.

Elle les raccompagna jusqu'à l'entrée et referma la porte du salon derrière eux.

— Allez rejoindre les agents d'Elizondo. Montes, vous et le sous-inspecteur Etxaide, vous pouvez les aider. J'attendrai au commissariat que vous ayez terminé, pour ne pas gêner le déroulement de l'enquête.

— Mais, chef… Je ne crois pas que…, protesta Jonan.

— C'est la maison de ma sœur, Jonan. Fouillez-la, cherchez tout indice ayant trait à la relation entre Anne et Freddy, ou qui puisse laisser entendre que ma sœur avait connaissance des faits. Soyez minutieux : lettres, livres, messages sur son portable, courrier électronique, photos, objets personnels, jouets sexuels… Demandez à l'opérateur une liste de ses appels, vous trouverez peut-être même la facture. Interrogez leurs amis, quelqu'un devait être au courant.

— J'ai lu tout le courrier d'Anne et je peux assurer qu'il n'y avait rien concernant Freddy. Et sur sa liste d'appels et de mails, il n'y a rien non plus qui prouve qu'elle l'ait contacté. Malgré ça, ses amies sont sûres qu'elle avait une liaison avec un homme marié, et que, d'après les propres paroles d'Anne, elle allait y mettre un terme parce que le type était devenu trop collant. Vous croyez qu'il a mal pris la séparation au point de la tuer ?

— Je ne pense pas, Jonan, et que fait-on des autres

assassinats ? On est d'accord sur le fait qu'ils constituent une série, et celui d'Anne n'est pas une imitation, il a été exécuté suivant la même méthode. Donc, si Freddy a tué Anne, il a dû aussi tuer les autres filles. Il est certes idiot au point d'avoir une aventure avec une mineure dix fois plus intelligente que lui, mais il n'a pas le profil d'un assassin aussi méthodique : la froideur, le contrôle, la mise en scène suivant un mode opératoire dont ce type de tueur ne s'écarte jamais, ne cadrent absolument pas avec le caractère de Freddy. Les tueurs en série n'ont pas de remords et ne mettent pas fin à leurs jours pour expier leurs crimes. Fouillez la maison, après on verra.

La porte se referma sur Jonan et Amaia regagna le salon. James et sa tante la regardaient en silence.

— Amaia…, commença James.

— Ne dites rien, je vous en prie, tout cela est très difficile pour moi. S'il vous plaît. J'ai fait tout ce que je pouvais. Maintenant, vous avez vu ce à quoi je dois faire face chaque jour, vous avez vu quel sale boulot est le mien.

Elle prit sa doudoune et sortit de la maison. Elle gagna d'un pas ferme le Trinquete, s'engagea sur le pont, s'arrêta, rebroussa chemin en direction de la rue Braulio-Iriarte, puis de la rue Menditurri, vers la fabrique.

22

Elle s'approcha de la porte et palpa la serrure, son cœur était en train de s'emballer. Inconsciemment, elle porta l'autre main à son cou, cherchant la cordelette où la clé avait été accrochée, il y avait très longtemps de cela. Une voix derrière elle la fit sursauter.

— Amaia.

Elle se retourna en dégainant son arme d'un geste réflexe.

— James, mon Dieu ! Qu'est-ce que tu fais là ?

— Ta tante m'a dit que je t'y trouverais, dit-il en regardant la porte de la fabrique, un peu perplexe.

— Ma tante..., murmura-t-elle en se maudissant d'être aussi prévisible. J'aurais pu te tirer dessus, fit-elle en rangeant le Glock dans son étui.

— Je... On se faisait du souci pour toi, elle et moi...

— Bon, allons-nous-en d'ici, dit-elle en jetant un regard vers la porte, soudain anxieuse.

— Amaia...

James s'approcha d'elle et lui passa un bras autour

des épaules, l'attirant contre lui tandis qu'ils se dirigeaient vers le pont.

— Je ne comprends pas pourquoi tu agis soudain comme si on était tous contre toi. Je sais en quoi consiste ton travail et je sais aussi que tu as fait ton devoir, et ta tante le comprend aussi. Ros a commis une erreur en ne te parlant pas de cette femme, mais essaie de te mettre à sa place, tu as beau être flic, tu es aussi sa petite sœur. Je crois qu'elle avait honte. Tu dois essayer de comprendre, ta tante et moi le comprenons, et nous nous rendons compte que tu as tenté de faciliter les choses en l'interrogeant à la maison, et non au commissariat.

— Oui, admit-elle en se détendant et en se rapprochant un peu de son mari. Tu as peut-être raison.

— Amaia, on est mariés depuis cinq ans, et je ne sais pas si pendant tout ce temps on a passé quarante-huit heures d'affilée à Elizondo. J'ai toujours pensé qu'il t'arrivait la même chose qu'aux gens qui, nés dans de petits villages, après avoir vécu en ville, deviennent des citadins invétérés. Je croyais que c'était ton cas. Une fille élevée à la campagne qui part vivre en ville, devient policière et veut oublier ses origines... Mais il y a autre chose, n'est-ce pas ?

Il s'arrêta et tenta de croiser son regard, mais elle se déroba. James ne s'avoua pas vaincu et, la prenant par les épaules, l'obligea à lui faire face.

— Amaia, que se passe-t-il ? Il y a quelque chose que tu ne me dis pas ? Je me fais vraiment du souci pour toi. S'il y a quoi que ce soit qui nous concerne, tu dois m'en parler.

Elle leva les yeux vers lui, d'abord fâchée, mais en

le voyant si préoccupé et impuissant et à quel point il exigeait des réponses, elle lui sourit tristement.

— Des fantômes, James. Des fantômes du passé. Ta femme, qui ne croit pas en la magie, la divination, les basajaunes et les génies, est tourmentée par des fantômes. J'ai passé des années à tenter de me cacher à Pampelune, j'ai une plaque et une arme et pendant longtemps j'ai évité de mettre les pieds ici, parce que je savais que, si je revenais, ils me retrouveraient. C'est tout, tout ce mal, ce monstre qui tue les petites filles et les abandonne au bord de la rivière, des petites comme moi, James. (Il écarquilla davantage les yeux, confus. Mais elle ne le voyait plus : elle fixait à travers lui un point là-bas, à l'infini.) Le mal m'a obligée à revenir, les fantômes sont sortis de leurs tombes, encouragés par ma présence, et ils m'ont retrouvée.

James la prit dans ses bras la laissant enfouir le visage contre sa poitrine dans ce geste intime qui la réconfortait toujours.

— Des petites comme toi…, murmura-t-il.

23

La voiture de patrouille se gara sous l'auvent que formait le second étage du commissariat. Le policier la salua, mais Amaia s'attarda quelques secondes encore à l'intérieur du véhicule tout en feignant de chercher son portable, attendant que sa sœur et l'inspecteur Iriarte, qui sortaient et montaient dans la voiture de ce dernier pour qu'il la ramène chez elle, s'éloignent. Une pluie fine se mit à tomber au moment où elle franchissait la porte. À l'accueil, un agent manifestement en stage était pendu à son portable, qu'il éteignit et dissimula maladroitement dès qu'il l'aperçut. Elle se dirigea vers l'ascenseur sans s'arrêter, appuya sur le bouton et se retourna vers le jeune policier. Elle revint sur ses pas.

— Vous pouvez me montrer votre mobile ?
— Je suis désolé, inspectrice, je...
— Faites voir.

Il lui tendit un téléphone argenté qui étincela sous les lumières de l'entrée. Amaia l'examina soigneusement.

— Il est nouveau ? Bel objet.

— Oui, pas mal, déclara-t-il avec un orgueil de propriétaire.

— Il a l'air coûteux, ce n'est pas un de ceux qu'on obtient en échange de points.

— Non, c'est vrai, il vaut huit cents euros et c'est une édition limitée.

— J'ai vu quelqu'un d'autre avec le même.

— Eh bien, cela doit être récent, car je l'ai depuis une semaine seulement, il est commercialisé depuis dix jours.

— Félicitations, agent, dit-elle, et elle courut pour atteindre l'ascenseur avant que ses portes ne se referment.

Sur la table, il y avait un ordinateur, un téléphone mobile, des copies de mails du mois – y compris des factures – et quelques sachets de preuves contenant ce qui ressemblait à du haschisch. Jonan comparait une facture avec celle qui apparaissait sur l'écran de son ordinateur.

— Bonsoir, le salua Amaia.

— Bonsoir, chef, répondit-il vaguement, les yeux rivés sur l'écran.

— Qu'est-ce qu'on a ?

— Dans les mails, rien, mais le mobile est truffé d'appels et de messages des plus plaintifs... mais ils ne s'adressent pas à Anne.

— Non, il s'agit de l'autre numéro d'Anne, précisa-t-elle.

Il se retourna, surpris.

— Je viens de voir un portable identique à celui d'Anne Arbizu, un mobile très onéreux et en vente depuis dix jours à peine. Ce qui coïncide avec son abonnement téléphonique. Mais c'est un peu bizarre qu'une fille telle qu'Anne n'ait pas eu de téléphone jusqu'à cette période, et qu'elle ait acheté celui-ci par le plus grand des hasards au moment où elle en a eu assez des appels et des messages de Freddy. C'était une fille très pratique, donc elle s'est débarrassée de son vieux mobile... Elle ne pouvait pas perdre que la carte SIM, alors elle a « perdu » le téléphone et a demandé à son aita de lui en racheter un nouveau avec abonnement et nouveau numéro.

— Putain, murmura Jonan.

— Demandez à ses parents. En comparant le numéro et la facture de Freddy, on devrait faire le recoupement. Vous avez trouvé autre chose ?

— Rien, à part du haschisch. Dans les cartons de Ros, il n'y avait que des objets personnels. Je vais lire plus attentivement ses mails, mais, au premier coup d'œil, il n'y a que des factures et de la publicité, rien qui indique que votre sœur puisse être au courant de l'aventure de son mari. (Amaia souffla et se tourna vers les baies vitrées qui donnaient sur l'extérieur. Au-delà du chemin d'accès éclairé par les lampadaires à la lumière jaunâtre, il n'y avait que l'obscurité.) Je peux m'en charger, inspectrice, mais j'en ai encore pour un bon moment. Allez vous reposer, si je trouve quelque chose, je vous préviendrai.

Elle se retourna et sourit tout en remontant la fermeture Éclair de sa doudoune.

— Bonsoir, Jonan.

Elle demanda au patrouilleur de la déposer au bar Saioa, où elle commanda un café noir que le propriétaire lui servit sans protester bien qu'il ait déjà nettoyé le percolateur. Il était bouillant et elle le but à petites gorgées en savourant la puissance du breuvage, feignant de ne pas se rendre compte de l'intérêt qu'elle éveillait chez les rares clients qui, à cette heure de la nuit, commandaient des gins tonics dans des verres à cidre remplis de glaçons, au mépris du froid sibérien qui menaçait au-dehors. Quand elle eut regagné la rue, il lui sembla que la température avait baissé de cinq degrés d'un coup. Elle enfonça les mains dans ses poches et traversa la chaussée. La majorité des maisons d'Elizondo, comme le reste de la vallée, étaient des constructions adaptées au climat humide et pluvieux. De forme carrée ou rectangulaire, elles étaient pourvues de trois ou quatre étages, d'un toit pluvial couvert de tuiles et d'un grand auvent déterminant le statut de la maison qui faisait office pour les promeneurs les plus aguerris, comme elle, de refuge de fortune contre la pluie. D'après Barandiarán, c'était dans cet espace étroit où l'eau de pluie s'écoulait depuis le toit que l'on enterrait naguère les créatures qui étaient le fruit des avortements et les enfants mort-nés. On croyait que leurs petits esprits, les *Mairu*, protégeaient la bâtisse du mal et qu'ils restaient ainsi pour toujours au pied de la maison maternelle comme d'éternels enfants sentinelles. Elle se rappelait que sa tante lui avait raconté qu'un jour, en démolissant une maison et en creusant autour des fondations, on avait découvert des os appartenant à plus de dix bébés, enterrés là depuis des siècles.

Elle s'engagea sous les galeries de la rue Santiago, tentant de se protéger du vent, qui se manifesta avec plus de force en descendant la rue Javier-Ciga, à côté de la maison de maître qui donnait son nom au pont. La rivière rugissait dans le canal d'une façon qui lui sembla assourdissante et la lui fit se demander comment les voisins dont les fenêtres donnaient dessus pouvaient dormir. Les lumières du Trinquete étaient éteintes. La rue était déserte comme dans un village fantôme. Peu à peu, emportée par le courant de cette autre rivière qui coulait en elle, elle s'engagea dans ce qui avait été la rue du Soleil vers la rue Txokoto, jusqu'à revenir à la porte de la fabrique. Elle sortit une main de la poche de sa doudoune et l'appuya contre la serrure gelée. Elle pencha la tête jusqu'à toucher le bois rugueux de la porte et se mit à pleurer en silence.

24

Elle était morte. Elle le sut avec la même certitude qu'elle savait auparavant qu'elle était vivante. Elle était morte. Et de la même façon qu'elle était consciente de sa mort, elle l'était de tout ce qui se passait autour d'elle. Le sang qui coulait encore de sa tête, le cœur suspendu à la moitié d'un battement qui ne culminerait jamais plus.

L'étrange silence dans lequel avait plongé son corps, et qui était presque assourdissant de l'intérieur, lui permettait d'enregistrer d'autres sons autour d'elle. Une goutte qui tombait régulièrement sur une plaque de métal. Un halètement, l'effort et l'acharnement avec lequel quelqu'un tirait sur ses membres sans vie. Une respiration rapide et agitée. Un murmure, peut-être une menace. Mais cela n'avait plus d'importance, car tout était fini. La mort, c'est la fin de la peur, et le fait de le savoir la rendit heureuse, car elle était une fillette morte dans une tombe blanche, et quelqu'un qui haletait sous l'effort commença à l'enterrer.

La terre était douce et parfumée, et elle recouvrit ses membres froids comme une couverture moelleuse et tiède. Elle pensa que la terre était compatissante envers les morts. Mais pas celui qui l'enterrait. Il jetait des poignées de poussière sur ses mains, sur sa bouche, sur ses yeux et son nez, la recouvrant, masquant l'horreur. La terre pénétra dans sa bouche et devint une boue pâteuse et dense, se colla à ses dents et durcit sur ses lèvres. Elle se glissa dans son nez, envahissant ses narines et alors, et bien qu'elle se soit crue morte, elle inhala cette terre compatissante et se mit à tousser. Les pelletées qui lui tombaient sur le visage se multiplièrent, sous l'impulsion de l'espèce de cri étouffé de panique qu'émit le monstre sans pitié qui l'enterrait. La terre de sa tombe blanche effaçait sa bouche, mais, malgré ça, elle cria, désespérée.

— Je ne suis qu'une petite fille, je ne suis qu'une petite fille.

Mais sa bouche était murée par la boue et les mots ne passaient pas la frontière de ses dents scellées par l'argile.

— Amaia, Amaia, la secoua James.

Encore horrifiée, elle se sentait émerger du sommeil comme si elle montait à toute vitesse dans un ascenseur rapide qui l'aurait sortie de l'abîme qui la retenait prisonnière, et elle oublia presque simultanément les détails du rêve. Quand elle regarda James et répondit, elle ne put se rappeler que la sensation d'horreur et d'asphyxie, qui l'accompagna cependant tout le reste de la nuit et persistait encore le matin venu. James lui caressait doucement la tête, glissant la main dans ses cheveux.

— Bonjour, murmura Amaia.
— Bonjour, je t'ai apporté un café.

Il sourit.

Prendre un café au lit était une habitude qui remontait à l'époque où elle était étudiante, quand elle vivait à Pampelune dans un vieil appartement sans chauffage. Elle se levait pour préparer le café et puis retournait le déguster sous les couvertures, et ce n'était qu'une fois qu'elle se sentait réchauffée et suffisamment réveillée qu'elle sortait de sous les draps pour s'habiller dans l'urgence. James ne prenait jamais le petit déjeuner au lit, mais il avait pris l'habitude de la réveiller chaque matin en lui apportant un café.

— Quelle heure est-il ? demanda-t-elle en tentant d'atteindre son mobile, qui reposait sur la table de nuit.

— Sept heures et demie. Ne t'inquiète pas, tu as le temps.

— Je veux voir Ros avant qu'elle parte au travail.

James prit un air contrarié.

— Elle vient de partir.

— Bon sang, c'était important. Je voulais...

— C'est peut-être mieux comme ça. Elle m'a semblé sereine, mais je crois qu'il vaut mieux que tu laisses passer quelques heures, que tu lui donnes le temps de se calmer. Tu la verras ce soir, et je suis sûr que d'ici là les choses auront repris leur cours normal.

— Tu as raison, reconnut Amaia, mais tu me connais, j'aime trouver des solutions le plus vite possible.

— Eh bien, pour l'instant, bois ce café et trouve une solution pour ce mari que tu as abandonné.

Elle posa le verre sur la petite table et tira sur la main de James pour la poser sur son ventre.

— C'est fait !

Et elle l'embrassa passionnément. Elle adorait ses baisers, sa façon de s'approcher d'elle en la regardant dans les yeux, sachant qu'ils allaient faire l'amour dès qu'il l'effleurerait. Elle cherchait d'abord ses mains, les prenait dans les siennes et les guidait jusqu'à les placer sur sa poitrine ou autour de sa taille. Ensuite, son regard parcourait le chemin qu'emprunteraient plus tard ses lèvres, de ses yeux à sa bouche, et quand il l'embrassait enfin, elle avait l'impression d'être soulevée au-dessus du sol. Ses baisers faisaient sentir à Amaia la passion et la force d'un Titan en James, mais également la tendresse et le respect de qui embrasse la personne aimée. Elle pensait qu'aucun homme sur terre n'embrassait ainsi, que ses baisers répondaient à un modèle aussi vieux que le monde, qui faisait office de guide pour permettre aux amants de se trouver. James lui appartenait et elle lui appartenait, et c'était là un dessein qui avait été forgé bien longtemps avant leur naissance. Et ses baisers annonçaient ce que le sexe serait par la suite. James l'aimait d'une façon délicieuse, le sexe avec lui était une danse, une danse à deux dans laquelle aucun ne prenait l'avantage sur l'autre. James parcourait sa peau, emporté par la passion, mais sans hâte ni bousculade. En conquérant chaque centimètre de chair de ses mains habiles et à coups de baisers fébriles qu'il déposait sur sa peau en la faisant frémir. Il s'emparait de domaines dont il était le roi de droit, mais où il revenait toujours avec la même révérence que la première fois. Il la laissait être elle-même, l'élevait vers lui sans la diriger ni la contraindre. Et elle sentait que rien d'autre ne comptait. Juste eux.

Ils étaient nus et épuisés, James la regarda fixement. Il étudiait son visage avec une douceur extrême, tentant de deviner à quoi son inquiétude était liée. Elle lui sourit et il lui rendit un sourire dans lequel Amaia détecta une pointe de préoccupation surprenante chez lui, qui était d'un naturel généralement confiant, avec ce caractère un peu enfantin propre aux Américains quand ils se trouvent en dehors de leur pays.

— Tu es bien ?
— Très bien, et toi ?
— Bien, même si j'ai un peu froid, se plaignit-elle, minaudant.

Il se redressa légèrement, atteignit l'édredon qui avait glissé à terre, et en recouvrit Amaia en la serrant contre lui. Il laissa s'écouler quelques secondes, puisant du réconfort dans la respiration de la jeune femme contre sa poitrine.

— Amaia, hier...
— Ne t'inquiète pas, mon amour, ce n'était rien, juste le stress.
— Non, ma chérie, ce n'est pas la première fois que tu es bouleversée par une affaire, mais cette fois c'est différent. Ensuite, il y a cette histoire de cauchemars... Cela fait déjà trop de nuits. Et ce que tu m'as dit hier, quand je t'ai croisée devant la fabrique.

Elle se redressa pour le regarder dans les yeux.

— James, je te jure que tu n'as pas à t'inquiéter, je n'ai aucun problème. C'est une affaire difficile, entre

Fermín et son attitude, et ces gamines mortes. Du stress, rien d'autre, rien que je n'aie déjà affronté.

Elle déposa un baiser rapide sur ses lèvres et sortit du lit.

— Amaia, il y a autre chose. Hier j'ai appelé la clinique Lenox pour reporter le rendez-vous de cette semaine, et on m'a dit que tu avais téléphoné pour annuler le traitement.

Elle le regarda sans répondre.

— Tu me dois une explication, je croyais qu'on était d'accord pour commencer le traitement de fertilité.

— Tu vois, c'est de ça que je voulais te parler, tu crois vraiment que j'ai la tête à cela en ce moment, je viens de te dire que je suis stressée, et tu ne fais rien pour arranger les choses.

— Je suis désolé, Amaia, mais je ne céderai pas, c'est très important pour moi. J'ai cru que ça l'était pour toi aussi et je pense que tu devrais au moins me dire si tu envisages de suivre le traitement ou non.

— Je ne sais pas, James…

— Je crois que si, sinon pourquoi avoir annulé le traitement ?

Elle s'assit sur le lit et se mit à tracer du doigt des cercles invisibles sur le matelas, puis répondit sans oser le regarder :

— Je ne peux pas te donner de réponse pour l'instant, je croyais en être sûre, mais, ces derniers jours, les doutes ont augmenté au point que je ne suis pas certaine de vouloir un enfant dans ces conditions.

— Tu veux parler de techniques de fécondation ou de nous ?

— James, ne me fais pas ce coup-là, il n'y a rien de grave entre nous, réfuta-t-elle, alarmée.

— Tu mens, Amaia, et tu me caches des choses. Tu annules le traitement sans m'en parler, comme si tu allais avoir cet enfant seule, et après tu dis qu'on n'a pas de problèmes.

Amaia se leva et se dirigea vers la salle de bains.

— Ce n'est pas le bon moment, James, je dois partir.

— Hier, mes parents ont appelé, ils t'embrassent, dit-il pendant qu'elle fermait la porte.

Les Wexford, les parents de James, semblaient avoir entrepris une campagne agressive afin d'obtenir un petit-fils. Elle se rappelait que le jour de leur mariage, son beau-père avait porté un toast en son honneur où il lui demandait des petits-enfants le plus tôt possible. Et lorsque, plusieurs années après, les enfants n'étaient toujours pas là, l'attitude ouverte de ses beaux-parents envers elle s'était muée en une sorte de reproche voilé qui ne devait pas l'être autant vis-à-vis de James.

James resta allongé, regardant fixement la porte de la salle de bains tout en écoutant couler l'eau, et se demanda ce qui pouvait bien leur arriver.

25

James Wexford vivait à Pampelune depuis deux ans quand il avait rencontré Amaia. Elle était alors une jeune stagiaire venue à la galerie où il s'apprêtait à exposer pour informer son propriétaire de petits larcins qui se produisaient dans le secteur. Il la revoyait, en uniforme à côté de son collègue, observant, charmée, une de ses sculptures. James, penché sur une caisse, se débattait avec les emballages qui enveloppaient encore les œuvres qu'il allait exposer. Il s'était relevé sans cesser de la regarder et, ne réfléchissant pas davantage, s'était approché d'elle et lui avait tendu un dépliant que la galerie avait préparé pour l'exposition. Amaia avait pris le papier sans sourire et l'avait remercié sans lui prêter plus d'attention. Il s'était senti frustré en constatant qu'elle ne le lisait pas – elle ne l'avait même pas feuilleté – et quand son collègue et elle étaient sortis du local, il l'avait vue le laisser sur une table proche de l'entrée. Il l'avait revue le samedi suivant le vernissage. Elle portait une robe noire, ses cheveux étaient coiffés en arrière et lâchés sur les épaules, et au début il n'était pas sûr que ce soit la même fille, mais elle s'était approchée de la même sculpture que la fois précédente et, la désignant, elle lui avait dit :

— Depuis que je l'ai vue l'autre jour, je n'ai pas pu me l'ôter de la tête.

— Alors c'est comme pour moi, depuis que je t'ai vue, l'autre jour, je n'ai pas pu m'ôter ton image de la tête.

Elle l'avait regardé en souriant.

— Eh bien, tu es ingénieux et habile de tes mains, que sais-tu bien faire d'autre ?

Après la fermeture de la galerie, ils s'étaient promenés dans les rues de Pampelune pendant des heures, parlant sans s'interrompre de leurs vies, de leurs métiers. Il était presque quatre heures du matin quand il s'était mis à pleuvoir si fort, qu'après avoir tenté de gagner une rue proche, la pluie les avait obligés à se protéger sous l'étroit auvent d'une maison. Amaia frissonnait dans sa robe légère et lui, de façon très chevaleresque, lui avait posé son blouson sur les épaules. Elle avait respiré le parfum qui s'en dégageait tandis que la pluie redoublait, les contraignant à reculer jusqu'à plaquer leur dos contre le mur. Il l'avait regardée en souriant d'un air de circonstance et elle, qui tremblait, transie de froid, s'était approchée de lui au point de le frôler.

— Tu peux me prendre dans tes bras ? avait-elle demandé en le regardant dans les yeux.

Il l'avait attirée contre lui. Soudain, Amaia s'était mise à rire. Il l'avait regardée, surpris.

— Qu'est-ce qu'il y a de si drôle ?

— Oh, rien, je pensais qu'il avait fallu un déluge pour que tu me prennes dans tes bras, et je me

demandais ce qui allait devoir se passer pour que tu te décides à m'embrasser.
— Amaia, demande-moi tout ce que tu voudras.
— Alors embrasse-moi.

26

À travers les vastes baies vitrées du nouveau commissariat, le jour menaçait de ne pas se lever. La lumière rasante et la pluie fine qui n'avait cessé de tomber depuis la nuit précédente contribuaient à assombrir les champs et les arbres, nus dans leur majorité sous l'effet de cet hiver qui commençait à s'éterniser. Amaia regarda par la fenêtre, un gobelet de café entre ses mains engourdies par le froid, et elle s'interrogea à nouveau sur Montes. Son degré d'insubordination et d'insolence avait atteint des limites insoupçonnables. Elle savait qu'il passait de temps en temps au commissariat et bavardait avec le sous-inspecteur Zabalza ou avec l'inspecteur Iriarte, mais depuis deux jours il ne répondait plus à ses appels et ne se montrait même pas devant elle. Il était venu à contrecœur à la confrontation avec Ros puis à la perquisition, mais, ce matin-là, il ne s'était pas présenté à la réunion. Elle se dit une fois de plus qu'elle devrait faire quelque chose, mais elle détestait rien que l'idée de porter plainte contre Fermín.

Elle ne comprenait pas bien ce qui se passait dans sa tête. Ils étaient collègues depuis deux ans, voire amis depuis la dernière année, depuis le jour où Fermín lui avait avoué que son épouse l'avait quitté pour un homme plus jeune. Elle l'avait écouté en silence, tête baissée, décidée à ne pas le regarder, car elle savait qu'un homme tel que Montes ne partageait pas son malheur : il se confessait. Comme dans un acte de contrition, il avait énuméré ses défauts et les raisons qu'avait eues sa femme de le quitter, de ne plus l'aimer. Elle l'avait écouté sans dire un mot et, en guise d'absolution, lui avait tendu un mouchoir en papier en lui tournant le dos pour ne pas voir ses larmes, si incongrues chez un homme tel que lui. Elle avait suivi son divorce en détail et l'avait accompagné pour boire quelques verres de vin et de bière chargés de poison contre son ex. Elle l'avait invité à déjeuner le dimanche et, malgré sa réticence initiale, il s'était bien entendu avec James. Il avait été un bon policier, peut-être un peu à l'ancienne, mais doué d'un instinct fiable et de perspicacité. Et un bon collègue, qui s'était toujours montré respectueux et conciliant, ce qui tranchait avec l'attitude machiste des autres flics. Aussi cette soudaine crise de jalousie de mâle alpha détrôné lui semblait-elle bizarre. Elle se tourna vers la table et le panneau où étaient affichées les photos des filles. Pour l'instant, elle avait des affaires plus importantes à traiter que le cas de Fermín Montes.

Tôt le matin, elle avait eu une réunion avec la brigade des mineurs, car deux des victimes n'étaient pas majeures. Elle était parvenue immédiatement à la conclusion que le profil type des agresseurs et des mineurs était très éloigné du genre d'assassinats auxquels ils étaient confrontés. Le profil criminel du basajaun était saisissant en raison du caractère stéréotypé de son comportement qui semblait tout droit sorti d'un manuel. Amaia se rappelait avoir suivi le cours de profilage au sein du FBI et avoir appris, entre autres, que la mise en scène psycho-sexuelle que de nombreux tueurs en série organisaient autour des cadavres indiquait le désir de leur façonner une personnalité afin d'établir un lien entre eux et leurs victimes qui n'aurait pas existé sinon. Il y avait de la logique dans leurs actes, et nulle trace de troubles mentaux. Les crimes étaient parfaitement planifiés, au point que l'assassin était capable de reproduire le même *modus operandi* sur plusieurs victimes. Il n'était pas spontané, il ne commettait pas les erreurs dues au travail bâclé d'un opportuniste choisissant ses victimes au hasard ou profitant d'une occasion fortuite. Les tuer n'était qu'un pas parmi les nombreux autres qu'il devait faire afin de compléter sa mise en scène, son grand plan, sa fantaisie psycho-sexuelle qu'il se voyait contraint à répéter, sans que sa soif ne s'étanche jamais, sans que ses attentes soient comblées. Il devait attribuer à ses victimes des caractéristiques physiques pour qu'elles entrent dans son schéma mental et les faire siennes au-delà de la simple possession sexuelle.

Le mode opératoire du basajaun mettait en évidence une vive intelligence, par les précautions qu'il prenait pour protéger son identité, pour disposer du temps nécessaire afin de jouir de son crime, faciliter sa fuite et laisser sa signature, le signe sans équivoque qui le distinguait. Il choisissait des victimes qui ne présentaient aucun risque pour lui. Ce n'étaient pas des prostituées, ni des droguées disposées à suivre n'importe qui. Et même si, à première vue, les adolescentes pouvaient sembler vulnérables, il était certain que les filles d'aujourd'hui n'étaient pas aussi naïves qu'autrefois. Elles connaissaient les risques d'agression et de viol et se déplaçaient au sein de groupes d'amis assez fermés. Il était donc peu probable qu'une fille accepte de suivre un inconnu. Elizondo était un petit village, et comme dans tous les petits villages, la plupart des gens se connaissaient. Amaia était sûre que le basajaun côtoyait ses victimes, que c'était très probablement un homme adulte et qu'il devait disposer d'un véhicule dans lequel transporter les corps et fuir en pleine nuit, véhicule qu'il utilisait probablement pour les enlever.

Dans les villages, il était fréquent que les gens s'arrêtent devant l'abribus quand ils voyaient quelqu'un attendre et qu'ils proposent à cette personne de la conduire, au moins jusqu'au village suivant. Carla s'était retrouvée seule dans la montagne quand elle s'était disputée avec son fiancé et Ainhoa avait raté le bus qui desservait le village voisin. Si elle était près de l'abribus, et en supposant qu'elle devait être assez nerveuse et inquiète de la réaction de ses parents, il est tout à fait possible qu'elle ait accepté de monter dans la voiture d'un homme d'âge moyen, fiable, qu'elle connaissait depuis toujours.

Elle observa les visages des filles un par un. Carla, le sourire séducteur, les lèvres très rouges et une dentition parfaite. Ainhoa regardait timidement en direction de l'appareil, comme le font les gens qui savent qu'ils ne sont pas photogéniques ; et la photo ne rendait certes pas justice à la beauté à peine naissante de la plus jeune des victimes. Et il y avait

Anne, qui considérait l'objectif avec l'indifférence d'une impératrice et souriait d'un air à la fois coquin et prudent. Amaia fixa ses yeux verts et n'eut aucun mal à les imaginer acérés par le reflet du mépris et de la méchanceté pendant qu'elle se moquait ouvertement de Ros. Bien que ce soit impossible, car la jeune fille était déjà morte quand elle l'avait vue. Une belagile. Une sorcière. Pas une devineresse, ni une guérisseuse. Une femme puissante et sombre ayant mis son âme en gage. Une servante du mal capable de tordre et retordre les faits au point de les plier à sa volonté. Belagile. Il y avait des années qu'elle ne l'avait pas entendu dit comme ça, en euskara moderne on disait *sorgin, sorgiña*. Belagile était le terme ancien, le véritable, celui qui se réfère aux serviteurs du Malin. Le mot lui ramena en mémoire des souvenirs d'enfance, quand son amona, Juanita, leur racontait des histoires de sorcières. Des légendes qui faisaient désormais partie du folklore populaire et des attrape-touristes, mais qui provenaient d'un temps pas si lointain où les gens croyaient en l'existence des sorcières, des servantes du mal, et en leurs pouvoirs maléfiques pour semer le chaos, la destruction et même provoquer la mort de ceux qui s'interposaient sur leur chemin.

Elle reprit l'exemplaire de *Brujería y Brujas*[1], de José Miguel Barandiarán, qu'elle avait chargé quelqu'un de lui rapporter de la bibliothèque. L'anthropologue y affirmait que la croyance populaire, profondément enracinée dans tout le nord, et principalement au Pays basque et en Navarre, disait

---

1. « Sorcellerie et Sorcières ». (*N.d.T.*)

qu'une personne était sans conteste une belagile si elle n'avait pas une seule tache ou grain de beauté sur tout le corps. L'image de la peau d'Anne sur la table d'autopsie avait poursuivi Amaia, de même que le récit de la mère à propos du jour où elle l'avait ramenée à la maison, et que les références constantes à la blancheur de sa peau marmoréenne. Cela avait certainement été la particularité de cette petite qui avait alarmé la belle-sœur de la mère.

Amaia lut la définition de la sorcière : « J'appelle sorcière cette manifestation de l'esprit populaire qui suppose que certaines personnes sont douées de propriétés extraordinaires, en vertu de leur science magique ou de leur communication avec des puissances infernales. » Cela aurait pu ressembler à une supercherie si, dans les vallées de Navarre autour d'Elizondo, la croyance en l'existence des sorcières et des sorciers n'avait conduit à la mort et à la torture de centaines de personnes accusées d'avoir passé un pacte avec le démon. Il s'agissait pour la plupart de femmes accusées par le féroce inquisiteur Pierre de Lancré, du diocèse de Bayonne, auquel appartenait une bonne partie de la Navarre, et qui était un persécuteur de sorcières infatigable, convaincu de leur existence et de leur pouvoir démoniaque qu'il détailla dans un livre où il décrivait avec un grand luxe de détails la hiérarchie infernale et sa correspondance sur la terre. Un livre qui se présente comme un véritable exercice fantaisiste et paranoïaque décrivant des pratiques absurdes et des signes ridicules de la présence du mal.

Amaia leva la tête pour retrouver les yeux d'Anne.

— Étais-tu une belagile, Anne Arbizu ? demanda-t-elle à voix haute.

Dans les yeux verts de la jeune fille, elle crut entrevoir une ombre qui s'étirait vers elle. Un frisson lui parcourut le dos. Elle soupira et jeta le petit livre sur la table en maudissant le chauffage de ce commissariat flambant neuf qui réussissait à peine à tempérer le froid de cette matinée. Une rumeur croissante résonna dans le couloir. Elle consulta sa montre et constata avec surprise qu'il était déjà midi. Les policiers entrèrent dans la pièce dans un fracas de chaises que l'on traîne, de froissements de papier et un relent d'humidité prise dans les vêtements telle une patine cristalline. L'inspecteur Iriarte prit la parole sans préambule.

— Bien, j'ai vérifié les alibis. Pour la Saint-Sylvestre, Rosaura et Freddy ont dîné chez la mère de cet homme, avec les tantes et des amis de la famille. Vers deux heures du matin, ils sont allés faire la tournée des bars du village, beaucoup de gens les ont vus au cours de la nuit et ils sont restés ensemble jusqu'à une heure avancée de la matinée. Le jour où Ainhoa a été tuée, Freddy a passé la journée chez lui avec des amis qui se sont relayés. À aucun moment il ne s'est retrouvé seul. Ils ont joué à la PlayStation, sont allés chercher des sandwiches chez Txokoto et ils ont regardé une vidéo. Il n'est pas sorti de la maison. Ses amis disent qu'il était enrhumé.

— Eh bien, cela l'écarte de la liste des suspects, fit Jonan.

— Pour les assassinats de Carla et Ainhoa oui, mais pas pour celui d'Anne. Ces derniers jours, il ne s'est pas montré aussi sociable que d'habitude.

Rosaura ne vivait plus avec lui, et ses amis disent qu'ils se sont présentés plusieurs fois à son domicile, mais qu'il les a renvoyés, prétextant qu'il ne se sentait pas bien. Ils jurent tous qu'ils n'étaient pas au courant pour Anne et qu'ils l'ont vraiment cru malade. Il se plaignait de douleurs à l'estomac et le jour où Anne a été tuée, il parlait d'aller aux urgences.

— Tu les a tous interrogés, y compris Ángel ? Quel est son nom de famille ? C'est lui qui l'a retrouvé dans la maison et semblait s'inquiéter davantage pour lui-même. Il pourra peut-être nous en apprendre davantage.

— Ostolaza, Ángel Ostolaza, précisa Zabalza.

— Non, lui je n'ai pas pu le voir. Il travaille dans un atelier à Vera de Bidasoa, mais la mère de Freddy n'a pas pu me donner son nom, en revanche elle avait son numéro de téléphone. Elle va déjeuner chez elle, elle passera ici vers treize heures trente.

— On a autre chose ?

— Pour ce qui est du portable de la fille, vous aviez raison, chef, elle a changé de numéro il y a deux semaines. Elle a dit à son père qu'elle l'avait perdu et n'a pas voulu garder son numéro. Dans le courrier de Freddy, on a trouvé sa dernière facture : sa femme n'étant pas à la maison il n'a même pas cherché à la cacher ou à la détruire, et effectivement, tous les appels et les messages correspondaient à l'ancien numéro. Sur l'ordinateur d'Anne, j'ai relevé une intense vie sociale, beaucoup de copains, mais aucun ami ou amie intime. Elle ne se confiait à personne, bien qu'elle se soit vantée de sa relation avec un homme marié. C'est tout.

La réunion terminée, Jonan s'attarda quelques

secondes pour feuilleter l'exemplaire de *Brujería y Brujas*. Quand Amaia s'en aperçut, elle sourit.

— Allez, chef, ne me dites pas que vous avez décidé d'aborder l'affaire à travers un autre angle.

— Je ne sais plus lequel adopter, Jonan. Je vois bien qu'on en sait de plus en plus sur ces assassinats, et qu'on a fait du bon travail, mais tout est allé si vite que ça en donne le vertige ; et de toute façon, il ne faut pas confondre logique et sens commun avec fermeture d'esprit. J'en ai beaucoup appris sur les tueurs en série quand j'étais à Quantico, et s'il y a une chose à savoir, c'est que malgré toutes nos analyses comportementales, ils ont toujours un train d'avance, un tour de plus dans leur sac. Je ne crois pas aux sorcières, Jonan, mais peut-être que cet assassin, oui, ou du moins qu'il croit en un genre de mal lié à des femmes très jeunes, qu'il associe à des signes qu'il interprète à sa façon au moment de choisir ses victimes... À ce stade, je ne peux pas ne pas tenir compte de ce que certaines personnes m'ont dit à propos d'Anne. Et ça me fait réfléchir.

L'attitude d'Ángel Ostolaza lui donna une fois encore l'impression qu'il se réjouissait un peu trop de se voir impliqué dans l'enquête. Elle avait constaté ce phénomène à plusieurs reprises au cours de sa carrière, mais elle était toujours surprise que quelqu'un soit fier de se voir mêlé à une mort violente.

— Voyons, Anne Arbizu a été tuée le lundi, non ? Eh bien, ce jour-là, Freddy m'a appelé car il avait très mal à l'estomac, ce n'était pas la première fois, vous savez ? Il y a deux ans, il a eu un ulcère, une gastrite ou quelque chose dans le genre, et il a fait plusieurs rechutes depuis, après avoir trop bu sans rien avaler le week-end... Enfin, vous savez comment c'est. Il avait passé le dimanche dans un sale état, et le lundi il avait un mal de crâne qui ne passait pas. Quand il m'a appelé, il devait être quinze heures trente. J'étais toujours au boulot, je lui ai dit d'aller au dispensaire, mais Freddy ne va seul nulle part, on l'accompagnait toujours, Ros ou moi, alors, en sortant, je suis passé le chercher et je l'ai accompagné aux urgences.

— Quelle heure était-il ?

— Eh bien, je sors à dix-neuf heures, alors il devait être dix-neuf heures trente.

— Combien de temps êtes-vous restés aux urgences ?

— Presque deux heures, il y avait beaucoup de monde à cause de la grippe et quand ils se sont enfin occupés de lui, il était mal en point. Ensuite, ils lui ont fait une radio et des analyses, et pour finir une injection de Nolotil. On est sortis à vingt-trois heures, et comme Freddy n'avait plus mal et qu'on avait faim, on est allés au Saioa manger des sandwiches au filet de porc et des pommes de terre sauce piquante.

— Freddy a mangé des pommes de terre sauce piquante après avoir été hospitalisé aux urgences pour un mal d'estomac ? s'étonna Iriarte.

— Il n'avait plus mal, et la pire chose, pour lui, c'est de ne pas manger.

— D'accord, à quelle heure êtes-vous sortis du bar ?

— Je ne sais pas, mais on est restés un bon moment, au moins une heure. Ensuite, je l'ai raccompagné chez lui et on a fait une partie à la console, mais je ne me suis pas attardé, je me lève tôt. (Ángel baissa la tête et resta dans cette position quelques secondes, puis il émit un son semblable à un hurlement et Iriarte sut qu'il pleurait. Quand il releva la tête, il avait perdu tout contrôle de lui-même.) Que va-t-il se passer maintenant ? Il ne pourra sans doute plus marcher, il ne mérite pas ça, c'est un brave type, vous savez ? Il ne mérite pas ça.

Il se couvrit le visage de ses mains et continua à pleurer. Iriarte sortit dans le couloir et revint une minute plus tard avec un gobelet de café qu'il posa devant le jeune homme. Il regarda Amaia.

— Si l'ami Ángel dit la vérité, et je crois que c'est le cas, conclut-il avec bienveillance en adressant un sourire à l'intéressé, lequel lui répondit en affichant un air de circonstance, ce sera très facile à vérifier. Je vais aller faire un tour au dispensaire. Ils ont des caméras de sécurité : si vous y êtes allés comme vous le dites, les images vous fourniront un alibi. Je vous envoie un mail. Je ferai dans ce cas parvenir au commissaire un rapport en exemptant Freddy.

— Parfait, dit Amaia. Moi, je vais rejoindre mes experts en ours.

27

Flora Salazar se servit un café et s'assit à son bureau avant de consulter sa montre. Dix-huit heures tapantes. Ses employés commencèrent à défiler en direction de la sortie, prenant congé les uns des autres et de leur patronne, la saluant de la main à travers la porte vitrée qu'elle avait laissée entrouverte après avoir prévenu Ernesto qu'il devait rester une heure de plus. Ernesto Murua travaillait depuis dix ans pour Flora et était le responsable de la fabrique et le chef pâtissier.

Flora entendit le bruit caractéristique d'un camion s'arrêtant devant l'entrée de l'entrepôt, et, une minute plus tard, le visage sceptique d'Ernesto apparaissait à travers la porte du bureau.

— Flora, dehors, il y a un camion des farines Ustarroz, le chauffeur dit qu'on a commandé cent sacs de cinquante kilos. Je lui ai répondu que c'était une erreur, mais le type insiste.

Elle prit un stylo, le décapuchonna et feignit de noter quelque chose dans son agenda.

— Non, ce n'est pas une erreur, c'est moi qui ai passé la commande, je savais qu'ils allaient la livrer aujourd'hui, c'est pour ça que je t'ai demandé de rester.

Ernesto la regarda, troublé.

— Mais Flora, l'entrepôt est plein, et je croyais que tu étais satisfaite du service et de la qualité des farines Lasa. Rappelle-toi, il y a un an, on a essayé celle d'Ustarroz et la qualité nous avait paru inférieure à celle de Lasa.

— Eh bien, j'ai décidé de réessayer. Ces derniers temps je ne suis pas vraiment satisfaite de la qualité de la farine ; elle fait des grumeaux et la mouture semble différente, même l'odeur a changé. Ils m'ont fait une offre intéressante et c'était ce que j'attendais pour me décider.

— Et qu'est-ce qu'on fait de la farine qu'on a en stock ?

— Je me suis arrangée avec Ustarroz, ils viendront l'enlever eux-mêmes, et celle du pétrin et des pots, tu la mets à la poubelle. Je veux que tu remplaces toute la farine de la fabrique par la nouvelle et que tu jettes tout le lot précédent. On ne peut pas l'utiliser, elle n'est pas bonne, alors du balai.

Ernesto acquiesça, absolument pas convaincu, se dirigea vers l'entrée pour indiquer au camionneur où déposer les sacs qu'il était venu livrer.

— Ernesto, le rappela-t-elle. (Il revint sur ses pas.) Je compte sur ta discrétion : admettre que la farine était mauvaise pourrait nous causer du tort. Pas un mot, et si un employé te pose la question, contente-toi de dire qu'on nous a fait une offre intéressante. Il vaut mieux éviter le sujet.

— Bien sûr, répondit Ernesto.

Le quart d'heure suivant, Flora l'employa à laver

sa tasse et nettoyer la cafetière pendant qu'une pensée funeste prenait de l'ampleur dans son esprit. Après quoi, elle vérifia que la porte était bien fermée et s'avança vers le mur en regardant fixement le tableau de Javier Ciga qui décorait le bureau et qu'elle avait acheté deux ans plus tôt. Avec une précaution infinie, elle le décrocha et l'appuya contre le canapé, mettant en évidence le coffre-fort qui se cachait derrière. Elle tourna les petites roulettes argentées entre des doigts habiles et le coffre s'ouvrit dans un claquement. Des enveloppes, une liasse de billets pour les paies, des serviettes et des dossiers contenant des documents s'empilaient en une pyramide à côté de laquelle se trouvait un petit sac en velours. Elle prit le tout, faisant apparaître un gros livre de compte à la couverture en cuir qui était resté caché, appuyé contre le fond du coffre. En le touchant, elle eut l'impression qu'il était humide et plus lourd que dans son souvenir. Elle le posa sur son bureau, s'assit en le considérant avec un mélange d'excitation et d'impatience, et elle l'ouvrit. Les coupures de presse n'étaient pas collées, mais – peut-être en raison de leur long séjour entre ces pages – elles étaient restées là où elle les avait placées plus de vingt ans auparavant. Elles avaient à peine jauni, même si l'encre n'était plus vraiment noire, mais grise comme si elle avait été délayée plusieurs fois. Elle tourna soigneusement les pages afin de ne pas altérer l'ordre chronologique et relut le nom qu'une voix lui répétait dans sa tête depuis qu'Amaia avait quitté la fabrique. Teresa Klas.

Teresa était la fille d'immigrants serbes arrivés dans la vallée au début des années quatre-vingt-dix, après avoir fui la justice de leur pays, même si ce n'étaient que des rumeurs. Ils avaient tout de suite trouvé à s'employer au village et quand Teresa, qui n'était pas très bonne élève, fut en âge de travailler, elle était entrée à la ferme Berrueta pour s'occuper de la vieille mère, qui avait des difficultés à se déplacer. Teresa possédait en beauté tout ce qu'elle n'avait pas en intelligence, et elle le savait ; ses longs cheveux blonds et les courbes de son corps très développées pour son âge suscitaient de nombreux commentaires au village. Elle était depuis trois mois à la ferme quand on l'avait retrouvée morte derrière des greniers à foin ; la police avait interrogé tous les hommes qui travaillaient là, mais elle n'avait pu arrêter personne. C'était le mois de février, il y avait beaucoup d'étrangers venus pour le carnaval, et on en avait conclu que la jeune fille avait suivi un inconnu dans les champs et qu'elle avait été violée puis assassinée. Teresa Klas, Teresa Klas. Teresa Klas. En fermant les yeux, Flora pouvait presque voir son visage de petite pute.

— Teresa, après toutes ces années, tu continues à me pourrir la vie, murmura-t-elle.

Elle referma le livre de compte, le remit au fond du coffre, l'entassa devant les autres documents, puis replaça le sac sans pouvoir s'empêcher de desserrer le cordon de soie qui l'entourait. La faible lumière du bureau fut suffisante pour arracher un éclat au cuir verni rouge des chaussures. Elle toucha de l'index la douce courbe du talon tandis qu'une désagréable sensation d'inquiétude s'emparait de sa personne, une émotion nouvelle pour elle et gênante comme aucune autre. Elle ferma le coffre et remit le tableau en place, veillant à l'aligner parallèlement au sol. Puis elle prit son sac et sortit inspecter le travail. Elle salua le camionneur et prit congé d'Ernesto.

Quand il fut certain que Flora était partie, celui-ci entra dans le magasin, prit le rouleau de sacs de cinq kilos et commença à les remplir avec la farine contenue dans le pétrin. Il en souleva une pelletée et la porta à son nez : elle avait toujours la même odeur ; il en prit une pincée entre les doigts et la goûta.

— Cette femme est folle, murmura-t-il pour lui-même.

— Qu'est-ce que tu dis ? demanda le camionneur, croyant qu'il s'adressait à lui.

— Je te proposais d'emporter des sacs de farine chez toi.

— Bien sûr, merci, dit l'homme, surpris.

Il remplit des sacs de cinq kilos et, quand cela lui sembla suffisant, il les transporta jusqu'au coffre de sa voiture, garée devant l'entrée, puis jeta le reste dans un sac-poubelle industriel, qu'il attacha et porta jusqu'au container. Le camionneur avait presque fini.

— Ce sont les derniers, annonça-t-il.

— Eh bien, apporte-les-moi pour que je remplisse le pétrin, dit Ernesto.

PRINTEMPS 1989

Chez Rosario, on dînait tôt, dès que Juan revenait de la fabrique, et les petites devaient souvent terminer leurs devoirs après le repas. Pendant qu'elles desservaient, Amaia s'adressa à son père.

— Je dois aller chez Estitxu, je n'ai pas bien noté ce qu'il fallait faire et je ne sais pas quelle page il faut étudier pour demain.

— D'accord, vas-y, mais ne traîne pas, lui répondit-il, assis sur le canapé à côté de sa femme.

La fillette chantonnait sur le chemin de la fabrique, souriant et palpant la clé sous son pull. Elle regarda de chaque côté de la rue afin de s'assurer que personne ne la voie entrer dans le magasin. Elle introduisit la clé dans la serrure et poussa un soupir de soulagement quand la serrure céda avec un clac qui lui sembla résonner dans toute la pièce. Elle entra et ferma la porte sans oublier de pousser le verrou. Ce ne fut qu'à ce moment-là qu'elle alluma la lumière. Elle regarda autour d'elle, tenaillée par l'anxiété qui l'accompagnait toujours quand elle venait seule, son cœur battant si fort dans sa poitrine qu'il résonnait dans son oreille à la manière de violents coups de fouet ; et elle savourait à la fois le privilège du secret partagé avec son père et la responsabilité qu'impliquait la possession de la clé. Sans tarder, elle s'avança jusqu'aux bidons et se pencha pour attraper l'enveloppe sépia qu'elle avait cachée derrière.

— Qu'est-ce que tu fais là, toi ?

La voix de sa mère résonna dans la fabrique vide.

Tous ses muscles se tendirent comme si elle avait reçu une décharge électrique. Sa main, qui frôlait déjà l'enveloppe, se contracta comme si tous les tendons de ses doigts avaient été coupés à la fois. Elle perdit l'équilibre et se retrouva assise par terre. La peur la gagna, une peur logique et raisonnée, partagée qu'elle était entre la certitude d'avoir laissé sa mère à la maison en peignoir et pantoufles regardant la télé et l'assurance qu'elle l'avait attendue dans l'obscurité du magasin. Son ton uniforme et plat transmettait davantage d'hostilité et de menace qu'elle n'en avait jamais entendu.

— Tu ne veux pas me répondre ?

Lentement, et sans parvenir à se relever, la petite se retourna et croisa le regard dur de sa mère. Elle portait des vêtements de ville – elle avait dû les garder sous son peignoir – et des chaussures à petits talons au lieu des pantoufles. Elle éprouvait encore une pointe d'admiration pour cette femme orgueilleuse qui ne serait jamais sortie dans la rue en peignoir et sans maquillage.

Sa voix sortit, étouffée :

— Je suis juste venue chercher quelque chose.

Elle sut immédiatement que son explication était insuffisante et l'accusait.

Sa mère resta immobile et se contenta d'incliner légèrement la tête en arrière avant de reprendre sur le même ton :

— Il n'y a rien à toi, ici.

— Si.

— Si ? Et quoi donc ?

Amaia recula jusqu'à toucher une colonne avec son dos et, sans quitter sa mère du regard, s'y appuya pour se remettre debout. Rosario fit deux pas, écarta le lourd bidon comme s'il avait été vide, s'empara de l'enveloppe sur laquelle était écrit le nom de sa fille et en déversa le contenu dans sa main.

— Tu voles ta propre famille ? dit-elle en posant

l'argent sur la table si fort qu'une pièce tomba par terre et roula sur trois ou quatre mètres jusqu'à la porte du magasin.

— Non, ama, c'est à moi, balbutia Amaia sans pouvoir détourner le regard des billets froissés.

— Impossible, cela fait trop d'argent. D'où le sors-tu ?

— C'est celui de mon anniversaire, ama, je l'ai économisé, je te le jure, dit-elle en joignant les mains.

— S'il est à toi, pourquoi est-ce que tu ne le gardes pas à la maison, et pourquoi est-ce que tu as une clé du magasin ?

— L'aita me l'a... donnée.

En parlant, quelque chose se brisait en elle car elle comprenait qu'elle dénonçait son père.

Rosario se tut quelques secondes et, quand elle reprit la parole, son ton était celui du prêtre qui réprimande un pécheur.

— Ton père... Ton père, qui te passe toujours tout, qui t'élève mal. Jusqu'à ce qu'il fasse de toi une fille perdue. C'est sûrement lui qui t'a donné l'argent pour acheter toutes ces cochonneries que tu cachais dans ton cartable...

Amaia ne répondit pas.

— Ne t'inquiète pas, poursuivit sa mère, je les ai jetées à la poubelle dès que tu as quitté la maison. Tu croyais me tromper ? J'étais au courant depuis des jours, mais il me manquait la clé, je ne savais pas comment tu entrais ici.

Sans même se rendre compte de ce qu'elle faisait, Amaia leva une main jusqu'à sa poitrine et serra la clé sous le pull. Les larmes lui envahirent les yeux, qui fixaient toujours la liasse de billets que sa mère plia et glissa dans la poche de sa jupe. Puis elle sourit et regarda sa fille avec une douceur feinte.

— Ne pleure pas, Amaia, je fais tout cela pour ton bien, parce que je t'aime.

— Non, murmura l'enfant.

— Qu'as-tu dit? s'étonna sa mère.

— Tu ne m'aimes pas.

— Je ne t'aime pas?

La voix de Rosario était chargée de menaces.

— Non, tu ne m'aimes pas. Tu me détestes, dit Amaia en haussant le ton.

— Je ne t'aime pas…, répéta-t-elle, incrédule.

Sa colère était déjà évidente. Amaia hochait la tête sans cesser de pleurer.

— Tu dis que je ne t'aime pas…, gémit sa mère avant de tendre les mains vers le cou de la petite sous l'emprise d'une fureur aveugle.

Amaia recula d'un pas et la cordelette qu'elle portait autour du cou et d'où pendait la clé se prit entre les doigts de sa mère qui, tels des griffes, se refermèrent sur lui. La fillette tira sa tête en arrière, affolée, la cordelette brûlant sa peau à force de frotter. Sa mère la secoua brutalement à deux reprises et Amaia fut sûre que le cordon allait lâcher, mais le nœud cautérisé résista, la faisant chanceler comme une marionnette dont on aurait lâché les fils. Elle heurta la poitrine de sa mère qui la gifla avec une telle violence que, sans la résistance de la cordelette qui s'enfonça davantage dans sa chair, Amaia serait tombée.

La petite leva la tête, planta le regard dans celui de sa mère et, voyant son courage renforcé par l'adrénaline qui coulait à flots dans ses veines, lui lança :

— Non, tu ne m'aimes pas, tu ne m'as jamais aimée.

Dans un ultime effort, elle parvint à se libérer des mains de Rosario. Les yeux de sa mère, la stupéfaction passée, balayèrent frénétiquement l'espace, tandis qu'elle allait et venait dans la fabrique, semblant chercher quelque chose.

Amaia sentit monter en elle une panique qu'elle n'avait jamais ressentie auparavant, et, de façon instinctive, sut qu'elle devait fuir. Elle tourna le dos à sa mère et courut vers la porte avec une telle précipitation qu'elle trébucha et tomba à terre. Alors elle sentit des changements dans sa perception. La fabrique tout entière semblait être devenue un tunnel; les recoins s'obscurcirent et les arêtes s'arrondirent, ployant la réalité jusqu'à transformer la pièce en un trou de ver de terre froid et brumeux. Au bout du tunnel, la porte apparaissait lointaine et auréolée, on aurait dit qu'une lumière puissante brillait de l'autre côté et que des rayons avaient filtré entre le chambranle et le battant. Et pendant ce temps, tout s'obscurcissait autour d'elle, les couleurs s'évanouissaient comme si la rétine de ses yeux avait soudain été privée de ses cellules réceptrices.

Ivre de peur, elle tourna la tête vers sa mère, le temps de voir s'abattre sur elle le rouleau en acier avec lequel son père travaillait la pâte feuilletée. Elle leva en vain une main afin de se protéger et sentit ses doigts se fracturer avant que le cylindre n'atteigne sa tête. Après, tout devint noir.

Rosario se posta dans l'encadrement de la porte de la petite salle et regarda fixement son mari, qui souriait, absorbé par le sport à la télé. Elle ne dit rien, mais le halètement qu'avait entraîné la course agitait sa poitrine de façon alarmante.

— Rosario, fit-il, surpris. Que se passe-t-il ? Tu ne te sens pas bien ?

— C'est Amaia, il est arrivé quelque chose..., répondit-elle.

En pyjama sous son peignoir, il courut à travers les rues qui séparaient la maison de la fabrique. Il sentait ses poumons brûler et un point de côté menaçait de lui couper la respiration, sous l'influence maléfique du terrible pressentiment qui le tenaillait. La certitude de ce qu'il savait déjà se répandait comme de l'encre en lui, et seule une ferme volonté de ne pas l'accepter le poussa à s'obstiner dans sa course et dans son imploration désespérée, qui était prière et exigence à la fois. « Mon Dieu, mon Dieu. »

Juan remarqua qu'il n'y avait pas de lumière dans la fabrique. Si elle avait été allumée, on l'aurait vue de l'extérieur à travers les interstices des contre-fenêtres et par l'étroit soupirail proche du toit, qui restait toujours ouvert, hiver comme été.

Après l'avoir rejoint, il sortit la clé de sa poche et ouvrit la porte.

— Mais, Amaia est là ?
— Oui.
— Et pourquoi est-elle dans le noir ?

Sa femme se tut. Ils pénétrèrent à l'intérieur et après avoir refermé la porte, Rosario appuya sur l'interrupteur. Pendant quelques secondes, il ne put rien distinguer. Il battit des paupières, força ses yeux à s'habituer à la lumière intense pendant que son regard cherchait frénétiquement la petite.

— Où est-elle ?

Rosario ne disait toujours rien. Le dos appuyé contre la porte, elle regardait quelque chose du coin de l'œil. Sur son visage se dessinait une parodie de sourire.

— Amaia ! appela son père, angoissé. Amaia !

Il se retourna, interrogeant sa femme du regard, et l'expression de son visage le fit pâlir. Il s'avança vers elle.

— Oh, mon Dieu, Rosario, que lui as-tu fait ?

Un pas encore et il découvrit la flaque glissante à ses pieds. Il regarda le sang, qui commençait à prendre un ton brunâtre, et, horrifié, leva de nouveau la tête vers son épouse.

— Où est la petite ? demanda-t-il, dans un filet de voix.

Silence. Mais ses yeux s'ouvrirent davantage et elle commença à se mordre la lèvre inférieure semblant sous l'emprise d'un plaisir sublime. Il s'avança encore, rendu fou par la fureur, la peur, l'horreur, il la prit par les épaules et la secoua comme si elle n'avait pas d'os. Puis il approcha sa bouche crispée du visage de son épouse et cria :

— Où est ma fille ?

Un air de profond dédain brilla dans les yeux de la femme, sa bouche devint tranchante comme un couteau. Elle tendit une main et désigna le pétrin.

Le pétrin ressemblait à un abreuvoir de marbre, avec une capacité de quatre cents kilos ; on le remplissait avec la farine que l'on utiliserait ensuite à la fabrique. Il regarda l'endroit qu'indiquait Rosario et vit deux grosses gouttes de sang qui, tels des gâteaux poussiéreux, s'étaient gorgées de farine à la surface du pétrin. Il se retourna encore une fois pour regarder son épouse, mais elle avait détourné la tête vers le mur. Il s'avança, envoûté par le sang, le sien, sentant tous ses sens en alerte, tendant l'oreille, essayant de découvrir quelque chose qu'il savait lui échapper. Il perçut alors un léger mouvement à la surface douce et parfumée de la farine et un cri lui échappa en voyant une petite main émerger de cette mer de neige, secouée par un tremblement violent. Il la prit dans les siennes et tira sur le corps de la fillette, qui émergea tel un noyé des eaux. Il la déposa sur la table à pétrir et, avec un soin extrême, commença à ôter la farine qui lui bouchait les yeux, la bouche, le nez, sans cesser de lui parler, ses larmes coulant sur le visage de sa fille et dessinant des rigoles salées qui laissaient deviner dessous la peau de sa petite.

— Amaia, Amaia, ma chérie...

Elle convulsait, comme en proie à une décharge électrique qui aurait agité son corps fragile en de brusques secousses.

— Va chercher le médecin, ordonna-t-il à sa femme.

Rosario ne bougea pas. Elle avait un pouce dans la bouche et le suçait dans un geste enfantin.

— Rosario, cria Juan.
— Quoi ? hurla-t-elle, se mettant en colère.
— Va tout de suite chercher le médecin.
— Non.
— Quoi ?

Il se retourna, incrédule.

— Je ne peux pas, répondit-elle calmement.
— Mais qu'est-ce que tu racontes ? Tu dois le ramener, la petite va très mal.

— Je t'ai déjà dit que je ne pouvais pas, murmura-t-elle avec un sourire timide. Tu pourrais y aller, et moi, je resterais là avec elle ?

Juan lâcha la fillette, qui tremblait toujours, et s'approcha de sa femme.

— Regarde-moi, Rosario, va tout de suite chercher le médecin chez lui.

Il lui parlait comme à une fillette obstinée. Il ouvrit la porte de la fabrique et la poussa dehors. Ce fut alors qu'il remarqua que les vêtements de sa femme étaient couverts de farine et qu'elle était en train de lécher le sang qu'elle avait sur les doigts.

— Rosario…

Elle se retourna et se mit à remonter la rue.

Une heure plus tard, le médecin se lavait les mains dans l'évier et s'essuyait sur le torchon que lui tendait Juan.

— On a eu beaucoup de chance, Juan, Amaia va bien. Elle a le petit doigt et l'annulaire de la main droite fracturés, bien que ce qui m'inquiète le plus soit la coupure à la tête. La farine a agi comme un tampon naturel, absorbant le sang et créant une croûte qui a stoppé l'hémorragie presque instantanément. Les convulsions sont normales après un fort traumatisme à la tête…

— C'est ma faute, l'interrompit Juan. Je lui ai donné une clé de la fabrique pour lui permettre d'y aller quand elle le voudrait, et puis… Je n'aurais jamais imaginé qu'un tel accident se produise.

— Juan, dit le médecin en le regardant dans les yeux, afin de ne pas manquer son expression. Il y a autre chose. Elle avait de la farine dans les oreilles, le nez, la bouche... En fait, ta fille était entièrement recouverte de farine...

— Oui, je suppose qu'elle a glissé sur un reste de saindoux ou d'huile. Oui, elle s'est cognée à la tête et est tombée dans le pétrin.

— Elle aurait pu tomber en avant ou en arrière, mais elle était totalement recouverte de farine, Juan.

Le père d'Amaia regarda ses mains, comme si la réponse s'y trouvait.

— Elle est peut-être tombée en avant et elle s'est retournée en sentant qu'elle étouffait.

— Oui, peut-être, concéda le médecin. Mais ta fille n'est pas très grande, Juan. Si elle s'était cognée contre un bord de la table, il aurait été peu probable qu'en tombant son poids l'ait entraînée à l'intérieur du pétrin. Le plus logique aurait été qu'elle glisse par terre. Et puis, regarde où se trouve la flaque de sang, dit-il en baissant la tête.

Juan se couvrit le visage de ses mains et se mit à pleurer.

— Manuel, je...
— Qui l'a trouvée ?
— Ma femme, gémit-il, désolé.

Le médecin soupira, chassant bruyamment l'air de ses poumons.

— Juan, Rosario prend-elle le traitement que je lui ai prescrit ? Tu sais qu'elle ne doit en aucun cas l'interrompre.

— Oui... Je l'ignore... Qu'est-ce que tu insinues, Manuel ?

— Juan, tu sais qu'on est amis, que je t'apprécie. Ce que je vais te dire reste entre toi et moi, je te le dis en ami, non en médecin. Emmène la petite loin de la maison et éloigne-la de ta femme. Les personnes qui souffrent de sa pathologie prennent parfois en grippe une personne de leur entourage, la transforment en objet de toutes leurs colères, et dans le cas présent cette personne, tu le sais bien, est ta fille. Je crois que nous soupçonnons tous deux que ce n'est pas la première fois que ce genre de chose se produit. Sa présence la rend irascible, si tu l'éloignes d'elle, ta femme se calmera, mais surtout tu dois le faire pour protéger la petite, car, la prochaine fois, Rosario pourrait la tuer. Aujourd'hui, l'alerte a été très, très sérieuse. En tant que médecin, je devrais signaler à la police ce que j'ai vu cette nuit, mais puisque je suis médecin, je peux aussi t'affirmer que si Rosario prend le traitement tout rentrera dans l'ordre, et je sais ce qu'une dénonciation pourrait signifier pour ta famille. Maintenant, l'ami et le médecin te demandent d'éloigner la petite de la maison, parce qu'elle y est en danger. Si tu ne le fais pas, je me verrai contraint de m'en charger. Comprends-moi.

Juan s'appuyait contre la table sans quitter des yeux la flaque de sang coagulé qui brillait à la lumière comme un miroir sale.

— Il n'y a aucune possibilité que cela ait été un accident ? Peut-être la petite s'est-elle blessée et Rosario n'a pas bien réagi en voyant le sang, peut-être l'a-t-elle étendue dans le pétrin avant de venir me chercher. (Soudain, il sembla convaincu que cet argument-là était imparable.) Elle est venue me chercher, cela ne signifie-t-il rien ?

— Elle voulait un complice. Elle est venue te raconter ce qui s'était passé parce qu'elle te fait confiance, parce qu'elle savait que tu la croirais, que tu t'efforcerais de la croire et de nier la vérité. C'est ce que tu fais depuis toutes ces années, depuis le jour où Amaia est née. Dois-je te rappeler ce qui est arrivé ? Juan, ouvre les yeux, s'il te plaît. Rosario est malade, elle souffre d'un déséquilibre mental, que l'on peut compenser par la médication appropriée. Mais si ça continue comme ça, tu devras prendre des mesures beaucoup plus drastiques.

— Mais..., gémit-il.

— Juan, il y a un rouleau en acier fraîchement lavé dans le pétrin, et en plus de la coupure sur la partie supérieure du crâne, Amaia présente une autre trace à l'oreille droite ; elle a deux doigts fracturés et c'est une blessure qu'on se fait quand on veut parer un coup, dit-il en levant la main comme une visière inversée. Elle a certainement perdu connaissance, et le second coup n'a pas provoqué de coupure car il a été donné plus à plat. Il n'y a pas de sang, mais, avec ses cheveux si courts tu pourras le voir, ta fille a déjà une bosse considérable et une partie du crâne plus enfoncée là où elle a été frappée. Le second coup que Rosario lui a porté quand elle était inconsciente est celui qui me préoccupe le plus... Son intention était de la tuer.

Juan se couvrit de nouveau le visage et pleura amèrement pendant que son ami nettoyait le sang.

28

— Chef, on a découvert le cadavre d'une autre fille, annonça Zabalza.

Amaia avala sa salive avant de réagir. Zabalza avait dit « une autre », comme s'il s'agissait d'images de collection. Les choses s'accéléraient d'une façon inédite. Si le rythme des crimes continuait à s'emballer, le tueur finirait par partir en vrille et commettre l'erreur qui le ferait prendre, mais le prix en vies serait très élevé. Il l'était déjà.

— Où ? demanda-t-elle avec fermeté.

— Cette fois, on n'a pas retrouvé le corps près de la rivière.

— Où, alors ? insista-t-elle, sur le point de perdre patience.

— Dans une cabane abandonnée en montagne, près de Lekaroz.

Amaia le regardait fixement, soupesant l'importance de ces nouveaux éléments.

— Il a modifié son mode opératoire... Il a laissé les chaussures ? Comment l'avez-vous retrouvée ?

— Eh bien, c'est là l'autre particularité, dit Zabalza lentement, comme pour évaluer l'effet de ses paroles. Ce sont manifestement des gamins qui l'ont découverte hier, mais ils n'ont rien dit sur le coup. L'un d'eux en a parlé chez lui aujourd'hui et son père s'est rendu sur les lieux pour vérifier. Après quoi, celui-ci a appelé la garde civile. Une voiture de patrouille s'est rendue sur place et ils ont confirmé la présence du cadavre d'une jeune fille. Ils ont déclenché le protocole d'homicides et de délits sexuels. Il pourrait s'agir d'une fille dont la disparition a été signalée il y a quelques jours.

Amaia l'interrompit.

— Pourquoi n'en savait-on rien?

— La mère a signalé la disparition à la caserne de la garde civile de Lekaroz, et vous savez ce qu'il en est.

— Je suis censée connaître la nature des relations entre la police régionale et la garde civile dans la vallée?

— Avec les gardes, elles sont bonnes. Ils font leur travail, nous le nôtre et ils collaborent dans la mesure du possible.

— Et avec les chefs?

— Ça, c'est une autre histoire. Il y a toujours des problèmes de rivalités, de brouilles, de rétention d'informations. Vous voyez?

— Par exemple, il se pourrait qu'il y ait d'autres filles disparues dans la vallée et que nous l'ignorions parce que les plaintes auraient été déposées dans une caserne de la garde civile?

— Le responsable de l'enquête est le lieutenant Padua, il va vous en parler. Il affirme qu'il n'y a pas vraiment eu de plainte formelle, bien que la mère se soit présentée depuis plusieurs jours en disant qu'il était arrivé quelque chose à sa fille. Cependant, des témoins affirment qu'elle était partie de sa propre volonté.

Padua était en civil, mais il descendit d'une voiture de patrouille officielle accompagné d'un autre garde en uniforme. Il se présenta et introduisit son collègue tout en donnant une poignée de main ferme à Amaia et en marchant à sa hauteur.

— Il s'agit de Johana Márquez. Quinze ans. D'origine dominicaine, arrivée en Espagne à quatre ans et à Lekaroz à huit, quand sa mère s'est remariée avec un Dominicain. Ils ont une autre fille de quatre ans. L'adolescente avait des rapports tendus avec ses parents, à cause des horaires, et elle avait fugué il y a deux mois ; elle s'était réfugiée chez une amie. De nouveau, on aurait pu croire à une fugue : elle avait un petit ami et s'était enfuie avec lui, il y avait des témoins. Malgré tout, la mère venait chaque matin à la caserne en nous disant qu'il se passait quelque chose d'anormal, que sa fille n'avait pas fugué.

— Eh bien, il semble qu'elle ait eu raison.

Padua ne répondit pas.

— On en parlera plus tard, suggéra-t-elle devant son silence.

— Bien sûr.

La cabane était invisible de la route. Ce ne fut qu'en s'approchant à travers champs qu'elle put la voir, à demi cachée par les arbres, camouflée par les nombreuses plantes qui grimpaient sur la façade se fondant dans la végétation boisée et touffue qui l'entourait. Elle salua d'un geste les deux gardes civils postés de chaque côté de la porte. L'intérieur était frais et sombre, dégageant l'odeur caractéristique d'un cadavre en décomposition et une autre, douceâtre et musquée, comme de la naphtaline parfumée. L'arôme lui rappela soudain l'armoire contenant le linge blanc de l'amona Juanita, avec les draps repassés, leurs rabats brodés aux initiales de la famille. Elle les gardait parfaitement empilés sur les rayons auxquels étaient suspendus des sachets transparents contenant les petites boules de camphre qui assaillaient d'effluves entêtants toute personne se risquant à en ouvrir les portes.

Elle attendit quelques secondes, le temps de laisser ses yeux s'habituer à la pénombre. Le plafond avait été partiellement enfoncé par les neiges de l'hiver précédent, mais les poutres de bois semblaient pouvoir en supporter d'autres. Des traverses, pendaient des lambeaux de vieux restes de toile et de corde noircis. Certaines plantes grimpantes qui tapissaient la façade avaient pénétré à travers le trou dans le plafond et se mêlaient à une centaine de désodorisants en forme de fruits de couleurs vives suspendus aux petites branches. Amaia identifia l'étrange combinaison comme étant à l'origine du parfum entêtant. La cabane comportait une seule pièce rectangulaire, une vieille table aux dimensions considérables et un banc d'une pièce renversé au pied de la table. Au centre, un canapé à deux places anormalement gonflé et couvert de taches d'humidité et d'urine, placé face à la cheminée noircie et remplie de détritus que quelqu'un avait tenté de brûler sans succès. Derrière le canapé, dépassait un matelas en mousse relativement propre. Le sol était recouvert d'une fine couche de terre qui était plus sombre aux endroits où l'eau avait pénétré à travers le toit, formant des flaques qui avaient séché. Le reste était propre et semblait avoir été nettoyé récemment ; on apercevait encore des traces laissées par le balai qu'Amaia retrouva appuyé contre la cheminée. Pas de cadavre.

— Où... ?

— Derrière le canapé, inspectrice, indiqua Padua.

Il dirigea sa lampe vers l'endroit qu'il avait signalé.

— On a besoin de projecteurs.

— On est parti en chercher. Les voilà.

Le faisceau lumineux éclaira des baskets argentées et des chaussettes blanches partiellement maculées de terre. Amaia fit deux pas en arrière pour laisser ses collègues installer les projecteurs et prendre les photos préliminaires. Elle ferma les yeux, fit une brève prière pour l'âme de la petite et se lança.

— Je veux que tout le monde sorte jusqu'à ce qu'on ait terminé, mon équipe, ceux de la scientifique et le lieutenant Padua, de la garde civile, dit-elle en embrassant tout le monde du regard et en guise de présentation. (Excepté l'un des gardes en uniforme, elle était la seule femme, et son expérience au FBI lui avait appris l'importance de la politesse professionnelle quand on prenait en charge une affaire sur laquelle des policiers d'autres services avaient commencé le travail.) Ils ont trouvé le corps et ils ont eu l'amabilité de nous prévenir. Je veux savoir qui est entré et ce qu'ils ont touché, en comptant les enfants et le père du jeune homme qui nous a appelés. Jonan, viens près de moi. Je veux des photos de tout. Zabalza, aidez-nous à écarter le matelas en faisant très attention. Regardez où vous mettez les pieds.

— Eh bien, s'exclama Jonan, ça, c'est différent.

La peau bronzée de la jeune fille, une adolescente extrêmement mince, était à présent tuméfiée, d'une couleur olivâtre brillante à cause de la boursouflure. Ses vêtements avaient été grossièrement et maladroitement déchirés et placés de chaque côté du corps, bien que certains lambeaux aient été utilisés pour lui recouvrir le pubis. Du cou, violacé, pendaient les extrémités d'une cordelette qui disparaissait entre les plis de la chair gonflée. Une main exsangue reposait sur son ventre, tenant un bouquet de fleurs blanches retenues par un lien, blanc lui aussi. Elle avait les yeux à demi ouverts et on apercevait entre ses cils une pellicule de mucus blanchâtre. Des douzaines de petites fleurs flétries lui ceignaient la tête, piquées dans les cheveux ondulés et mats, formant une tiare qui lui descendait sur les épaules et dessinait une seconde silhouette autour du cadavre.

— Putain, murmura Iriarte. Qu'est-ce que c'est ?

— C'est Blanche-Neige, murmura Amaia, impressionnée.

Le Dr San Martín, qui venait d'arriver, rejoignit Amaia.

Il mit des gants et toucha délicatement la mandibule et le bras de la jeune fille.

— D'après l'état du cadavre, la mort remonte à plusieurs jours.

— Certaines fleurs sont plus récentes, elles ont été déposées hier au plus tard, remarqua Amaia en désignant le bouquet posé sur le ventre de la petite.

— Eh bien, je dirais que celui qui a apporté les premières est revenu chaque jour pour mettre des fleurs fraîches. Certaines ont plus d'une semaine, dit-il en désignant les plus sèches ; et puis, quelqu'un a versé du parfum sur son corps.

— Je l'ai remarqué, en plus des désodorisants. Je crois que le flacon pourrait se trouver dans le tas d'ordures de la cheminée, dit Amaia en se redressant un peu afin de regarder Iriarte.

Elle avait reconnu le flacon sombre et ventru en entrant. Deux ans plus tôt, Ros lui avait offert ce parfum très onéreux, qu'elle n'avait utilisé que deux ou trois fois. Il plaisait à James, mais les notes entêtantes de santal l'écœuraient. Elle n'en mettrait plus jamais. Iriarte leva sa main gantée qui tenait la fiole, maculée de cendre.

— Le corps a dépassé la phase chromatique et est entré dans la phase emphysémateuse. Vous savez que je serai plus précis après l'autopsie, mais je dirais qu'elle est morte depuis environ une semaine. Il palpa la chair en la pinçant entre ses doigts. La peau ne se détache pas et semble encore assez hydratée, mais le fait que le corps se soit trouvé ici, dans un endroit frais et sombre, a pu contribuer à sa conservation. Cependant, il a commencé à gonfler sous l'effet des gaz de la putréfaction, on le remarque surtout ici et là, dit-il en désignant l'abdomen, qui semblait teint d'une couleur verdâtre, et le cou, si enflammé que l'on distingue à peine les extrémités de la cordelette qui pendaient au milieu des cheveux foncés de la fille.

San Martín se pencha sur le corps, observant quelque chose qui avait attiré son attention. Par la bouche entrouverte du cadavre, on apercevait des larves d'insectes.

— Regardez, inspectrice. (Amaia se couvrit la bouche et le nez avec le masque que lui tendit San Martín et se pencha.) Observez le cou, vous voyez la même chose que moi ?

— Je vois deux énormes hématomes bien distincts des deux côtés de la trachée.

— Oui, madame, et elle en a certainement d'autres sur la nuque, on les verra dès qu'on pourra la déplacer. Cette fille, malgré ce que la cordelette voudra nous faire croire, a été étranglée avec les mains, et ces deux ecchymoses correspondent aux pouces de son assassin. Photographiez ça, dit-il en s'adressant à Jonan. Cette fois, j'espère vous voir à l'autopsie.

Jonan baissa son appareil une seconde pour regarder Amaia, qui continua à parler sans leur prêter attention.

— Elle a été tuée ici, docteur ?

— Je dirais que oui, même si cela reste à confirmer. Mais bien sûr, si tel n'est pas le cas, elle aura été transportée ici juste après, car le cadavre n'a pas été déplacé après les deux premières heures qui ont suivi la mort. La cause en est probablement l'étranglement qui a provoqué l'asphyxie. Date : il faudra analyser l'état des larves, mais je dirais une semaine. Et lieu : certainement ici. La température du corps s'est adaptée à celle du bas-côté et la lividité cadavérique indique qu'il n'a pas été déplacé après la mort. La rigidité a presque totalement disparu, comme c'est le cas habituellement à ce stade, et les signes de déshydratation ont manifestement été atténués par l'humidité ambiante.

Amaia prit des pinces et découvrit le pubis de la victime. Elle s'écarta un peu pour permettre à Jonan de prendre des photos.

— Que pensez-vous des lésions externes ? Je dirais qu'elle a été violée.

— Tout indique que oui, mais dans cette phase de décomposition, les parties génitales sont généralement enflées. Je vous le dirai en cours d'autopsie.

— Oh, non ! s'exclama Amaia.

— Que se passe-t-il ?

Amaia se redressa, comme frappée par la foudre. Faisant le tour du canapé, elle pressa Iriarte.

— Allons, aidez-moi.

— Que voulez-vous faire ?

— Déplacer le canapé.

Le saisissant chacun à une extrémité, ils soulevèrent le meuble et le déplacèrent d'une quinzaine de centimètres vers l'avant.

— Putain, s'exclama San Martín.

La juge Estébanez, qui entrait à cet instant, s'approcha avec circonspection.

— Que se passe-t-il ?

Amaia la regarda fixement, mais la juge eut la sensation que son regard la transperçait, la cabane, les bois et les roches millénaires de la vallée. Jusqu'à trouver les mots.

— Le bras droit a été sectionné à la hauteur du coude. La coupure est nette et il n'y a pas de sang, on le lui a coupé après la mort. Et ça veut dire qu'on ne le retrouvera pas, ils l'ont emporté.

La juge eut l'air contrarié.

PRINTEMPS 1989

À compter de ce jour, Amaia habita chez tante Engrasi, rendant visite à son père à la fabrique et allant déjeuner le dimanche à la maison. Elle se rappelait ces repas comme des examens ponctuels. Elle s'asseyait à la place d'honneur en face de sa mère – l'endroit le plus éloigné d'elle – et mangeait en silence, répondant par monosyllabes aux pauvres tentatives de conversation de son père. Puis elle aidait ses sœurs à débarrasser et, quand tout était rangé, elle se dirigeait vers le salon où ses parents regardaient le journal télévisé de quinze heures. Là, elle prenait congé jusqu'à la semaine suivante. Elle se penchait et embrassait son père, et il lui glissait dans la main un billet plié en tout petit ; après quoi elle restait quelques minutes à observer sa mère qui continuait à regarder la télé sans même daigner lui jeter un regard.

— Amaia, la tante doit t'attendre, lui disait alors son père.

Et elle sortait de la maison en silence, un frisson lui parcourant le dos. Un magnifique sourire de triomphe se dessinait sur son visage tandis qu'elle rendait grâce au Dieu tout-puissant des enfants, le remerciant d'avoir fait en sorte que Rosario n'ait pas voulu la toucher, l'embrasser, lui dire au revoir ce jour-là non plus. Elle préférait. Pendant quelque temps, elle craignit que sa mère ne fasse un geste qui aurait pu être interprété comme un désir de la voir revenir à la maison. À la seule idée qu'elle pose le regard sur son visage pendant plus de deux secondes, alors que son père était parti chercher le vin dans le placard ou se penchait sur le feu, elle était si terrorisée que ses jambes tremblaient et sa bouche se desséchait comme si elle eût été pleine de farine.

Elle ne se retrouva seule avec elle qu'en deux occasions. La première eut lieu un an après l'attaque, au printemps. Ses cheveux avaient repoussé et, pendant l'hiver, elle avait beaucoup grandi. C'était le week-end du changement d'heure, mais sa tante et elle l'avaient oublié, aussi se présenta-t-elle chez ses parents une heure plus tôt que de coutume. Elle sonna et quand sa mère lui ouvrit et s'écarta pour la laisser passer, elle sut que son père n'était pas à la maison. Elle marcha jusqu'au centre du salon et se retourna pour regarder sa mère, qui s'était arrêtée au milieu du petit couloir et l'observait. Elle ne pouvait distinguer ses yeux, ni l'expression de sa bouche, car le couloir était à contre-jour par rapport au salon ensoleillé, mais elle devinait en elle une hostilité aussi féroce que si elle avait été une meute de loups. Amaia avait gardé son manteau, et pourtant elle se mit à trembler comme si, au lieu d'une douce température printanière, elle avait été tenaillée par le plus dur des hivers sibériens. Quelques secondes avaient dû s'écouler, mais cela lui sembla une éternité concentrée en battements de paupières et halètements étouffés qui s'échappaient d'un recoin où pleurait une petite fille. Elle l'entendait clairement, bien qu'elle ne puisse la voir tant elle devait prendre garde à ce mal menaçant qui guettait dans le couloir. Un léger frôlement, un pas et la petite qui pleurait se mit à crier, prise de panique, avec des hurlements assourdis qui parvenaient à peine à sortir de sa gorge, avortant dans une vaine tentative de fuir la folie qui guettait. C'étaient les cris des cauchemars dans lesquels les fillettes s'égosillent en hurlements, qui se transforment en murmures dès qu'ils franchissent leurs lèvres. Un nouveau pas. Un nouveau cri, peut-être le même, qui ne cesserait jamais. Sa mère atteignit le seuil du salon et elle put enfin voir son visage. Ce fut suffisant. Au même instant, elle sut que la petite qui poussait des cris étouffés, était elle, et cette certitude lui fit perdre le contrôle de sa vessie à la seconde même où son père et ses sœurs entraient dans la maison.

29

Elle n'ouvrit pas la bouche jusqu'à Pampelune, plongée dans la douleur intérieure qui l'avait saisie dès l'instant où elle avait vu le cadavre de Johana. Il y avait dans ce crime tant d'aspects différents qu'elle avait du mal ne fût-ce qu'à entrevoir un profil préliminaire, même si elle y avait réfléchi pendant tout le trajet. Les fleurs, le parfum, le bouquet sur le ventre, la façon presque pudique dont la nudité du cadavre avait été recouverte... Tout cela contrastait avec la brutalité évidente des coups portés au visage, la sauvagerie avec laquelle les vêtements avaient été presque arrachés, réduits en lambeaux, le viol probable et la façon singulière dont l'assassin avait perdu le contrôle, finissant par étrangler sa victime de ses propres mains. Et puis il y avait le trophée. De nombreux tueurs en série emportaient un objet ayant appartenu à leurs victimes, afin de pouvoir recréer régulièrement dans l'intimité l'instant de la mort, du moins jusqu'à ce que leur fantaisie devienne insuffisante à satisfaire leurs besoins et qu'ils doivent sortir pour frapper à nouveau. Mais il était peu fréquent qu'ils emportent des morceaux du corps, en raison de la difficulté de les conserver intacts, et d'y avoir accès quand l'assassin le souhaitait. Ils choisissaient généralement des cheveux ou des dents, mais pas des parties susceptibles de subir une détérioration rapide. Emporter un avant-bras et la main ne cadrait pas davantage avec un profil de prédateur sexuel, même si cela ne cadrait pas non plus avec le traitement quasi exquis qui avait été accordé au cadavre pendant des jours.

Ils arrivèrent à Pampelune à l'heure du déjeuner. Contrastant avec le froid extérieur, l'haleine des voyageurs faisait de la buée sur les vitres de la voiture, preuve manifeste de la chaleur à l'intérieur du véhicule, lequel était rendu incommode par la présence du lieutenant Padua, qui avait insisté pour voyager avec eux bien qu'il n'ait pas prononcé un mot jusqu'à maintenant. Quand ils s'arrêtèrent enfin devant l'Institut navarrais de médecine légale, et qu'ils descendirent, une femme entièrement dissimulée sous un parapluie surgit d'un petit groupe qui attendait dans l'entrée et s'avança de quelques pas face aux escaliers.

Amaia sut qui c'était dès qu'elle la vit : ce n'était pas la première fois que les proches d'une victime l'attendaient devant la morgue. On ne leur permettait pas d'assister à l'autopsie. Ils n'avaient rien à y faire. Les autopsies avaient lieu selon le protocole judiciaire, sur ordre du juge, et dans les cas où l'identification du cadavre était nécessaire, celle-ci s'effectuait à travers des écrans de télévision en circuit fermé... Malgré ça, les familles se rendaient devant la porte de l'institut, semblant répondre à un appel, et elles attendaient, espérant presque qu'une infirmière allait venir d'un moment à l'autre pour annoncer que tout s'était bien passé et que leur être cher serait rétabli d'ici quelques jours.

En s'approchant de la femme, Amaia décidée à éviter son regard, entrevit la pâleur de son visage, la supplication de la main tendue, tenant de l'autre celle d'une petite fille âgée de trois ou quatre ans à peine, qu'elle traînait. Amaia pressa le pas.

— Madame, madame, je vous en prie, fit la femme en frôlant d'une main rêche et froide celle d'Amaia. Puis, estimant peut-être avoir été trop loin, elle recula d'un pas et reprit la main de la petite.

Amaia s'arrêta net, pressant du regard Jonan, qui tentait de s'interposer entre elles.

— Madame, je vous en prie, la supplia de nouveau la femme.

Amaia la regarda pour l'inviter à parler.

— Je suis la mère de Johana, dit-elle en guise de présentation, semblant considérer qu'elle affichait un titre suffisamment triste pour se passer de commentaires.

— Je sais qui vous êtes, et je suis vraiment désolée de ce qui est arrivé à votre fille.

— Vous êtes la policière qui enquête sur les crimes du basajaun, c'est bien cela ?

— Oui, c'est exact.

— Mais ce n'est pas le basajaun qui a tué ma fille, n'est-ce pas ?

— Je crains de ne pouvoir répondre à cette question, il est trop tôt pour en être sûrs. Nous en sommes à la toute première phase de l'enquête où nous devons d'abord établir ce qui s'est passé.

La femme fit un pas supplémentaire.

— Mais vous devez le savoir, vous le savez. Vous savez que ma Johana n'a pas été tuée par cet assassin.

— Pourquoi dites-vous ça ?

La femme se mordit les lèvres et regarda autour d'elle, comme si elle allait trouver la réponse dans les grosses gouttes de pluie qui tombaient.

— On a... On a abusé d'elle ?

Amaia posa le regard sur la fillette, qui semblait absorbée dans la contemplation des voitures de patrouille garées en épi.

— Je vous ai dit qu'il était encore trop tôt pour être sûre de quoi que ce soit. C'est impossible avant d'avoir pratiqué la... Enfin...

Soudain, mentionner l'autopsie lui sembla trop violent. La femme s'approcha encore jusqu'à ce qu'Amaia puisse sentir son haleine amère et l'eau de Cologne à la lavande qui imprégnait ses vêtements. Lui prenant la main, elle la lui serra dans un geste qui exprimait à la fois reconnaissance et désespoir.

— Au moins, madame, dites-moi depuis combien de temps elle est morte.

Amaia posa à son tour une main sur celle de la femme.

— Je viendrai vous voir quand j'aurai fini... Enfin, quand ils auront fini de l'examiner, je vous en donne ma parole.

Elle se libéra des tenailles qui l'enserraient, telles des griffes glacées, et se dirigea vers l'entrée.

— Elle est morte depuis une semaine, n'est-ce pas ? affirma la femme d'une voix brisée par l'effort. Depuis le jour où elle a disparu.

Amaia se tourna vers elle.

293

— Elle est morte depuis sept jours. Je le sais, répéta la femme. Sa voix se brisa soudain et elle se mit à pleurer en émettant des gémissements rauques.

Amaia s'approcha d'elle et regarda alentour, évaluant l'effet que produisait les paroles de la mère de Johana sur ses accompagnateurs.

— Comment pouvez-vous le savoir ? murmura Amaia.

— Parce que le jour où ma petite est morte, j'ai senti quelque chose se briser là, à l'intérieur, dit la femme en portant la main à sa poitrine.

L'inspectrice remarqua que l'enfant se cramponnait aux jambes de sa mère et pleurait sans bruit.

— Rentrez chez vous, madame, emmenez votre fille, je vous promets de venir vous voir dès que je pourrai vous en dire plus.

La femme regarda la fillette avec un air d'amour infini, prenant sans doute soudain conscience de sa présence et que son existence lui semblait prodigieuse.

— Non, répondit-elle avec fermeté. J'attendrai ici que vous ayez fini, j'attendrai pour pouvoir emmener ma petite fille.

Amaia poussa la lourde porte, mais elle put encore entendre la prière de la mère :

— Veillez sur ma fille.

Tenant la promesse faite à San Martín, Jonan était entré en salle d'autopsie. Amaia savait que ce n'était pas la première fois, mais il évitait ce moment difficile qui lui était très pénible. Il restait silencieux, appuyé contre la paillasse, et son visage ne reflétait aucune émotion, peut-être parce qu'il se savait observé par les autres, qui plaisantaient parfois sur le fait que, étant docteur – même si c'était en anthropologie et en archéologie –, les autopsies le mettent dans tous ses états. Pourtant, il ne lui échappa guère que Jonan avait les mains dans le dos, comme pour signifier son intention de ne toucher à rien, ni physiquement ni émotionnellement. Avant d'entrer, elle s'était approchée de lui pour lui dire qu'il pouvait décliner l'invitation de San Martín sous un prétexte quelconque, qu'elle pouvait l'envoyer parler à la mère de Johana ou étudier les pistes au commissariat. Mais il avait décidé de rester.

— Je dois entrer, chef, car ce crime me déconcerte, et avec ce que je sais, je n'ai même pas de quoi ébaucher un profil.

— Ce ne sera pas agréable.

— Ça ne l'est jamais.

En temps ordinaire, quand elle arrivait en salle d'autopsie, les techniciens avaient déjà déshabillé le corps, prélevé des échantillons d'ongles et de cheveux et, très souvent, ils avaient même lavé le cadavre. Cette fois, Amaia avait demandé à San Martín de l'attendre avant de retirer les vêtements, car elle pressentait que la façon dont ils avaient été déchirés leur fournirait de nouvelles données. Elle approcha de la table pendant qu'elle attachait une blouse à usage unique dans son dos.

— Bon, mesdames et messieurs, dit San Martín. Allons-y.

Les techniciens commencèrent à prélever des échantillons de fibres, de poussière et de graines collés aux tissus ; puis ils retirèrent le sac en plastique dans lequel ils avaient protégé la main de la fille, où l'on voyait deux ongles cassés qui pendaient, des ongles sous lesquels étaient perceptibles des fragments de peau ensanglantés.

— Que nous dit ce corps? Quelle histoire nous raconte-t-il? lança Amaia à la cantonade.

— Ce crime présente des similitudes avec les autres. Cependant, il y a aussi de nombreuses différences, dit Iriarte.

— À savoir?

— Pour ce qui est des similitudes: l'âge de la fille, la façon dont les vêtements ont été séparés sur les côtés, la cordelette autour du cou... Et, peut-être en partie, la mise en scène ultérieure, précisa Jonan.

— Dans quel sens?

— Je sais que, d'emblée, la façon dont se présente le corps est différente, mais il y a quelque chose de virginal dans la disposition des fleurs. C'est peut-être une évolution dans la fantaisie de l'assassin, ou alors il a voulu distinguer cette victime des autres.

— Au fait, sait-on de quelles fleurs il s'agit? On est en février, je doute qu'il y en ait beaucoup dans la région.

— Oui, j'ai envoyé une photo sur un forum de jardinage, et on m'a répondu tout de suite. Les petites de couleur jaune sont des fleurs de *Calendula officinalis*, elles poussent au bord des chemins, et les fleurs blanches sont des *Camellia japonica*, une variété de camélias que l'on cultive exclusivement dans les jardins. Les gens avec qui j'ai été en contact estiment peu probable qu'elles poussent en forêt, même si elles sont toutes deux de saison, à floraison précoce. En cherchant sur Internet, j'ai vu que, dans certaines cultures, on les utilisait de façon ancestrale comme symbole de pureté, expliqua Jonan, qui s'était renseigné.

Amaia resta quelques secondes silencieuse, soupesant l'idée.

— Je ne sais pas, je ne suis pas convaincu, dit Iriarte.

— Des différences ?

— À l'exception de l'âge, la fille ne cadre pas avec le profil victimologique. Sa façon de s'habiller était presque enfantine – un jean et une veste polaire – et même si les vêtements ont été déchirés, cela semble postérieur. L'assassin l'a fait d'entrée de jeu de façon assez grossière, certains sont en lambeaux. Elle a conservé ses chaussures, des baskets en l'occurrence. Le cadavre apparaît comme sérieusement violenté, mais le duvet pubien n'a pas été rasé. Les mains... La main qui reste est crispée et porte des traces de lutte, en raison des ongles à demi arrachés et des marques en demi-lune dans les paumes qui nous disent qu'elle a serré les poings tellement fort qu'elle s'est enfoncé les ongles dans la chair, dit Iriarte en désignant les blessures. Et bien sûr, il y a l'amputation.

— Que pouvez-vous me dire de l'endroit où elle a été retrouvée ?

— Totalement différent, au lieu de la rivière – un endroit ouvert, naturel, qui suggère la pureté –, on l'a retrouvée dans un lieu couvert, sale et abandonné.

— Qui peut connaître l'existence de cette cabane ? demanda Amaia en s'adressant à Padua.

— Presque toute personne des environs qui sort en montagne. Elle était utilisée par des chasseurs, des randonneurs et des groupes qui montaient s'y restaurer jusqu'à ce que, l'hiver dernier, le toit s'effondre... Toujours est-il que les ordures prouvent que quelqu'un s'y est rendu, il y a peu de temps dans ce but.

— La cause de la mort, docteur ?

— Ma première impression était la bonne, elle a été étranglée à la main. Ce cordon a été placé par la suite, alors que la phase de lividité avait déjà commencé et a été noué. Il est différent de ceux qu'on a retrouvés sur les autres victimes.

— Est-il possible que le meurtrier soit revenu plus tard pour placer le cordon ? Peut-être quand les premiers détails sur les crimes du basajaun... ont été publiés..., suggéra Amaia.

— Oui, la première impression est qu'on a affaire à un imitateur.

— Ou plutôt à un opportuniste. Un imitateur tue en reproduisant la mise en scène d'un autre assassin ; l'opportuniste est un tueur qui ne rend pas hommage au premier assassin mais essaie de déguiser son propre crime pour le faire endosser par un autre.

Le médecin se pencha de nouveau sur le corps avec un écarteur et préleva un échantillon du vagin.

— Il y a du sperme, dit-il en tendant un coton-tige imprégné au technicien, qui l'isola et l'étiqueta. Les parois internes du vagin présentent des déchirures et une légère hémorragie qui s'est interrompue au moment de la mort, probablement au cours du viol, le sang ne s'est donc pas répandu à l'extérieur. Ou alors elle était déjà morte quand c'est arrivé.

Amaia s'approcha du corps.

— Que dites-vous de l'amputation ?

— Elle a été pratiquée *post mortem*, la petite n'a

pas saigné, et on a utilisé un objet extraordinairement tranchant.

— Oui, je vois comment il a rogné l'os. Mais la chair est un peu effilochée dans la partie supérieure.

— Oui, je l'ai remarqué, je penche pour des morsures d'animal. On va prendre une empreinte et je vous dirai ce que c'est.

— Et la cordelette, docteur ?

— On voit au premier coup d'œil qu'elle est différente des autres, plus épaisse et gainée de plastique. Une corde à linge. À vous d'en tirer les conclusions, mais il semble peu probable qu'à ce stade il ait décidé de changer de type de corde.

Les techniciens retirèrent les restes de vêtements et le cadavre se retrouva exposé à la lumière froide du bloc. La lividité formait une carte violacée dans le dos et sur les épaules, sur les fesses et les mollets, là où le sang s'était accumulé quand le cœur de la victime s'était arrêté de battre. L'inflammation avait déformé les contours de ce corps sur lequel les signes de la puberté étaient à peine visibles. En nettoyant le visage de la terre qui le maculait, ils mirent en évidence les marques de plusieurs gifles et l'irritation due à un coup de poing qui lui avait luxé une dent. San Martín l'arracha avec de petites pinces tout en invitant Jonan à se rapprocher. Après l'avoir lavée, l'odeur du parfum subsistait et, mêlée à celle du cadavre en état de décomposition avancée, elle était devenue réellement insupportable. Jonan était très pâle et affecté, et il ne pouvait détourner le regard du visage de la jeune adolescente, mais il restait ferme. Sa respiration était calme, et il faisait alterner lourds silences et questions techniques.

Amaia pensa à l'engouement que suscitaient les séries télévisées policières, où le plus choquant était de voir les personnages résoudre une affaire, parfois deux, en une nuit, grâce à des autopsies, des identifications, des interrogatoires et des tests ADN, tests dont les résultats, dans les cas les plus urgents, n'étaient pas connus en réalité avant quinze jours et, si l'on n'insistait pas suffisamment, environ un mois et demi. Sans parler du fait qu'il n'existait pas en Navarre de laboratoire médico-légal capable de procéder à la moindre analyse d'ADN, et qu'il fallait les envoyer à Saragosse. Tout cela sans compter le coût exorbitant de certains tests, auxquels il était tout simplement impossible de procéder. Mais surtout, c'était la façon dont les enquêteurs des séries se penchaient sur les cadavres, échangeant notes et rapports par-dessus un corps dégageant des gaz et des odeurs nauséabondes, qui l'amusait.

Elle avait lu que certains juges et policiers considéraient comme nocive la connaissance viciée que les jurés avaient des techniques des médecins légistes, très souvent acquises à travers ces fameuses séries, qui les poussaient à demander des tests, des analyses et des comparaisons sans critère aucun. Et ce, même si certains scientifiques pouvaient enfin exposer leurs connaissances sans que leur travail ressemble à du chinois pour les jurés. C'était le cas des entomologistes légistes. Dix ans auparavant, un entomologiste et ses études étaient incompréhensibles pour le commun des mortels, alors qu'aujourd'hui tout le monde ou presque savait que, en établissant l'âge des larves et de la faune cadavérique, on pouvait déterminer avec une grande exactitude la date et le lieu de la mort.

Amaia s'approcha du bac où avaient été déposés les lambeaux de vêtements.

— Padua, ici, on a les restes d'un jean bleu, un blouson en polaire Nike rose pâle, des baskets argentées et des chaussettes blanches. Dites-moi, quels vêtements portait-elle au moment de sa disparition, d'après la plainte ?

— Un jean et un sweat rose, murmura Padua.

— Docteur, vous diriez qu'elle a pu mourir le jour même de sa disparition ?

— C'est fort probable.

— Me permettez-vous d'utiliser votre bureau, docteur ?

— Bien sûr.

Amaia dénoua sa blouse tout en adressant un dernier regard au cadavre, et elle se rendit aux toilettes en disant :

— Jonan, va chercher la mère de Johana.

Même si elle était venue souvent à l'Institut navarrais de médecine légale, elle n'était jamais montée dans le bureau de San Martín, car elle trouvait pratique de signer les rapports dans la petite pièce encombrée, adjacente et réservée aux techniciens. Amaia imaginait bien qu'elle allait trouver un lieu à l'image de son propriétaire, mais le luxe avec lequel la pièce avait été décorée la surprit. Ce bureau occupait certainement plus d'espace qu'il ne lui en revenait rationnellement. Les meubles, de facture pratique, du genre de ceux qu'il convenait d'attendre dans le bureau d'un scientifique de haut niveau, épousaient des lignes sobres et modernes, contrastant avec la collection de sculptures de bronze exposée avec un soin extrême, sous un éclairage étudié. Sur la grande table de réunion reposait une pietà d'environ soixante-dix centimètres qui semblait extraordinairement lourde. Amaia se demanda si on la déplaçait lorsqu'on avait besoin de restituer son emploi premier à la table.

À l'autre bout de la table, la petite sœur de Johana semblait accablée par la quantité de feuilles blanches et le pot à crayons que Jonan avait placés devant elle. La mère contemplait pieusement la pietà. Son visage reflétait les affres de son recueillement, révélé dans le tremblement de ses lèvres.

Jonan s'approcha d'Amaia.

— Elle est en train de prier, expliqua-t-il. Elle m'a demandé si je croyais que la sculpture avait été consacrée.

— Comment s'appelle-t-elle ?

— Inés, Inés Lorenzo. Et la fillette, Gisela.

Elle s'attarda un instant encore sur le seuil, résolue à ne pas interrompre l'oraison, mais la femme sentit sa présence et se dirigea vers elle. Amaia lui fit signe de s'asseoir sur une chaise et en prit une autre. Jonan resta debout près de la porte et l'inspecteur Iriarte opta pour l'une des chaises de la table de réunion, qu'il retourna afin de voir Amaia de face et d'observer la femme de dos.

— Inés, je suis l'inspectrice Salazar, voici le sous-inspecteur Etxaide, l'inspecteur Iriarte, le lieutenant Padua, de la garde civile, je crois que vous vous connaissez déjà.

Padua prit le fauteuil placé derrière la table et le

traîna sur un côté. Amaia apprécia qu'il ait décidé de ne pas s'asseoir près d'eux.

— Inés, commença Amaia. Comme vous le savez, une patrouille de la garde civile a retrouvé aujourd'hui le corps de votre fille.

La femme la regardait fixement, se tenant droite et attentive, elle semblait presque retenir sa respiration.

— L'autopsie a établi qu'elle était morte depuis plusieurs jours. Elle portait les vêtements que vous avez décrits dans la plainte que vous avez déposée à la caserne de la garde civile le jour de sa disparition.

— Je le savais, murmura-t-elle observant Padua d'un air où il n'y avait pas autant de reproche que l'on aurait pu s'y attendre. Amaia craignit qu'elle ne se mette à pleurer. Au lieu de ça, elle la regarda de nouveau et demanda :

— Il l'a violée ?

— Tout indique qu'elle a en effet été agressée sexuellement.

Inés crispa les lèvres dans un geste de retenue intime.

— C'est lui, déclara-t-elle.

— À qui pensez-vous ? s'intéressa Amaia.

Inés se retourna pour jeter un coup d'œil à la petite, qui s'était mise à genoux sur sa chaise et dessinait, à moitié penchée sur la table, partiellement dissimulée par la sculpture. Puis elle se tourna de nouveau vers Amaia.

— Je le crois. Non, je le sais. Mon mari... C'est mon mari qui a tué ma petite fille.

— Pourquoi pensez-vous cela ? Il vous l'a dit ?

— Non, ce n'est pas nécessaire, je le sais, je l'ai

toujours su, mais je ne voulais pas le croire. Je me suis retrouvée veuve à la naissance de Johana, je suis venue en Espagne avec ce que je portais sur moi, et je l'ai rencontré ici. Nous nous sommes mariés, et il a élevé ma fille comme la sienne... Mais du jour au lendemain, tout a changé. Johana le fuyait, je pensais que c'était l'adolescence, vous comprenez ? Elle est devenue jolie, vous l'avez vu, et mon mari a commencé à me dire que je devais la surveiller davantage, parce qu'elle était dans l'âge bête et vous savez, c'est aussi l'âge où elles commencent à s'intéresser aux garçons, et moi... Eh bien, Johana a toujours été très gentille, elle n'a jamais posé de problèmes, elle travaillait bien à l'école, ses professeurs étaient contents. Ils me le disaient toujours. Vous pouvez leur demander, si vous voulez.

— Ce n'est pas la peine, concéda Amaia.

— Elle ne faisait pas partie de ces adolescentes renfrognées. Elle aidait à la maison, elle s'occupait de sa petite sœur, mais il était de plus en plus sur son dos, à cause des horaires, des sorties. Elle se plaignait, et moi... je le laissais faire, parce que je croyais qu'il s'inquiétait pour elle, même si je me rendais parfois compte qu'il exagérait tellement que ça virait au contrôle permanent, et je le lui disais de temps en temps, mais lui, il me répondait : « Si tu la laisses libre, elle sortira avec des garçons et un jour, elle tombera enceinte. » J'avais peur. Mais d'autres fois je voyais comment il la regardait, et je n'aimais pas ça, madame, je n'aimais pas ça du tout. Mais je n'ai rien dit, sauf une fois. Johana portait une jupe courte et se penchait sur sa sœur et je l'ai vu la regarder, cela m'a dégoûtée, et je le lui ai reproché, et il m'a répondu : « C'est comme ça que les hommes regardent ta fille, si elle les provoque. » Parce que maintenant ce n'était plus sa fille, il me disait « ta » fille. Et tout ce que j'ai fait a été de l'envoyer se changer.

Amaia regarda Padua avant de l'interroger.

— D'accord... Votre mari s'occupait beaucoup de Johana, peut-être trop, mais croyez-vous qu'il y ait un rapport avec sa mort ?

— Vous ne le connaissez pas. Il était obsédé, il a même fait installer ce service de localisation de téléphone pour savoir où était la petite à tout moment. Et quand elle a disparu, je lui ai demandé de la chercher avec le localisateur et il m'a répondu : « J'ai résilié le service. J'ai arrêté, ça ne sert plus à rien, elle est partie parce que c'est une fille perdue, tu l'as encouragée, et elle ne reviendra pas, elle ne veut pas qu'on la retrouve, et c'est mieux pour tout le monde. » Voilà ce qu'il m'a dit.

Amaia ouvrit le dossier que lui tendait le lieutenant Padua, lequel semblait par ailleurs résolu à se taire.

— Voyons, Johana a disparu un samedi, et vous avez signalé sa disparition le lendemain, dimanche. Pourtant, vous avez appelé la caserne pour dire que Johana était rentrée à la maison le mercredi suivant pendant que vous étiez au travail pour prendre ses affaires, sa carte d'identité, ses vêtements et un peu d'argent, et pour dire qu'elle partait avec un garçon. C'est exact ?

— Oui, j'ai téléphoné parce qu'il m'a dit de le faire. Je suis arrivée à la maison, il m'a raconté que la petite était partie et qu'elle avait emporté ses affaires. Pourquoi est-ce que je ne l'aurais pas cru ? Johana était déjà allée à deux reprises se réfugier quelques jours chez une amie quand il la disputait. Mais je savais qu'elle reviendrait et je le lui disais : « Elle reviendra, parce qu'elle n'a pas emporté sa petite souris. » Une peluche qu'elle avait depuis l'enfance, elle la gardait toujours sur son lit. Et je savais que si, un jour, ma fille quittait la maison pour de bon elle emporterait Grandes-Dents, c'est comme ça qu'elle l'appelait. Ce jour-là, je suis entrée dans la chambre, j'ai vu qu'elle n'y était plus et mon cœur a fait un bond... Je l'ai cru.

— Qu'est-ce qui a changé la donne pour que vous retourniez à la caserne le lendemain demander aux gardes civils de continuer les recherches ?

— Les vêtements. Je ne sais pas si vous savez comment sont les adolescents avec les vêtements. Mais moi, je la connaissais très bien, et quand j'ai vu ceux qui manquaient, j'ai su que ma petite n'était pas passée. Elle avait un tee-shirt spécial à assortir avec une jupe ou un pantalon et elle n'en avait emporté qu'une partie, des vêtements d'été qu'elle ne peut pas mettre pour l'instant, un pull trop petit pour elle... Il restait même ses vêtements tout neufs, cela faisait à peine une semaine qu'elle m'avait tannée pour les lui acheter.

— Où est votre mari, en ce moment ?

— Ce matin, quand les gardes sont venus pour nous dire qu'ils avaient trouvé un corps, il est devenu blanc comme un linge et tellement malade qu'il pouvait à peine tenir debout. Il a dû aller se coucher, mais je crois qu'il est malade parce qu'il sait ce qu'il a fait, et il sait que vous allez venir l'arrêter. Vous le ferez, n'est-ce pas ?

Amaia se leva.

— Je vais demander à un véhicule de vous reconduire. (La femme voulut protester, mais Amaia l'interrompit.) Pour l'instant, le corps de votre fille va rester ici, et j'ai besoin de votre aide. J'ai besoin que vous retourniez chez vous. Je veux en finir pour que Johana et ceux qui l'aimaient puissent avoir l'esprit en paix, mais pour ça, vous devez faire ce que je vous demande.

Inés leva la tête jusqu'à trouver son regard.

— Je ferai ce que vous voudrez.

Et elle se mit à pleurer.

Du bureau d'en face, ils parvenaient à voir Inés repliée sur elle-même pressant contre son visage un mouchoir blanc en tissu qu'elle avait tiré de son sac et qui était déjà trempé. La petite, postée à deux pas de sa mère, la regardait, désolée, sans oser la toucher.

— Comment s'appelle le mari ?

Padua, resté silencieux jusqu'alors, se racla la gorge pour s'éclaircir la voix, qui sortit malgré tout faible et trop basse.

— Jasón, Jasón Medina, dit-il en s'effondrant littéralement dans un fauteuil.

— Vous vous rendez compte qu'elle n'a pas prononcé son nom une seule fois.

Padua sembla réfléchir.

— Dites-moi comment on peut faire. Je veux interroger Jasón Medina, à vous de me dire si je le fais à la caserne ou au commissariat.

Le lieutenant Padua se redressa un peu et détourna le regard vers un point sur le mur avant de répondre :

— Ce serait bien de le faire au commissariat, en fin de compte c'est nous qui menons l'enquête et avons trouvé le corps, et si vous écartez le fait que ce soit un crime imputable au basajaun... Je vais appeler tout de suite pour qu'il soit interpellé et transféré à la caserne. De toute façon, je mentionnerai votre collaboration.

Padua se leva, reprenant ainsi sa contenance, et, palpant sa veste, il en sortit un portable, composa un numéro, s'excusa maladroitement, puis quitta la pièce.

— « De toute façon, je mentionnerai votre collaboration », l'imita Jonan. Quel connard.

— Qu'en pensez-vous ? demanda Amaia.

— Comme je vous le disais, c'est un imitateur. Pour moi, ça ne cadre pas avec le basajaun, et le fait que le mari ne soit pas le père est bien sûr un élément à prendre en compte. De nombreuses agressions sexuelles à l'encontre de jeunes filles sont commises par le conjoint de la mère. Le fait qu'il ne parle plus de Johana comme de sa fille l'aide à prendre de la distance et à la voir comme une femme parmi d'autres, et non plus comme un membre de sa famille. Et il est assez bizarre qu'il ait menti en disant que la petite était à l'école le mercredi.

— Il l'a peut-être fait pour rassurer sa mère, suggéra Jonan.

— Ou alors parce qu'il l'avait violée et assassinée et qu'il savait que la petite ne rentrerait pas ; son obsession a cessé d'un coup au point de résilier le service de localisation.

Amaia les observait, songeuse, la bouche crispée dans une expression de non-conformisme et de doute.

— Je ne sais pas, je suis presque sûre que le père a une responsabilité quelconque dans l'affaire, mais il y a des détails qui ne collent pas. Bien sûr, ce n'est pas le basajaun qui a tué Johana, l'assassin est ici un pâle imitateur qui a lu la presse et a décidé de déguiser son crime avec les éléments dont il se souvenait. D'un côté, il y a un fort aspect sexuel dans l'agression préalable, avec ce désir de domination qui lui a fait perdre la tête et la frapper avec une violence inouïe, lui arracher ses vêtements, l'étrangler... Et en même temps, il y a dans ce crime une délicatesse qui frôle l'adoration. Je conçois deux profils si opposés que j'oserais presque dire qu'il y a deux assassins, qui sont si opposés dans leurs modes opératoires et dans la représentation de leurs fantaisies qu'il serait impossible qu'ils collaborent au même crime. C'est comme si on avait affaire à une sorte de Mr Hyde cruel, bestial, sanguinaire, et de Dr Jekyll méthodique, scrupuleux et envahi par le remords, qui n'a pas hésité à emporter l'avant-bras de l'adolescente, mais qui a cependant voulu préserver le cadavre au point de verser du parfum sur lui, peut-être pour exacerber l'impression de vie, peut-être pour exacerber sa propre fantaisie.

Padua fit à nouveau irruption dans le petit bureau, son portable à la main.

— Jasón Medina s'est enfui, une patrouille vient de se présenter à son domicile pour le conduire à la caserne, et ils ont trouvé la maison vide, il est parti si vite qu'il en a même oublié de fermer la porte. Les tiroirs et les placards étaient sens dessus dessous, comme s'il avait pris le minimum pour se tirer, et sa voiture a disparu.

— Conduisez sa femme sur les lieux au plus vite, qu'elle vérifie s'il manque de l'argent et s'il a emporté son passeport, il peut chercher à quitter le pays. Ne la laissez pas seule, placez un agent dans la maison. Et lancez un avis de recherche et d'arrestation contre Jasón Medina.

— Je sais ce que j'ai à faire, fit Padua sèchement.

30

La pluie, qui était tombée toute la journée, redoubla à l'approche d'Elizondo. La lumière du soir avait déserté vers l'ouest dans une fuite éperdue et furtive, lui laissant une fois de plus cette sensation de dépossession devenue habituelle les soirs d'hiver et qui continuait cependant à la mettre de mauvaise humeur chaque jour, générant déception et frustration. Un brouillard épais descendait le long des pentes, lent et lourd, se déplaçant à quelques mètres du sol et renforçant l'image de bateau naviguant en haute mer que le nouveau commissariat avait fait naître dans son esprit la première fois qu'elle l'avait vu.

Amaia transféra sur son ordinateur les photos qu'ils avaient prises le matin même à la cabane et se livra pendant une heure à une minutieuse observation des images. Le lieu que l'assassin de Johana avait choisi était un message en soi, un message si différent de celui des autres crimes qu'il devait nécessairement contenir la clé du mystère. Pourquoi avoir choisi cet endroit et pas un autre ? Padua avait dit qu'il était fréquenté par des chasseurs et des excursionnistes, mais ce n'était pas la saison de la chasse et les excursionnistes ne referaient pas leur apparition avant le printemps. Celui qui avait amené Johana là devait le savoir et avoir la certitude qu'il ne serait pas interrompu et qu'il pourrait exécuter son plan jusqu'au bout. Elle revint sur une photo prise exactement là où commençait la piste de terre. De cet endroit la cabane était invisible. Puis elle s'empara du téléphone et composa le numéro du lieutenant Padua.

— Inspectrice Salazar, j'allais vous appeler. Nous avons accompagné Inés au distributeur et, après vérification, elle a constaté que son mari avait vidé le compte ; il semble qu'il l'ait fait dès qu'elle a quitté la maison. Il manque également le passeport, nous avons prévenu les gares et les aéroports.

— Bien, mais je vous appelle pour autre chose…
— Oui.
— Quel est le métier de Jasón Medina ?
— Il est mécanicien auto, il travaille dans un atelier du village… Vidange d'huile et pneus… Nous avons demandé une commission pour le perquisitionner…

Le commissariat était silencieux. Après la journée tendue à Pampelune, elle avait envoyé Jonan et Iriarte manger un morceau dès qu'ils étaient arrivés à Elizondo.

— Je ne crois pas pouvoir avaler quoi que ce soit, avait dit Jonan.

— Vas-y quand même, tu serais surpris des miracles que peuvent produire un sandwich au calamar et une bière.

Tenant une tasse de café si chaude qu'elle pouvait

à peine la boire par petites gorgées, elle étudiait les photos des lieux, sûre qu'elles contenaient des indices importants. Elle n'entendait dans son dos que le son de pages que l'on tournait provenant du bureau de Zabalza.

— Vous êtes resté ici toute la journée, sous-inspecteur ?

Son dos se raidit soudain comme s'il se sentait mal à l'aise.

— Ce matin oui, cet après-midi, je suis sorti un moment.

— Je suppose qu'il n'y a rien de nouveau.

— Pas grand-chose. L'état de Freddy est stationnaire et il n'y a pas de nouvelles du labo. Les spécialistes en plantigrades ont appelé à propos d'un rendez-vous auquel vous n'êtes pas allée, je leur ai expliqué qu'aujourd'hui vous n'étiez pas disponible. Ils ont laissé des numéros de téléphone et leur adresse, ils sont à l'hôtel Baztán, à environ cinq kilomètres d'ici.

— Je connais.

— C'est vrai, j'oublie toujours que vous êtes d'ici.

Amaia pensa qu'elle ne s'était jamais sentie moins d'ici qu'en cet instant.

— Je les rappellerai plus tard...

Elle envisagea la possibilité de demander des nouvelles de Montes, puis se décida enfin.

— Zabalza, vous savez si l'inspecteur Montes est passé aujourd'hui ?

— En tout début d'après-midi. Comme le mandat pour les farines venait d'arriver, on est allés à Vera de Bidasoa, puis dans cinq autres usines de la vallée.

Puis, on est rentrés et on a envoyé les échantillons au laboratoire en respectant le processus.

Zabalza semblait un peu nerveux pendant qu'il expliquait son itinéraire, comme s'il avait été soumis à un examen. Amaia se rappela l'incident de l'hôpital et décida que le sous-inspecteur Zabalza était le genre de personne qui transforme tout en critique personnelle.

— ... Inspectrice ?

— Pardon, je n'ai pas entendu.

— Je disais que j'espérais que tout allait bien, que vous étiez satisfaite de notre travail.

— Oh, oui, tout va bien, très bien, maintenant nous n'avons plus qu'à attendre les résultats.

Zabalza ne répondit pas. Il continua à vérifier des données sur son bureau mais observa Amaia quand elle se pencha de nouveau sur l'ordinateur. Il ne l'aimait pas, il avait entendu parler d'elle, l'inspectrice vedette qui avait travaillé pour le FBI aux États-Unis, et maintenant qu'il la connaissait, il la trouvait arrogante, rusée, et elle semblait attendre que tout le monde lui fasse la révérence sur son passage. Il se sentait mal à l'aise parce que, dans le fond, il savait qu'il avait fait une gaffe avec sa sœur, mais depuis qu'elle était là, même Iriarte semblait accorder davantage d'importance à des choses qui, à vrai dire, n'en avaient pas tellement. Et maintenant cette fixation sur Montes, un type de la vieille école qu'il aimait bien, lui, et il supposait que c'était en partie parce qu'il avait le cran de résister à l'inspectrice. Il se sentait frustré parfois par cette enquête qui n'allait nulle part, obligé qu'il était de supporter les excès d'autorité de l'inspectrice Salazar, qui, à son avis, était totalement à côté de la plaque. Il se demandait combien de temps allait mettre le commissaire général à confier l'affaire à un inspecteur digne de ce titre qui ne se comporterait pas comme un flic de série américaine. Son portable vibra dans sa poche, indiquant qu'il avait un nouveau message. Avant même de le lire, il reconnut le numéro, il avait effacé le nom du correspondant depuis des mois, mais il continuait à recevoir des messages et à les ouvrir. Sur l'écran, un torse masculin couvert de petites gouttes de sueur qu'il identifia immédiatement, et il fut pris d'un désir envoûtant qui le poussa malgré lui à se passer la langue sur les lèvres. Il prit soudain conscience de l'endroit où il se trouvait et, d'un geste pudique, cacha le mobile dans ses mains avant de regarder derrière lui comme s'il s'attendait à voir quelqu'un. Il masqua la photo, mais ne l'effaça pas. Il ne savait que trop ce qui allait se passer maintenant ; son humeur allait empirer de jour en jour, en même temps que sa culpabilité croîtrait. Il voulait rester avec Marisa, il était avec elle depuis huit mois, il l'aimait, elle était jolie, sympathique, ils s'amusaient bien ensemble, mais... cette photo allait le torturer toute la semaine, parce qu'il n'avait pas le courage de l'effacer. Il allait essayer, comme avec les précédentes, mais il savait que la nuit, quand il se retrouverait seul, après qu'elle serait rentrée chez elle, il regarderait une dernière fois les photos avant de les effacer, et non seulement il ne les effacerait pas, mais il devrait faire un violent effort sur lui-même pour ne pas composer le numéro de Santy, pour ne pas lui demander de venir chez lui, pour vaincre le désir sauvage que lui inspirait son corps. Il l'avait connu un an plus tôt au gymnase. À l'époque, Santy fréquentait une fille depuis deux ans et Zabalza était seul. Ils se donnaient rendez-vous pour aller courir, pour boire un verre, il lui présenta même quelques filles avec lesquelles il était sorti à plusieurs reprises, jusqu'à un matin d'été où, après avoir couru, Santy avait pris une douche chez lui – c'était plus près du stade, et quand il était sorti de la douche nu et mouillé, ils s'étaient regardés dans les yeux et, un instant plus tard, ils étaient au lit. Tous les matins pendant une semaine, ils s'étaient retrouvés chez lui, et, tous les matins, le désir avait été plus fort que la mauvaise conscience et la ferme décision de ne pas recommencer. Une semaine plus tard, il avait repris le travail. Et il avait commencé à sortir sérieusement avec Marisa. Il avait annoncé à Santy qu'ils ne se verraient plus et il lui avait demandé de ne plus l'appeler. Ils avaient tous deux tenu leur promesse, mais Santy pratiquait ce genre de résistance passive, ne l'appelant pas mais lui envoyant des photos de son corps nu qui parvenaient à le tourmenter jusqu'à l'empêcher de penser à autre chose qu'à lui et au sexe avec lui. Ces images s'infiltraient dans son esprit à tout moment, faisant naître au fond de son cœur une peine indescriptible, surtout quand le sexe avec Marisa s'éternisait en des sortes de gémissements de chat qui mettaient fin à son désir et lui ramenaient en tête les étreintes passionnées, vertigineuses et fébriles avec Santy. Il se sentait irrité et impatient comme quelqu'un qui attendrait une révolution, une vague, ou un vent de tempête qui renverserait tout, qui en finirait une bonne fois pour toutes avec sa confusion en apportant un matin neuf qui effacerait les huit derniers mois. Se demandant jusqu'à quand il pourrait supporter cette pression, il reporta son regard sur l'inspectrice qui travaillait sur son ordinateur, visionnant à nouveau les clichés qu'ils avaient étudiés cent fois, et il la détesta pour tout ça.

Amaia observait les photos prises à l'intérieur de la cabane. Devant la cheminée, un vieux balai en paille appuyé dans un coin recouvrant partiellement un petit tas d'ordures. Se concentrant sur un recadrage préalable, elle zooma à plusieurs reprises sur l'image jusqu'à ce qu'elle soit sûre de ce qu'elle voyait. Elle composa le numéro du domicile de Johana et attendit d'entendre la voix plaintive d'Inés.

— Bonsoir, Inés, je suis l'inspectrice Salazar.

Pendant deux ou trois minutes, elle écouta son interlocutrice lui détailler ce qu'elle avait découvert en arrivant à la maison, l'argent qui manquait, les papiers et le reste. Elle attendit patiemment pendant que la femme bavardait, en proie à une excitation proche du triomphe en voyant ses soupçons confirmés. Quand l'avalanche cessa, ce fut au tour d'Amaia de parler :

— Je connaissais ces informations, le lieutenant Padua m'a appelée il y a une demi-heure... Mais il y a un point sur lequel vous pourrez peut-être m'aider. Votre mari est bien mécanicien automobile ?

— Oui.

— Il a toujours pratiqué ce métier ?

— En République dominicaine, oui, mais quand il est venu ici, au début, aucun garagiste n'a voulu l'embaucher et il a travaillé pendant un an pour un éleveur.

— Il faisait quoi, précisément ?

— Il était berger. Il devait conduire les brebis dans la montagne. Il passait parfois plusieurs jours d'affilée à l'extérieur.

— Je voudrais que vous regardiez dans le frigo, dans les placards de la cuisine, du garde-manger, à n'importe quel endroit servant à ranger les provisions. Regardez et dites-moi s'il manque quelque chose.

Amaia entendit la respiration agitée de la femme et ses pas rapides.

— Mon Dieu, il a emporté toute la nourriture, inspectrice !

Amaia l'interrompit avec toute l'amabilité dont elle était capable et appela Padua.

— Il ne cherche pas à quitter le pays, du moins pas de la façon habituelle. Il a emporté des provisions pour plusieurs semaines ; il est certainement dans la montagne, il connaît les itinéraires des bergers comme sa poche. S'il quitte le pays, il le fera en passant la frontière pyrénéenne sans se faire repérer, grâce à sa connaissance de la région. Et il connaissait l'existence de la cabane, il y avait des excréments de brebis sur les lieux ; même s'ils avaient été balayés, ils étaient en tas devant la cheminée. Il faut prendre contact avec son ancien patron. Inés m'a dit que c'était un éleveur d'Arizkun, appelez-le, il peut nous être d'une aide précieuse pour les chemins et les refuges.

Malgré le silence, Amaia devinait l'humiliation que ressentait Padua à l'autre bout de la ligne, et soudain elle se sentit furieuse. Certes, il ne méritait pas d'être félicité, il n'avait pas fait du bon travail, mais sa propre enquête patinait et elle n'avait aucun suspect en vue.

— Lieutenant, nous sommes flics, cela restera entre vous et moi.

Padua murmura un remerciement précipité et raccrocha.

31

— Je suis une petite fille, juste une petite fille, pourquoi ne m'aimes-tu pas ? murmura-t-elle.

La fillette pleurait pendant que la terre recouvrait son visage. Mais le monstre était sans pitié.

La rumeur de la rivière lui parvenait, toute proche, l'odeur minérale envahissait son nez et le froid des pierres gagnait son dos alors qu'elle gisait au bord de l'eau. L'assassin se penchait sur elle pour coiffer ses cheveux sur les côtés, en de parfaites mèches dorées qui dissimulaient presque sa poitrine nue. Et elle cherchait ses yeux, désespérant d'y trouver de la pitié. Le visage de l'assassin s'immobilisait à côté du sien, si près qu'elle pouvait sentir son odeur millénaire de forêt, de rivière, de pierre. Elle regarda ses yeux et découvrit que là où aurait dû résider son âme, il n'y avait que deux puits sombres, noirs, insondables, et elle voulut crier, elle voulut faire sortir l'horreur qui lui tenaillait le corps et qui finirait par la rendre folle. Mais sa bouche ne s'ouvrait pas, sa gorge ne pouvant pas laisser monter les hurlements qui naissaient en elle, car elle était morte. Il sut que c'était la mort des assassinés, une volonté de crier une horreur qui reste en soi... Pour toujours. Elle vit son angoisse, la douleur, la condamnation, et se mit à rire jusqu'à ce que son rire remplisse tout. Alors elle se pencha de nouveau sur elle et murmura :

— N'aie pas peur de l'ama, petite sorcière. Je ne vais pas te manger.

Le téléphone vrombissait sur la table de nuit en bois, produisant un bruit de scie sauteuse. Amaia s'assit sur le lit, troublée et effrayée, presque sûre d'avoir crié, et, pendant qu'elle écartait les mèches de cheveux trempés qui s'étaient collées à son front et à son cou, elle regarda l'appareil qui se déplaçait sur la table sous l'effet de la vibration, à la manière d'un scarabée géant et maléfique.

Il lui fallut quelques secondes pour se calmer. Malgré tout, les battements de son cœur résonnaient comme des coups de tambour à l'intérieur de son oreille quand elle approcha l'écouteur de son oreille.

— Inspectrice Salazar?

La voix d'Iriarte la ramena à la réalité comme par enchantement.

— Oui, je vous écoute.

— Je vous ai réveillée? Je suis désolé.

— Ne vous inquiétez pas, ça n'a pas d'importance, répondit-elle. «Je lui dois presque un service», pensa-t-elle en même temps.

— C'est à propos de quelque chose dont je me suis souvenu. Quand vous avez vu le corps, vous avez dit quelque chose qui me trotte dans la tête depuis. «C'est Blanche-Neige», vous vous rappelez? C'est sinistre, mais moi aussi j'ai eu cette impression, et votre commentaire n'a fait que conforter ma sensation d'avoir vu cette scène auparavant, ailleurs, dans un autre contexte. Ça m'est enfin revenu. Cet été, j'étais avec ma femme et mes enfants dans un hôtel sur la côte, vers Tarragone, un de ces endroits où il y a une grande piscine et un club de loisirs pour les gamins. Un matin, on s'est rendu compte que les enfants étaient particulièrement nerveux, un peu bizarres, à la fois affectés et excités. Ils allaient et venaient dans le jardin, ils ramassaient des pelles, des cailloux, des fleurs ; ils se comportaient de façon plutôt mystérieuse. Je les ai suivis et j'ai vu au moins une douzaine parmi les plus petits d'entre eux rassemblés dans un coin du jardin et formant un cercle ; je me suis approché et j'ai vu qu'ils avaient organisé une petite cérémonie funèbre pour un moineau mort qu'ils avaient placé sur un tas de mouchoirs en papier, entouré de galets ronds et de coquillages au centre de leur cercle, et, autour du petit oiseau, ils avaient placé des fleurs en guirlande. J'en ai été ému. Je les ai félicités pour leur initiative, puis je les ai avertis des maladies que pouvait transmettre un oiseau mort et je leur ai dit qu'ils devaient vite se lever et aller se laver les mains. Je suis parvenu à les convaincre mais ça n'a pas été sans mal. À force de jouer avec eux, j'ai réussi à leur ôter le petit oiseau de la tête, mais, pendant des jours, j'ai vu plusieurs d'entre eux s'approcher du cadavre du moineau. J'en ai parlé à un responsable et il l'a ramassé au milieu des récriminations des gamins, quoiqu'à ce moment le petit animal ait déjà été truffé de vers.

— Vous croyez que c'est l'enfant qui l'a trouvé ?
— Le père a dit que son fils était allé dans la montagne avec des amis. Je pense que les enfants ont peut-être trouvé le cadavre, pas le jour où ils en

ont parlé, mais avant, et qu'ils ont décidé de préparer une cérémonie avec les fleurs et tout le reste. Et puis, j'ai constaté que les empreintes sur le flacon de parfum étaient plutôt petites. On a d'abord supposé qu'elles appartenaient à une femme, mais elles pouvaient aussi correspondre à celles d'un enfant. Je suis presque sûr que c'étaient eux.

— Blanche-Neige et ses nains.

Mikel avait huit ans, et il savait déjà ce que c'était que d'être confronté à un sérieux problème. Assis sur la chaise en face du bureau d'Iriarte, il balançait les pieds d'avant en arrière, tentant de se calmer pendant que ses parents lui adressaient des sourires de circonstance qui, loin de le tranquilliser, semblaient vouloir s'assurer qu'il comprenait bien le message muet de leurs regards. Sa mère avait arrangé à trois reprises au moins ses vêtements et ses cheveux, et à chaque fois elle l'avait regardé avec cet air inquiet qu'elle avait quand elle n'était pas entièrement sûre de ce qui se passait. Son père avait été plus direct : « Ne t'inquiète pas, il ne t'arrivera rien. On te posera des questions, contente-toi de dire la vérité le plus clairement possible. » La vérité. Pour qu'elle soit claire, il aurait dû la dire sur le moment. Maintenant qu'il avait vu arriver ses amis accompagnés de leurs parents, défilant dans le couloir devant la porte ouverte par hasard, et qu'ils avaient échangé des coups d'œil désespérés, il savait qu'il n'avait plus d'échappatoire. Jon Sorondo, Pablo Odriozola et Markel Martínez. Markel avait dix ans et saurait peut-être tenir sa langue, mais Jon était un gamin, il se déballonnerait à la première question. Il tourna une nouvelle fois la tête vers ses parents, soupira et s'adressa à Iriarte.

— C'était nous.

Il leur fallut une bonne demi-heure pour calmer les parents et les convaincre qu'un avocat n'était pas nécessaire, même s'ils pouvaient en appeler un s'ils le souhaitaient ; leurs enfants n'étaient accusés d'aucun délit, mais il était vital de leur parler. Ils finirent par accepter et Amaia décida de les emmener tous dans la salle de réunion.

— Bon, les enfants, commença Iriarte, quelqu'un veut me raconter ce qui est arrivé ?

Ils se regardèrent les uns, les autres, puis ils se tournèrent vers leurs parents sans rien dire.

— D'accord, vous préférez que je pose les questions ?

Ils firent signe que oui.

— Vous alliez souvent dans cette cabane ?

— Oui, répondirent-ils en chœur, comme une classe timide d'élèves apeurés.

— Qui l'a trouvée ?

— Mikel et moi, répondit Markel dans un murmure, qui n'était cependant pas dépourvu d'orgueil.

— C'est très important, vous vous souvenez du jour ?

— Dimanche, répondit Mikel. C'était l'anniversaire de ma grand-mère.

— Alors, vous avez découvert la fille, vous avez prévenu les autres et vous êtes revenus chaque jour pour la voir.

— Pour la soigner, précisa Mikel.

Sa mère mit la main sur sa bouche horrifiée.

— Mais, mon Dieu, elle était morte ! s'exclama le père.

Un sentiment de confusion et de répugnance parcourut tous les adultes, qui commencèrent à murmurer entre eux. Iriarte essaya de les calmer.

— Les enfants ont une façon différente de voir les choses, et la mort leur inspire une grande curiosité. Alors, vous y retourniez pour la soigner, dit-il en s'adressant à eux. Et vous l'avez bien soignée, mais c'est vous qui avez mis les fleurs ?

Silence.

— Où en avez-vous trouvé autant ? En ce moment, il n'y en a presque pas dans les champs...

— Dans le jardin de ma grand-mère, admit Pablo.

— C'est vrai, confirma la mère. Ma mère m'a appelée, elle m'a dit que le petit allait cueillir tous les jours des fleurs sur un arbuste. Elle m'a demandé si c'était pour me les apporter, et je lui ai répondu que non. J'ai pensé que c'était pour une petite copine.

— Et c'était le cas, dit Iriarte.

La mère frissonna en y songeant.

— Vous avez aussi apporté du parfum ?

— J'ai pris celui de ma mère, répondit Jon, presque dans un murmure.

— Jon ! s'exclama sa mère. Comment... ?

— C'était un que tu n'utilisais pas, le flacon était plein dans le placard de la salle de bains...

Elle porta une main à son front en comprenant que son fils avait pris le parfum le plus cher, celui qu'elle portait le moins souvent, qu'elle réservait pour les occasions spéciales.

— Bon sang, tu as pris le *Boucheron* ?

Elle sembla plus indignée qu'il ait emporté un

parfum à cinq cents euros que par le fait qu'il l'ait versé sur un cadavre.

— À quoi servait-il ? l'interrompit Iriarte.

— C'était pour l'odeur.

— C'est pour cela que vous avez mis les désodorisants ?

Ils acquiescèrent tous les quatre.

— Tout notre argent de poche y est passé, dit Markel.

— Vous avez touché quelque chose sur le corps ?

Amaia remarqua que la question incommodait les parents, qui s'agitèrent sur leurs sièges et prirent une inspiration en lui adressant un regard de reproche.

— Elle était découverte, dit l'un des garçons pour se justifier.

— Elle était nue, dit Mikel.

Un petit rire gagna les gamins, mais il fut rapidement interrompu par l'air horrifié de leurs parents.

— Alors vous l'avez recouverte ?

— Oui, avec ses vêtements... déchirés, dit Jon.

— Et avec le matelas, admit Pablo.

— Vous avez remarqué s'il lui manquait quelque chose ? Réfléchissez bien avant de répondre.

Ils échangèrent de nouveau un regard affirmatif et Mikel parla.

— On a essayé de lui prendre le bras pour lui faire tenir le bouquet, mais on a vu qu'elle n'avait pas de main, alors on l'a laissée comme ça, parce que ça nous faisait peur de voir la blessure.

Amaia s'émerveilla du fonctionnement de l'esprit enfantin. Ils avaient peur d'une blessure et ils étaient pourtant incapables de sentir la menace implicite que cela supposait de trouver un cadavre violenté. Ils avaient peur d'une coupure nette, quoique impressionnante, mais ils avaient passé tout leur temps libre au cours de cette dernière semaine à veiller un cadavre qui se décomposait progressivement sans éprouver aucun sentiment de dégoût, ou de peur, ou alors un dégoût et une peur dépassés par la curiosité et par cette servilité sectaire dont peuvent faire preuve les enfants, et qui la surprenait toujours quand elle y était confrontée.

Elle intervint :

— La cabane était très propre, c'est vous qui l'avez nettoyée ?

— Oui.

— Vous avez balayé, désodorisé et tenté de brûler les ordures...

— Mais il y avait beaucoup de fumée et on a eu peur que quelqu'un l'aperçoive et vienne voir, alors...

— Vous avez vu quelque chose qui ressemble à du sang, ou à du chocolat sec ?

— Non.

— Rien n'avait été renversé près du cadavre ?

Ils secouèrent plusieurs fois la tête de gauche à droite pour signifier que non.

— Vous y alliez tous les jours, n'est-ce pas ? Vous avez remarqué si quelqu'un d'autre que vous était venu ces jours-ci ?

Mikel haussa les épaules. Amaia se dirigea vers la porte.

— Merci pour votre collaboration, dit-elle en s'adressant aux parents. Et vous, vous devez savoir que si vous trouvez un cadavre, il faut appeler la police immédiatement. Cette jeune fille avait une famille à qui elle manquait ; et puis, sa mort n'a pas été naturelle, et le temps mis avant d'en parler à la police pourrait permettre à son assassin, la personne qui l'a tuée, de s'échapper. Vous comprenez l'importance de ce que je vous dis ?

Ils acquiescèrent.

— Que va-t-il se passer maintenant pour elle ? voulut savoir Mikel.

Iriarte sourit en pensant à ses propres enfants. Des nains de Blanche-Neige. Ils se trouvaient dans un commissariat, on venait de les interroger, leurs parents balançaient entre horreur et incrédulité, et eux se souciaient de leur princesse morte.

— Nous allons la rendre à sa mère. Elle pourra l'enterrer... Ils mettront des fleurs...

Ils se regardèrent et hochèrent la tête, satisfaits.

— Vous pourrez peut-être aller sur sa tombe au cimetière.

Ils sourirent, enthousiasmés, et leurs parents lui adressèrent un dernier regard scandalisé par sa suggestion avant d'entraîner leurs rejetons vers la sortie.

Amaia s'assit devant le panneau sur lequel ils avaient ajouté les photos de Johana. Iriarte entra avec Zabalza et sourit ouvertement en plaçant un café au lait devant elle.

— Blanche-Neige, dit-il en riant. Ces pauvres enfants me font de la peine, leurs parents vont les emmener directement chez le psy. Et bien sûr, finies les excursions en montagne.

— Bon, que feriez-vous si c'étaient vos enfants ?

— Eh bien ! j'essaierais de ne pas être trop dur. Il y a quelque temps je vous aurais répondu autre chose, mais aujourd'hui j'ai des enfants, inspectrice, et je vous assure que j'ai beaucoup appris grâce à eux ces dernières années. Partir en exploration, on l'a tous fait, surtout ceux qui ont grandi à la campagne. Vous qui avez vécu ici, vous êtes certainement descendue à la rivière.

— Oui, ça me semble normal, simple curiosité enfantine, mais là, il s'agit d'un cadavre. On imaginerait que c'est le genre de chose qui ferait partir des gamins en courant et en criant.

— Peut-être la majorité d'entre eux, mais une fois dépassée la peur initiale, ils estiment sûrement qu'il n'y a pas de quoi en faire un plat. Le facteur peur chez les petits a davantage rapport avec l'imagination qu'avec la réalité, aussi, la plupart du temps, les enfants finissent-ils par être des victimes, car ils ne sont pas capables de distinguer risques réels et imaginaires. Je suppose qu'ils ont dû avoir la trouille en la voyant, mais après, la curiosité et la morbidité ont eu le dessus, les gamins sont incroyablement morbides. Je sais que ce n'est pas comparable, mais quand j'avais sept ans, on a trouvé un chat mort, on l'a enterré sous un tas de gravier dans un chantier, on a fait une croix avec des bâtons, on a mis des fleurs et on a même prié pour lui, mais, une semaine plus tard, les amis de mon frère l'ont déterré pour voir dans quel état il était puis enterré à nouveau.

— Oui, cela cadre davantage avec la curiosité enfantine, mais ce n'était qu'un chat. Ils auraient dû être effrayés dans le cas présent, il existe un rejet implicite dans notre nature vis-à-vis du cadavre humain car nous nous identifions à sa forme.

— Chez les adultes, oui, mais chez les gamins,

c'est différent. Ce n'est pas la première fois que cela arrive. Il y a quelques années, on a découvert à Tudela le cadavre d'une fille qui avait disparu de chez elle depuis quelques jours. Elle était morte d'une overdose et des gamins ont trouvé le cadavre ; au lieu de le signaler, ils l'ont recouvert de plastique et de branches. Quand la police l'a découvert, les circonstances ont suscité de nombreux doutes sur ce qui était arrivé ; l'autopsie a révélé l'overdose et les multiples traces que les gamins avaient laissées ont conduit jusqu'à eux, mais la première impression des enquêteurs avait été altérée à cause d'eux.

Jonan frappa du bout des doigts à la porte tout en ouvrant.

— Inspectrice, le lieutenant Padua vient d'appeler, ils ont arrêté Jasón Medina à Goramendi. Il était dans une cabane, en montagne, à proximité d'Eratzu. On a également retrouvé sa voiture à douze kilomètres de là, à demi dissimulée dans les arbres. Dans le coffre, il y avait un sac de sport contenant des vêtements féminins, les papiers de Johana et une souris en peluche. Il est à la caserne de Lekaroz. Padua a dit qu'il vous attendrait pour commencer l'interrogatoire.

— Quelle amabilité ! se moqua Iriarte.

— Non, il me doit une faveur, dit-elle en prenant son sac.

Les installations de la caserne de la garde civile semblaient obsolètes comparées au nouveau commissariat de la police régionale, mais, malgré ça, il n'échappa pas à Amaia qu'elles possédaient un système de surveillance moderne équipé de caméras dernière génération. Un garde en uniforme les salua à la porte en leur indiquant un bureau à droite de l'entrée. Un autre les conduisit à travers un couloir étroit faiblement éclairé jusqu'à un ensemble de portes délabrées qui laissaient deviner plus d'un changement de serrure. La pièce était vaste et bien chauffée. Près de l'entrée, une niche contenant une image de l'Immaculée Conception ornée d'un bouquet d'épis de blé secs devant une table. Sur un siège, menotté, un homme d'environ quarante-cinq ans, mince, de petite taille et le teint mat qui soulignait davantage encore sa pâleur et les rougeurs qui s'étaient formées sous ses yeux et autour de sa bouche.

Entre ses mains entravées, il tenait un mouchoir en papier dont il ne semblait pas disposé à se servir, malgré les larmes et la morve qui glissaient sur son visage jusqu'au menton. À ses côtés, une jeune avocate commise d'office, à laquelle Amaia donna moins de trente ans, classait des imprimés tout en écoutant, absorbée, les instructions qu'on lui donnait au téléphone et regardait de temps à autre son client, visiblement contrariée.

Padua s'approcha par-derrière.

— Il n'a cessé de pleurer et de hurler depuis que les collègues de Seprona l'ont arrêté. Il a avoué dès qu'il a vu les gardes. Ils m'ont dit qu'il n'avait pas cessé de parler pendant tout le trajet, et depuis qu'on l'a fait asseoir ici, il ne fait que pleurer et crier de détresse. En fait, pour le calmer j'ai accepté de prendre tout de suite sa déposition. Il devrait être épuisé après avoir tant braillé.

Un garde mit en marche un magnétophone et, après les salutations, les présentations et la constatation de la date et de l'heure, tous s'assirent autour de la table.

— Avant tout, je dois dire que la démarche est très irrégulière, je ne comprends pas comment vous avez pu prendre sa déposition en mon absence, se plaignit l'avocate.

— C'est votre client qui en a manifesté la volonté, de façon répétée, non coercitive et très claire dès qu'il a franchi cette porte.

— ... Je pourrais la faire invalider...

— Nous ne l'avons pas encore interrogé. Pourquoi n'attendez-vous pas d'entendre ce qu'il a à dire ?

L'avocate serra les lèvres et écarta sa chaise de quelques centimètres de la table.

— Monsieur Jasón Medina, commença Padua (la mention de son nom tira l'homme de la transe dans laquelle il était resté jusque-là ; il se redressa sur sa chaise et regarda fixement les feuilles que Padua tenait entre les mains), d'après votre déposition, le samedi 4 de ce mois, vous avez demandé à votre belle-fille, Johana Márquez, de vous accompagner pour aller laver la voiture, mais, au lieu d'aller à la station-service où vous aviez l'habitude de vous rendre, vous avez pris la direction de la montagne. Une fois parvenu dans une zone peu fréquentée, vous avez coupé le contact et demandé à votre belle-fille de vous embrasser. Devant son refus, vous vous êtes fâché et l'avez giflée. Johana a menacé de vous dénoncer à sa mère, et même d'aller voir la police. Vous êtes devenu nerveux, et vous l'avez frappée de nouveau au point de la faire s'évanouir, selon vos propres termes. Vous avez redémarré et conduit un moment, mais, la voyant toujours évanouie, comme endormie, vous avez pensé que vous pouviez avoir des rapports avec elle sans qu'elle oppose de résistance. Vous avez cherché un lieu à l'écart sur un chemin forestier, arrêté votre véhicule, incliné le siège passager vers l'arrière et vous vous êtes placé sur Johana dans l'intention d'avoir un rapport sexuel avec elle. Mais elle s'est réveillée et s'est mise à crier. Est-ce exact ?

Jasón Medina acquiesçait sans discontinuer, donnant l'impression qu'il se berçait pendant que son nez continuait à couler.

— D'après vos déclarations, vous l'avez frappée à plusieurs reprises. Plus Johana criait, plus vous étiez excité. Vous l'avez frappée de nouveau, mais elle s'est défendue. Vous avez donc dû la frapper plus fort. Malgré ça, elle ne cessait de crier et de vous frapper en retour de toutes ses forces. Vous l'avez prise des deux mains par le cou et vous avez serré jusqu'à ce qu'elle ne montre plus aucune réaction. Constatant par la suite que vous l'aviez tuée, vous avez cherché un endroit où abandonner le cadavre. Vous connaissiez la cabane de la montagne car vous y étiez passé à plusieurs reprises lorsque vous étiez berger. Vous avez roulé jusqu'à vous retrouver à proximité de la cabane, puis vous êtes descendu de votre véhicule et y avez transporté le corps. Vous vous êtes rappelé ce que vous aviez lu dans la presse des jours précédents sur le basajaun et vous avez décidé de l'imiter. Vous avez déchiré les vêtements de Johana et cela vous a tellement excité que vous avez violé son cadavre.

Jasón ferma les yeux un instant et Amaia prit

d'abord ce geste comme un aveu de culpabilité. Il s'agita sur sa chaise, attirant l'attention de l'avocate, qui se recula, horrifiée de voir l'érection qui déformait le pantalon de son client. En fait il revivait le moment de la mort de Johana que son esprit avait gravé dans tous ses détails.

— Pour l'amour du ciel ! s'exclama-t-elle.

Padua continua à lire comme s'il ne s'était rendu compte de rien.

— Mais vous n'aviez pas de corde ni de cordelette pour mettre au point la mise en scène dont vous vous souveniez. Vous êtes donc repassé chez vous avant le retour de votre épouse, vous avez pris une douche, récupéré un morceau de corde qui restait du montage du séchoir à linge et vous avez regagné la cabane pour la placer autour du cou de votre belle-fille. Puis vous êtes rentré chez vous pour de bon. Quand votre femme a insisté pour signaler la disparition, vous avez pris quelques vêtements et objets personnels de Johana, vous les avez mis dans le coffre de votre voiture, vous avez raconté à votre femme que Johana était passée prendre ses affaires et vous l'avez convaincue d'appeler les gardes civils pour qu'ils arrêtent les recherches... Monsieur Medina, c'est ce que vous avez déclaré, vous êtes d'accord ?

Jasón baissa la tête et acquiesça.

— Je dois vous entendre, monsieur, pour que cela soit mentionné.

L'homme se pencha en avant comme s'il allait embrasser le magnétophone et prononça clairement :

— Oui, monsieur, c'est exact, c'est la vérité. Dieu m'en est témoin.

La voix sortit, douce, assez forte, avec un arrière-goût de servilité feinte qui fit tiquer son avocate.

— Je n'y crois pas, murmura-t-elle.

— Vous persistez dans votre déclaration, monsieur Medina ?

Jasón se pencha à nouveau en avant.

— Oui.

— Êtes-vous d'accord avec tout ce que vous avez lu, ou voulez-vous ajouter ou enlever quelque chose ?

Autre parodie de révérence.

— Je suis d'accord sur tout.

— Bien, monsieur Medina, maintenant, bien que tout soit assez clair, nous aimerions vous poser quelques questions.

L'avocate se redressa légèrement, comme si elle comprenait qu'elle allait enfin avoir un rôle à jouer.

— Je vous ai présenté l'inspectrice Salazar, de la police régionale, qui souhaiterait vous interroger.

— Je m'y oppose, intervint l'avocate. Mon client s'est mis dans une situation suffisamment compliquée comme ça en s'accusant de ce crime. Ne croyez pas que j'ignore qui vous êtes, et ce que vous voulez, dit-elle en s'adressant à Amaia.

— Qu'est-ce que je veux, à votre avis ? demanda Amaia, patiente.

— Imputer à mon client les crimes du basajaun.

Amaia rit en faisant un signe de dénégation de la tête.

— Calmez-vous, sachez d'ores et déjà que le mode opératoire ne cadre pas. Depuis le début nous savons que l'assassin de Johana Lorenzo n'est pas le basajaun, et avec les renseignements que votre client a fournis dans sa déclaration au sujet de la cordelette qu'il a utilisée, nous pouvons presque l'écarter dès à présent de la liste des suspects.

— Presque ?

— Un aspect du crime a attiré notre attention et la suite de l'enquête dépend de l'explication que votre client va fournir à ce sujet.

L'avocate se mordit la lèvre inférieure.

— Écoutez, faisons une chose : je pose les questions, et votre client ne répond que si vous l'y autorisez...

L'avocate regarda avec réticence la flaque d'humeurs qui s'était répandue sur la table et acquiesça. Padua fit mine de se lever pour céder sa place, mais Amaia l'arrêta d'un geste de la main, se leva, fit le tour de la table et se plaça juste à gauche de l'homme, s'inclinant pour lui parler si près de lui, qu'elle le touchait presque.

— Monsieur Medina, vous avez déclaré avoir frappé Johana à plusieurs reprises et l'avoir violée. Êtes-vous sûr de ne lui avoir rien fait d'autre ?

L'homme s'agita, inquiet.

— De quoi parlez-vous ? demanda l'avocate.

— Le cadavre présente une amputation complète de la main et de l'avant-bras droits, dit-elle en posant sur la table deux photos agrandies où l'on appréciait toute la crudité de la lésion.

L'avocate fronça les sourcils et se pencha pour murmurer quelque chose à l'oreille de son client. Il refusa.

Amaia perdait patience.

— Écoutez-moi, après ce que vous avez révélé dans votre déposition, le fait de lui avoir coupé le bras est un peu secondaire, c'était peut-être pour qu'on ne puisse pas identifier le cadavre grâce aux empreintes digitales ?

Il sembla surpris par cette idée.

— Non.

— Regardez les photos, insista Amaia.

Jasón leur jeta un bref coup d'œil et détourna la tête, dégoûté.

— Mon Dieu ! non, c'est pas moi qui ai fait ça, quand j'ai replacé la corde il était déjà comme ça. J'ai pensé que c'était un animal.

— Combien de temps avez-vous mis pour retourner chez vous et revenir à la cabane ? Réfléchissez bien.

Jasón se mit à pleurer, avec des gémissements profonds qui montaient de son estomac, agitant son corps de convulsions.

— On devrait arrêter, M. Medina a besoin de se reposer, suggéra l'avocate.

Amaia perdit patience.

— M. Medina se reposera quand je le déciderai.

Elle donna un grand coup de poing sur la table. Les pleurs cessèrent immédiatement.

— Répondez, ordonna-t-elle d'un ton ferme.

— Une heure et demie au maximum, je me suis dépêché parce que ma femme allait rentrer du travail.

— Et quand vous êtes arrivé à la cabane, le bras n'était plus là ?

— Non, je vous jure que j'ai cru...

— Il y avait du sang ?

— Quoi ?

— Il y avait du sang autour de la blessure ?

— Peut-être un peu, mais très peu, une petite flaque...

Amaia regarda Padua.

— Les gamins ? suggéra celui-ci.

— ... sur le plastique, murmura Jasón.

— Quel plastique ?

— Le sang était sur un morceau de plastique blanc, marmonna-t-il.

Amaia se redressa, écœurée par l'haleine fétide de l'homme.

— Réfléchissez bien, lui conseilla Amaia. Avez-vous vu quelqu'un à proximité de la cabane, à votre retour ?

— Je n'ai vu personne, quoique...

— Oui ?

— Il m'a semblé qu'il y avait quelqu'un un peu plus loin, mais j'étais très nerveux. J'ai même cru qu'on me surveillait, que c'était Johana...

— Johana ?

— Son esprit, vous comprenez, son fantôme.

— Avez-vous croisé une voiture sur la piste d'accès ou vu un véhicule garé à proximité ?

— Non, mais, en repartant, j'ai entendu une moto, celles de la montagne. Elles font beaucoup de bruit. J'ai cru que c'était un gars du Seprona. Je suis parti en courant.

AUTRES PRINTEMPS

La fois suivante, les choses furent très différentes. De nombreuses années s'étaient écoulées entre-temps. Elle habitait déjà à Pampelune, même si elle rentrait à Elizondo le week-end. Sa mère, malade et invalide, était clouée sur un lit d'hôpital, souffrant d'une pneumonie avec complications, et dévorée par la maladie d'Alzheimer. Cela faisait des mois qu'elle balbutiait à peine quelques mots d'un vocabulaire très limité et seulement pour demander des choses de base. Elle avait été admise depuis une semaine à l'hôpital universitaire à la demande de son médecin traitant et contre la volonté de Flora, qui s'y était opposée de toutes ses forces. Même si elle avait fini par céder quand la respiration de Rosario était devenue si pénible qu'elle avait eu besoin d'oxygène pour ne pas mourir et avait dû être transportée de toute urgence à l'hôpital. Pourtant, alors qu'elle répétait sans cesse qu'elle était la seule à prendre ses responsabilités, elle refusait d'abandonner le chevet de sa mère sous toutes sortes de prétextes, même si elle ne perdait pas une seule occasion de reprocher à ses sœurs de ne pas venir voir Rosario plus souvent.

Amaia entra dans la pièce et, après avoir écouté pendant dix minutes les récriminations de Flora, elle l'envoya à la cafétéria en promettant de rester pour surveiller sa mère. Quand la porte se referma derrière sa sœur, Amaia se retourna pour regarder la vieille femme qui somnolait, sur le lit à demi redressé pour tenter de faciliter sa respiration devenue très pénible. Sa peur remonta à la surface car c'était la première fois qu'elle se retrouvait seule avec elle depuis son enfance. Elle passa devant le lit sur la pointe des pieds pour s'asseoir dans le fauteuil près de la fenêtre, priant pour qu'elle ne se réveille pas. Elle n'était pas sûre de ce qu'elle éprouverait si elle était amenée à la toucher.

Avec le soin qu'elle aurait mis à manipuler un explosif, elle s'assit dans le fauteuil et se pencha lentement afin d'attraper une des revues de Flora sur le rebord de la fenêtre. Puis elle se retourna pour regarder sa mère et ne put retenir un cri. Son cœur menaçait de sortir de sa poitrine. Rosario l'observait, appuyée sur le côté gauche, avec un sourire tordu et des yeux qui brillaient, lucides et malicieux.

— N'aie pas peur de l'ama, petite sorcière. Je ne vais pas te manger.

Elle se recoucha, ferma les yeux et sa respiration retentit de nouveau, aqueuse et puissante. Amaia était repliée sur elle-même et s'aperçut qu'elle avait froissé la revue de sa sœur. Elle resta ainsi quelques secondes, le cœur battant la chamade et la logique criant en elle qu'elle avait imaginé cette scène, que la fatigue et les souvenirs lui avaient joué un mauvais tour. Elle se leva sans détourner les yeux du visage de sa mère, qui ne donnait aucun signe de vie conscient. La vieille femme murmura quelque chose. Un filet de bave glissa sur sa joue, ses yeux restèrent fermés. Un murmure étouffé, un mot incompréhensible. Le petit tube à oxygène s'était détaché d'une oreille et pendait sur le côté, émettant un faible sifflement. Elle semblait rêver, balbutiait, « de l'eau », peut-être ? Sa voix était si faible qu'elle était inaudible. Elle s'approcha du lit et tendit l'oreille.

— Veulau.

Elle se pencha davantage pour essayer de comprendre ce que Rosario essayait de dire.

La vieille femme rouvrit les yeux, des yeux pénétrants et cruels qui montraient à quel point tout cela l'amusait. Elle sourit.

— Non, je ne vais pas te manger, mais je le ferais volontiers si je pouvais me lever.

Amaia s'élança en trébuchant jusqu'à la porte, les yeux rivés sur sa mère, qui continuait à la regarder de son œil malin tout en riant, jouissant de la peur qu'elle provoquait chez Amaia. C'étaient des éclats de rire tonitruants qui semblaient inconcevables chez une personne affectée de problèmes respiratoires aussi graves. Amaia ferma la porte derrière elle et ne revint pas avant le retour de Flora.

— Qu'est-ce que tu fais là ? lui lança celle-ci en la voyant. Tu devrais être à l'intérieur.

— Je t'attendais, je dois m'en aller.

Flora consulta sa montre et haussa les sourcils, avec cet air de récrimination qu'Amaia connaissait si bien.

— Et l'ama ?

— Elle dort...

Et c'était le cas, elle dormait quand elles rentrèrent dans la pièce.

32

Quand elle revint à la maison, elle trouva un mot de James sur la table l'informant qu'ils étaient sortis déjeuner et qu'il passerait une partie de la journée à se promener dans la forêt d'Irati avec tante Engrasi. Ils lui avaient laissé à manger dans le frigo et espéraient la voir le soir. Un bref « je t'aime » à côté du nom de James éveilla en elle un sentiment de solitude et de mise à l'écart du monde réel dans lequel les gens sortaient dîner et partaient en excursion tandis que dans le sien elle interrogeait les odieux violeurs de leur propre fille. Elle monta l'escalier en écoutant sa respiration et le silence écrasant de cette maison où la télévision ne s'éteignait jamais quand sa tante y était. Elle ôta ses vêtements et les jeta dans le panier à linge. Pendant qu'elle laissait l'eau couler dans la douche en attendant qu'elle chauffe elle observa sa figure dans le miroir. Elle avait maigri. Ces derniers jours, elle avait sauté quelques repas et ne s'était pratiquement nourrie que de café au lait. Elle passa les mains sur son ventre, le palpa doucement, les porta à ses reins et se pencha en arrière pour le faire ressortir. Elle sourit jusqu'à trouver ses propres yeux dans le miroir. James commençait à devenir insistant au sujet du traitement de fertilité. Elle savait à quel point il désirait un enfant et n'était pas étrangère à la pression qu'il subissait à chaque appel de ses parents, mais le seul fait de penser à la terrible épreuve physique et mentale que cela supposait, recroquevillait quelque chose en elle. James l'avait bombardée pendant des jours d'informations, de vidéos et de dépliants de la clinique montrant des parents souriants avec leurs enfants dans les bras, mais, ce qu'on n'y montrait pas, c'étaient les tests successifs et humiliants, les analyses incessantes, les réactions inflammatoires, les changements d'humeur soudains liés aux cocktails d'hormones. Elle avait accepté, sous l'emprise de la charge émotionnelle du moment, mais elle pensait maintenant qu'elle s'était peut-être précipitée. Dans sa tête résonnaient les paroles de la mère d'Anne : « J'ai accouché du cœur et j'ai porté ma fille dans mes bras. »

Elle entra dans la douche et laissa l'eau chaude descendre le long de son dos, lui rougissant la peau jusqu'à produire en elle un plaisir proche de la douleur. Elle appuya son front contre les carreaux et se sentit mieux en s'apercevant que son irritation était principalement due au fait que James n'était pas à la maison. Elle était épuisée et cela lui aurait fait du bien de dormir un peu, mais si James n'était pas là à son réveil elle le prendrait si mal qu'elle se repentirait d'avoir dormi. Elle ferma le robinet et attendit quelques secondes à l'intérieur de la cabine de douche que l'eau s'écoule sur sa peau ; puis elle sortit et s'enveloppa dans un immense peignoir qui lui arrivait aux pieds et que James lui avait offert. Elle s'assit sur le lit pour s'essuyer les cheveux et fut soudain prise d'une telle fatigue que l'idée de la sieste qu'elle avait écartée auparavant lui sembla être une bonne option. Ce ne serait que l'affaire de quelques minutes, elle ne parviendrait probablement pas à s'endormir.

Le modèle Glock 19 est une merveille de pistolet, très léger car son armature est en plastique, cinq cent quatre-vingt-quinze grammes vide et huit cent cinquante avec son chargeur. Il ne dispose d'aucun cran de sûreté externe, marteau ou autre sécurité qui doive être désactivée avant que l'arme ne soit prête à tirer. C'est une bonne arme pour un policier qui travaille dans la rue, même si des voix s'élèvent pour s'opposer au port d'armes dépourvues de sécurité par la police, y compris celles d'experts qui affirment que le bruit qu'il produit quand on l'arme est plus intimidant que le fait de pointer un pistolet. Elle n'était pas un fan, mais le Glock lui plaisait, il n'était pas trop lourd, était assez discret et d'un entretien très facile – même si elle devait le démonter et le graisser de temps en temps et elle choisissait toujours le moment où elle se trouvait seule à la maison. – Elle disposa les différentes parties de son arme de service sur une serviette, nettoya le canon et le remonta.

Pendant qu'elle le manipulait, elle observait ses mains, qu'elle jugeait trop petites pour tenir un pistolet. Elle se rendit compte que ce qu'elle voyait n'était pas ses mains, mais celles d'une fillette. Elle recula d'un pas et eut une vision complète du tableau : assise sur le lit, une petite fille qui n'était autre qu'elle-même tenait une arme grande et noire d'une main pâle, pendant que, de l'autre, elle se caressait le crâne à peine recouvert par ses cheveux blonds qui commençaient à repousser et laissaient encore entrevoir une cicatrice blanchâtre. La petite pleurait. Amaia ressentit une pitié infinie pour cette fillette qui était elle-même, et la vision de l'enfant brisée par la peine fit naître dans sa poitrine un vide qu'elle n'avait pas ressenti depuis des années. La petite disait quelque chose, mais Amaia ne pouvait pas l'entendre. Elle se pencha en avant et constata que l'enfant n'avait pas de cou. Il y avait une frange sombre au vide abyssal à l'endroit où aurait dû se trouver son décolleté. Elle écouta avec attention, essayant d'identifier les sons mêlés aux pleurs.

La petite, une Amaia de neuf ans, pleurait des larmes noires et épaisses comme de l'huile de moteur, qui tombaient, aussi brillantes et cristallines que du jais liquide, formant une flaque à ses pieds, où se trouvait auparavant le lit. Amaia s'approcha davantage et perçut dans le mouvement de ses lèvres la litanie urgente d'une prière que la fillette répétait sans intonation ni pause.

« Notrepèrequiesauxcieuxquetonnomsoitsanctifiéquetonrègnevienne... »

La petite leva l'arme en se servant de ses deux mains, la tourna vers elle et appuya le canon contre son oreille. Après quoi, elle laissa tomber sa main droite sur ses genoux et Amaia s'aperçut qu'elle avait disparu ainsi que son avant-bras. Elle cria de toutes ses forces, consciente que c'était un rêve et convaincue que, même si tel était le cas, ce mal serait irréparable.

— Ne fais pas ça ! cria-t-elle.

Mais les larmes noires que la fillette avait versées entrèrent dans sa bouche et étouffèrent ses paroles. Elle rassembla toutes ses forces pendant qu'elle luttait pour se réveiller de ce cauchemar avant qu'il ne soit trop tard.

— Ne fais pas ça.

Son cri traversa le rêve. Un instant, elle se sentit émerger à toute vitesse de cet enfer, consciente qu'elle avait vraiment crié, que son cri la réveillait et que l'enfant restait derrière. Elle tourna la tête et parvint encore à voir la petite lever son bras rogné tout en disant :

— Je ne peux pas laisser l'ama me manger tout entière.

Elle ouvrit les yeux et aperçut une silhouette sombre qui se penchait sur son visage.

— Amaia.

La voix voyagea dans le temps pour la ramener à sa propriétaire – sa mère –, pendant que la logique pure se frayait un passage à travers les pans du cauchemar afin de lui faire prendre conscience que c'était impossible. Elle ouvrit plus grands les yeux et battit des paupières, tentant de balayer les vestiges de sommeil qui, comme du sable, l'aveuglaient en se faisant lourds et inutiles.

Une main extraordinairement froide se posa sur son front, et ce contact cadavérique fut suffisant pour la contraindre à ouvrir les yeux. À côté du lit, une femme se penchait sur elle et l'observait, partagée entre la curiosité et l'amusement. Le nez droit, les pommettes hautes et les cheveux relevés des deux côtés, formant deux ondes parfaites.

— L'ama, cria Amaia, à demi asphyxiée par la

terreur, tandis qu'elle tirait maladroitement sur l'édredon et se reculait en se recroquevillant jusqu'à se retrouver assise contre l'oreiller.

— Amaia, Amaia, réveille-toi, tu es en train de rêver, réveille-toi !

Un clic résonna à l'intérieur de sa tête et la pièce fut inondée par la lumière de la lampe de chevet.

— Amaia, tu vas bien ?

Ros, très pâle, la regardait, déconcertée. Elle n'osait pas la toucher. Amaia ressentait une soif terrible, et la sueur formait une fine pellicule sous le peignoir, qu'elle n'avait pas ôté.

— Ça va, c'était un cauchemar, dit-elle, essoufflée et parcourant la pièce du regard pour s'assurer qu'elle était bien dans sa chambre.

— Tu as crié, murmura sa sœur, bouleversée.

— Ah oui ?

— Tu criais très fort et je n'arrivais pas à te réveiller, dit Ros, mais lui expliquer la chose ne lui en donnait pas plus de sens. Amaia la regarda.

— Je suis désolée, dit-elle, épuisée et sans défense.

— ... Et quand j'ai tenté de te réveiller, tu m'as fait une peur terrible.

— Oui, lorsque j'ai ouvert les yeux, je ne t'ai pas reconnue, admit Amaia.

— Ça, j'en suis sûre, tu m'as mise en joue avec ton arme.

— Quoi ?

Ros fit un geste en direction du lit et Amaia constata qu'elle la tenait encore à la main. Soudain, la vision de la petite levant l'arme jusqu'à sa tête lui sembla si effroyable et si réelle qu'elle lâcha son arme comme si elle la brûlait et la recouvrit avec un coussin avant de se tourner vers sa sœur.

— Oh, Ros, je suis vraiment désolée, j'ai dû m'endormir après l'avoir nettoyée, mais elle est déchargée...

Sa sœur ne sembla pas très convaincue.

— Je suis désolée, s'exclama-t-elle de nouveau. Ces derniers jours ont été éprouvants. Aujourd'hui j'ai interrogé un type qui a tué sa belle-fille, et je suppose que... Bon, entre ça et la recherche du basajaun, j'ai accumulé beaucoup de tension.

— Et je n'ai rien fait pour t'aider, ajouta Ros, d'un air un peu contrit, faisant une légère moue qui rappela à Amaia la petite fille qu'elle avait été. Elle ressentit un élan d'affection pour sa sœur.

— Bon, j'imagine qu'on fait tous du mieux qu'on peut, non? dit-elle avec un sourire de circonstance.

Ros s'assit sur le lit.

— Je regrette, Amaia. Je sais que j'aurais dû te le dire. Je veux juste que tu saches que je ne voulais pas te cacher quoi que ce soit, je n'y ai simplement pas pensé, et je me sentais plutôt honteuse de tout ce qui s'était passé.

Amaia tendit la main jusqu'à atteindre celle de sa sœur.

— C'est exactement ce que m'a dit James.

— Tu vois? Ton mari n'a vraiment aucun défaut. Dis-moi, avec un tel homme, comment oserais-je te raconter mes misères conjugales?

— Je ne t'ai jamais jugée, Ros.

— Je sais. Et je regrette, dit-elle en se penchant vers sa sœur, qui la reçut par une chaude étreinte.

— Moi aussi, je regrette, Ros. Je te jure que c'est

une des choses les plus difficiles que j'ai dû faire de ma vie, mais je n'avais pas le choix, dit-elle en lui caressant la tête.

Quand elles se séparèrent, elles se regardèrent en souriant ouvertement, comme seules le font les sœurs qui se sont souvent regardées ainsi. Faire la paix avec Ros procura à Amaia un sentiment de bien-être qu'elle avait presque oublié ces derniers jours, et qu'elle ne connaissait habituellement qu'en rentrant à la maison, en prenant une douche et en enlaçant James. Elle avait été secrètement inquiète, se demandant même si ce que redoutent tant les enquêteurs d'homicides était finalement arrivé. À savoir que l'horreur à laquelle elle était chaque jour confrontée avait débordé la digue du lieu sombre où elle devait être reléguée, la transformant progressivement en l'un de ces policiers dépourvus de vie privée, désolés et ravagés par la culpabilité d'avoir permis au mal de briser les barrières de protection de leur vie intime, emportant tout sur son passage. Dernièrement, une menace dense et terrible comme une malédiction avait semblé se refermer sur elle, et les vieilles incantations n'étaient pas suffisantes pour exorciser le mal qu'elle devait affronter et qui l'accompagnait, se collant à son corps à la manière d'un suaire humide.

Elle sortit de sa méditation et s'aperçut que Ros l'observait attentivement.

— C'est peut-être toi qui devrais te confier à moi.

— Oh, tu veux parler de... Ros, tu sais bien que je ne peux pas, cela fait partie de l'enquête.

— Ce n'est pas de ça que je veux parler, mais de ce qui te fait crier dans tes rêves. James m'a dit que tu fais des cauchemars toutes les nuits.

— Mon Dieu, James ! C'est vrai, mais ce n'est guère que ça, des cauchemars, et c'est tout à fait normal avec le travail que je fais. Ça m'arrive par périodes, quand je suis plongée dans une affaire, j'en fais davantage, et quand l'enquête est terminée, ils régressent. Tu sais que je dors la lumière allumée depuis des années.

— Eh bien ! aujourd'hui, elle était éteinte, dit Ros en regardant la petite lampe.

— J'ai oublié. Il y avait encore de la lumière quand je me suis assise pour nettoyer mon arme, et je me suis endormie sans même m'en apercevoir. Mais cela ne m'arrive pas souvent, je la laisse allumée précisément pour éviter ce qui s'est passé aujourd'hui. Parce que je ne fais pas de cauchemars à proprement parler. Ce qu'il y a c'est que j'ai le sommeil léger, je suis en alerte constante, et pendant la nuit toute une série de microréveils me font un peu sursauter. Je prends mes repères et je me rendors... D'où l'importance de la lumière : quand j'ouvre les yeux, je peux voir où je me trouve et je suis immédiatement rassurée.

Ros hocha la tête en scrutant son visage.

— Tu t'es entendue ? Ce que tu as décrit est un état d'alerte permanent, personne ne peut vivre ainsi. Si tu peux te contenter de laisser la lumière allumée, pas de problème, mais tu sais que ce qui est arrivé aujourd'hui n'est pas normal. Amaia, tu as failli me tirer dessus.

Les paroles de sa sœur firent écho à celles de James deux jours plus tôt, devant la porte de l'usine.

— Et les cauchemars sont des événements normaux, jusqu'à un certain point. Ce qui n'est pas normal, c'est qu'ils fassent naître en toi une telle souffrance, que tu te réveilles de cette façon, incapable de savoir si tu rêves ou si tu es éveillée. Je t'ai vue, Amaia, tu étais terrorisée.

Amaia la regarda et se rappela le profil féminin penché sur son visage pendant qu'elle se réveillait.

— Laisse-moi t'aider.

Elles descendirent l'escalier en silence, percevant l'ambiance étrange que l'on respirait dans la maison en l'absence de la tante. Les meubles, les plantes, les innombrables bibelots, semblaient assoupis sans elle, comme si, sans leur propriétaire, toutes ces choses avaient perdu leur authenticité et qu'elles étaient devenues un peu floues, les contours qui les maintenaient dans la réalité s'étant dissipés. Ros se dirigea vers le buffet, prit le paquet de soie noire dans lequel elle enveloppait les cartes et elle se dirigea vers le salon. Une seconde plus tard, Amaia entendit la rumeur des publicités provenant du téléviseur. Elle sourit.

— Pourquoi faites-vous ça ? demanda-t-elle.
— Pour mieux entendre, fut la réponse de sa sœur.
— Tu sais que c'est un contresens.
— Et pourtant c'est comme ça.

Elle s'assit et, très soigneusement, défit le nœud qui serrait la toile douce, prit le jeu et le déposa devant sa sœur.

— Tu sais ce que tu dois faire, bats les cartes pendant que tu réfléchis à ta question.

Amaia prit le paquet, qui était curieusement froid, et il lui vint à l'esprit le souvenir d'autres fois, le contact doux des cartes glissant entre ses doigts, l'étrange parfum qui en émanait quand elle les tenait dans ses mains, et cette paix qu'elle ressentait au moment où elle atteignait le degré précis où le canal s'ouvrait et où la question se formulait dans son esprit, coulant dans les deux directions. Puis la façon instinctive avec laquelle elle choisissait les cartes et le cérémonial au cours duquel elle les retournait, sachant déjà ce qu'il y avait de l'autre côté, et le mystère résolu en un instant, quand la route à suivre se dessinait devant ses yeux, de carte en carte. Interpréter les cartes du tarot était aussi simple et aussi compliqué que d'interpréter la carte géographique d'un endroit inconnu et de tracer un trajet de chez soi vers un point concret. Si tu avais un destin clair, si tu étais capable de ne pas te laisser distraire en chemin comme un Petit Chaperon rouge mystique, les réponses se révélaient à toi au gré d'une route claire vers la réponse, qui, comme les chemins, n'était pas toujours unique.

« Parfois, les réponses ne sont pas la solution de l'énigme, lui avait dit Engrasi en tête-à-tête ; les réponses peuvent ne générer que des questions, des doutes. — Pourquoi ? lui avait-elle demandé. Si je pose une question et que j'obtiens une réponse, ça devrait être la solution. — Ça devrait, si tu savais quelle question tu dois poser à chaque instant. »

Elle se rappelait les enseignements de tante Engrasi. « Il doit toujours y avoir une question. Quel sens cela aurait-il sinon de consulter ? Ouvrir le canal pour laisser les réponses arriver mêlées aux cris de millions d'âmes, clamant, hurlant, et mentant. Tu dois être maître de la consultation, tu dois tracer le chemin sur la carte sans le quitter, sans laisser le loup te séduire en te persuadant d'aller cueillir des fleurs, car, si tu fais ça, le destin arrivera avant toi, et ce que tu trouveras en arrivant ne sera plus le lieu vers lequel tu te dirigeais. Tu finiras par parler à un monstre qui se fait passer pour ta grand-mère et qui ne songe qu'à te dévorer. Et il le fera : il mangera ton âme si tu sors du chemin. » Les remarques si souvent entendues dans son enfance résonnèrent en elle avec la voix claire de tante Engrasi.

« Les cartes sont une porte, et tu ne dois pas ouvrir une porte sans raison, ni la laisser ouverte par la suite. Une porte, Amaia, ne fait pas de mal, mais ce qui peut entrer à travers elle si. Rappelle-toi que tu dois la fermer quand tu as terminé une consultation. Lorsque ce que tu dois savoir t'a été révélé, et que ce qui reste dans la pénombre appartient à l'obscurité. »

La porte lui découvrit un monde qui avait toujours été là et, en quelques mois, elle devint une voyageuse experte, apprenant à tracer des lignes magistrales sur la carte de l'inconnu, dirigeant la consultation et fermant la porte avec le soin imposé par le regard vigilant d'Engrasi. Les réponses étaient claires, nettes, et aussi faciles à comprendre qu'une berceuse murmurée à l'oreille. Mais il y eut un moment, lorsqu'elle eut dix-huit ans, alors qu'elle faisait ses études à Pampelune, où la curiosité l'aspirait dans le jeu pendant des heures. Elle les interrogeait régulièrement sur le garçon qui lui plaisait, sur ses résultats scolaires, sur les pensées de ses rivales. Et les réponses commencèrent à arriver, confuses, embrouillées, contradictoires. Parfois, aveuglée par la recherche d'une réponse, elle passait toute la nuit à battre et à distribuer des cartes sombres qui ne révélaient rien et lui laissaient dans le cœur l'étrange sensation d'être privée de quelque chose qui lui appartenait de droit. Elle y revenait régulièrement et, sans s'en rendre compte, elle commença à laisser la porte ouverte. Elle ne ramassait plus le jeu, souvent étalé sur son lit, et se livrait volontiers à de très longues séances juste pour voir. Et elle vit. Un matin, alors qu'elle devait se rendre à la fac, elle s'attarda sur l'un de ces tirages rapides et sans but qui finissaient par l'absorber pendant des heures et ce voyage vers nulle part la mena à une réponse sans question. Alors qu'elle s'apprêtait à retourner les cartes, leur charge abominable transperça le doux carton sur lequel elles étaient imprimées, lui secouant le bras comme si elle avait reçu une décharge électrique. Une par une, elle les retourna, traçant la carte de la désolation dans son âme. Quand la dernière tomba, elle la toucha doucement du bout de l'index sans parvenir à la retourner, et tout le froid de l'univers se rassembla autour d'elle tandis qu'elle laissait échapper une plainte inhumaine en comprenant, désolée, que le loup l'avait séduite, l'avait trompée pour la détourner du chemin ; que ce maudit fils de pute avait pris de l'avance, était arrivé avant elle et l'avait distraite des jours durant en la mettant en présence du Mal, déguisé en gentille grand-mère. Le téléphone sonna une seule fois avant qu'elle le prenne, et Engrasi lui annonça ce qu'elle savait déjà : son père était mort pendant qu'elle cueillait des fleurs. Elle ne tira plus jamais les cartes.

La question.

La question vrombissait dans sa tête depuis des

jours, mêlée à d'autres : « Où est-il ? Pourquoi agit-il ainsi ? Mais surtout, qui est-ce ? Qui est le basajaun ? »

Elle posa le paquet sur la table et Ros le disposa en file.

— Donne-m'en trois, demanda-t-elle.

Une par une, Amaia les toucha du bout des doigts. Ros les écarta du tas et les retourna en les plaçant en escalier.

— Tu cherches quelqu'un, et c'est un homme. Il n'est pas jeune mais il n'est pas vieux non plus, et il est tout près. Donne-moi trois cartes.

Amaia en choisit trois, que Ros plaça sur la droite, à côté des premières.

— Cet homme suit un objectif, il a un travail à faire et il s'y est engagé, car ce qu'il fait donne un sens à sa vie et calme sa fureur.

— Calme sa fureur ? Un crime calme une fureur supérieure ?

— Donne-moi trois cartes.

Ros les retourna en même temps.

— Il calme une fureur ancienne et une peur plus importante.

— Parle-moi de son passé.

— Il a été soumis, réduit en esclavage, mais maintenant il est libre, bien qu'un joug pèse encore sur lui. Il livre une guerre intérieure depuis toujours afin de dominer sa fureur, et il croit y être parvenu.

— Il le croit ? Qu'est-ce qu'il croit ?

— Que la raison est de son côté, que ce qu'il fait est bien. Il a une bonne opinion de lui-même, il se voit triomphant et victorieux sur le mal, mais ce n'est qu'une pose. Donne-moi trois cartes.

Elle les disposa lentement.

— Parfois il s'effondre, et ce qu'il y a de plus mesquin affleure en lui.

— … Alors il tue.

— Non, quand il tue, il n'est pas mesquin. Je sais que ça n'a pas beaucoup de sens, mais quand il tue, il est le gardien de la pureté.

— Pourquoi lui donnes-tu ce nom ? demanda brusquement Amaia.

— Qu'est-ce que j'ai dit ? demanda Ros comme si elle émergeait d'un rêve.

— Le gardien de la pureté, celui qui préserve la nature, le gardien de la forêt, le basajaun. Maudit salopard arrogant. Que croit-il préserver en tuant des gamines ? Je le déteste.

— Eh bien ! lui, il ne te déteste pas, il ne te craint pas, il fait son travail.

Amaia désigna une carte et, ce faisant, elle en poussa une autre hors du paquet. La carte tomba et se retourna.

Ros regarda la carte et sa sœur.

— C'est autre chose. Tu as ouvert une autre porte.

Amaia regarda la carte, méfiante, reconnaissant la présence du loup.

— Mais enfin… ?

— Pose une question, ordonna Ros avec fermeté.

Au bruit de la porte, elles se retournèrent pour regarder James et tante Engrasi, qui avaient les bras chargés de sacs. Ils bavardaient et riaient, mais ils s'arrêtèrent sur-le-champ lorsqu'Engrasi aperçut les cartes. Elle s'approcha de la table d'un pas ferme, évalua la situation et pressa Ros d'un geste.

— Pose la question, répéta celle-ci.

Amaia regarda la carte en se rappelant la formule.
— Qu'est-ce que je dois savoir ?
— Donne-moi trois cartes.
Amaia les lui donna.
— Ce que tu dois savoir est qu'il y a un autre élément dans le jeu. (Elle retourna une autre carte.) Et voici ton ennemi, il vient te chercher toi et... (elle hésita) ta famille, il est déjà en scène, et il continuera à attirer ton attention jusqu'à ce que tu acceptes d'entrer dans son jeu.
— Mais qu'est-ce qu'il veut de moi, de ma famille ?
— Donne-m'en une.
Ros retourna la carte que lui tendait Amaia et le squelette les regarda de ses orbites vides.
— Oh, Amaia, il te veut toi.
Elle se tut quelques secondes. Ensuite, elle ramassa les cartes, les enveloppa dans la soie et leva la tête.
— Porte fermée, ma sœur, ce qu'il y a au-dehors fait très peur.
Amaia regarda sa tante, qui avait pâli de façon alarmante.
— Tía, tu pourrais peut-être... ?
— Oui, mais pas aujourd'hui. Et pas avec ce jeu... Je dois réfléchir, dit-elle en passant à la cuisine.

33

L'hôtel Baztán se trouvait à environ cinq kilomètres de la route d'Elizondo et il avait l'allure des hôtels de montagne conçus pour les groupes scolaires, les randonneurs, les familles et les amis. La façade formait un demi-cercle couvert de terrasses qui dominaient une placette servant de parking et où les tables et les chaises en plastique jaune, sans doute conçues pour les après-midi, mais que la direction de l'hôtel s'entêtait à sortir tous les jours de l'année, donnaient à la façade un ton tropical d'hôtel de plage mexicain plutôt que d'établissement de montagne pyrénéen. Bien qu'il fasse nuit depuis des heures, il était encore tôt, et cela sautait aux yeux lorsqu'on remarquait la quantité de voitures encombrant le parking et les clients qui remplissaient la grande cafétéria aux larges baies vitrées.

Amaia se gara près d'un camping-car immatriculé en France et se dirigea vers l'entrée. Derrière le comptoir de la réception, une adolescente avec des dreadlocks rassemblées en queue-de-cheval jouait à un jeu d'adresse *online*.

— Bonjour, pouvez-vous appeler M. Raúl González et Mme Nadia Takchenko, s'il vous plaît ?

— Tout de suite, répondit la fille sur ce ton blasé qu'emploient habituellement les adolescents.

Elle mit le jeu sur pause et, quand elle leva la tête, elle s'était transformée en aimable réceptionniste. Oui, vous me disiez ?

— J'ai un rendez-vous avec des clients, pouvez-vous m'indiquer leur numéro de chambre. Raúl González et Nadia Takchenko.

— Ah, oui, les zoologistes de Huesca, dit la fille en souriant.

Amaia aurait préféré davantage de discrétion. La nouvelle de l'arrivée d'experts animaliers cherchant des ours dans la vallée était susceptible de déclencher des rumeurs qui, diffusées de façon inopportune par la presse, pouvaient compliquer encore plus le déroulement de l'enquête.

— Ils sont à la cafétéria, ils m'ont dit que si quelqu'un les demandait, je devais l'envoyer là-bas.

Amaia passa par la porte intérieure qui faisait communiquer la réception et la salle à manger et pénétra dans le bar. Un groupe important d'étudiants en tenue de montagne occupait presque toutes les tables et ils se faisaient passer des assiettes de jambon, de pommes de terre à la sauce piquante et de boulettes de viande dans un brouhaha de conversations passionnées. Elle vit une femme lui faire des signes depuis le fond du local et il lui fallut quelques secondes avant de réaliser qu'il s'agissait du Dr Takchenko. Elle avait lâché ses cheveux et portait un pantalon caramel et un blazer beige sur un tee-shirt tendance. Même ses pieds étaient devenus féminins avec ces bottines à talons. Amaia se sentit ridicule en se rendant compte qu'elle s'était attendue à la voir toujours vêtue de cette extravagante salopette orange qu'elle portait dans la forêt lors de leur première rencontre. La scientifique russe lui tendit la main en souriant.

— Je me réjouis vous voir, inspectrice Salazar, dit-elle avec son accent terrible et son espagnol approximatif. Raúl passe commande au comptoir, nous avons décidé partir cette nuit, mais avant on va aller manger quelque chose. J'espère vous nous accompagnez ?

— Eh bien, je crains que non, mais on va bavarder un instant, si ça ne vous dérange pas.

Le Dr González revint avec trois bières qu'il posa sur la table.

— Inspectrice, j'ai bien cru que nous allions devoir vous envoyer le rapport par courrier.

— Je regrette de ne pas avoir pu vous voir plus tôt, mais, comme vous avez dû l'apprendre par l'inspecteur Zabalza, j'ai été très occupée.

— Hélas, je ne peux tirer aucune conclusion définitive. Nous n'avons pas trouvé de couches, ni d'excréments, seulement des empreintes d'un grand plantigrade, du lichen et des écorces arrachés et des poils d'un mâle qui correspondent à l'échantillon que vous nous avez fourni.

— Alors ?

— Un ours se trouvait peut-être dans la zone, les poils pourraient y être depuis quelque temps ; en fait, ils avaient l'air un peu vieux, même si cela pourrait être lié à la mue. Je vous ai dit qu'il était un peu tôt pour qu'un ours soit sorti de l'hibernation. Bien sûr, des données récentes établissent que certaines femelles n'ont pas hiberné cette année, probablement en raison du réchauffement climatique et du manque de nourriture, qui les ont empêchées d'être prêtes à temps pour l'hibernation.

— Comment savez-vous qu'ils appartiennent au même animal ?

— De la même façon qu'on sait qu'il s'agit d'un mâle, grâce à une analyse.

— Une analyse ADN ?

— Bien sûr.

— Et vous avez déjà reçu les résultats ?

— Oui, depuis hier.

— Comment est-ce possible ? Je n'ai pas encore reçu ceux des prélèvements que j'ai envoyés quand je vous ai donné ces poils...

— C'est pour ça qu'on les a envoyés à Huesca, dans notre propre laboratoire.

Amaia était stupéfaite.

— Vous êtes en train de me dire que, dans votre labo, celui d'un centre destiné à l'analyse de la nature, vous disposez d'une technologie suffisamment avancée pour obtenir une analyse d'ADN en trois jours ?

— En vingt-quatre heures, si on se dépêche. D'habitude, c'est le Dr Takchenko qui procède aux analyses, mais nous avons confié celle-ci à un étudiant qui se trouvait sur place.

— Vous pouvez procéder à une analyse d'ADN, par exemple, d'un échantillon minéral, animal ou humain, et établir s'il est identique à un autre ?

— Bien sûr, c'est exactement ce qu'on fait. Nous

utilisons un système de comparaison et d'élimination ; nous ne disposons pas de la banque de données d'un laboratoire médico-légal, mais nous pouvons établir des comparaisons indiscutables. Un poil d'ours mâle et un autre poil d'ours mâle, même s'ils ne proviennent pas du même animal, ont de nombreux allèles en commun.

Amaia scruta en silence le visage de la scientifique russe.

— Si je vous donnais plusieurs échantillons de farines différentes, vous pourriez établir laquelle est celle qui a été utilisée pour faire un pain donné?

— Probablement, je suis sûre que chaque fabricant suit processus différent pour mélanger et moudre; et puis, on peut avoir mélangé divers types de grain de farines de différentes provenances. Une analyse chromatographique nous permettrait en savoir plus.

Amaia se mordit la lèvre, songeuse, pendant qu'un serveur posait sur la table des calmars à la romaine et des boulettes de viande dont la sauce bouillait encore dans la cassolette en terre.

— Il s'agit d'un ensemble de techniques fondées sur le principe de rétention sélective, dont l'objectif est d'isoler les différents composants d'un mélange, permettant ainsi d'identifier et de déterminer les quantités des composants en question, expliqua le Dr González.

— Vous partez ce soir, n'est-ce pas ?

Le Dr Takchenko sourit.

— Je sais ce que vous pensez, et je serai ravie de vous aider. Si vous avez encore doutes, dans mon pays j'ai travaillé dans laboratoire médico-légal ; si vous me donnez les échantillons maintenant, j'aurai demain les résultats.

Le cerveau d'Amaia fonctionnait à mille à l'heure tout en évaluant l'avance que cela supposerait d'avoir ces informations en vingt-quatre heures. Bien sûr, les résultats obtenus n'auraient aucune valeur devant un tribunal, mais si elle obtenait un résultat positif celui-ci lui permettrait de relancer l'enquête en lui désignant la direction à suivre sans attendre la confirmation du laboratoire officiel.

Elle se leva en composant un numéro sur son portable.

— J'espère que ça ne vous dérange pas, mais je vous accompagne. Bien que les résultats n'aient pas de valeur judiciaire, je dois surveiller les preuves et superviser les analyses.

Elle se détourna pour parler.

— Jonan, viens à l'hôtel Baztán avec un échantillon de chacune des farines que vous avez rapportées des usines et prends ton sac. On va à Huesca.

Elle raccrocha, regarda en souriant les zoologistes et la nourriture exposée sur la table et décida qu'elle avait retrouvé l'appétit.

Vingt minutes plus tard, Jonan, souriant, s'asseyait à la table.

— Bon, dites-moi où on va, soupira-t-il.

— Au *Bear Observatory of the Pyrenees*, dans la région de Sobrarbe, qui correspond à l'ancien royaume ou comté du même nom apparu il y a plus d'un millénaire au nord de la province de Huesca, même s'il vaut mieux indiquer « Aínsa » sur le GPS.

— Aínsa, ça me dit quelque chose, c'est un village

médiéval, n'est-ce pas ? Un de ceux qui conservent leur tracé d'origine et leurs rues pavées.

— Oui, Aínsa a dû jouer un rôle de premier plan au Moyen Âge, surtout en raison de sa situation stratégique, un endroit privilégié, situé entre le parc national d'Ordesa et du Mont-Perdu, et le parc naturel de la Sierra et des gorges de Guara. Aínsa donnait un grand avantage à celui qui en était le maître.

— Il y a des ours, dans ce coin ?

— Je crains que les ours ne soient plus compliqués que ce que pense la majeure partie des gens.

— Les ours compliqués, dit Amaia en souriant à Jonan, prépare-toi, si ça se trouve, on va devoir leur établir un profil.

— Eh bien, je ne crois pas que ce soit une idée si insensée, on ne peut cerner la mentalité de l'ours que si l'on est capable de lui attribuer précisément cela, une mentalité. Dès l'instant où l'on admet que l'ours possède un caractère, une façon d'être qui varie selon les individus, on comprend l'intérêt d'observer un spécimen.

« Le docteur et moi-même, dit Raúl González en regardant sa collègue, voyageons en Europe centrale, dans les Carpates, en Hongrie, dans des villages perdus entre les Balkans et l'Oural et, bien sûr, les Pyrénées. Aínsa n'est pas précisément célèbre pour ses observations d'ours, mais elle disposait d'une vaste infrastructure de centres d'observation de la nature – surtout des oiseaux. Et elle nous a ainsi fourni un cadre parfait pour installer notre laboratoire et permettre à l'entreprise qui le subventionne de retirer des bénéfices des centres de sauvegarde des espèces, à travers les visites guidées et les dons des touristes et des visiteurs, nombreux à Aínsa, et ce, tout au long de l'année.

— Autrement dit, que vous ne vous consacrez pas qu'aux ours ?

— Non, pas du tout, nous nous intéressons à une grande quantité d'espèces. Étant donné le bon état de conservation de la majeure partie des habitats, de nombreuses espèces trouvent refuge dans ces vallées. Les rapaces diurnes – l'aigle royal, le milan royal, le faucon pèlerin, l'autour, l'épervier – et les nocturnes – le hibou royal, le hibou, la chouette... Il est aussi facile de voir de gros charognards, tels que le gyapète barbu, le vautour... et une multitude de petits oiseaux. Mais le docteur et moi-même nous consacrons davantage aux mammifères de grande taille : sangliers, cerfs, renards... quoique ceux de taille moindre soient plus abondants – comme les chauves-souris, les musaraignes, les lapins, les écureuils, les marmottes, les loirs... Vous voyez, nous sommes bien occupés toute l'année, même si nous devons nos plus grosses insomnies aux migrations des grands ours à travers l'Europe, sachant que nous répondons à l'appel chaque fois qu'on nous signale la présence d'un ours.

— Et à quelle conclusion êtes-vous parvenus ? Peut-on envisager la possibilité, même faible, qu'il y ait un ours dans le secteur ? Ou penchez-vous pour un basajaun, comme les gardes forestiers ? s'enquit Jonan.

Le Dr González le regarda, perplexe, mais le Dr Takchenko sourit.

— Je sais ce que c'est, un basajauno, c'est bien cela ?

— Un basajaun, corrigea Jonan.

— Oui, s'exclama-t-elle en se tournant vers son collègue, c'est comme Home Grandizo, Bigfoot, Yéti, Sasquatch. On dit qu'il a existé un géant, un Home Grandizo, dans un lieu appelé le Val d'Onsera. On prétend également qu'il marche en compagnie d'un ours énorme. Et dans mon pays, il y a aussi une légende sur un homme grand et fort, peu évolué, qui habite dans les bois afin de protéger l'équilibre de la nature, c'est la même chose qu'un basajaun ?

— Pratiquement, sauf qu'on attribue au basajaun des qualités magiques : c'est un être mythologique.

— Je croyais que c'était juste le nom que la presse donnait au criminel... parce qu'il tue dans la forêt, dit le Dr González.

— Oh, mais ce n'est pas bien, s'exclama le Dr Takchenko. Un basajaun ne tue pas, il se contente de veiller, de préserver la pureté.

Amaia la regarda fixement se rappelant les paroles de sa sœur. « Le gardien de la pureté. »

— Et les gardes forestiers croient que le basajaun est l'assassin que vous cherchez ? s'étonna le Dr González.

— Eh bien, vous semblez croire en l'existence du basajaun, expliqua Jonan, et vous suggérez que cela pourrait être ce que nous avons pris pour un ours, mais bien entendu il n'aurait rien à voir avec les assassinats, et sa présence ne serait due qu'aux forces de la nature qui l'ont convoqué afin de contenir le prédateur et de restaurer l'équilibre dans la vallée.

— C'est une belle histoire, reconnut le Dr González.

— Mais ce n'est qu'une histoire, dit Amaia, en se levant.

Pour elle, la conversation était terminée.

Ayant passé sa doudoune, elle sortit sur le parking et décida de voyager dans le véhicule de Jonan et de laisser le sien sur place. Elle sortit son téléphone pour appeler James et le prévenir qu'elle partait pour Huesca. Le parking était faiblement éclairé, mais il recevait la lumière blanche qui traversait les vitres de la cafétéria et une autre, plus chaude, provenant des fenêtres de la salle à manger rustique qui se trouvait de l'autre côté. En attendant que James réponde, elle observa les clients qui étaient installés le plus près de la fenêtre. Flora, vêtue d'un chemisier noir ajusté, se penchait en avant dans un geste étudié qui la surprit. Amaia se déplaça entre les voitures, piquée par la curiosité, cherchant l'angle qui lui permettrait de mieux voir la scène. James répondit enfin et elle lui expliqua brièvement son projet, lui disant qu'elle l'appellerait à son retour. Juste au moment où elle disait au revoir à son mari, sa sœur s'écarta de la fenêtre tout en s'inclinant pour prendre la main de son accompagnateur. L'inspecteur Montes souriait en disant à Flora quelque chose qui resta inintelligible pour Amaia, mais qui fit rire sa sœur aînée, laquelle rejeta la tête en arrière en une attitude clairement séductrice, puis regarda à l'extérieur. Amaia se détourna brusquement, tentant de se cacher et laissant tomber son mobile, qui glissa sous une voiture, avant de se persuader que Flora n'avait en aucun cas pu la voir de l'intérieur sur ce parking si mal éclairé.

Elle récupéra son téléphone au moment où Jonan

et les zoologistes sortaient de la cafétéria. Le sous-inspecteur s'installa au volant et elle s'assit à côté de lui, sans prêter attention à ce qu'il disait. Elle souffla, soulagée et un peu confuse de sa propre réaction, dès qu'ils commencèrent à s'éloigner de l'hôtel.

34

Engrasi dénoua le lien qui entourait le nouveau jeu de tarot de Marseille. Elle sortit les cartes de leur boîte et entama un rituel de contact tout en priant et en les battant lentement. Elle savait qu'elle affrontait une chose différente, mais pas inconnue, un vieil ennemi qu'elle avait entraperçu une fois, il y avait très longtemps de cela, le jour où Amaia s'était tiré les cartes quand elle était enfant. Et aujourd'hui, alors que Ros tentait d'aider sa sœur, cette menace ancienne était revenue pour fourrer son museau sale et baveux dans la vie de sa petite-fille.

Engrasi s'était identifiée à Amaia depuis l'enfance. Comme elle, elle avait détesté ce lieu où le sort avait voulu la faire naître, refusant les coutumes enracinées, la tradition et l'histoire, et, finalement elle avait réussi à le fuir. Elle avait fait des études, s'efforçant d'obtenir les bourses qui lui permettraient de s'éloigner de plus en plus de chez elle, d'abord à Madrid, puis à Paris. À la Sorbonne, elle avait étudié la psychologie. Un monde s'était ouvert devant elle dans un Paris révolutionnaire, palpitant d'idées et de rêves de liberté, lui donnant le sentiment d'être une invitée de la vie qui reniait plus que jamais cette obscure vallée où le ciel était de plomb et où la rivière trônait au milieu de la nuit. Paris parfumé d'amour et la Seine coulant majestueusement, silencieuse, l'avaient définitivement séduite et confortée dans ce qu'elle savait déjà : elle ne retournerait jamais à Elizondo.

Elle avait rencontré Jean Martin lors de sa dernière année d'études. Lui, prestigieux psychologue belge, était professeur invité à l'université et avait vingt-cinq ans de plus qu'elle. Ils étaient sortis ensemble en cachette pendant l'année scolaire et, dès qu'elle avait eu sa licence, ils s'étaient mariés dans une petite église située aux environs de Paris. Les trois sœurs de Jean avaient assisté à la cérémonie avec leurs maris, leurs enfants et une centaine d'amis. Personne ne vint du côté d'Engrasi. Elle avait dit à ses belles-sœurs que sa famille était peu nombreuse et que tous avaient été retenus par leurs obligations professionnelles. Quant à ses parents, ils étaient trop âgés pour voyager. À Jean elle avait dit la vérité : elle ne voulait pas les voir, elle ne voulait pas leur parler ni devoir demander des nouvelles des voisins et des vieilles connaissances. Elle ne voulait pas savoir ce qui se passait dans la vallée, elle ne voulait pas que l'influence de son village la rattrape là. Car elle pressentait qu'ils apporteraient avec eux cette énergie de l'eau et de la montagne, cet appel enraciné dans les entrailles que l'on sentait en soi quand on était né à Elizondo. Jean avait souri en l'écoutant, comme s'il avait été question d'une fillette racontant un mauvais rêve, et, de la même façon, il l'avait consolée, la reprenant tendrement.

— Engrasi, tu es une adulte, si tu ne veux pas qu'ils viennent, ne les invite pas.

Et il avait continué à lire son livre pour lui la conversation était close.

La vie n'aurait pu être plus généreuse avec elle. Elle vivait dans la plus belle ville du monde, dans une ambiance universitaire qui maintenait son esprit en éveil et son cœur fasciné par l'assurance absurde que procure le fait de croire que l'on a tout, excepté les enfants, qui n'étaient pas venus pendant les cinq ans qu'avait duré le rêve... Jusqu'au jour où Jean avait succombé à un infarctus en traversant les jardins devant son bureau.

Elle n'avait pas de souvenirs de ces jours-là, elle supposait qu'elle les avait passés en état de choc, même si elle se rappelait s'être montrée sereine et maîtresse d'elle-même, avec ce contrôle de soi que donne l'incrédulité devant les événements. Les semaines s'étaient succédé, entre médicaments pour dormir et visites larmoyantes de ses belles-sœurs, qui avaient insisté pour la protéger du monde, alors que c'était impossible, comme si son cœur, aussi froid et mort que celui de Jean, n'était pas enterré dans un cimetière parisien. Jusqu'à ce qu'elle se réveille, une nuit, en sueur et en larmes, et qu'elle comprenne pourquoi elle ne pleurait pas pendant la journée. Elle s'était levée de son lit et parcourait l'immense appartement, inconsolable, à la recherche d'une trace de la présence de Jean, et même si elle avait vu ses lunettes, le livre encore ouvert à la page qu'il avait marquée, ses pantoufles et la calligraphie serrée qui ornait les encadrés du calendrier de la cuisine, elle ne l'avait pas retrouvé, et cette certitude avait désolé son âme, glaçant ce logis et rendant Paris inhabitable.

Alors elle était retournée à Elizondo. Jean lui avait laissé suffisamment d'argent pour ne plus jamais être dans le besoin. Elle avait acheté une maison dans ce lieu qu'elle avait cru ne pas aimer et, depuis lors, elle n'avait plus quitté la vallée de Baztán.

35

Le vent soufflait fort à Aínsa. Pendant les trois heures qu'ils avaient passé dans la voiture avant d'arriver, Jonan n'avait pas cessé de parler un seul instant, mais le silence taciturne d'Amaia sembla l'avoir gagné pendant les derniers kilomètres, au cours desquels il s'était d'abord tu puis avait allumé la radio et chantonné les refrains à la mode qu'elle diffusait. Les rues d'Aínsa étaient désertes, la lumière chaude et orangée des lampadaires ne parvenait pas à effacer la sensation glaçante que produisait le village médiéval balayé par le froid nocturne, et les rafales d'un vent sibérien couvraient de givre les vitres de la voiture. Jonan suivit le Patrol des zoologistes et les pneus crissèrent sur le pavé des rues jusqu'à une place rectangulaire qui donnait sur l'entrée de ce qui ressemblait à une forteresse. Les experts animaliers arrêtèrent leur voiture près de la muraille et Jonan se gara à côté d'eux. Le froid faisait mal au front comme un clou enfoncé par une main invisible. Amaia tira sur la capuche de sa doudoune, tentant de s'en recouvrir la tête pendant qu'ils suivaient les Drs Gonzalez et Takchenko à l'intérieur de la forteresse. Excepté le fait d'être protégé du vent, on n'était pas vraiment mieux à l'intérieur qu'à l'extérieur. On les conduisit à travers d'étroits couloirs de pierre grise jusqu'à un espace plus vaste où étaient regroupées plusieurs cages géantes dans lesquelles dormaient d'énormes oiseaux qu'Amaia ne sut reconnaître dans la pénombre.

— Ce sont les volières de condescendance des oiseaux qui ont été blessés par des balles, des voitures, ou ont heurté des câbles à haute tension, des éoliennes...

Ils empruntèrent de nouveau l'étroit couloir et montèrent une dizaine de marches avant que le Dr Takchenko ne s'arrête devant une porte blanche à l'aspect anodin mais fermée par plusieurs verrous de sécurité. Le laboratoire se composait de trois salles, lumineuses, ordonnées ; si vastes, et équipées d'instruments si modernes que personne n'aurait imaginé qu'une installation de cette ampleur ait pu se nicher au cœur de cette forteresse médiévale.

Les zoologistes accrochèrent leurs manteaux dans un casier et Nadia Takchenko passa une étrange blouse de laboratoire ajustée à la taille qui s'ouvrait en une large jupe plissée et boutonnée sur un côté.

— Ma mère était dentiste en Russie, expliqua-t-elle. Ses blouses et une dentition saine sont seules choses qu'elle m'ait laissées à sa mort.

Ils se rendirent au fond du labo, où, sur un comptoir en acier inoxydable, étaient alignés divers appareils d'analyse. Amaia reconnut le thermocycleur PCR car elle avait déjà eu l'occasion d'en voir. Semblable à une petite caisse enregistreuse dépourvue de clavier ou à une yaourtière futuriste, son aspect de plastique bon marché renfermait une des technologies les plus sophistiquées au monde. Dans un récipient voisin, s'entassaient des tubes Eppendorf qui ressemblaient à de petites balles de plastique où viendrait se loger le matériel génétique qui devait être analysé.

— C'est la PCR à laquelle vous faisiez référence, elle met entre trois et huit heures à effectuer l'analyse, après quoi il faudrait procéder à une électrophorèse en gel d'agarose afin de décrypter les résultats ; cela nous prendrait au moins deux heures de plus. Et ce que nous avons ici est la HPLC, l'appareil que nous allons utiliser pour désintégrer les types de farine des échantillons, car la PCR ne nous servirait que si, mêlée à de la farine, on trouvait un matériau biologique.

Elle prit de fines seringues en plastique, similaires à celles que l'on utilisait autrefois pour injecter de l'insuline, sur une étagère.

— Voici les injecteurs que nous allons utiliser pour charger les échantillons que nous aurons préalablement dissous dans le liquide ; une injection par échantillon et on aura les résultats, en un peu plus d'une heure. Une électrophorèse n'est pas nécessaire ici, mais il faut un processeur qui possède le logiciel pour analyser les « pics » obtenus lors du prélèvement. Chaque substance spécifique sera représentée par un pic, nous pourrons donc trouver des hydrocarbures, des minéraux, des résidus de l'eau d'arrosage du blé. Des substances biologiques dont nous devrons ensuite préciser la nature par une autre analyse, et ainsi de suite... La partie complexe du processus consiste à programmer le logiciel avec les patrons spécifiques de recherche, et plus nous trouverons de substances différentes, plus il sera facile d'établir la provenance de chaque farine. Le processus dans son ensemble nous prendra entre quatre à cinq heures.

Amaia était fascinée.

— Je ne sais pas ce qui me surprend le plus, le fait que vous disposiez d'un tel labo, ou qu'un génie comme vous se consacre à chercher des empreintes d'ours, reconnut-elle en souriant.

— Nous avons beaucoup de chances d'avoir le Dr Takchenko avec nous, affirma le Dr González. Nous nous sentons très privilégiés.

La zoologiste russe sourit.

— Vous pourriez faire du café pour nos invités, docteur ?

— Bien sûr, répondit-il en riant. Elle ne supporte pas les compliments. Cela va me prendre un peu de temps, je dois aller de l'autre côté du bâtiment, s'excusa-t-il.

— Jonan, accompagne-le, s'il te plaît, si l'un de nous deux est là, c'est suffisant.

— Le Dr González est très aimable, dit Amaia après le départ des deux hommes.

— Je veux bien vous croire, répondit Nadia Takchenko avec son accent marqué. Il est adorable.

Amaia haussa un sourcil.

— Il vous plaît ?

— Oh, je l'espère, bien obligé. C'est mon mari. Il vaut mieux qu'il me plaise, non ?

— Mais... il vous appelle docteur et vous...

— Oui, docteur. (Elle haussa les épaules en souriant.) Que voulez-vous que je vous dise, je suis sérieuse dans le travail et lui, ça le fait rire.

— Pour l'amour de Dieu, je dois affiner mon sens de l'observation, je ne m'étais rendu compte de rien.

Pendant une heure, le Dr Takchenko travailla à l'ordinateur en introduisant les patrons d'analyses ; avec un soin extrême, elle délayait les échantillons que Jonan avait rapportés d'Elizondo, et des miettes du txatxingorri trouvé sur le cadavre d'Anne. D'une main experte, elle injecta un à un chaque prélèvement dans l'appareil.

— Vous devriez vous asseoir, nous en avons pour un moment.

Amaia approcha un tabouret à roulettes et s'assit derrière elle.

— Je sais par votre mari que vous n'aimez pas les compliments ni les flatteries, mais je dois vous remercier ; les résultats de cette analyse peuvent relancer une enquête qui est au point mort.

— Ce n'est rien, croyez-moi, j'adore ça.

— À deux heures du matin ? demanda Amaia en riant.

— C'est un plaisir de vous aider, ce qui se passe dans le Baztán est terrible. Si je peux faire quelque chose pour vous, j'en suis ravie.

L'inspectrice se tut un instant, un peu mal à l'aise, pendant que la machine émettait un bourdonnement tranquille.

— Vous ne croyez pas qu'il y ait un ours dans la vallée, n'est-ce pas ?

Nadia se retourna et fit pivoter sa chaise jusqu'à se trouver en face d'Amaia.

— Non, je ne crois pas... et pourtant il y a quelque chose.

— Quelque chose comme quoi ? Parce que les poils qu'on a retrouvés sur le lieu du crime correspondent à toutes sortes d'animaux, on a même trouvé de la peau de chèvre.

— Et si tous les poils appartenaient au même être ?

— Être ? Mais qu'essayez-vous de me dire ? Que le basajaun existe ?

— Je n'essaie pas de vous dire quoi que ce soit, juste que vous devriez peut-être ouvrir davantage votre esprit, dit-elle en levant les mains à la hauteur de sa tête.

— Il est curieux que ce soit une scientifique qui me dise ça.

— Eh bien, ne soyez pas étonnée, je suis une scientifique, mais je suis aussi très sagace.

Elle sourit et retourna à son travail sans rien ajouter.

Les heures s'écoulèrent lentement pour Amaia, observant le travail méthodique du zoologiste russe et percevant en bruit de fond le bavardage incessant de Jonan et de Raúl González, qui parlaient avec animation de l'autre côté de la pièce. De temps en temps, Nadia s'approchait de l'écran, scrutait les graphiques qui se dessinaient à l'infini et reprenait l'étude de ce qui ressemblait à un épais manuel technique, *a priori* ennuyeux et qui l'absorbait cependant.

Enfin, à quatre heures du matin, le Dr Takchenko s'assit devant l'ordinateur et, quelques minutes plus tard, l'imprimante cracha une feuille. Elle la prit et soupira profondément en la tendant à Amaia.

— Je regrette, ça ne concorde pas.

Amaia le regarda longuement, il était inutile d'être une experte en la matière pour distinguer la différence entre les vallées et les montagnes tracées sur la feuille et celles qui représentaient l'échantillon de txatxingorri. Elle se tut sans cesser de fixer la feuille imprimée, évaluant les conséquences de ces résultats.

— J'ai été très méticuleuse, inspectrice, dit Nadia, visiblement soucieuse.

Amaia s'aperçut que sa déception pouvait passer pour du désappointement ou du mépris envers le travail de la savante russe.

— Oh, je suis désolée, ça n'a rien à voir avec vous, je vous suis très reconnaissante de ce que vous avez fait pour nous, mais c'est juste que j'étais presque certaine que vous trouveriez des concordances.

— Je suis désolée.

— Oui, murmura-t-elle. Moi aussi, je suis désolée.

Elle conduisit en silence sans mettre de musique ni de radio, laissant Jonan dormir pendant tout le trajet de retour. Elle se sentait de mauvaise humeur et frustrée, et pour la première fois qu'on l'avait chargée de cette enquête, elle doutait de parvenir un jour à la mener à bien. Les farines ne conduisaient nulle part, et si l'assassin n'avait pas acheté les txatxingorris dans un établissement de la région, où cela menait-il ? Flora lui avait dit que la pâtisserie avait certainement été cuite dans un four en pierre, mais cela n'était pas non plus d'une grande aide, presque tous les restaurants et grills situés entre Pampelune et Zugarramurdi en étaient équipés, sans compter les boulangeries des hameaux les plus anciens, où l'on en trouvait toujours, même désaffectés.

La route de Jaca était très facile, Amaia estimait qu'ils seraient à Elizondo d'ici trois heures. La solitude de l'aube ébranla son moral déjà en piteux état, et elle jeta quelques regards au visage détendu de Jonan, qui dormait pelotonné contre son manteau. Elle souhaitait presque qu'il se réveille pour ne plus se sentir aussi seule. Que faisait-elle à six heures et demie du matin sur la route de Jaca ? Pourquoi n'était-elle pas chez elle, au lit avec son mari ? Peut-être Fermín Montes avait-il raison et cette affaire la dépassait-elle. En pensant à lui, il lui revint en tête la scène à laquelle elle avait assisté depuis le parking du restaurant et qu'elle avait reléguée pour quelques heures au point de l'oublier ou presque. Montes et Flora. Il y avait dans cette alliance quelque chose de grinçant, et elle se demanda si dans le fond ce ne serait pas une sorte d'instinct familial, d'une rare fidélité, qui la contraignait à maintenir le lien avec Víctor. Jonan l'avait informée qu'on les avait vus ensemble. Elle songea à la conversation qu'elle avait eue avec Flora à l'usine et se rappela que son aînée lui avait fait comprendre qu'elle trouvait Montes agréable. Elle avait pensé que ce devait être l'un de ces commentaires malicieux si typiques de sa sœur, mais ce qu'elle avait vu à l'hôtel ne laissait nulle place au doute : Flora déployait l'artillerie lourde avec Montes, et il semblait heureux. Mais Víctor aussi lui avait semblé heureux, avec sa chemise repassée et son bouquet de roses. Inconsciemment, elle serra les lèvres et hocha la tête. « Merde, merde, merde. »

Il faisait jour quand ils arrivèrent à Elizondo. Elle se gara devant le Galarza, rue Santiago, et réveilla Jonan. L'établissement sentait le café et les *croissants** chauds. Elle apporta elle-même les tasses sur la table en attendant que Jonan revienne des toilettes, les cheveux mouillés et l'air plus réveillé.

— Tu peux aller dormir deux heures, dit-elle en buvant son café.

— Ce ne sera pas nécessaire, moi au moins j'ai fait un petit somme. Vous, vous devez être fatiguée.

L'idée de dormir seule une fois encore ne la séduisait absolument pas, elle pressentait que, d'une certaine façon, elle irait bien tant qu'elle serait éveillée.

— Je retourne au commissariat, je dois tout reprendre; et puis, je suppose qu'aujourd'hui, on va en savoir plus concernant les ordinateurs des autres filles, dit-elle en réprimant un bâillement.

Quand ils sortirent du bar, de fortes rafales de vent humide balayèrent la rue pendant que d'épais nuages voguaient au-dessus d'eux, très haut dans le ciel. Amaia leva la tête et contempla, surprise, le vol insolent d'un faucon qui planait, statique, à cent mètres au-dessus du sol, dédaigneux et majestueux, l'observant comme s'il avait scruté son âme. La tranquillité de ce chasseur, qui restait imperturbable en naviguant dans le vent, fit naître une grande peine en elle, parce que, en comparaison, elle se faisait l'impression d'être une feuille fragile ballottée et dirigée par un vent capricieux.

— Vous allez bien, chef ?

Elle regarda Jonan, étonnée de s'apercevoir qu'elle s'était arrêtée au milieu de la rue.

— Retournons au commissariat, dit-elle en montant en voiture.

Expliquer le pressentiment qui l'avait menée à Huesca était assez vain étant donné les résultats. Malgré ça, Iriarte fut d'accord sur le fait que ç'avait été une bonne idée.
— Une idée qui n'a mené nulle part, déclara-t-elle. Et vous, qu'avez-vous ?
— Le sous-inspecteur Zabalza et moi-même nous sommes concentrés sur les ordinateurs des filles. À première vue, aucun d'entre eux ne contenait d'indices prouvant qu'elles aient fréquenté les mêmes groupes sociaux ou qu'elles aient eu des amis communs. Celui d'Ainhoa Elizasu est intact, mais celui de Carla a été donné à sa petite sœur après sa mort et celle-ci a presque tout effacé. Malgré ça, le disque dur conservait l'historique des visites et de la navigation, et la seule chose que nous ayons tirée au clair est qu'elles fréquentaient toutes les trois des blogs en lien avec la mode et le stylisme, mais ce n'étaient même pas les mêmes. Elles étaient relativement présentes sur les réseaux sociaux, surtout Tuenti, mais les groupes y sont assez fermés. Aucune trace de prédateurs, de pédérastes ou de cyberdélinquants.
— Autre chose ?
— Pas vraiment, le labo de Zaragoza a appelé. Il semble que la peau collée à la cordelette, qui s'est révélée être de la peau de chèvre, porte des incrustations d'une substance qu'ils vont de nouveau analyser ; mais pour l'instant, je ne peux pas vous en dire plus.

Elle soupira profondément.

— Une substance incrustée dans de la peau de chèvre, répéta-t-elle.

Iriarte écarta les mains dans un geste de dépit.

— D'accord, inspecteur, je veux que vous vous rendiez dans les usines figurant sur la liste et que vous interrogiez les propriétaires sur leurs employés actuels ou sur ceux qui ne travaillent plus chez eux sachant confectionner les txatxingorris. Peu importe si cela remonte à plusieurs années, nous rencontrerons ces personnes une à une. Il a bien dû apprendre à en faire pour qu'ils soient d'une aussi bonne qualité. Je veux que vous retourniez parler aux amies des filles, vérifiez à nouveau si l'une d'elles s'est rappelé quelque chose : quelqu'un qui les aurait regardées avec trop d'insistance, quelqu'un qui aurait proposé de les raccompagner en voiture, quelqu'un qui se serait approché d'elles sous n'importe quel prétexte. Je veux aussi que vous alliez revoir leurs camarades de classe du collège et leurs professeurs, je veux savoir si l'un d'eux se montre plus aimable que la normale avec les filles. J'ai découvert qu'au moins deux d'entre eux leur ont donné des cours à toutes les trois, même si ce n'était pas la même année. J'ai souligné leurs noms. Zabalza, enquêtez sur eux, sur leurs antécédents, mais aussi sur les rumeurs, souvent un petit scandale est couvert pour des raisons corporatistes.

Elle observa les hommes qui se trouvaient devant elle, leurs visages attentifs à ses indications, leurs rictus d'inquiétude, leurs regards d'attente.

— Messieurs, nous faisons partie de l'équipe qui doit donner la chasse à l'assassin peut-être le plus complexe que l'on ait connu ces dernières années. Je sais que cela implique un gros effort pour tous, mais, c'est maintenant que nous devons le faire. Quelque chose a dû nous échapper, un détail, un embryon de piste. Dans ce type de crimes où l'assassin essaie de nouer une relation aussi intime avec la victime – et je ne parle pas de sexe mais de toute l'infrastructure qui entoure la mise en scène avant, pendant et après la mort –, il est pratiquement impossible qu'il n'ait laissé aucun indice. Il les tue, il emporte leurs corps sur les berges de la rivière – parfois dans des endroits très difficiles d'accès – puis il les prépare, les transformant en protagonistes de son œuvre. Trop de travail, trop d'efforts, une relation trop proche avec les corps. Nous savons déjà comment il opère, mais si nous n'obtenons rien dans les jours à venir, l'affaire va s'enliser. Entre la peur de la population et les patrouilles qui se sont intensifiées dans toute la vallée, il est peu probable qu'il recommence avant que les choses se calment. Il est certain que le rythme semble s'être accéléré, le temps écoulé entre les crimes s'est réduit, cependant je pressens qu'on n'a pas affaire à un dément parti en vrille : je crois vraiment que l'occasion s'est présentée et qu'il l'a saisie. Il n'est pas idiot, s'il croit qu'il court un risque, il s'arrêtera et reprendra sa vie au-dessus de tout soupçon. Notre seule opportunité est de mener une enquête rigoureuse et de n'omettre aucun détail.

Ils acquiescèrent tous.

— On l'attrapera, dit Zabalza.

— On l'attrapera, répétèrent les autres.

Encourager les policiers qui travaillaient sur

l'enquête constituait l'une des pratiques qu'on lui avait enseignées à Quantico. Mêler le soutien à l'exigence était fondamental quand l'enquête se prolongeait sans donner de résultats positifs et que les esprits commençaient à flancher. Elle regarda son reflet, estompé comme un fantôme sur la baie vitrée de la salle de réunion, maintenant vide, et elle se demanda qui, de toute l'équipe, était le plus démoralisé. À qui avait-elle réellement adressé ces paroles, à ses hommes ou à elle-même ? Elle se dirigea vers la porte et la ferma en poussant le verrou ; elle prit son mobile juste à l'instant où il commençait à sonner.

James la retint au téléphone pendant cinq minutes au cours desquelles il voulut savoir si elle avait dormi, pris son petit déjeuner et si elle allait bien. Elle mentit, lui dit que comme Jonan conduisait, elle avait sommeillé pendant tout le trajet. Son impatience à couper court à la conversation n'échappa probablement pas à James, qui lui arracha la promesse d'être de retour à la maison pour le dîner et, plus soucieux qu'avant, finit par raccrocher, lui laissant sur la conscience le poids de ne pas avoir bien traité la personne qui l'aimait le plus au monde.

Elle chercha dans l'agenda. Aloisius Dupree. Elle consulta sa montre afin de calculer l'heure qu'il était en Louisiane. À Elizondo, il était vingt et une heures trente, quatorze heures trente à La Nouvelle-Orléans. Elle appuya sur la touche d'appel et attendit. Avant la deuxième sonnerie, la voix rauque de l'agent voyagea jusqu'à elle, véhiculant tout le charme du Sud dont se vantait la Louisiane.

— *Mon Dieu** ! À quoi dois-je ce plaisir inattendu, inspectrice Salazar ?

— Bonjour, Aloisius, répondit-elle en souriant, surprise d'être si contente d'entendre sa voix.
— Bonjour, Amaia, tout va bien ?
— Eh bien non, *mon ami**, rien ne va.
— Je t'écoute.

Elle parla sans s'arrêter pendant plus d'une demi-heure, essayant de résumer l'affaire sans rien oublier, exposant et écartant des théories au cours de son récit. Quand elle eut fini, le silence à l'autre bout de la ligne lui sembla si absolu que, l'espace d'un instant, elle craignit que la communication n'ait été coupée. Alors elle entendit soupirer Aloisius.

— Inspectrice Salazar, tu es certainement la meilleure enquêteuse que j'aie connue de ma vie, et j'en ai connu beaucoup, et ce qui te rend si forte n'est pas l'exquise application des techniques policières, on en a souvent parlé quand tu étais là, tu t'en souviens ? Ce qui fait de toi une enquêteuse hors pair, la raison pour laquelle ton chef t'a confié cette affaire, c'est que tu possèdes le pur instinct du pisteur, et cela, *mon amie*, est ce qui distingue les policiers normaux des détectives exceptionnels. Tu m'as donné tout un tas de détails, tu as établi un profil du sujet comme le ferait n'importe quel enquêteur du FBI, et tu as avancé dans l'enquête pas à pas... Mais je ne t'ai pas entendue me dire ce que tu ressens dans tes tripes, inspectrice, ce que te dit ton instinct : comment le perçois-tu ? Se trouve-t-il à proximité ? Est-il malade ? A-t-il peur ? Où vit-il ? Comment s'habille-t-il ? Que mange-t-il ? Croit-il en Dieu ? Son instinct fonctionne-t-il bien ? A-t-il des relations sexuelles régulières ? Et, le plus important, comment tout cela a-t-il commencé ? Si tu y réfléchissais un peu tu pourrais répondre à toutes ces questions et à bien d'autres encore, mais tu dois d'abord donner une réponse à la plus importante d'entre elles : qu'est-ce qui peut bien obstruer le champ d'investigation ? Et ne me dis pas que c'est ce policier jaloux, car tu es au-dessus de tout cela, inspectrice Salazar.

— Je sais, dit-elle tout bas.

— Rappelle-toi ce que tu as appris à Quantico : si tu es bloquée, fais *reset*, réinitialise. Parfois, c'est la seule manière de débloquer un cerveau, peu importe qu'il soit humain ou cybernétique. Fais *reset*, inspectrice. Éteins et rallume, et recommence par le début.

En sortant dans le couloir, elle aperçut la veste en cuir de l'inspecteur Montes, qui se dirigeait vers l'ascenseur. Elle s'attarda quelques instants et, quand elle entendit les portes se refermer avec leur sifflement caractéristique, elle entra dans le bureau où travaillait le sous-inspecteur Zabalza.

— L'inspecteur Montes est-il passé ?

— Oui, il vient de partir, vous voulez que j'essaie de le rattraper ? demanda-t-il en se redressant.

— Non, ce ne sera pas nécessaire. Pouvez-vous me dire de quoi vous avez parlé ?

Zabalza haussa les épaules.

— De rien en particulier : de l'affaire, des nouveautés, je l'ai tenu au courant de la réunion, et c'est à peu près tout... Bon, on a aussi un peu parlé du match d'hier qui opposait le Barça au Real...

Elle le regarda fixement et elle remarqua son trouble.

— Je n'aurais pas dû ? Montes fait partie de l'équipe, n'est-ce pas ?

Amaia continua à le regarder en silence. La voix de l'agent spécial Dupree résonnait toujours dans sa tête.

— Non, ne vous inquiétez pas, tout va bien...

Pendant qu'elle descendait dans l'ascenseur, où flottaient encore les notes les plus suggestives du parfum de Montes, elle se demanda jusqu'à quel point son affirmation était un mensonge : il fallait s'inquiéter, parce que rien n'allait bien.

36

La fine pluie qui était tombée pendant des heures avait détrempé la vallée au point qu'il semblait impossible qu'elle sèche un jour. Au-dessus des surfaces mouillées et luisantes, un soleil incertain s'infiltrait à travers les nuages, arrachant des lambeaux vaporeux à la cime des arbres nus. Dans sa tête persistait encore la question de l'agent spécial Dupree : « Qu'est-ce qui obstrue le champ d'investigation ? » Comme toujours, l'éclat de cet esprit prodigieux l'accabla, ce n'était pas pour rien, malgré ses méthodes extravagantes, l'un des meilleurs analystes du FBI. En à peine trente minutes de conversation téléphonique, Aloisius Dupree les avait disséqués, l'affaire et elle, et, avec une habileté de chirurgien, avait pointé le problème avec cette assurance dont on fait preuve pour enfoncer une punaise sur une carte. Ici. Et il était certain qu'elle le savait aussi, elle le savait avant même de composer le numéro de Dupree, elle le savait avant qu'il réponde depuis la rive du Mississippi. Oui, agent spécial Dupree, il y avait bien quelque chose qui obstruait le champ d'investigation, mais elle n'était pas sûre de vouloir jeter un œil sous la punaise.

Elle monta dans sa voiture, ferma la portière, mais ne démarra pas. L'habitacle était froid et les vitres perlées de microscopiques gouttes de pluie contribuaient à créer une ambiance humide et mélancolique.

— Ce qui obstrue le champ d'investigation, murmura Amaia.

Une immense fureur grandit en elle, remontant par son estomac telle une bouffée ardente de vision d'incendie, accompagnée d'une terreur dépassant toute logique qui la poussa soudain à fuir, à échapper à tout ça, à aller quelque part, dans un endroit où elle se sentirait en sécurité, où la sensation de danger ne la tenaillerait pas ainsi. Le mal ne la guettait plus, le mal la traquait désormais de sa présence hostile, enveloppant son corps comme un brouillard, soufflant sur sa nuque et se moquant de la terreur qu'il inspirait. Elle sentait sa présence vigilante, silencieuse et inévitable, de maladie et de mort. Les alarmes résonnaient en elle, lui demandant de fuir, de se mettre à l'abri, et elle voulait le faire, mais elle ne savait pas où aller. Elle appuya la tête sur le volant et resta ainsi pendant quelques minutes, la crainte et la colère s'enfonçant plus loin dans son être. Quelques coups sur la vitre la firent sursauter. Elle allait l'abaisser, mais elle s'aperçut qu'elle n'avait pas encore démarré. Elle ouvrit alors la portière et une jeune policière en uniforme se pencha pour lui parler.

— Vous vous sentez bien, inspectrice ?
— Oui, parfaitement, juste un peu fatiguée.

La jeune femme acquiesça comme si elle comprenait avant d'ajouter :

— Si vous êtes très fatiguée, vous ne devriez peut-être pas prendre le volant, vous voulez que je vous fasse raccompagner ?

— Ce ne sera pas nécessaire, répondit Amaia en tentant de paraître plus éveillée. Merci.

Elle démarra et quitta le parking sous le regard vigilant de la jeune femme en uniforme.

Elle roula un bon moment dans Elizondo. Rue Santiago, Francisco-Joaquín-Iriarte jusqu'au marché, Giltxaurdi vers Menditurri, retour par Santiago, par le chemin des Alduides jusqu'au cimetière. Elle se gara devant l'entrée et, de l'intérieur de la voiture, elle observa deux chevaux de la ferme voisine qui étaient venus du fond du champ et penchaient leurs têtes imposantes au-dessus de la route.

La porte de fer encadrée de pierre semblait fermée, comme toujours, même si un homme sortit du cimetière en tenant d'une main un parapluie ouvert – bien qu'il ne pleuve pas – et de l'autre un paquet soigneusement enveloppé. Elle songea à cette habitude qu'avaient les hommes de la campagne et les marins, d'attacher fermement ce qu'ils devaient transporter – vêtements, outils, déjeuner –, avec ce qui leur tombait sous la main, de le serrer dans un ballot compact qu'ils enveloppaient dans du tissu ou dans leurs propres vêtements de travail, puis de lier le bout avec une cordelette. L'homme remonta la route d'Elizondo à pied et regarda de nouveau la porte du cimetière, qui n'était pas bien fermée. Amaia descendit de voiture, s'en approcha et la referma non sans jeter un bref regard à l'intérieur du village des morts. Puis elle remonta dans sa voiture et redémarra.

Ce qu'elle cherchait n'était pas là.

Un mélange de tristesse et de colère se bousculait en elle, faisant battre son cœur si fort que l'air contenu dans le véhicule devint bientôt insuffisant pour sa cage thoracique. Elle baissa les vitres et roula ainsi, soupirant d'énervement et éclaboussant l'habitacle de la pluie qui tombait sur elle. La sonnerie du téléphone posé sur le siège passager interrompit le fil de ses pensées obscures. Elle le regarda, agacée, et ralentit un peu avant de s'en saisir. C'était James. « Nom d'un chien, vous ne pouvez pas me laisser tranquille une minute ? » Elle coupa le son, à présent furieuse contre lui, et elle lança l'appareil sur le siège arrière. Elle se sentait tellement agacée par James qu'elle l'aurait giflé. Pourquoi les gens se croyaient-ils si malins ? Pourquoi croyaient-ils tous savoir ce qu'il lui fallait ? La tante, Ros, James, Dupree et cette flic devant le commissariat.

— Allez vous faire foutre, murmura-t-elle. Foutez le camp et laissez-moi tranquille.

Elle prit la direction de la montagne. La route sinueuse l'obligea à se concentrer sur sa conduite, ce qui contribua peu à peu à la calmer. Elle se rappelait que, des années auparavant, quand elle faisait ses études et que la pression des tests et des examens la troublait au point qu'elle en devenait incapable de se rappeler un seul mot de ce qu'elle avait appris, elle avait pris l'habitude de conduire dans les environs de Pampelune. Elle allait parfois jusqu'à Javier ou Eunate, et, à son retour, elle était apaisée et pouvait se remettre au travail.

Elle reconnut l'endroit où elle avait parlé aux gardes forestiers, s'engagea sur la piste, conduisit encore quelques kilomètres, évitant les flaques qui s'étaient formées avec la pluie des derniers jours et qui subsistaient comme de petites lagunes dans ce terrain argileux. Elle se gara dans un endroit qui n'était pas boueux, descendit de voiture et claqua la portière quand elle entendit son téléphone sonner pour la deuxième fois.

Elle fit quelques mètres sur la piste forestière mais ses pieds s'enfonçaient dans la fine couche de boue, ralentissant son pas. Elle les frotta sur l'herbe et, se sentant de plus en plus mal, pénétra dans la forêt, comme sous l'emprise d'un appel mystique. La pluie des premières heures de la journée ne s'était pas infiltrée dans le bois et, sous la cime des arbres, le sol apparaissait sec et propre, comme fraîchement balayé par les lamies de la montagne, ces fées de la forêt et de la rivière qui démêlaient leurs cheveux avec des peignes d'or et d'argent, qui dormaient sous terre pendant la journée et ne sortaient que le soir, afin de séduire les voyageurs qu'elles rencontreraient. Elles récompensaient les hommes qui acceptaient de coucher avec elles et punissaient ceux qui tentaient de voler leurs peignes en leur infligeant d'horribles déformations physiques.

En pénétrant sous la voûte formée par la cime des arbres, Amaia ressentit le même recueillement que lorsqu'elle entrait dans une cathédrale, et elle sentit la présence de Dieu. Elle leva les yeux, étourdie, tandis que la colère abandonnait son corps, la vidant de ses forces. Elle se mit à pleurer. Les premières larmes s'échappèrent, en sanglots sauvages qui lui firent, du plus profond de son âme, perdre l'équilibre. Elle étreignit un arbre à la manière d'un druide devenu fou, comme le faisaient peut-être ses ancêtres, s'appuya contre l'écorce. Vaincue, elle se laissa glisser jusqu'à se retrouver assise par terre, sans desserrer son étreinte. Ses pleurs cessèrent et elle resta ainsi, désolée, son âme lui faisant l'effet d'une maison sur la falaise dont les propriétaires inconséquents auraient laissé portes et fenêtres ouvertes à la tempête. Et maintenant une furie en balayait l'intérieur, renversant tout, faisant disparaître le moindre vestige d'ordre impie. La colère était la seule chose qui existât, elle naissait dans les recoins sombres de son âme, envahissant les espaces que la désolation avait vidés. La colère n'avait pas d'objet, de nom, elle était sourde et aveugle, et Amaia la sentit grandir dans son être, en prendre possession tel un incendie ravivé par le vent.

Le sifflement résonna si fort qu'il emplit tout en un instant. Elle se tourna brusquement, cherchant l'origine du signal, pendant qu'elle portait la main à son arme. Il avait été aigu, comme le sifflet d'un chef de gare. Elle écouta attentivement. Rien. Puis le sifflement se fit de nouveau entendre en toute clarté, cette fois derrière elle. Un coup long suivi d'un autre plus bref. Elle se leva et scruta la végétation alentour, certaine que quelqu'un l'épiait. Elle ne vit personne.

Soudain, un nouveau coup de sifflet bref, semblant destiné à attirer l'attention, résonna dans son dos ; elle se retourna, surprise, et eut le temps de voir entre les arbres une silhouette haute et sombre qui se cachait derrière un grand chêne. Elle allait sortir son arme mais se ravisa car, dans le fond, elle savait qu'il n'y avait pas de menace. Elle ne bougea pas, regardant l'endroit où la silhouette avait disparu à cent mètres d'elle à peine. À environ trois mètres à droite du grand chêne, elle vit s'agiter des branches basses, et, de derrière, surgit une forme à la longue chevelure marron mêlée de gris qui se mouvait avec lenteur, semblant exécuter une danse séculaire, évitant de regarder dans sa direction mais se laissant voir suffisamment pour ne laisser nulle place au doute. Puis elle retourna derrière le chêne et disparut. Amaia resta un instant si calme qu'elle sentait à peine sa propre respiration. Le départ du visiteur fit naître en elle une sensation de paix qu'elle aurait cru impossible, une tranquillité utérine et la sensation d'avoir contemplé un prodige qui dessina sur son visage une sorte de sourire qui brillait encore quand elle se vit, telle une inconnue, dans le rétroviseur de sa voiture. Elle referma l'étui qu'elle avait ouvert par instinct mais d'où elle n'avait pas sorti le Glock. Elle repensa à la sensation bouleversante qui l'avait enveloppée, à la façon dont sa crainte initiale s'était immédiatement transformée en un calme profond, une joie enfantine et démesurée qui lui avait secoué la poitrine comme un matin de Noël.

Amaia remonta dans son véhicule et consulta son téléphone. Six appels manqués, tous de James. Elle chercha dans ses contacts le numéro du Dr Takchenko et le composa. Le signal d'appel retentit avant de s'interrompre immédiatement. Elle démarra et roula avec précaution jusqu'au moment où elle quitta la piste, chercha un endroit sûr, et stoppa la voiture dans un virage dégagé. Et rappela. Le fort accent de Nadia Takchenko la salua à l'autre bout du fil.

— Inspectrice, où êtes-vous ? Je vous entends très mal.

— Docteur, on m'a dit que vous aviez placé des caméras à des points stratégiques de la forêt, c'est vrai ?

— Oui.

— J'étais dans un endroit proche de celui où nous nous sommes vues la première fois, vous vous rappelez ?

— Oui, on y a placé une caméra...

— Docteur... je crois que j'ai vu... un ours.

— Vous croyez ?

— ... Oui.

— Inspectrice, je ne mets pas en doute ce que vous dites, mais si vous aviez vu un ours, vous en seriez sûre, croyez-moi, ça ne fait pas de doute.

Amaia se tut.

— En fait, vous ne savez pas ce que vous avez vu.

— Si, je sais, murmura Amaia.

— ... D'accord, inspectrice. (On entendit *inspectrrrice*.) Je vais examiner les images et je vous appellerai si je vois votre ours.

— Merci.

— Il n'y a pas de quoi.

Amaia raccrocha et composa le numéro de James.

— Je rentre à la maison, mon amour, dit-elle simplement quand il répondit.

37

La sempiternelle rumeur du téléviseur allumé et le fumet que dégageait la soupe de poisson et le pain chaud envahissaient la maison, mais l'impression de normalité s'arrêtait là. En tant qu'enquêteuse, les détails indiquant que les choses avaient changé autour d'elle ne lui échappaient pas. Elle pouvait presque entendre les conversations qui s'étaient tenues à son sujet et qui étaient restées en suspens tels des nuages d'orage à son arrivée. Elle s'assit devant la cheminée et accepta l'infusion que James lui proposa en attendant le dîner. Elle en but une gorgée, consciente qu'elle facilitait ainsi l'intense observation dont elle faisait l'objet. Il était indéniable qu'ils avaient parlé d'elle, qu'ils étaient inquiets, et pourtant, elle ne pouvait s'empêcher d'y voir une intrusion dans son intimité, ni cesser d'entendre la voix intérieure qui clamait : « Pourquoi ne me laissez-vous pas tranquille ? » La fureur aveugle qui l'avait dominée dans la forêt resurgissait avec une facilité extrême sous les regards de côté, les paroles conciliantes et les attitudes contenues et étudiées de sa famille. Ne se rendaient-ils pas compte qu'ils ne faisaient que l'irriter ? Pourquoi ne se comportaient-ils pas normalement et ne la laissaient-ils pas en paix ? Une paix comme celle qu'elle avait trouvée dans la forêt. Le sifflement retentissant qui résonnait encore en elle et le souvenir de la vision parvinrent à l'apaiser de nouveau. Elle se remémora l'instant où elle y avait vu surgir la créature entre les branches les plus basses de l'arbre. La façon placide qu'elle avait eue de se retourner sans la regarder, se laissant voir malgré tout. Il lui revint à l'esprit les histoires que la catéchiste lui avait racontées concernant les apparitions de la Vierge à Bernadette ou aux petits bergers de Fatima. Elle s'était toujours demandé comment il était possible que les enfants ne s'enfuient pas, épouvantés. Comment étaient-ils sûrs que c'était la Vierge ? Pourquoi n'avaient-ils pas peur ? Elle pensa à sa propre main à la recherche de l'arme, qui lui avait soudain semblé inutile. À la sensation de paix profonde, d'immense joie qui avait inondé sa poitrine en dissipant doute, angoisse et douleur.

Elle n'osait pas, même en pensée, lui donner de nom. La policière en elle, la femme du XXIe siècle, la citadine, refusait ne serait-ce que d'y songer, car c'était sans doute un ours, cela devait être un ours. Et pourtant...

— Qu'est-ce qui te fait rire ? demanda James en la regardant, surpris.

— Quoi ? demanda-t-elle, surprise elle aussi.

— Tu riais..., fit-il, visiblement soulagé.

— Oh... eh bien, ç'a un rapport avec quelque chose dont je ne peux pas parler, s'excusa-t-elle, étonnée de l'effet produit sur elle par ce souvenir.

— Bon, quoi qu'il en soit je m'en réjouis, je ne

t'avais pas vue aussi radieuse depuis des jours, dit-il en souriant.

Le dîner se déroula tranquillement. La tante raconta une anecdote concernant des amies sur le point de partir pour l'Égypte et James lui décrivit le marché de Noël d'une localité proche qu'ils avaient arpenté toute la journée et sur lequel on trouvait manifestement les meilleurs légumes de la vallée. Ros ne dit rien. Elle lui accorda juste quelques regards insistants et soucieux qui parvinrent à la remettre de mauvaise humeur. Dès qu'ils eurent fini le repas, Amaia s'excusa de sa fatigue et se dirigea vers l'escalier.

— Amaia, l'arrêta sa tante. Je sais que tu as besoin de dormir, mais je crois qu'auparavant nous devrions avoir une conversation à propos de ce qui t'arrive.

Elle se retourna lentement, s'armant de patience mais sans dissimuler son air las.

— Merci de t'en inquiéter, tía, mais je n'ai rien, dit-elle en s'adressant aussi à sa sœur et à James, qui se tenaient derrière Engrasi à l'instar d'un chœur grec. J'ai passé deux nuits sans dormir et je subis une grande pression…

— Je sais, Amaia. Je ne le sais que trop, mais on ne trouve pas toujours le repos en dormant.

— Tía…

— Tu te rappelles ce que tu m'as demandé hier, quand t'a sœur t'a tiré les cartes ? Eh bien, c'est le moment, je vais le faire et on parlera du mal qui te tourmente.

— Tía, s'il te plaît, dit-elle en adressant un regard en coin à James.

— Pour cette raison même, Amaia, tu ne crois pas qu'il serait temps que ton mari en soit informé ?

— Informé de quoi ? intervint James. Qu'est-ce que je devrais savoir ?

Engrasi regarda Amaia comme pour lui demander la permission de parler.

— Pour l'amour du ciel ! s'exclama-t-elle en s'asseyant de dépit sur une marche, ayez pitié de moi, je suis épuisée, je vous jure que je ne suis pas en état. Attendons demain. Demain, je vous en donne ma parole, j'ai pris ma journée, on parlera, mais aujourd'hui je ne peux même pas réfléchir clairement.

La perspective de passer un jour avec elle sembla satisfaire James et, quoiqu'il soit de toute évidence intrigué, il finit par céder en sa faveur.

— Parfait, demain c'est dimanche, on avait pensé faire une sortie en montagne le matin, et ensuite, la tante nous fera de l'agneau grillé et ta sœur Flora viendra déjeuner avec nous.

La perspective de partager un repas avec son aînée ne la séduisait absolument pas, mais si c'était le prix à payer pour que cette conversation cesse, elle l'acceptait volontiers.

— Bonne idée, dit-elle en se relevant et en gravissant rapidement l'escalier sans leur donner le temps de riposter.

L'agent spécial Dupree prit le sac qu'Antoine lui tendait et qu'il était allé chercher dans l'arrière-boutique de son magasin bondé. Les touristes venus assister au carnaval raffolaient de ce genre d'endroit, encombré de babioles, objets de culte de l'ancienne religion et du vaudou aseptisé pour les visiteurs de La Nouvelle-Orléans désireux de rapporter des amulettes et des colliers pour les montrer à leurs amis.

Il s'était directement adressé à Antoine et lui avait glissé dans la main la liste des ingrédients dont il avait besoin et deux billets de cinq cents dollars. Meire était cher, mais il savait que Nana n'accepterait pas les produits médiocres d'un autre. Il s'arrêta sous les arcades d'une vieille auberge de la rue St. Charles en regardant passer l'un des nombreux défilés du mardi gras, le carnaval populaire de La Nouvelle-Orléans, qui parcourait les avenues du Quartier français, entraînant dans son sillage des vagues de gens bruyants et suants. Les trente degrés d'une température un peu élevée pour le mois de février et l'humidité qui montait du Mississippi, enveloppant la foule et gonflant l'embrasure des portes, contribuaient à rendre l'air dense et lourd, poussant à la consommation de bière ces dévots du carnaval qui n'avaient guère besoin d'encouragements. Il attendit que le gros de la troupe fût passé, traversa l'avenue et pénétra dans un passage séparant les maisons où le bois craquait sous l'effet de la chaleur et où la peinture fournie par la mairie pour blanchir les façades faisait toujours défaut. Les marques du niveau atteint par l'eau quand la malédiction de Katrina était venue leur rendre visite étaient encore visibles. Il gravit un escalier extérieur qui craqua comme les os d'un vieillard et s'engagea dans un couloir sombre où la lumière avare provenait d'une lampe Tiffany, qui lui sembla authentique

– et elle l'était probablement – reposant sur le rebord d'une petite fenêtre. Il se rendit directement à la dernière porte tout en aspirant le parfum d'eucalyptus et l'odeur de transpiration qui régnaient dans le couloir. Il frappa du bout des doigts. Un murmure l'interrogea de l'intérieur.

— *C'est Aloisius**.

Une vieille femme qui lui arrivait à peine à la poitrine ouvrit la porte en se jetant dans ses bras.

— *Mon cher petit Aloisius**. Qu'est-ce qui me vaut l'honneur de ta visite ?

— Oh, Nana, rien ne t'échappe, comment fais-tu pour être aussi perspicace ? demanda-t-il dans un sourire.

— Parce que je suis très vieille. C'est la vie, *mon cher**, maintenant je suis enfin sage, je suis trop vieille pour sortir le mardi gras, se plaignit-elle en souriant. Que m'apportes-tu ? demanda-t-elle en regardant le sac marron sans en-tête qu'il tenait à la main. Un cadeau ?

— En quelque sorte, Nana, mais pas pour toi, dit-il en le lui tendant.

— Crois-moi, *mon cher enfant**, j'espère ne jamais avoir besoin que tu me fasses un de ces cadeaux.

La femme inspecta l'intérieur du paquet.

— Je vois que tu es allé chez Antoine Meire.

— Oui.

— *C'est le meilleur**, dit-elle d'un air approbateur tout en reniflant des racines sèches et blanchâtres qui, dans la faible lumière de l'appartement, ressemblaient à des os de main humaine.

— *J'ai besoin d'aide pour une amie, une femme qui est perdue et qui doit trouver sa voie**.

— Une femme qui est perdue ? Comment ça, perdue ?

— Perdue dans son propre abîme, répondit-il.

Nana disposa sur la table en chêne qui occupait presque toute la pièce la trentaine d'ingrédients soigneusement conservés dans des enveloppes petit format en papier Manille, de petites boîtes en plastique transparent et des fioles remplies de substances oléagineuses et interdites dans les cinquante États.

— *C'est bien**, dit-elle, mais tu vas devoir m'aider à déplacer les meubles pour laisser suffisamment d'espace et il faudra tracer les pentagrammes au sol. Ta pauvre Nana est très perspicace, mais cela ne la libère pas de l'arthrite.

38

La lampe de chevet projetait une lumière blanche et excessive. Pendant plus de vingt minutes, Amaia parcourut la maison à la recherche d'une ampoule moins forte. Elle découvrit deux choses : Engrasi les avait toutes remplacées par ces horribles lampes à économie d'énergie avec leur lumière fluorescente, et celles de sa chambre étaient les seules de la maison à avoir un petit culot. James l'observait du lit sans rien dire, il connaissait parfaitement le rituel et savait que sa femme ne s'arrêterait que lorsqu'elle aurait trouvé une façon de se sentir bien. Visiblement lasse, elle s'assit sur le lit et observa la lampe comme si elle avait regardé un insecte répugnant. Elle prit sur la chaise un pashmina violet, recouvrit partiellement l'abat-jour en forme de tulipe et regarda James.

— Trop de lumière, se plaignit-il.
— Tu as raison, acquiesça-t-elle.

Elle prit la lampe par la base et la posa par terre, entre le mur et la table de nuit, puis ouvrit un dossier en carton posé sur la coiffeuse et le plaça en paravent à quelques centimètres de l'ampoule. Elle se tourna alors vers James, constatant que le degré de lumière avait considérablement baissé. Puis elle soupira et s'étendit à côté de lui, qui se redressa sur le coude et commença à lui caresser le front et les cheveux.

— Raconte-moi ce que tu as fait à Huesca.

— J'y ai perdu mon temps. J'étais presque sûre qu'il y aurait une concordance entre certains des éléments prélevés. Les zoologistes avaient accepté de faire des analyses que notre labo n'a pas encore terminées ; si on avait obtenu les résultats que j'attendais, ça aurait été du concret. On aurait pu interroger les vendeurs, ce sont de petits villages et ils se seraient certainement souvenus de l'acheteur, enfin bon des détails dont on a besoin. Mais les résultats ont été négatifs et cela ouvre une multitude de possibilités : les gâteaux peuvent venir d'ailleurs, d'une autre province ou, le plus probable, que ce soit l'assassin qui les a confectionnés ; un membre de sa famille, quelqu'un de proche.

— Je ne sais pas, ça ne cadre pas tellement, un tueur en série qui donne dans l'artisanal...

— Celui-là, si. Nous croyons qu'il cherche vraiment un retour à la tradition. Et puis, d'autres assassins ont montré une prédilection pour l'élaboration de bombes, d'armes artisanales, de poisons... Cela leur fait penser que leurs actions ont du sens.

— Et maintenant ?

— Je ne sais pas, James. Freddy a été écarté de la liste des suspects, le petit ami de Carla aussi, le père de Johana n'a rien à voir avec les autres crimes. On n'a rien trouvé dans la famille proche, ni chez les amis, il n'y a pas de pédophiles fichés dans la région et les délinquants sexuels ont un alibi, ou ils sont en prison. Tout ce qu'on peut faire, c'est ce qu'aucun enquêteur ne supporte.

— Attendre ? suggéra James.

— Attendre que ce salaud recommence, qu'il commette une erreur, qu'il devienne nerveux ou que, dans sa suffisance, il nous donne quelque chose qui nous conduise jusqu'à lui.

James se pencha sur Amaia et l'embrassa, puis se recula pour la regarder dans les yeux et l'embrassa encore. Amaia fut tentée de le repousser, mais, au deuxième baiser, elle sentit la tension refluer. Elle posa la main sur la nuque de James et se glissa sous son corps, pour sentir son poids sur elle. Elle chercha le bord de son tee-shirt et le souleva, découvrant la poitrine de son mari pendant qu'elle retirait le sien. Elle adorait sa façon de se tendre sur elle. À la manière d'un athlète grec, il révélait une nudité parfaite et une chaleur qui la rendait folle. Elle parcourut avec des mains impatientes son dos jusqu'à arriver en bas, se délecta de ses fesses dures et glissa une main jusqu'à son entrecuisse afin de sentir toute sa vigueur pendant qu'il s'amusait à lui embrasser le cou et la poitrine. Le sexe lui plaisait lent et doux, sûr, confiant et élégant, et cependant, parfois, le désir l'assaillait soudain, impétueux et sauvage, et elle était la première surprise du degré d'impatience et de désespoir qu'elle atteignait en quelques secondes, troublant sa raison et la transformant en un animal capable de tout. Tandis qu'ils faisaient l'amour, elle se sentait poussée à parler, à lui dire à quel point elle le voulait, l'aimait et combien elle était heureuse de s'adonner au sexe avec lui. Elle était alors la proie d'une passion telle qu'elle était persuadée d'être incapable de l'exprimer avec des mots. Elle savait ce qu'elle devait dire, pressentait ce qu'elle devait taire, car pendant qu'ils s'aimaient de cette façon chaude et liquide où les bouches ne suffisaient pas, où les mots étaient rauques et entrecoupés, un tourbillon de sentiments, de passions et d'instincts se déchaînait en elle, entraînant à la manière d'un raz-de-marée la sagesse et la raison jusqu'à des territoires qui l'effrayaient autant qu'ils l'attiraient tel un abîme où disparaissait tout ce qui ne devait pas être dit, les désirs les plus tortueux, la jalousie irrationnelle, les instincts sauvages, le désespoir et cette douleur inhumaine qu'elle percevait fugitivement avant d'atteindre le plaisir, et qui était le cœur de Dieu, ou la porte de l'enfer. Un chemin vers l'éternité, ou vers la découverte cruelle qu'il n'y avait rien après, que son esprit effaçait pieusement à peine l'orgasme atteint, pendant que l'assoupissement l'attrapait dans une toile d'araignée chaude et la plongeait dans un sommeil profond où la voix de Dupree murmurait.

Elle ouvrit les yeux et se calma sur-le-champ en reconnaissant l'espace familier de la chambre, baignée par la lumière laiteuse que répandait la lampe à demi cachée dans le coin. Un riche camaïeu de gris pour dessiner le monde nocturne qu'elle regagnait pendant son sommeil. Elle changea de position et ferma les yeux de nouveau, bien décidée à dormir. L'assoupissement l'enveloppa immédiatement dans un état placide de demi-conscience d'elle-même, de son doux James respirant près d'elle, du riche arôme qui émanait de son corps, de la chaleur des draps de flanelle et de la tiédeur qui l'entraînait vers le sommeil profond.

Et la présence. Elle la sentit si proche et maléfique que son cœur bondit dans sa poitrine et au gré d'une convulsion presque sonore. Avant d'ouvrir les yeux, elle savait déjà qu'elle était là, debout près du lit. Elle l'avait observée, avec son sourire tordu et ses yeux froids, secrètement amusée à l'idée de la terroriser, ainsi qu'elle le faisait quand Amaia était petite et qu'elle le faisait encore aujourd'hui, car, après tout, elle vivait dans sa peur. Amaia le savait, mais elle ne pouvait éviter la panique qui, telle une dalle, l'écrasait en l'immobilisant, la transformant en fillette tremblante qui luttait contre elle-même pour ne pas ouvrir les yeux. « Ne les ouvre pas. Ne les ouvre pas. »

Mais elle les ouvrit, et elle savait déjà que son visage s'inclinait sur elle, s'approchant encore tel celui d'un vampire qui avait l'intention non de boire son sang, mais son souffle. Si Amaia n'ouvrait pas les yeux, elle s'approcherait tant qu'elle aspirerait son air, ouvrirait sa bouche moqueuse et la dévorerait.

Elle ouvrit les yeux, la vit et cria.

Ses cris se confondirent avec ceux de James, qui l'appelait de très loin, et avec la course des pieds nus dans le couloir.

Amaia sortit du lit folle de peur et en partie consciente qu'elle n'était plus là. Elle enfila son pantalon et un sweat-shirt à toute vitesse, prit son arme et descendit l'escalier, poussée par l'urgence d'en finir une fois pour toutes avec la terreur. Elle n'alluma pas la lumière car elle savait parfaitement où chercher. La cheminée était éteinte mais le marbre de la tablette conservait encore la chaleur du foyer. Elle chercha à tâtons une boîte en bois sculpté qui se trouvait toujours là. Elle fouilla avec des doigts habiles parmi les mille bibelots qui avaient atterri ici. Elle effleura le cordon et le sortit de la boîte, renversant une partie de son contenu, qui tomba par terre en tintant dans l'obscurité.

— Amaia, cria James.

Elle se tourna vers l'escalier, où sa tante venait d'allumer la lumière. Ils l'observaient, terrifiés. Regards confus, visages interrogateurs. Elle ne répondit pas. Elle passa près d'eux, se dirigea vers la porte et sortit. Elle se mit à courir, emportant le cordon et la clé serrés dans son poing et elle constata que la douceur du nylon du cordon avec lequel son père avait attaché cette clé pour elle le jour de ses neuf ans était intacte.

La lumière atteignait péniblement la porte de l'usine. Le lampadaire au coin de la rue déversait une lumière orange qui teintait à peine le trottoir. Elle palpa la serrure de l'index et y introduisit la clé. L'odeur de farine et de beurre l'enveloppa, la ramenant subitement vers une certaine nuit de son enfance. Elle ferma la porte et tendit le bras au-dessus de sa tête à la recherche de l'interrupteur. Il n'était pas là, il n'y était plus.

Il lui fallut quelques secondes pour comprendre qu'elle n'avait plus besoin de se dresser sur la pointe des pieds pour l'atteindre. Elle alluma la lumière et, dès qu'elle put voir, elle se mit à trembler. La salive s'épaississait contre son palais, on aurait dit une énorme boule de mie, impossible à disloquer, difficile à avaler. Elle se dirigea vers les bidons qui étaient toujours entassés dans le même coin. Elle les regarda, saisie d'effroi, pendant que sa respiration s'accélérait sous l'effet de ce qui allait arriver, de ce qui venait maintenant.

— Qu'est-ce que tu fais là ?

La question résonna très clairement dans sa tête.

Les larmes inondèrent ses yeux, l'aveuglant un instant. Ses rétines brûlaient. Un froid intense la tenailla, la faisant tressaillir davantage. Elle se retourna lentement et dirigea ses pas vers la table à pétrir. Elle étira ses doigts tremblants jusqu'à toucher la surface polie de la masse d'acier pendant que la voix de sa mère tonnait de nouveau dans sa tête. Un rouleau d'acier reposait dans l'évier et une goutte tombait, toujours la même, du robinet, éclaboussant rythmiquement le fond. La terreur grandissait, annihilant tout.

— Tu ne m'aimes pas, murmura-t-elle.

Et elle sut qu'elle devait fuir, car c'était la nuit de sa mort. Elle se retourna vers la porte et essaya. Elle fit un pas, un autre, puis un autre encore, et cela recommença, exactement tel qu'elle l'avait prévu. Il ne servait à rien de fuir car il était inévitable qu'elle meure cette nuit. Mais la fillette résistait, la fillette ne voulait pas mourir et lorsqu'elle se retourna pour la voir, elle leva la main dans une vaine tentative de se protéger du coup mortel, elle tomba à terre foudroyée, terrorisée, son cœur à deux doigts d'exploser de panique juste avant de s'arrêter. Elle resta allongée et brisée. Elle sentit le second coup, il ne lui fit pas mal. Après, plus rien, l'épais tunnel de brouillard qui s'était formé autour d'elle se dissipa, éclairant son champ de vision comme si quelqu'un lui avait lavé les yeux.

Elle restait là, l'observant, appuyée contre la table. Les halètements d'Amaia étaient courts et réguliers, elle reprenait lentement son souffle. Elle perçut sa respiration, profondément soulagée. Elle l'entendit ouvrir le robinet, laver le rouleau. Elle l'entendit s'approcher, s'agenouiller à côté d'elle sans cesser de l'observer. Elle la vit se pencher sur son visage en scrutant ses traits. Ses yeux morts, sa bouche figée dans un cri qui aurait été une prière. Elle vit ses yeux froids, sa bouche contractée dans une attitude de curiosité qui ne parvint pas à monter jusqu'à ses yeux froids, qui restaient impassibles. Sa mère s'approcha, la frôlant presque, on aurait dit qu'elle se repentait de son crime, elle allait l'embrasser. Ce baiser d'une mère qui ne vint jamais. La mère ouvrit la bouche et lécha le sang qui coulait lentement de la blessure sur le visage de sa fille. Elle souriait quand elle se redressa, et continua à sourire en la prenant dans ses bras et en l'enfonçant dans la farine du pétrin.

— Amaia, hurla la voix.

Tante Engrasi, Ros et James la regardaient devant la porte de l'usine. Son mari tenta de s'avancer vers elle, mais la tante le retint par la manche.

— Amaia, appela-t-elle de nouveau, doucement, mais fermement.

Amaia, à genoux par terre, regardait l'ancien pétrin avec, sur le visage, une expression proche de la moue enfantine.

— Amaia Salazar, répéta-t-elle.

Elle sursauta, comme si l'appel l'avait surprise.

Puis elle porta la main à sa taille, sortit son arme et la pointa dans le vide.

— Amaia, regarde-moi, ordonna Engrasi.

Amaia continua à fixer un point dans le vide, avalant d'épaisses boules de mie tout en tremblant comme si elle avait été nue sous la pluie.

— Amaia.

— Non, murmura-t-elle d'abord. Non, cria-t-elle.

— Amaia, regarde-moi, ordonna sa tante comme si elle parlait à une petite fille. (Elle l'observa en fronçant les sourcils.) Que se passe-t-il, Amaia ?

— Tía, je ne laisserai pas cela arriver.

Sa voix était descendue d'une octave et résonna de façon fragile et enfantine.

— Cela n'est pas en train d'arriver, Amaia.

— Si.

— Non, Amaia, c'est arrivé quand tu étais une petite fille, mais maintenant tu es une femme.

— Non, je ne la laisserai pas me dévorer.

— Personne ne peut te faire de mal, Amaia.

— Je ne permettrai pas que ça arrive.

— Regarde-moi, Amaia, ça n'arrivera plus jamais. Tu es une femme, tu es policier et tu as une arme. Personne ne te fera de mal.

La mention de l'arme lui fit regarder ses mains et elle parut étonnée de la voir là. Elle prit alors conscience de la présence de James et de Ros, qui la regardaient toujours depuis l'entrée, pâles et muets. Très lentement, elle abaissa son arme.

Sur le chemin de la maison, James ne lui lâcha pas la main, et il la garda quand il s'assit à côté d'elle pendant que la tante et Rosaura préparaient une infusion de tilleul dans la cuisine.

Amaia resta silencieuse, écoutant les murmures lointains de la tante et observant l'air tendu de son mari, qui souriait de cette moue soucieuse avec laquelle les parents considèrent leurs enfants blessés à l'hôpital. Mais cela lui importait peu, elle se considérait égoïstement satisfaite car, au-delà de l'incroyable fatigue qui la dévastait, elle éprouvait une sensation de renouvellement digne d'un ressuscité biblique.

Ros disposa les tasses sur une table basse devant le canapé puis s'occupa du feu dans la cheminée ; la tante revint au salon, s'assit en face d'eux et ôta le couvercle des tasses, laissant l'odeur nauséabonde du tilleul s'élever en un nuage vaporeux.

James regarda fixement Engrasi. Elle hocha la tête avec l'air de soupeser la situation et soupira.

— Eh bien, je crois que le moment est venu de me raconter ce que je dois savoir.

— Je ne sais pas par où commencer, dit Engrasi en s'enveloppant dans son peignoir.

— Commencez par m'expliquer ce qui est arrivé cette nuit et ce que j'ai vu à la fabrique.

— Ce que tu as vu cette nuit à la fabrique a été une manifestation terrifiante de stress post-traumatique.

— Stress post-traumatique ? C'est la paranoïa dont souffrent certains soldats de retour du front, non ?

— Exactement, mais cela ne concerne pas uniquement les militaires. Quiconque ayant vécu un épisode ponctuel ou récurrent au cours duquel il a éprouvé la certitude qu'il allait connaître une mort violente peut être touché.

— Et c'est ce qui est arrivé à Amaia ?

— Exactement.

— Mais pourquoi ? Est-ce lié à quelque chose qui s'est passé dans le cadre de son travail ?

— Non, heureusement elle ne s'est jamais sentie aussi exposée au danger dans le cadre de son travail...

James regarda Amaia, qui souriait légèrement en écoutant la conversation, tête baissée. Engrasi se remémora les connaissances acquises lors de ses années passées à la faculté de psychologie, qu'elle s'était repassé mentalement des centaines de fois en espérant que ce jour n'arriverait jamais.

— Le stress post-traumatique est un assassin endormi. Il reste parfois latent des mois, voire des années après l'événement qui l'a provoqué. Une situation réelle où l'individu a couru un danger réel. Le stress agit comme un système de défense qui identifie des signes de danger donnant l'alerte dans le but de protéger l'individu et d'éviter qu'il ne soit à nouveau confronté au même péril. Par exemple, si une femme se fait violer sur une route sombre à l'intérieur d'une voiture, il est logique que, par la suite, dans des situations semblables, la nuit, en pleine campagne, l'intérieur d'un véhicule sombre fasse naître en elle une sensation désagréable qu'elle identifiera comme un signal de danger et dont elle tentera de se prémunir.

— C'est logique, murmura Ros.

— Jusqu'à un certain point, mais le stress posttraumatique est une sorte de réaction allergique, il est complètement disproportionné par rapport à la menace. C'est comme si cette femme sortait un spray antiviol quand elle sentait une odeur de cuir, de désodorisant au pin ou qu'elle entendait un hibou hululer dans la nuit.

— Un spray ou une arme, dit James en regardant Amaia.

— Le stress produit chez la personne qui en souffre un extraordinaire niveau d'alerte, qui se traduit par un sommeil léger, des cauchemars, de l'irritabilité et une terreur irrationnelle d'être attaquée de nouveau se manifestant par une fureur défensive débridée qui la porte à se montrer violente dans le seul but de parer l'attaque dont elle se croit victime. Car elle revit la scène, non l'attaque en soi, mais toute la douleur et toute la peur éprouvées.

— Quand nous sommes entrés dans l'usine, on aurait dit qu'elle jouait une pièce de théâtre...

— Elle revivait un moment de grand danger. Et elle le faisait avec la même intensité que si cela se produisait à cet instant, dit-elle en regardant Amaia. Ma pauvre petite fille courageuse. Souffrant et ressentant la même chose que cette nuit-là.

— Mais... (James regarda à nouveau Amaia, qui tenait dans sa main une tasse blanche et fumante à laquelle elle n'avait pas encore touchée.) Tu veux dire que ce qui est arrivé cette nuit à la fabrique est dû à un épisode de stress post-traumatique, que c'est une réaction de défense devant des signes qu'Amaia a identifiés comme étant des signaux de danger de mort. C'est-à-dire qu'Amaia a cru qu'on allait la tuer... ?

Engrasi acquiesça, portant ses mains tremblantes à sa bouche.

— Et quelle est l'origine de ce traumatisme ? Car

ça ne lui était jamais arrivé auparavant, dit-il en regardant sa femme avec douceur.

— L'épisode a pu être déclenché par n'importe quoi, mais je suppose que le fait de se retrouver ici, à Elizondo, a dû jouer... La fabrique, ces crimes perpétrés sur les fillettes... Et en fait, cela lui est déjà arrivé il y a longtemps, alors qu'elle avait neuf ans.

James regarda Amaia, qui semblait sur le point de défaillir.

— Tu souffrais de stress post-traumatique à neuf ans ?

Sa voix était presque inaudible.

— Je ne m'en souviens pas, répondit-elle, je ne m'étais pas souvenue de ce qui est arrivé cette nuit-là depuis vingt-deux ans. Je suppose qu'à force de vouloir m'en persuader, j'ai fini par croire que ça n'avait pas vraiment eu lieu.

James lui ôta la tasse intacte et la posa sur la table, prit les mains d'Amaia entre les siennes et la regarda dans les yeux.

Amaia sourit, mais elle dut baisser la tête afin de pouvoir dire :

— Quand j'avais neuf ans, ma mère m'a suivie un soir à la fabrique et m'a frappée à la tête avec un rouleau à pâtisserie en acier ; quand j'étais à terre, inconsciente, elle m'a frappée une seconde fois, après quoi, elle m'a enterrée dans le pétrin et a vidé deux sacs de cinquante kilos de farine sur moi. Elle n'a prévenu mon père qu'une fois qu'elle m'a crue morte. C'est pour cela que j'ai vécu le reste de mon enfance chez ma tante.

Sa voix était sortie, impersonnelle et sans aucune

modulation, comme s'il s'agissait d'un son provenant d'une autre dimension.

Ros pleurait en silence en contemplant sa sœur.

— Pour l'amour du ciel, Amaia, pourquoi ne m'en as-tu jamais parlé ? demanda James, horrifié.

— Je ne sais pas, je te jure que je n'y ai pratiquement pas repensé ces dernières années. J'avais enfoui ça quelque part dans mon subconscient. En dehors de la version authentique, il a toujours existé une version officielle de ce qui était arrivé, et je l'ai répétée si souvent que je crois que j'ai fini par y croire. Je pensais avoir oublié, et puis j'ai tellement honte... Je ne suis pas comme ça, je ne voulais pas que tu penses...

— Tu n'as pas à avoir honte, tu étais une petite fille et la personne qui devait veiller sur toi t'a fait du mal. C'est la chose la plus cruelle que j'aie entendue de ma vie, et j'en suis vraiment désolé, ma chérie, je regrette qu'on t'ait fait une chose aussi horrible, mais plus personne ne te fera de mal désormais.

Amaia le regarda en souriant.

— Vous ne pouvez pas imaginer à quel point je me sens bien, j'ai l'impression de m'être débarrassée d'un grand poids. L'« obstruction », dit-elle, songeant soudain aux paroles de Dupree. En revenant ici, les souvenirs sont remontés à la surface, et ne pas pouvoir te le dire a ajouté du poids supplémentaire à ce que ça représentait pour moi.

James s'écarta un peu d'elle afin de pouvoir regarder sa femme.

— Et que va-t-il se passer à présent ?
— Que veux-tu qu'il se passe ?
— Je comprends que maintenant, tu te sentes

bien, libérée et légère, mais, Amaia, ce qui s'est passé l'autre jour, quand tu as sorti ton arme sous le nez de ta sœur et cette nuit, tout ça n'a rien d'une plaisanterie.

— Je sais.

— Tu as perdu le contrôle, Amaia.

— Il ne s'est rien passé de grave.

— Mais cela aurait pu. Comment peut-on être sûr qu'un épisode de ce genre ne se reproduira pas ?

Amaia se tut. Elle se libéra de l'étreinte de son mari et se leva. James regarda Engrasi.

— C'est toi, l'experte, que doit-on faire ?

— Exactement ce qu'on est en train de faire, en parler. Raconter les choses, nous expliquer ce qu'elle ressent, partager ses peurs avec ceux qui l'aiment. Il n'y a pas d'autre thérapie.

— Pourquoi ne pas l'avoir appliquée quand elle avait neuf ans ? demanda-t-il sans masquer le reproche dans sa voix.

Engrasi se leva et se dirigea vers la cheminée où s'appuyait Amaia.

— Je suppose que, dans le fond, j'ai toujours espéré qu'elle l'aurait oublié. Je l'ai comblée d'amour, j'ai tenté de faire en sorte qu'elle l'oublie, qu'elle n'y pense plus. Mais comment une gamine peut-elle cesser de penser au mal que sa propre mère a voulu lui faire ? Comment ne pas regretter les baisers qu'elle ne lui a jamais donnés, les histoires qu'elle ne lui a jamais racontées avant de s'endormir ? (Engrasi baissa la voix jusqu'à murmurer, peut-être pour rendre moins douloureuses les paroles dures et terribles qu'elle prononçait.) J'ai essayé de jouer ce rôle, je l'ai bordée tous les soirs, je me suis occupée d'elle et je l'ai aimée plus que tout au monde. Dieu sait que si j'avais eu une fille à moi, je ne l'aurais pas aimée davantage. Et j'ai prié pour qu'elle oublie, qu'elle n'ait pas à traîner cette horreur toute sa vie. On en parlait parfois, on disait toujours «Ce qui est arrivé». Ensuite elle a cessé de mentionner l'événement et j'ai espéré de toutes mes forces qu'elle ne s'en souviendrait plus. Je me suis trompée, dit-elle d'une voix brisée par les larmes.

Amaia la serra contre sa poitrine et appuya son visage contre les cheveux gris d'Engrasi, qui sentaient comme toujours le chèvrefeuille.

— Ça ne se reproduira plus, James, affirma-t-elle.
— Tu ne peux pas en être sûre.
— Si.
— Mais pas moi, et je ne te laisserai pas porter une arme si tu peux subir un de ces épisodes de panique.

Amaia s'écarta d'Engrasi et traversa le séjour à grandes enjambées.

— James, je suis inspectrice de police, je ne peux pas travailler sans porter mon arme.
— Ne travaille pas, déclara James.
— Je ne peux pas abandonner l'affaire maintenant, cela serait le premier échec de ma carrière, plus personne ne me ferait confiance.
— En comparaison avec ta santé, c'est secondaire.
— Je n'arrêterai pas, James, je ne peux pas, et même si je le pouvais, je ne le ferais pas.

Le ton qu'elle avait employé révélait la détermination et la force dont elle avait coutume de faire preuve. Ce n'était pas Amaia, c'était l'inspectrice Salazar. James se leva, se plaçant face à elle.

— D'accord, mais sans arme.
Il crut qu'elle allait protester, mais elle le regarda fixement et observa sa sœur, qui pleurait toujours.
— D'accord, accepta-t-elle. Sans arme.

39

Víctor continuait à se raser de façon traditionnelle, avec du savon en barre de La Toja, un blaireau et une lame. Il pensait qu'il aurait été parfait d'utiliser un coupe-chou comme son père et son grand-père, mais il avait essayé un jour et ce n'était pas pour lui. De toute façon, avec la lame, il obtenait un rasage rapide et la crème laissait sur sa peau un arôme que Flora adorait. Il se regarda dans le miroir et sourit devant son air un peu ridicule, le visage couvert de mousse. Flora. S'il lui plaisait comme ça, ce serait comme ça. Sa vie avait basculé le jour où il avait été capable d'admettre qu'il ne voulait pas renoncer à elle, que Flora, avec sa forte personnalité et son désir de tout contrôler, était la femme à sa mesure exacte. Car, ce qu'il avait détesté à une époque – le contrôle permanent qu'elle exerçait sur lui, son caractère autoritaire et la façon dont elle commandait chacun de ses actes –, maintenant il savait l'apprécier.

Il avait perdu les meilleures années de sa vie sous l'influence – qu'il estimait aujourd'hui quasi maléfique – de l'alcool, qui avait représenté alors l'unique échappatoire à travers laquelle fuir les instincts qui récriminaient contre la tyrannie perpétuelle de Flora. Il avait été incapable de se rendre compte qu'elle était la seule femme qui pouvait l'aimer, la seule femme qu'il pouvait aimer, et la seule qu'il voulait satisfaire. En y réfléchissant, il comprenait qu'il avait commencé à boire pour se venger d'elle, pour échapper à Flora autant que pour lui plaire, car l'alcool lui permettait de s'adapter à sa discipline de fer, lui étourdissant les sens et faisant de lui le mari qu'elle attendait.

Jusqu'au moment où il avait perdu le sens de la mesure, de la formule exacte qui faisait que la vie pouvait être tolérable sous la domination de Flora. Quelle ironie que cela même qui avait contribué à faire durer leur couple au fil des ans fût la raison que Flora avait alléguée pour le quitter. Pendant la première année qui avait suivi leur séparation, il avait lutté férocement contre l'addiction qui, les premiers mois, lui avait fait toucher le fond, un fond dont il avait à peine conscience, car ses souvenirs étaient flous et craquelés à la façon d'une vieille pellicule noir et blanc brûlée par le nitrate de cellulose. Un matin, après être resté enfermé plusieurs jours chez lui, s'abandonnant au vice et à l'apitoiement sur lui-même, il s'était réveillé allongé par terre, à demi étouffé par ses propres vomissements, et il avait senti en lui un vide et un froid d'une ampleur inconnue jusque-là. Ce ne fut qu'alors, après s'être aperçu qu'il était sur le point de perdre la seule chose importante de sa vie, que le changement s'était amorcé.

Flora n'avait pas voulu divorcer, même s'ils étaient séparés dans les faits, distants comme des inconnus et ne sachant plus rien l'un de l'autre, non qu'il l'eût voulu ainsi. Flora avait pris la décision et imposé les nouvelles règles de leur relation sans tenir compte de son avis, quoique, pour être honnête, il reconnaissait qu'à cette époque il était incapable de prendre une autre décision que celle de continuer à boire. Mais jamais, même dans ses pires abîmes éthyliques, il n'avait voulu se séparer d'elle.

Maintenant les choses semblaient évoluer favorablement entre eux, les efforts, le nombre de jours où il était sobre, son air soigné et les attentions constantes qu'il avait à son égard semblaient enfin porter leurs fruits. Ces derniers mois, il avait rendu visite à Flora quotidiennement à l'usine et avait quémandé chaque fois un rendez-vous pour déjeuner, une promenade, aller ensemble à la messe, il lui avait proposé de l'accompagner dans ses voyages d'affaires. Et elle avait toujours refusé jusqu'à cette semaine où, après avoir reçu le bouquet de roses destiné à fêter leur anniversaire de mariage, Flora avait semblé s'attendrir en acceptant de nouveau sa compagnie.

Il aurait donné n'importe quoi, il aurait fait n'importe quoi, il se sentait capable d'accepter toutes les conditions pour retourner vivre à ses côtés. Arrêter l'alcool avait été la décision la plus importante de sa vie. Au début chaque jour qu'il passait sans boire était une torture qui verrait l'horrible réalité se refermer sur lui, mais ces derniers mois, il avait découvert que, dans la prise de décision elle-même, se cachait une force extraordinaire dont il se nourrissait maintenant quotidiennement, trouvant dans la domination qu'il exerçait sur lui-même une liberté et une détermination qu'il n'avait connues que dans sa jeunesse, quand il était encore ce qu'il voulait être. Il se dirigea vers le placard, choisit la chemise qu'elle aimait tant, et, après l'avoir inspectée, conclut qu'elle était un peu froissée et avait besoin d'être repassée. Il descendit l'escalier en sifflant.

L'horloge de l'église de Santiago indiquait presque onze heures, mais l'intensité de la lumière faisait plus penser au soir qu'au matin. C'était un de ces jours où l'aube s'est arrêtée aux premières lueurs du jour sans parvenir à se lever entièrement. Ces matins sombres faisaient partie de ses souvenirs d'enfance, et elle se rappelait les nombreux jours passés à rêver de la présence chaude et caressante du soleil. Un jour, une de ses camarades de classe lui avait offert le gros catalogue en couleurs d'une agence de voyages, et pendant des mois elle avait tourné les pages en se délectant des photos de côtes ensoleillées et de ciels d'un bleu irréel pendant que des lambeaux de brouillard émanant de la rivière naviguaient dans les rues proches. Amaia maudissait ce lieu où, parfois pendant une semaine, le jour ne se levait pas, comme si un génie volant l'avait transporté pendant la nuit vers une lointaine île islandaise. Hélas, les gens de la vallée ne savaient pas apprécier comme les habitants des pôles les nuits où le soleil ne se couchait pas.

Dans le Baztán, la nuit était obscure et sinistre. Les murs du foyer délimitaient depuis toujours le périmètre de sécurité, et, en dehors, tout était incertain. Il n'était pas étonnant que cent ans plus tôt à peine, neuf habitants sur dix du Baztán aient cru à l'existence des sorcières, à la présence du mal se tenant aux aguets dans la nuit et aux incantations magiques pour tenir les uns et les autres en respect. La vie dans la vallée avait été dure pour ses ancêtres. Hommes et femmes aussi courageux que têtus, s'obstinant en dépit de toute logique à s'établir sur cette terre humide et verte qui leur avait cependant montré sa face la plus hostile et la plus inhospitalière, dévalant sur eux, pourrissant leurs récoltes, rendant malades leurs enfants et décimant les rares familles qui restaient enclavées là.

Glissements de terrain, coqueluche et tuberculose, montées des eaux et inondations, récoltes moisies sur pied avant d'avoir pu sortir de terre… Mais les gens d'Elizondo avaient tenu bon aux côtés de l'Église, luttant dans ce coude de la rivière Baztán qui leur donnait et leur reprenait tout à sa guise, comme pour les prévenir que ce n'était pas là un endroit pour les hommes, que cette terre située au beau milieu d'une vallée appartenait aux esprits des montagnes, aux démons des fontaines, aux lamies et au basajaun. Cependant rien n'avait pu faire plier la volonté de ces hommes et de ces femmes qui avaient sûrement regardé eux aussi ce ciel gris, rêvant d'un ailleurs plus lumineux et bienveillant. Une vallée qui était une terre d'hidalgos et d'*indianos*[1], rapportant dans leur contrée natale la grande fortune chantée dans *Maitetxu mía*[2], exhibant l'or qu'ils avaient gagné devant leurs voisins et remplissant la vallée de palais et de fermes magnifiques avec grands balcons, monastères consacrés à remercier le ciel de leur

---

1. Nom donné aux émigrants espagnols qui revenaient d'Amérique latine après avoir réussi. (*N.d.T.*)
2. « Maitetxu », chant populaire basque. (*N.d.T.*)

réussite ainsi que des ponts traversant des rivières auparavant infranchissables.

Ainsi qu'elle l'avait annoncé, tante Engrasi déclina la proposition de promenade et préféra rester cuisiner en s'excusant de l'état déplorable de ses genoux, mais Ros et James insistèrent pour faire l'excursion malgré les protestations d'Amaia qui essayait de les persuader qu'il pleuvrait avant midi. Ils roulèrent en suivant la rivière puis gravirent une côte débouchant sur un immense pré qui s'étendait du bois de hêtres jusqu'au versant de la montagne. Quand elle se promenait dans ce genre de paysage, Amaia comprenait ceux qui venaient à Elizondo et soupiraient devant la beauté saisissante de ce petit univers idyllique caché entre des montagnes de hauteur moyenne que tapissaient des vallées et des prairies à la beauté incroyable, seulement interrompus par des bois de chênes et de châtaigniers et de petites communautés rurales. Le climat humide prolongeait les automnes, à tel point qu'en plein mois de février, et, malgré la neige, les prés demeuraient verts. Seule la rumeur de la Baztán brisait le silence du paysage. C'était la forêt la plus mystérieuse et magique qui existe.

Un bois qui procurait une multitude de sensations : la rencontre ancestrale avec la nature sauvage de l'eau entre les hêtres et les sapins, la fraîcheur de la Baztán, le son furtif des animaux et des feuilles tombées en automne qui tapissaient toujours le sol à la manière d'un matelas soyeux que le vent déplaçait à loisir, formant des tas qui ressemblaient à des couches de fées ou des sentiers magiques pour les créatures enchantées, l'odeur des fruits de la forêt et la douceur du manteau d'herbe qui couvrait les prés resplendissant comme une magnifique émeraude qu'un Gentil aurait enterrée dans les bois.

Ils marchèrent entre les arbres jusqu'à ce que le bruit de la rivière leur indique la direction à prendre pour atteindre le lieu féérique qu'ils souhaitaient voir. Ros allait devant et se retournait de temps en temps pour s'assurer que les autres ne commettaient pas d'imprudences, chose qu'elle ne devait surtout pas craindre de la part de James, qui parla sans arrêt pendant tout le trajet, enthousiasmé par la beauté hivernale du bois. Ils traversèrent un espace recouvert de fougères assez touffues avant de commencer à grimper.

— C'est tout près, annonça Ros en indiquant un rocher surplombant la pente. C'est là-bas.

Le sentier se révéla plus raide qu'ils ne l'avaient supposé. Des rochers escarpés formaient un escalier naturel et irrégulier par lequel ils montèrent pendant que le chemin tournait et tournait, s'enroulant tel un serpent dans la montagne. À chaque virage, les buissons d'aubépine et d'ajonc rendaient le chemin encore plus étroit, ralentissant la marche. Un tour de plus, et ils débouchèrent sur un balcon naturel couvert d'herbe rase et de lichens jaunes.

Ros s'assit sur une pierre et prit un air contrarié.

— La grotte se trouve environ vingt-cinq mètres plus haut, dit-elle en désignant un sentier presque entièrement dissimulé par les ajoncs. Mais je crains de ne pouvoir aller plus loin. Je me suis tordu le pied en grimpant.

James se pencha sur elle.

— Ce n'est pas grave, dit-elle en souriant, la botte

m'a protégée, mais il vaut mieux ne pas tarder à rentrer, avant qu'il se mette à gonfler et m'empêche de marcher.

— Allons-y, dit Amaia.

— Pas question, après être arrivée jusqu'ici, tu ne peux pas repartir sans avoir vu le rocher, monte.

— Non, allons-y, tu l'as dit toi-même : il va commencer à gonfler et tu ne pourras plus marcher.

— Quand tu redescendras, ma sœur. Je ne bougerai pas d'ici tant que tu n'auras pas été la voir.

— Je reste avec elle et je t'attends ici, l'encouragea James.

Amaia pénétra entre les ajoncs, maudissant leurs épines, qui, en frottant contre sa parka doudoune, produisaient un bruit similaire à celui d'ongles griffant des vêtements. Le sentier s'acheva soudain devant une grotte à la gueule basse quoique très large, qui ressemblait à un rictus sur la face de la montagne. À droite de l'entrée, il y avait deux grands rochers, très spectaculaires. Le premier, semblant avoir été dressé, faisait penser à une figure féminine à forte poitrine et aux hanches marquées qui regardait la vallée. Le second était un rocher magnifique, tant par sa taille que par sa forme, parfaitement rectangulaire, telle une vaste table de sacrifices polie par la pluie et le vent. À sa surface apparaissaient une douzaine de petites pierres de diverses couleurs et provenances placées à la façon des pièces d'un échiquier incomplet. Une femme d'une trentaine d'années tenait une de ces pierres dans sa main et regardait, éblouie, en direction de la vallée. Elle sourit en voyant venir Amaia et la salua aimablement tout en reposant la pierre parmi les autres.

— Bonjour.

Amaia se sentit soudain déplacée, une intruse dans un lieu réservé.

— Bonjour.

La femme sourit à nouveau, paraissant lire dans son esprit et deviner son malaise.

— Prenez une pierre, dit-elle en lui montrant le chemin, sans se départir de son sourire.

— Quoi ?

— Une pierre, insista-t-elle en désignant celles qui se trouvaient sur la table. Les femmes doivent apporter une pierre.

— Ah oui, ma sœur m'en avait parlé, mais je croyais qu'il fallait l'apporter de chez soi.

— C'est le cas, mais si vous l'avez oubliée, vous pouvez en prendre une ici ; en fin de compte, c'est une pierre ramassée sur le chemin qui mène à votre maison.

Amaia se pencha et prit un caillou sur le sentier, s'approcha de la table et la déposa à côté des autres, surprise par leur nombre.

— Eh bien, toutes ces pierres ont donc été apportées par des femmes qui sont montées jusqu'ici ?

— On dirait, répondit la belle femme.

— Ça me semble incroyable.

— La vallée vit des temps d'incertitude, et quand les nouvelles formules échouent, on a recours aux anciennes.

Amaia resta bouche bée en entendant cette femme prononcer presque les mêmes mots que sa tante quelques nuits plus tôt.

— Vous êtes d'ici ? demanda-t-elle en remarquant son aspect.

Elle portait un châle de laine vert mousse sur ce qui semblait être une robe de soie aux tons verts et marron, et des cheveux blonds aussi longs que ceux d'Amaia, retenus en arrière de son visage par un diadème doré.

— Oh, pas exactement, mais je viens depuis des années, car j'ai une maison ici, même si je n'y séjourne jamais longtemps, je vais toujours par monts et par vaux.

— Je m'appelle Amaia, dit-elle en tendant la main.

— Moi, Maya, répondit la femme en lui tendant une main douce et couverte de bagues et de bracelets qui tintèrent comme des clochettes. Toi, tu es vraiment d'ici, n'est-ce pas ?

— J'habite à Pampelune, je suis ici pour le travail, répondit Amaia, évasive.

Maya la regarda en souriant de cette façon qui avait semblé si étrange à Amaia, presque séduisante.

— Je crois que tu es d'ici.

— Ça se voit tant que ça...

La femme sourit à nouveau et se retourna pour regarder la vallée.

— C'est un de mes endroits préférés, où j'aime le plus venir, mais, dernièrement, les choses ont déraillé par ici.

— Tu veux parler des assassinats ?

Elle continua à parler sans répondre, elle ne souriait plus.

— Je me promène souvent dans le coin et j'ai vu des choses étranges.

L'intérêt d'Amaia grandit démesurément.

— Quel genre de choses ?

— Eh bien, hier, j'ai vu un homme entrer et ressortir un instant plus tard d'une de ces petites grottes qui se trouvent sur la berge de la rivière, dit-elle en désignant des buissons touffus. Quand il est arrivé, il portait un ballot, et il ne l'avait plus en sortant.

— Son attitude vous a paru suspecte ?

— Satisfaite.

« Curieux adjectif », pensa Amaia avant de poser une nouvelle question.

— Quel aspect avait-il ?

— Je n'ai pas pu m'en rendre compte.

— Mais il vous a semblé que c'était un homme jeune, vous avez pu voir son visage ?

— Il se déplaçait comme un homme jeune, mais une capuche lui couvrait entièrement la tête. Quand il est sorti, il a jeté un regard en arrière, mais je n'ai aperçu qu'un œil.

Amaia la regarda, perplexe.

— Vous avez vu la moitié de son visage ?

Maya se tut et sourit de nouveau.

— Ensuite, il est descendu par le chemin et il est reparti en voiture.

— Vous ne pouviez pas voir la voiture d'ici.

— Non, mais j'ai entendu distinctement le moteur quand elle a démarré et s'est éloignée.

Amaia se pencha sur le chemin.

— On peut accéder à la grotte d'ici ?

— Oh, non, en fait, elle est assez retirée. De la route, il faut d'abord monter entre les arbres, vous voyez, dit-elle en montrant l'endroit, ensuite il faut marcher dans l'épaisseur du bois, car l'ancien chemin est caché… La grotte se trouve à environ quatre cents mètres derrière les rochers.

— Vous semblez bien connaître le secteur.
— Bien sûr, je vous ai dit que j'y venais souvent.
— Déposer des offrandes ?
— Non, dit-elle en souriant une fois encore.

Le vent redoubla en rafales qui agitèrent la chevelure de la femme, découvrant des boucles d'oreilles longues et dorées qui semblaient en or. Amaia pensa que cette tenue n'était pas adaptée à une randonnée en montagne, plus encore quand elle remarqua que, sous la jupe soyeuse, dépassaient des sandales romaines qui couvraient à peine les pieds de la femme, laquelle semblait charmée par l'observation des cailloux qui se trouvaient sur le rocher, comme s'il s'agissait de pierres précieuses. Elle les regardait avec ce sourire étrange réservé aux femmes qui possédaient un secret.

Amaia se sentit soudain mal à l'aise, comme si elle pressentait que le temps qui lui était imparti était écoulé et qu'elle ne devrait plus être là.

— Bon, je redescends... Vous venez ?
— Non, répondit-elle sans la regarder. Je vais rester un peu.

Amaia se tourna vers le chemin et esquissa deux pas avant de se retourner pour prendre congé. Mais la femme n'était plus là. Amaia s'arrêta en regardant l'espace que la femme occupait une seconde plus tôt.

— Ohé ? appela-t-elle.

Il était impossible qu'elle ait pris une autre direction, elle n'avait pas pu atteindre l'entrée de la grotte sans qu'elle la voie, sans parler du tintement de ses bijoux quand elle se déplaçait.

— Maya ? appela-t-elle à nouveau.

Elle fit un pas vers la grotte, décidée à aller l'y

chercher, mais elle s'arrêta net tandis que les rafales de vent devenaient plus violentes encore et qu'une terreur inconnue s'emparait de sa poitrine. Elle se tourna une nouvelle fois vers le chemin et descendit presque en courant jusqu'à la surface plane où l'attendaient Ros et James.

— Qu'est-ce que tu es pâle... Tu as vu un fantôme ? plaisanta Ros.

— James, viens avec moi, l'implora Amaia, ignorant le persiflage de sa sœur.

Il se redressa, alarmé.

— Qu'y a-t-il ?

— Il y avait une femme, et elle a disparu.

Sans fournir plus d'explications ni répondre aux questions de James, elle s'engagea de nouveau dans les broussailles du chemin en s'égratignant aux ajoncs et convaincue que Maya n'avait pas pu passer par là.

Quand ils arrivèrent devant les deux rochers, Amaia s'approcha des grandes masses de pierre pour vérifier que la femme ne s'était pas précipitée dans le vide. À ses pieds s'étendait une surface inclinée envahie par des ajoncs et des rochers tranchants – il était évident qu'elle n'était pas tombée par là. Elle se rendit jusqu'à la grotte et se pencha pour regarder à l'intérieur. Il s'en dégageait une forte odeur de terre mêlée à autre chose qui lui fit penser à du métal. Il n'y avait pas de signes que quelqu'un y soit entré depuis des années.

— Il n'y a personne, Amaia.

— Eh bien, il y avait une femme, j'ai parlé avec elle, je me suis retournée et, soudain, elle avait disparu.

— Il n'y a aucun autre sentier, dit James en regardant autour de lui. Si elle est descendue, elle a dû passer par ici.

Les cailloux qui se trouvaient sur la roche avaient également disparu. Y compris la petite pierre qu'Amaia y avait placée. Elles regagnèrent le chemin et rejoignirent Ros.

— Amaia, si elle était descendue par ici, Ros et moi l'aurions vue.

— Comment était-elle ? s'enquit sa sœur.

— Blonde, jolie, la trentaine, elle portait un châle en laine verte sur une robe longue et de nombreux bijoux en or.

— Il ne te reste plus qu'à me dire qu'elle était pieds nus.

— Presque, elle portait des sandales romaines.

James la regarda, surpris.

— Mais il fait huit degrés, comment pourrait-elle porter des sandales ?

— Oui, toute son allure était aussi étrange qu'élégante.

— Elle était habillée en vert ? s'intéressa Ros.

— Oui.

— Et elle portait des bijoux dorés. Elle t'a dit son nom ?

— Elle a dit qu'elle s'appelait Maya et qu'elle venait souvent parce qu'elle avait une maison par là.

Ros se couvrit la bouche d'une main en regardant fixement sa sœur.

— Quoi ? la pressa Amaia.

— D'après la légende, la grotte située derrière ces rochers escarpés est l'une des demeures de Mari, qui se déplace en volant dans le ciel au milieu de l'orage, d'Aia à Elizondo, d'Elizondo à Amboto.

Amaia se retourna vers le chemin avec un geste de dédain.

— J'ai entendu assez de sottises comme ça... En clair, j'ai parlé à la déesse Mari devant chez elle.

— Maya est l'autre nom de Mari, petite maligne.

Une lumière déchira le ciel, qui s'était assombri jusqu'à prendre un ton de vieil étain. Un coup de tonnerre résonna, tout proche, et il se mit à pleuvoir.

40

D'épais rideaux de pluie balayaient la rue d'un bout à l'autre, on aurait dit que quelqu'un avait agité un énorme arrosoir pour la débarrasser du mal, ou de la mémoire. La surface de la rivière était aussi moutonneuse que si des milliers de petits poissons avaient décidé de la remonter en même temps. Et les pierres du pont comme les façades des maisons dégoulinaient, formant des rigoles qui rejoignaient le cours d'eau après s'être égouttées contre les parois des trottoirs.

La Mercedes de Flora était garée devant la maison de la tante.

— Votre sœur est arrivée, annonça James en se garant derrière.

— Et Víctor, ajouta Ros en regardant l'arc que formait l'entrée de la maison, où son beau-frère s'affairait à essuyer une moto noir et argent avec une peau de chamois jaune.

— Je n'y crois pas, murmura Amaia.

Ros la regarda, surprise, mais ne fit pas de commentaire.

Ils sortirent de la voiture et coururent sous la

pluie jusqu'au porche sous lequel Víctor avait garé sa moto. Ils échangèrent des baisers et des étreintes.

— Quelle surprise, Víctor, tante Engrasi ne nous avait pas dit que tu venais, expliqua Amaia.

— Elle l'ignorait. Ta sœur m'a appelé ce matin pour me le dire, et j'étais ravi de venir, tu imagines bien.

— Et nous, on est ravis que tu sois là, Víctor, dit Ros en le prenant dans ses bras tout en regardant Amaia, encore confuse de la remarque qu'elle avait faite dans la voiture.

— Elle est jolie, dit James en admirant la moto. Je ne la connaissais pas celle-là.

— C'est une Lube de 1955, la LBM, aux initiales de son créateur, avec un moteur deux temps, quatre-vingt-dix-neuf centimètres cubes et trois vitesses, précisa Víctor, ému d'avoir l'occasion de parler de sa moto. J'ai mis pas mal de temps à la restaurer, car il manquait des pièces et ç'a été dur de les trouver.

— Les Lube sont fabriquées en Biscaye, n'est-ce pas ?

— Oui, l'usine a été ouverte dans les années quarante dans le quartier de Lutxana, à Barakaldo, et elle a fermé en 1967... Dommage, parce que c'étaient vraiment de belles motos.

— Elle est jolie, reconnut Amaia, elle me rappelle un peu les motos allemandes de la Seconde Guerre mondiale.

— Oui, je suppose qu'à cette époque, tout le monde s'intéressait au design, mais en fait ça s'est passé dans l'autre sens. Le créateur de la Lube avait déjà dessiné des prototypes des années auparavant, et on sait qu'il a eu des contacts avec certaines usines allemandes avant la guerre...

— Eh bien, Víctor, tu es un expert en la matière, tu pourrais donner des cours ou écrire un bouquin.

— Oui, si ça intéressait quelqu'un.

— Je suis sûr que c'est le cas...

— On rentre ? fit Ros en ouvrant avec sa clé.

— Oui, ça vaudrait mieux, ta sœur doit déjà s'impatienter. Tu sais qu'elle trouve ces histoires de motos stupides.

— Tant pis pour elle, Víctor, tu ne devrais pas te laisser influencer à ce point par ce que Flora pense.

— Oui, dit-il d'un air de circonstance, comme si c'était si facile.

La pluie, qui avait commencé à tomber depuis peu, continuait à faire un bruit assourdissant à l'extérieur, et rendait la maison d'autant plus accueillante. Le parfum de grillade qui venait de la cuisine éveilla l'appétit de tous. Flora apparut, tenant à la main un verre rempli d'un liquide ambré.

— Eh bien, il était temps, on a bien cru qu'on allait devoir commencer sans vous, dit-elle en guise de salut.

La tante surgit derrière elle en s'essuyant les mains avec une petite serviette grenat. Elle les embrassa un à un. Et Amaia observa l'attitude de Flora, qui recula de quelques pas, peut-être pour échapper à un éventuel débordement affectif. « Oui, pensa Amaia, des fois que tu embrasserais quelqu'un par erreur. » De son côté, Ros s'assit sur la chaise la plus proche de la porte, évitant dans la mesure du possible de s'approcher de Flora.

— C'était bien? Vous êtes allés jusqu'à la grotte? demanda Engrasi.

— Oui, c'était une promenade très agréable, même si seule Amaia est allée jusqu'au bout. Moi, je suis restée un peu en arrière. Je me suis tordu le pied, mais ce n'est pas grave, précisa Ros pour rassurer sa tante, qui se penchait pour voir sa jambe. Amaia est montée faire une offrande et a vu Mari.

La tante se tourna vers elle en souriant.

— Raconte-moi ça.

Amaia vit l'expression méprisante qui se dessinait sur le visage de Flora. Elle souffla, mal à l'aise.

— Bon, je suis allée jusqu'à l'entrée de la grotte et là, j'ai vu une femme avec laquelle j'ai bavardé un moment, dit-elle en regardant Ros et en insistant sur le terme «femme». C'est tout.

— Elle était habillée en vert et elle lui a dit qu'elle avait une maison par là, et elle a disparu.

Sa tante la regarda en souriant ouvertement.

— Voilà.

— Tía..., protesta Amaia.

— Eh bien, si vous en avez terminé avec le folklore, on pourrait songer à déjeuner avant que la viande ne soit foutue, dit Flora remplissant des verres de vin qu'elle distribua, ensuite, laissant cependant Ros prendre le sien et en oubliant intentionnellement Víctor.

Tante Engrasi s'adressa à lui.

— Víctor, va voir dans la cuisine, le frigo est plein, prends ce que tu veux.

— Je suis désolée, Víctor, de ne rien t'offrir, mais à la différence de tous les autres, je ne suis pas chez moi, s'excusa Flora.

— Ne dis pas de bêtises, Flora, ma maison est celle de mes nièces. De toutes mes nièces, souligna-t-elle. Tu es aussi chez toi.

— Merci, ma tante, parce que je n'étais pas très sûre d'être la bienvenue, répondit-elle.

La tante soupira avant de répondre.

— Tant que je vivrai, vous serez bien reçues dans ma maison, car, après tout, vous êtes chez moi et c'est moi qui décide qui est le bienvenu et qui ne l'est pas. Je ne crois pas que tu aies jamais eu à te plaindre de quelque marque d'hostilité de ma part. Parfois, Flora, le rejet ne vient pas de celui qui reçoit, mais de celui qui se sent étranger.

Flora but une longue gorgée, sans répondre.

Ils s'assirent à table et vantèrent les talents culinaires de la tante, qui avait préparé l'agneau de lait avec des pommes de terre rôties et des piments en sauce. Pendant une bonne partie du repas, ce furent James et Víctor qui nourrirent la conversation laquelle, pour le plus grand délice d'Amaia et malgré l'évidente lassitude de Flora, roula sur les motos.

— Je considère que se livrer à la restauration de motos est un travail presque artistique.

— Eh bien, dit Víctor, flatté, je crois que ça tient plus de la mécanique, avec toute cette saleté, surtout dans la première phase, au moment de l'achat. Cette Lube que j'ai apportée aujourd'hui, je l'ai achetée à quelqu'un de Bermeo qui l'avait conservée plus de trente ans dans une écurie, et je peux t'assurer qu'il y avait dessus la fiente d'une centaine de bestioles.

— Víctor..., le réprimanda Flora.

Les autres se mirent à rire et James l'incita à poursuivre.

— Mais une fois que tu l'as à la maison, j'imagine que tu la décapes, que tu la ponces. Ça doit être une vraie partie de plaisir.

— Oui, c'est vrai, mais c'est presque aussi la partie la plus facile. Ce qui me prend le plus de temps, c'est de trouver les pièces manquantes ou de remplacer celles qui sont irréparables, et surtout de restaurer celles qui ne sont plus en circulation et que je dois parfois fabriquer moi-même.

— Qu'est-ce qui est le plus difficile pour toi ? demanda Amaia pour encourager son beau-frère.

Víctor sembla réfléchir un instant. Pendant ce temps, Flora soupira, manifestant un ennui qui ne semblait affecter personne d'autre autour de la table.

— L'une des parties qui m'ont donné le plus de fil à retordre, ce sont les réservoirs. Il n'est pas rare qu'il reste un peu d'essence dedans, et, au fil des ans, l'intérieur s'oxyde, car, autrefois, ils n'étaient pas en acier inoxydable comme aujourd'hui, mais en ferblanc recouvert d'une patine qui disparaissait avec le temps, et, en s'oxydant, de petites écailles de métal se détachaient. Ce genre de réservoirs n'existe plus, il faut donc une grande abnégation pour les nettoyer et les réparer.

Flora se leva et commença à desservir.

— Ne te dérange pas, ma tante, laisse-moi m'en occuper, et je rapporterai le dessert, dit-elle en posant une main sur l'épaule d'Engrasi. Et puis la conversation ne m'intéresse pas.

— Votre sœur nous a préparé une de ses merveilleuses spécialités, annonça la tante pendant que Flora se rendait à la cuisine, faisant signe à Ros, qui s'était levée, de se rasseoir.

Víctor s'était tu en regardant son verre vide, semblant penser qu'il contenait une réponse à toutes les questions du monde. Flora revint avec un plateau recouvert de papier sulfurisé. Elle distribua les assiettes et les couverts et, avec beaucoup de cérémonial, elle découvrit le dessert. Une douzaine de petites tourtes onctueuses répandirent leur fragrance douce et onctueuse parmi les convives, qui se répandirent en exclamations admiratives pendant qu'Amaia se couvrait la bouche et jetait un regard stupéfait à sa sœur, qui souriait avec satisfaction.

— Des txatxingorris, j'adore ça, s'exclama James qui en prit un.

L'indignation et l'incrédulité grandirent en Amaia qui luttait contre le désir de saisir sa sœur par les cheveux et de lui faire avaler ses gâteaux un par un. Elle baissa la tête et resta immobile en silence, tentant de contenir sa fureur. Elle écoutait Flora bavarder, présomptueuse, et sentait presque peser sur elle son regard calculateur et cruel, qui l'observait, amusé, de cette façon qui lui faisait parfois peur et lui rappelait sa mère.

— Tu ne manges pas, Amaia ? demanda insidieusement Flora.

— Non, je n'ai pas faim.

— Ah bon, ajouta-t-elle sur un ton moqueur. Ne me fais pas ce coup-là, mange un peu, insista-t-elle en posant un txatxingorri dans son assiette.

Amaia le regarda et lui revint en tête l'image du corps des trois victimes jeunes filles, dégageant cette odeur lourde.

— Tu vas devoir m'excuser, Flora. Ces derniers

temps, il y a des choses qui me retournent l'estomac, répondit-elle en la regardant fixement.

— Si ça se trouve, tu es enceinte, la tante m'a dit que vous étiez en train d'essayer, persifla-t-elle sur un ton encore plus narquois.

— Flora, mon Dieu, s'indigna la tante. Je suis désolée, Amaia, je n'ai fait que le mentionner, précisa-t-elle en posant une main sur la sienne.

— Ça n'a pas d'importance, tía.

— Ne sois pas si insensible, Flora. Amaia a dû affronter des choses très désagréables, ces derniers jours, intervint Víctor. Son travail est vraiment très dur, ça ne m'étonne pas qu'elle ne puisse presque rien avaler.

Amaia vit le regard que Flora lança à Víctor. Surprise, qu'il ait osé exprimer son désaccord avec elle en public.

— J'ai lu que vous aviez arrêté le père de Johana, dit doucement Víctor. J'espère que les crimes vont enfin s'arrêter.

— Ce serait bien, approuva Amaia. Mais malheureusement, même si tout porte à croire qu'il a tué sa fille, on est sûrs qu'il n'est pas l'auteur des autres assassinats.

— Eh bien, quoi qu'il en soit, je me réjouis que vous ayez pris ce porc. Je connais sa femme et la petite de vue, il faut être un monstre pour s'en prendre à une gamine aussi douce. Ce type est un porc, j'espère que quelqu'un va lui régler son compte en prison, dit Víctor, s'enflammant soudain de façon peu habituelle.

— Un porc, tu dis ? bondit Flora. Et elles, alors ?

Parce que la vérité, c'est que ces gamines le cherchent.

— Mais qu'est-ce que tu racontes ? l'interrompit Ros, outrée et s'adressant à sa sœur pour la première fois depuis le début du repas.

— Je dis que ces filles sont des moins que rien. J'en ai assez de voir comment elles s'habillent, comment elles parlent et comment elles se comportent. Des dévergondées. Leur attitude envers les garçons est honteuse. Je vous jure que, parfois, quand je passe sur la place et que je les vois à moitié grimpées sur eux, comme des traînées, ça ne m'étonne pas que ça finisse de cette façon.

— Flora, tu dis des horreurs. Tu justifies vraiment le fait que quelqu'un assassine des gamines à peine sorties de l'enfance ? fulmina la tante.

— Je ne le justifie pas, mais, si ç'avaient été des filles bien, qui rentraient chez elles au plus tard à vingt-deux heures, il ne leur serait pas arrivé ce qui leur est arrivé, et je ne dis pas qu'elles le méritent, mais ce qui est sûr, c'est qu'elles l'ont cherché.

— Je ne comprends pas comment tu peux parler ainsi, Flora, fit Amaia, incrédule.

— C'est ce que je pense, ce n'est pas parce qu'elles sont mortes qu'elles sont devenues des saintes. J'ai le droit de donner mon avis, non ?

— Cet homme qui a tué sa fille est un salaud, affirma soudain Víctor. Et ce qu'il a fait est injustifiable.

Ils le regardèrent tous, surpris par la fermeté inhabituelle avec laquelle il avait parlé, même Flora était stupéfaite.

Amaia sauta sur l'occasion.

— Flora, Johana a été assassinée et violée par son beau-père. C'était une gentille fille qui travaillait bien au collège, s'habillait simplement et était rentrée chez elle à vingt-deux heures. C'est la personne censée la protéger qui lui a fait du mal. C'est peut-être ce qui rend ce crime plus odieux, plus horrible encore.

— Ah! s'exclama Flora en simulant un éclat de rire. Nous y voilà, pourquoi pas! Déterrons les traumatismes mièvres des téléfilms américains. « La personne qui devait me protéger m'a fait du mal », dit-elle, prenant une voix enfantine. Quoi? Pauvre petite Amaia, la fillette traumatisée. Eh bien, laisse-moi te dire une chose, petite sœur, toi non plus, tu ne l'as pas protégée quand tu aurais dû le faire.

— De quoi est-ce que tu parles? demanda James en prenant sa femme par la main.

— De notre mère.

Ros fit un signe de dénégation de la tête, consciente que la tension grandissait autour de la table.

— Oui, notre pauvre mère vieille et faible, une femme très malade qui a perdu son calme une fois. Une fois, et ça a suffi pour que toute la famille la condamne, dit Flora, pleine de mépris.

Amaia la regarda attentivement avant de répondre :

— Tu te trompes, Flora, la vie a continué comme avant pour l'ama, c'est la mienne qui a changé.

— Pourquoi est-ce que tu es allée vivre chez la tante? Ça t'arrangeait au fond, c'était ce que tu voulais depuis toujours, n'en faire qu'à ta tête, tourner le dos à la fabrique. Tu as obtenu gain de cause et pour ce qui est de l'ama, ce n'a été qu'une erreur, une seule fois, un accident...

Amaia dégagea la main que James tenait entre les siennes et la porta à son visage. Elle respira entre ses doigts et dit tout bas :

— Ce n'était pas un « incident », Flora. Elle a essayé de me tuer.

— Tu as toujours exagéré l'épisode. Elle me l'a raconté. Elle t'a donné une claque et tu es tombée contre la table de pétrissage.

— Elle m'a agressée avec le rouleau en acier, dit Amaia sans se découvrir le visage. (La douleur que reflétaient ses paroles s'acharna sur sa voix, qui trembla comme si elle allait s'éteindre pour toujours.) Elle m'a frappée à la tête au point de me casser les doigts de la main avec laquelle je me protégeais, et elle a continué à me frapper quand j'étais à terre.

— Mensonge, cria Flora en se levant, tu es une menteuse.

— Assieds-toi, Flora, ordonna Engrasi d'une voix ferme.

Flora se rassit en fixant toujours Amaia, qui restait cachée derrière ses mains.

— Maintenant, écoute-moi, dit la tante. Ta sœur ne ment pas, le médecin qui s'est occupé d'Amaia cette nuit-là était le Dr Manuel Martínez, celui qui soignait ta mère pour la maladie dont elle souffrait alors. Il a expressément recommandé qu'Amaia ne retourne pas chez vous. Certes, elle ne l'a agressée qu'une fois, mais elle a failli la tuer. Ta sœur a passé les mois suivants recluse ici, sans sortir, jusqu'à ce que ses blessures soient guéries ou dissimulées par ses cheveux.

— Je n'y crois pas, elle lui a juste donné une gifle. Amaia était petite et elle est tombée, les blessures, elle se les est faites à ce moment-là, maman lui a donné une gifle comme n'importe quelle mère aurait pu le faire, surtout à l'époque. Mais toi..., ajouta-t-elle à l'intention d'Amaia tout en plissant les lèvres avec mépris. Tu lui en as gardé rancune, et quand ton heure est venue, tu t'es défilée, tu as agi comme notre père.

— Qu'est-ce que tu dis? cria Amaia, découvrant son visage sillonné de larmes.

— Je dis que tu aurais pu l'aider quand elle est entrée à l'hôpital.

La voix d'Amaia baissa au point de devenir presque inaudible tandis qu'elle s'efforçait de contrôler la fureur qui, une fois de plus, montait en elle.

— Non, je ne pouvais pas l'aider, personne ne pouvait le faire, mais moi moins que personne.

— Tu aurais pu aller la voir, reprocha Flora.

— Elle veut me tuer, Flora, cria Amaia.

James enlaça Amaia.

— Flora, tu devrais laisser tomber. Amaia souffre de cette histoire, et j'ignore pourquoi vous continuez à en parler. Je sais ce qui est arrivé, et je t'assure que ta mère a eu de la chance de ne pas finir en prison ou dans un hôpital psychiatrique. Cela aurait certainement mieux valu pour elle, mais aussi, bien sûr, pour la petite fille qu'était Amaia, qui a dû grandir en portant sur ses épaules le poids d'une tentative d'assassinat et en quittant son propre foyer, comme si elle était responsable de l'horreur dont elle était la victime. Ce qui est arrivé à votre mère est triste, je regrette qu'elle n'ait pas pu rentrer chez elle quand elle est tombée malade, mais ce n'est pas bien de ta part de rendre Amaia responsable du fait qu'elle soit morte à l'hôpital.

Flora le regarda, stupéfaite.

— Elle est morte ? C'est ce que tu lui as dit ? demanda-t-elle en se tournant comme une furie vers Amaia. Tu as osé dire que notre mère était morte ?

James regarda Amaia, visiblement surpris.

— Eh bien, je l'ai supposé, en fait, elle ne me l'a pas dit, je l'ai déduit. Hier, j'ai su ce qui était arrivé à l'hôpital, sa pneumonie et j'ai pensé que...

Amaia, plus sereine, se retourna pour s'expliquer :

— Après ma dernière visite, ma mère est tombée dans un état catatonique dans lequel elle est restée plusieurs jours, mais un matin, pendant qu'une infirmière se penchait sur elle pour prendre sa température, elle s'est redressée d'un coup, l'a saisie par les cheveux et l'a mordue dans le cou avec une telle force qu'elle lui a arraché un morceau de chair, qu'elle a mâché puis avalé. Quand ses collègues sont arrivées, l'infirmière était à terre, et ma mère juchée sur elle la frappait à bras raccourcis pendant que le sang coulait de son cou et de sa bouche. L'infirmière a été grièvement blessée, on l'a descendue au bloc opératoire, elle a subi plusieurs transfusions et n'a eu la vie sauve que parce que l'agression avait lieu dans un hôpital. Elle a eu de la chance, même si elle en gardera une cicatrice à vie au cou.

Flora la fixait de son regard chargé de mépris tandis que sa bouche esquissait un rictus aussi dur et sec qu'un coup de hache.

— Ma mère a été internée dans un établissement psychiatrique suite à une décision de justice, et l'hôpital a été déclaré à titre subsidiaire civilement responsable pour ne pas avoir anticipé la dangerosité chez une patiente qui avait déjà été diagnostiquée, poursuivit Amaia.

Elle regarda Flora dans les yeux.

— Je n'ai rien pu faire, on ne pouvait rien faire, à ce stade, c'est le juge qui a décidé.

— Et tu étais d'accord, lança Flora.

— Flora, dit Amaia, qui avait retrouvé un peu de sérénité. Il m'a fallu beaucoup de temps et de douleur pour pouvoir dire ça à voix haute, mais l'ama veut me tuer.

— Tu es complètement folle ! Et en plus, tu es méchante.

— L'ama veut me tuer, répéta-t-elle, comme pour conjurer le mal.

James lui posa une main sur l'épaule.

— Ma chérie, ne dis pas ça, c'est arrivé il y a longtemps, mais maintenant tu es en sécurité.

— Elle me déteste, murmura Amaia comme si elle n'avait pas entendu.

— C'était juste un accident, répéta Flora.

— Non, Flora, ce n'était pas un accident. Elle a essayé de me tuer elle n'a arrêté de frapper que parce qu'elle pensait y être parvenue, et quand elle m'a crue morte, elle m'a enterrée dans le pétrin.

Flora se leva en heurtant la table de la hanche et en faisant tinter les verres.

— Maudite sois-tu, Amaia. Maudite sois-tu pour le restant de ta vie.

— Le restant de ma vie, je ne crois pas que ce sera

pire que jusqu'à présent, répondit Amaia d'une voix lasse.

Flora prit son sac, accroché au dossier de sa chaise, et sortit en claquant la porte. Víctor murmura une excuse et la suivit, visiblement consterné. Après leur départ, Engrasi, Ros, James et Amaia restèrent silencieux, incapables de prononcer le moindre mot qui aurait pu briser la tension provoquée par la tempête qui s'était abattue sur eux. Au final, ce fut encore James qui tenta de mettre une note de raison dans tout cela. Il étreignit sa femme.

— Je devrais être très fâché contre toi de ne pas me l'avoir dit auparavant. Tu sais que je t'aime, Amaia, il n'y a rien qui puisse changer ça, alors j'ai du mal à comprendre pourquoi tu ne m'as pas fait confiance. Je sais que tout cela a dû être très douloureux pour vous toutes et particulièrement pour toi, Amaia, mais tu dois comprendre que, ces derniers jours, j'ai reçu davantage d'informations sur ta famille qu'au cours de ces cinq dernières années.

Engrasi plia soigneusement sa serviette en disant :
— James, la douleur est parfois si profonde et enkystée qu'on souhaite et qu'on croit qu'elle va rester là, cachée et muette, qu'on refuse d'admettre que celles que l'on n'a pas pleurées et expiées en leur temps puissent revenir régulièrement dans notre vie tels les vestiges d'un naufrage. Elles échouent sur la plage de notre réalité pour nous rappeler qu'il existe une flotte fantôme immergée, qui ne nous oublie jamais et qui reparait progressivement pour nous réduire en esclavage à vie. Ne reproche pas à ta femme de ne pas t'en avoir parlé. Je ne crois pas

qu'elle y ait songé elle-même aussi clairement une seule fois depuis la nuit où c'est arrivé.

Amaia leva la tête, mais ce fut pour se contenter de dire :

— Je suis très fatiguée.

— On doit en finir, Amaia et c'est le moment. Je sais que c'est très douloureux, mais – peut-être parce que je vois les choses de l'extérieur – je crois que tu devrais adopter un autre point de vue. Ce qui est arrivé est horrible, mais, en fin de compte, tu dois accepter l'idée que ta mère n'est qu'une pauvre femme déséquilibrée, je ne crois pas qu'elle te déteste pour autant. Les malades mentaux se retournent souvent contre ceux qu'ils aiment le plus. Il est vrai qu'elle t'a agressée, et qu'elle a agressé cette infirmière, suite à une crise de folie, mais cela n'avait rien de personnel.

— Si, James. L'infirmière qu'elle a attaquée avait de longs cheveux blonds et plus ou moins mon âge et ma taille. Quand les autres sont entrées, ma mère la frappait en riant et en criant mon nom. Elle l'a agressée parce qu'elle a cru que c'était moi.

41

La sonnerie du téléphone vrombissait de façon agaçante.

— Bonsoir, inspectrice.

— Ah, bonsoir, docteur Takchenko, répondit-elle en reconnaissant sa voix. Je n'attendais pas votre appel si tôt... Vous avez examiné les images ?

— Oui, répondit-elle, évasive.

— Et ?

— Inspectrice, on est à l'hôtel Baztán, on vient d'arriver de Huesca et je crois que vous devriez passer au plus vite.

— Vous êtes à Elizondo ? demanda-t-elle, surprise.

— Oui, je dois vous parler en personne.

— C'est à cause des images ?

— Oui, mais pas uniquement. Chambre 202.

Et elle raccrocha.

Le parking de l'hôtel était curieusement vide pour un dimanche soir, même si on apercevait sur l'arrière plusieurs véhicules garés devant l'entrée du restaurant. Les lumières de la cafétéria où ils s'étaient réunis la fois précédente étaient pour la plupart éteintes, les chaises étaient posées à l'envers sur les tables, et deux femmes de ménage lavaient le sol. L'adolescente de la réception avait été remplacée par un garçon d'environ dix-huit ans au visage couvert d'acné. Amaia se demanda où ils recrutaient leurs réceptionnistes. Telle sa collègue avant lui, il était absorbé dans un jeu online bruyant. Elle se dirigea vers l'escalier sans s'arrêter, monta au deuxième étage, et, une fois dans le couloir, trouva la chambre 202. Elle frappa et la zoologiste lui ouvrit immédiatement, comme si elle avait attendu derrière la porte. La chambre était agréable et bien éclairée. Sur le lit, étaient posés un ordinateur portable et deux dossiers à rabat en carton marron.

— Votre appel m'a surprise, je ne m'y attendais pas, fit Amaia en guise d'introduction.

Le Dr González la salua tout en démêlant des câbles, puis il plaça un ordinateur sur le petit bureau, l'alluma et le tourna vers Amaia.

— Cet enregistrement remonte à vendredi dernier, secteur d'observation numéro sept. Il correspond à l'endroit dont on a parlé le jour où nous sommes arrivés à Elizondo et où vous avez dit avoir vu un ours. Les images que vous allez voir ne sont pas très bien cadrées. Cela est lié au fait qu'on dispose toujours les caméras en hauteur, afin d'obtenir des plans ouverts sur les sentiers naturels de la forêt qu'empruntent les animaux et qui, en général, ne coïncident pas avec ceux que fréquentent les humains.

Il lança la vidéo. Amaia put voir une partie de l'imposante hêtraie. Pendant quelques secondes, l'image fut statique, mais soudain une ombre surgit dans le plan, occupant la partie supérieure de l'écran. Amaia reconnut sa doudoune bleue.

— Je crois que c'est vous, précisa le Dr Takchenko.

— Oui.

La silhouette traversa l'écran avant de disparaître.

— Bon, pendant dix minutes, il ne se passe rien, Raúl les a effacées pour que vous puissiez voir ce qui nous intéresse.

Amaia fixa de nouveau l'écran et, quand elle le vit, elle sentit son cœur bondir dans sa poitrine. Elle n'avait pas rêvé, cela n'avait pas été une hallucination due au stress. Il était là, cela ne faisait aucun doute. Sa silhouette anthropomorphe mesurait plus de deux mètres, sa forte musculature apparaissait sous la chevelure sombre qui pendait de sa tête et recouvrait son dos vigoureux. La partie inférieure du corps était tellement velue qu'il semblait porter un pantalon en poil. Il était occupé à prélever de petits fragments de lichen sur un arbre, tendant des doigts longs et habiles ; il s'attarda ainsi une minute avant de se tourner lentement et de lever sa tête majestueuse. Amaia fut saisie.

Les traits rappelaient ceux d'un félin, peut-être un lion. Les lignes de son visage étaient rondes et bien définies, et l'absence de museau lui donnait un air intelligent et pacifique. Le duvet qui lui couvrait la figure était sombre et courait sous le menton, formant une épaisse barbe partagée en deux mèches qui s'étendaient jusqu'à la moitié de son ventre.

La créature leva très lentement le regard et fixa un instant l'objectif de la caméra. Ses yeux, aux multiples tonalités ambrées, restèrent figés sur l'écran de l'ordinateur quand Raúl arrêta l'enregistrement.

Amaia soupira, écrasée par la beauté, le ravissement et la signification de ce qu'elle venait de voir, de ce qu'elle était maintenant sûre d'avoir vu. Le Dr Takchenko s'approcha du bureau et abaissa le capot de l'ordinateur, libérant l'inspectrice de l'influence envoûtante de ces yeux.

— C'est votre ours ?

Amaia la regarda, absorbée, sans savoir à quelle réaction s'attendre si elle abondait en son sens. Elle répondit de façon évasive :

— Je suppose, je l'ignore.

— Eh bien, ce n'est pas un ours.

— Vous en êtes entièrement sûre ?

— Totalement, dit-elle en regardant son mari, il n'existe aucune espèce d'ours présentant ces caractéristiques.

— Il peut s'agir d'un autre animal ? suggéra Amaia.

— Oui, mythologique, répondit Raúl. Inspectrice, je crois savoir ce que c'est, le docteur aussi. Et vous ?

Amaia hésita, tentant de mesurer l'effet de la réponse qui lui venait à l'esprit. Ses interlocuteurs semblaient être des personnes intègres, mais quelle pourrait être leur réaction en pareille circonstance ?

— Je crois que ce n'est pas un ours, répondit-elle sur un ton ambigu.

— Je constate une nouvelle fois que vous ne prenez pas de risques. Je vais donc vous le dire. C'est un basajaun.

Amaia soupira une nouvelle fois, tandis que la tension s'accumulait dans ses jambes, et leur imprimait un léger tremblement dont elle espérait qu'il passerait inaperçu du couple.

— D'accord, concéda-t-elle, mais indépendamment du fait que ce soit la créature que nous avons vue, la question est : que va-t-il arriver maintenant ?

Le Dr Takchenko se plaça à côté de son mari et la regarda.

— Inspectrice, Raúl et moi consacrons notre vie à la science, nous avons réussi professionnellement, nous bénéficions d'une bourse de recherche, et l'objectif principal de notre travail a toujours été, est et restera la défense de la nature et celle des plantigrades de grande taille en particulier. Ce qu'on voit sur cet enregistrement n'est pas un ours, je ne crois pas que ce soit un animal, je pense, comme mon mari, qu'il s'agit d'un basajaun. Et le fait que les caméras l'aient filmé n'est pas le fruit du hasard ni d'une négligence de la part de la créature, ainsi que vous l'appelez, mais cela obéit au désir de cet être de se montrer devant vous, et devant nous pour arriver jusqu'à vous. Vous pouvez être tranquille, ni Raúl ni moi n'avons l'intention de rendre cette découverte publique. Cela ruinerait certainement nos carrières, on mettrait en cause sa véracité, car je suis sûre que même si on plaçait une caméra sur chaque arbre, on ne capterait jamais plus l'image du basajaun. Et le pire est que les montagnes seraient prises d'assaut par une foule d'énergumènes qui lui courraient après.

— Nous avons effacé la bande originale et nous ne possédons que cette copie, ajouta le Dr González en ouvrant le lecteur de disque du portable et en tendant le DVD à Amaia.

Elle le prit avec un soin extrême.

— Merci, merci beaucoup, dit-elle.

Elle s'assit au pied du lit, le petit disque lançant des éclats d'arc-en-ciel entre ses mains et sans très bien savoir que faire.

— Il y a une autre question, dit le Dr Takchenko, interrompant ses pensées.

Amaia se leva et prit l'un des dossiers à rabat marron que lui tendait Nadia. Elle l'ouvrit et vit qu'il contenait une copie des analyses de farine.

— Vous vous rappelez que je vous avais dit que je procéderai à une analyse complémentaire des prélèvements que vous m'avez remis ?

Amaia hocha la tête.

— Eh bien, j'ai pratiqué sur chaque échantillon une analyse de spectrographie des masses. C'est une analyse à laquelle nous n'avons pas eu recours initialement parce que nous voulions comparer les échantillons afin d'établir des comparaisons, et c'est pour cela que nous avons utilisé la HPLC. Mais, je décidais ce test, qui permet d'obtenir une désagrégation minérale complète en détectant tout type de susbstance et en déterminant tous les éléments qui constituent notre échantillon. Vous suivez ? (Amaia acquiesça.) Comme j'ai dit, une analyse aussi minutieuse ne nous aurait été d'aucune utilité au départ, quand il s'agissait d'établir une simple correspondance. (Amaia s'impatientait, mais elle attendit en silence.) J'ai analysé une seconde fois chaque échantillon, et, dans l'un d'eux, il existe une correspondance partielle de nombreux éléments.

— Qu'est-ce que cela signifie ?

— Que les éléments composant l'échantillon de

pâtisserie étaient présents dans une farine, mais mélangés à d'autres, qui ne se trouvaient pas dans le gâteau.

— Comment expliquez-vous ça?

— Peut-être très simplement : l'échantillon que vous avez apporté était composé d'un mélange de deux farines. Celle du gâteau et une autre.

— Et cela pourrait venir du fait que...?

— ... dans le récipient qui contenait la farine ayant servi à confectionner le gâteau, on aurait déposé un autre type de farine postérieurement, sans prendre la peine de retirer au préalable tous les restes de la précédente. De sorte que, si la farine ne correspond pas et que les quantités dans lesquelles elle apparaît sont très faibles et pratiquement indétectables, elles n'en sont pas moins présentes. Et rien n'échappe au chromatographe.

Amaia commença à passer en revue les pages couvertes de graphiques ; les colonnes de couleur se mêlaient en dessinant des formes capricieuses.

— Laquelle ? demanda-t-elle, pressante.

Le Dr Takchenko lui prit le rapport des mains et tourna soigneusement les feuilles.

— Celle-là, la S-11.

Amaia la regarda, incrédule. Elle se laissa tomber sur le lit, regardant le graphique parfaitement aligné. Échantillon numéro S-11. Le S de Salazar.

La pluie tombait de nouveau quand elle sortit de l'hôtel. Elle envisagea la possibilité de courir jusqu'à la voiture, mais son état d'esprit et la vitesse avec laquelle son cerveau traitait ses pensées la poussèrent à traîner les pieds sur le parking. Alors elle laissa la pluie lui tremper les cheveux et les vêtements, dans un acte baptismal qui, espérait-elle, pourrait laver la confusion et le désarroi qui rugissaient en elle. Quand elle arriva à sa voiture, une silhouette, elle aussi immobile sous la pluie, attira son attention. Le scintillement argenté de la Lube et la tenue en cuir ne laissaient pas de doute sur son identité.

Elle s'approcha.

— Víctor ? Qu'est-ce que tu fais là ?

Son beau-frère la regarda, ravagé par la douleur. Malgré la pluie, Amaia put distinguer les larmes qui coulaient de ses yeux rougis.

— Víctor, répéta-t-elle, qu'est-ce… ?

— Pourquoi est-ce qu'elle me fait ça, Amaia ? Pourquoi est-ce que ta sœur me fait ça ?

Elle jeta un coup d'œil à l'intérieur du restaurant et vit sa sœur. Flora riait de quelque chose que lui disait Fermín Montes. Le policier se pencha vers elle et l'embrassa sur les lèvres. Flora sourit.

— Pourquoi ? répéta Víctor, complètement abattu.

— Parce que c'est une enfoirée, dit Amaia sans quitter la baie vitrée des yeux. Et une salope.

Víctor se mit à gémir. On aurait dit que les paroles de sa belle-sœur avaient ouvert en lui un abîme insondable.

— Hier, on a passé l'après-midi ensemble, et ce matin elle m'a appelé pour que je vienne déjeuner chez vous. Je croyais que les choses allaient mieux entre nous, et elle me fait ça. Moi, je fais tout pour elle. Tout. Pour qu'elle soit contente de moi. Pourquoi, Amaia ? Qu'est-ce qu'elle veut ?

— Faire du mal, Víctor, faire du mal car elle est

mauvaise. Comme l'ama. C'est une sorcière manipulatrice et sans cœur.

Il recommença à pleurer, se recroquevillant sur lui-même, donnant l'impression qu'il allait tomber par terre. Amaia ressentit une immense tristesse en voyant cet homme effondré. Víctor n'avait pas été un bon mari. Pas même un mauvais. Juste un ivrogne ployant sous le poids de la tyrannie de sa femme. Elle fit un pas vers lui et le prit dans ses bras, sentant l'odeur de sa lotion après-rasage mêlée au cuir mouillé de sa veste.

Ils restèrent ainsi quelques minutes, s'étreignant sous la pluie. Pendant qu'elle entendait les pleurs rauques de Víctor, voyant sa sœur sourire à côté de Fermín et essayant de discipliner son esprit, qui fonctionnait à mille à l'heure, alimenté par les informations que lui avaient données les zoologistes et celles de Huesca qui bouillonnaient dans sa tête au point de déclencher une migraine qui s'annonçait dévastatrice.

— Partons d'ici, Víctor, lui proposa-t-elle, persuadée cependant qu'il s'y opposerait.

Mais il accepta, soumis.

— Tu veux que je te ramène ? lui demanda-t-elle en désignant sa voiture.

— Non, merci, je ne peux pas laisser la moto ici, mais ça va aller, murmura-t-il en se passant les mains sur les yeux. Ne t'inquiète pas.

Amaia le regarda, inquiète. Dans cet état, il lui semblait capable de faire n'importe quelle sottise.

— Tu veux qu'on se retrouve plus tard quelque part, pour parler un moment ?

— Merci, Amaia, mais je crois que je vais rentrer

à la maison, prendre une douche et me coucher. Et tu devrais faire pareil, ajouta-t-il en tentant de sourire. Je ne veux pas que tu attrapes une pneumonie à cause de moi.

Il mit son casque et ses gants et se pencha pour embrasser sa belle-sœur en lui serrant doucement la main. Puis il démarra sa moto et quitta le parking avant de prendre la direction d'Elizondo.

Amaia resta là pendant quelques secondes à penser à Víctor, tout en regardant sa sœur dîner avec Montes sous la chaude lumière dorée du restaurant. Après quoi, elle ôta sa doudoune trempée et la jeta à l'intérieur de la voiture, s'assit et passa un appel.

— Ros... Rosaura.

— Amaia, que se passe-t-il... ?

— Écoute-moi, Ros, c'est important.

— Dis-moi.

— La farine que vous utilisez à la maison, vous la prenez toujours à la fabrique ?

— Bien sûr, oui.

— Ça remonte à quand la dernière fois que tu l'as fait ?

— Eh bien, il y a sûrement plus d'un mois, avant d'arrêter de travailler là-bas.

— D'accord. J'ai besoin que tu me rendes un service. Je vais envoyer Jonan Etxaide à la maison, il t'accompagnera et prélèvera un échantillon de la farine de la cuisine. Si tu ne veux pas entrer, reste dehors, Jonan est digne de confiance.

— Bon, répondit-elle sur un ton très sérieux.

— Autre chose, qui d'autre a pu emporter de la farine de l'usine ?

— Eh bien, j'imagine que tous les ouvriers en

prennent, mais... Qu'est-ce qu'il y a, Amaia ? Tu enquêtes sur un vol de farine ? demanda-t-elle, tentant de plaisanter.

— Je ne peux pas en parler, Ros. Fais juste ce que je te demande.

Elle composa un autre numéro.

La femme qui répondit à l'autre bout de la ligne la retint pendant quelques minutes avec un bavardage qui semblait ne devoir jamais prendre fin avant qu'elle puisse lui parler.

— Josune, je vais t'envoyer un collègue qui te donnera des échantillons à analyser et à comparer. Josune, c'est très important, sinon, je ne te le demanderais pas, j'en ai besoin le plus rapidement possible... Et tu dois être discrète, n'en parle à personne et n'envoie pas les résultats au commissariat, confie-les juste à la personne qui t'aura apporté les échantillons.

— D'accord, Amaia, tu peux être tranquille.

— Tu en as pour combien de temps ?

— Ça dépend de quand j'aurai les échantillons.

— Tu les auras d'ici deux heures.

— Amaia, aujourd'hui c'est dimanche, et en principe je ne retourne pas au labo avant lundi, huit heures... mais je vais faire une exception, et j'y serai à dix-huit heures pour analyser tes échantillons... Tu les auras demain, en fin de journée.

— Merci, ma chérie. Je te revaudrai ça, dit Amaia avant de raccrocher et de composer un troisième numéro.

— Jonan, prends l'échantillon S-11 de farine, celui du txatxingorri, et va chez ma tante ; accompagne ma sœur chez elle, prends un échantillon de farine et va à Donosti. À l'Institut médico-légal, Josune Urkiza, de l'Ertzaitzna[1], t'attend. Tu resteras avec elle jusqu'à ce qu'elle te donne les résultats. Quand ce sera fait, appelle-moi, mais ne dis rien aux collègues. Si Iriarte ou Zabalza t'appellent, dis-leur que tu es à Donosti pour raison familiale avec mon autorisation.

— D'accord, chef, dit-il en hésitant. Chef, il y a quelque chose que je devrais savoir ?

Jonan était le policier le plus intègre qu'elle connaisse, certainement l'une des meilleures personnes qu'elle ait croisées, et le côtoyer lui avait permis de l'apprécier sincèrement.

— Tu devrais tout savoir, sous-inspecteur Etxaide, et je te raconterai tout en détail dès ton retour. Je te dirai juste pour l'instant que je soupçonne qu'il y a des fuites au commissariat.

— Oh, compris.

— Je te fais confiance, Jonan.

Elle perçut presque son sourire avant de raccrocher.

Iriarte acheva vers vingt et une heures de coucher ses enfants. C'était le moment de la journée qu'il préférait, celui où la hâte imposée par le respect des horaires était passée, et où il pouvait se distraire en les regardant, surpris presque chaque jour de la vitesse à laquelle ils grandissaient, les prendre dans ses bras, céder une fois de plus à leurs demandes : ne pas éteindre encore la lumière et leur lire toujours la même histoire qu'ils connaissaient par cœur. Quand

1. Police de la communauté autonome basque. (*N.d.T.*)

il parvint enfin à sortir de leur chambre, il se dirigea vers celle où son épouse regardait le bulletin d'information. Se coucher tôt était devenu une habitude depuis qu'ils avaient les enfants et, même s'ils restaient éveillés à discuter ou à regarder la télé, à vingt et une heures ils devaient être au lit. Il se déshabilla et s'allongea à côté de sa femme, qui baissa le volume du téléviseur.

— Ils se sont endormis ?
— Je crois, dit-il en fermant les yeux dans une attitude caractéristique qu'elle connaissait bien et qui signifiait qu'il s'apprêtait à s'endormir.
— Tu es inquiet ? demanda-t-elle en passant un doigt sur son front.
— Oui.
Il n'avait pas l'intention de lui mentir.
— Raconte.
— Je ne sais pas bien de quoi il s'agit, c'est ça qui m'inquiète. Quelque chose ne marche pas, et j'ignore ce que c'est.
— Ç'a un rapport avec cette inspectrice si jolie ? demanda-t-elle sur un ton moqueur.
— Eh bien, en partie, je suppose, mais je n'en suis pas sûr non plus. Elle a une façon de procéder un peu différente, mais je ne crois pas que ce soit une mauvaise chose.
— Tu la trouves compétente ?
— Oui, très, mais... je ne sais pas comment l'expliquer, il y a une sorte de face obscure chez elle, une part d'elle que je n'arrive pas à discerner, et je suppose que c'est ça, ce qui me perturbe.
— Tout le monde a une face cachée, et tu la

connais depuis peu, il est encore tôt pour porter un jugement sur elle, tu ne crois pas ?

— Il ne s'agit pas de ça. C'est une sorte d'appréhension, une sensation instinctive. Tu sais que je n'ai pas pour habitude de juger au premier abord, mais, dans mon travail, la perception est importante. Et je crois que nous ignorons souvent des signes qui nous alertent chez les autres sous prétexte que nous ne pouvons leur donner un sens, mais il arrive souvent que ce que nous avions perçu et décidé d'ignorer revienne avec le temps, et que tout finisse par faire sens, et nous nous lamentons alors de ne pas avoir écouté ce que d'aucuns appellent instinct, première impression, et qui, dans le fond s'analyse rationnellement car cela passe par le langage corporel, les expressions faciales, et les petits mensonges sociaux.

— Alors, tu crois qu'elle ment ?

— Je crois qu'elle cache quelque chose.

— Et pourtant, tu dis que tu fais confiance à son jugement.

— Oui.

— Ce que tu perçois est peut-être une forme de déséquilibre émotionnel. Les personnes qui n'aiment pas ou ne sont pas aimées, celles qui ont des problèmes chez elles, font ce genre d'effet.

— Je ne crois pas que ce soit le cas. Son mari est un sculpteur américain reconnu, il l'a accompagnée à Elizondo pour être présent à ses côtés le temps de l'enquête. Je l'ai entendue lui parler au téléphone, il n'y a pas de tension entre eux. Pour le reste, elle est hébergée par sa tante, avec une de ses sœurs, il semble qu'au niveau familial, tout soit normal.

— Ils ont des enfants ?
— Non.
— Eh bien ! voilà, dit-elle en s'appuyant contre l'oreiller et en éteignant sa lampe de chevet. Je crois qu'aucune femme en âge d'avoir des enfants ne peut se sentir complète si elle n'en a pas, et ça, je t'assure que ça peut être un poids énorme, secret et un manque insupportable. Je t'aime, mais moi, si je n'avais pas d'enfants, je me sentirais incomplète, dit-elle en fermant les yeux. Malgré l'état d'épuisement dans lequel se termine chaque journée.

Il la regarda et sourit en songeant à la façon naïve et directe dont elle voyait le monde et au nombre de fois où elle avait eu raison.

42

Après une longue douche chaude, Amaia se sentit beaucoup mieux, quoique guère plus détendue. Sa musculature se tendait sous sa peau comme celle d'un athlète avant une compétition. Elle ne comprenait pas encore comment fonctionnait l'instinct, la machinerie compliquée qui se mettait automatiquement en marche chez un enquêteur, mais, de façon très subtile, elle entendait presque les rouages de l'affaire tourner, s'encastrer, entraîner dans leur lent mouvement inexorable des centaines de pièces qui s'imbriquaient à leur tour dans d'autres, faisant apparaître peu à peu un sens. Comme si, dans sa progression, elle écartait des voiles de soie qu'elle aurait eus jusque-là devant les yeux. La voix de l'agent spécial Dupree résonna de nouveau dans sa tête. « Ce qui obstrue. »

Cet homme perspicace avait touché juste, pourtant séparé d'elle par un océan.

Ce qui obstruait n'avait pas encore disparu, loin de là. Elle était convaincue que ce qui lui rendait visite toutes les nuits avait juste reculé d'un pas pour se dissimuler dans l'ombre, qu'elle avait regagnée comme un vampire que la lumière solaire qui entrait à flots par la brèche qu'il avait ouverte la nuit précédente aurait tué. Une brèche qu'elle avait craint d'élargir, partagée entre le désir de se libérer et une peur panique de la lumière. Une petite brèche dans sa prison de crainte, de silence, de chagrins secrets où elle parvenait à contenir le monstre qui venait lui rendre visite la nuit. Une brèche par laquelle elle était sûre que quelque chose d'autre que la lumière s'infiltrerait dans les mois à venir. Elle ne se trompait pas, elle savait que, si elle n'y prenait garde, la petite fissure se refermerait progressivement, et une nuit, le vampire se pencherait de nouveau sur son lit. Mais aujourd'hui, elle pouvait même imaginer un monde où les fantômes du passé ne viendraient pas la hanter, un monde où elle pourrait s'ouvrir à James ainsi qu'elle le devait, un monde où les esprits capricieux de la nature tordaient la queue des étoiles afin d'illuminer leur destin.

Cependant, une autre chose que lui avait dite Dupree résonnait dans sa tête à la façon d'une de ces chansonnettes qu'on ne peut s'empêcher de fredonner, même quand on ne se rappelle pas entièrement les paroles. « D'où vient-il ? » C'était une question intelligente qu'elle s'était déjà posée et à laquelle elle n'avait pas de réponse, mais qui, pour autant, ne perdait rien de sa pertinence. Un assassin comme celui-ci ne surgissait pas du néant du jour au lendemain, mais les recherches portant sur des délinquants au profil correspondant n'avaient rien donné. « Reset. Éteins et rallume. La réponse n'est pas toujours la solution de l'énigme. Il s'agit de savoir poser la bonne question. La question. La formule. Qu'est-ce que je dois savoir ? Ce que je dois savoir, c'est quelle est la question. » Elle regarda son reflet dans le miroir et une certitude s'empara d'elle. Elle se débarrassa précipitamment de son peignoir et se rhabilla. Quand elle arriva au commissariat, seul Zabalza continuait à travailler.

— Bonsoir, inspectrice, je partais, dit-il comme pour s'excuser d'être encore là.

— En fait, je pensais vous demander de rester un peu.

— Bien sûr, autant que vous voudrez.

— J'ai besoin que vous consultiez tous les dossiers relatifs aux assassinats de mineures dans la vallée commis au cours des vingt-cinq dernières années.

Il ouvrit grand les yeux.

— Ça va nous prendre des heures, et je ne sais pas si on obtiendra tous les renseignements. Ils doivent figurer dans le registre général, mais, à l'époque, la police régionale n'avait pas de compétence en matière d'homicides.

— Vous avez raison, dit-elle sans masquer son désappointement. Jusqu'à quand pouvons-nous remonter ?

— Dix ans environ, mais on l'a déjà fait, l'inspecteur Iriarte et moi, et ça n'a donné aucun résultat.

— Alors, je vous libère.

— Vous en êtes sûre ?

— Oui, j'ai eu une idée... Ne vous inquiétez pas, on en parle demain.

Elle sortit son téléphone et chercha un numéro.

— Padua, vous vous rappelez que vous me devez un service ?

Quinze minutes plus tard, elle était au quartier général de la garde civile.

— Vingt-cinq ans, ça fait beaucoup ! Certains de ces cas ne figurent même pas dans le système informatique. Si vous voulez accéder aux dossiers, il va falloir vous rendre à Pampelune. À l'époque le groupe chargé des homicides dépendait de la police nationale, et nous, on s'occupait plutôt du trafic routier, de la montagne, des frontières et du terrorisme... Mais je vais voir ce que je peux faire pour vous. Que voulez-vous précisément ?

— La liste des crimes commis contre des femmes jeunes dans toute la vallée. On est remontés dix ans en arrière, mais je n'ai presque rien au-delà.

Il acquiesça en évaluant sa demande et lança une recherche de dossiers sur son ordinateur.

— Depuis 1987... Si vous pouviez préciser... Quel genre d'agressions cherchez-vous ?

— Celles où les victimes ont été retrouvées près de la rivière, dans la forêt, étranglées, dénudées...

— Ah ! fit-il comme s'il se rappelait quelque chose, il y a eu cette affaire, mon père en parlait, une fille qui a été violée et étranglée à Elizondo. C'était il y a longtemps, j'étais encore un gamin. Elle s'appelait Klaus, elle était russe ou quelque chose comme ça... dit-il en tapant son code sur son clavier. Voilà : Klas, pas Klaus. Teresa Klas. Violée et étranglée. Elle a été retrouvée dans un champ de la ferme où elle tenait compagnie à une vieille dame. On a arrêté le fils cadet de cette femme, mais on l'a libéré faute de preuves. On a interrogé plusieurs ouvriers, et l'affaire a été classée sans suite.

— Qui s'en est occupé ?

— La police nationale.
— On sait qui en particulier ?
— Non, mais je me souviens que lorsque je suis entré à l'académie de police, le chef de la section des homicides était un capitaine de la police nationale d'Irún, lui répondit le lieutenant Padua en continuant à chercher. Je ne me rappelle pas son prénom, mais je peux appeler mon père, il était policier lui aussi et il le connaît sûrement, dit-il en composant le numéro. (Il parla quelques minutes et raccrocha.) Alfonso Álvarez de Toledo, ça vous dit quelque chose ?
— Il n'est pas écrivain, ou quelque chose comme ça ?
— Si, il s'est consacré à l'écriture quand il a pris sa retraite. Il vit toujours à Irún, mon père m'a donné son numéro.

Par contraste avec Elizondo, Irún débordait d'activité même à une heure du matin. Les bars de la rue Luis-Mariano étaient remplis de buveurs qui sortaient en laissant s'échapper un flot de musique tonitruante. Par chance, Amaia trouva une place où garer sa voiture.

Alfonso Álvarez de Toledo arborait un bronzage propre à la côte, surprenant à cette époque de l'année, sans paraître se soucier du millier de petites rides qui lui sillonnaient le visage, conséquence pas tant de l'âge, que d'un goût immodéré pour le soleil.

— Inspectrice Salazar, c'est un plaisir, j'ai souvent entendu parler de vous, et en bien.

Elle en fut surprise, d'autant que celui qui avait été le chef de la section des homicides avait décidé de prendre une retraite anticipée après avoir acquis un renom considérable en qualité d'écrivain de romans policiers à succès quelques années plus tôt.

Il la guida à travers un vaste couloir jusqu'à un salon où une femme d'une soixantaine d'années regardait la télévision.

— On peut parler ici. Et ne vous inquiétez pas pour mon épouse, elle est femme de policier depuis toujours et je lui ai souvent parlé de mes enquêtes... Je vous assure que la police a perdu une grande détective.

— Je n'en doute pas, dit Amaia en souriant à l'intéressée, qui lui tendit la main et concentra à nouveau son attention sur une série sentimentale qui semblait se poursuivre très tard.

— Mon fils m'a dit que vous vouliez me parler de l'affaire Teresa Klas.

— En fait, je m'intéresse à toute affaire dont les victimes seraient des femmes jeunes. Dans le cas de Teresa cependant, il semble qu'elle a été violée, et le profil que je recherche n'inclut pas le viol. Le sexe n'entre pas du tout en ligne de compte.

— Oh, ma chère, ne vous laissez pas abuser, le fait d'indiquer dans le rapport que la fille a été violentée ne signifie pas nécessairement qu'elle ait été violée.

— Comment ça ? Violentée, c'est...

— Écoutez, à l'époque, j'étais le chef de la section des homicides, et les choses étaient très différentes... Il n'y avait pas de femmes dans la police, et les détectives avaient une formation tout à fait basique. Nous ne disposions d'aucun des progrès scientifiques d'aujourd'hui : si le sperme était visible, il y avait du sperme, sinon, il n'y en avait pas... De toute façon, ça ne servait pas à grand-chose, car on ne pratiquait pas de tests ADN. C'étaient les années quatre-vingt, et il faut reconnaître que même la police d'alors était assez timorée et pudique, pour ne pas dire prude. Si on arrivait sur une scène de crime et qu'on trouvait une fille avec la culotte baissée, on considérait qu'il y avait eu des violences sexuelles. Le sexe consenti n'était pratiquement pas pris en compte, à moins qu'il ne s'agisse d'une prostituée.

— Alors Teresa a-t-elle été violée, ou non ?

— Il y avait quelque chose de très sexuel dans la façon dont le cadavre avait été exposé, elle était entièrement nue, les yeux ouverts, une cordelette qui provenait de la ferme autour du cou. Imaginez le tableau.

Amaia pouvait imaginer.

— Avait-elle les mains placées d'une façon particulière ?

— Pas que je m'en souvienne. Ses vêtements étaient dispersés autour d'elle, jetés en désordre au milieu du contenu de son sac, quelques pièces de monnaie et des bonbons... Il y en avait même sur le corps.

Amaia sentit quelque chose qui ressemblait à une forte nausée lui tordre l'estomac.

— Il y avait des bonbons sur elle ?

— Oui, quelques-uns, ils avaient été éparpillés. Ses parents nous ont dit qu'elle aimait beaucoup les friandises.

— Vous vous rappelez comment ils étaient placés sur son corps ?

Alfonso prit une bouffée d'air et la retint quelques

secondes dans sa poitrine avant de la rejeter, donnant l'impression de produire un grand effort de mémoire.

— La majeure partie d'entre eux étaient autour d'elle et entre ses jambes, mais il y en avait un sur le bas-ventre, sur la ligne du pubis. Nous avons considéré à ce moment-là qu'ils étaient tombés de son sac quand l'agresseur l'a fouillée, cherchant peut-être de l'argent. C'était le début du mois et il a pu penser qu'elle avait son salaire sur elle, à l'époque tout se payait en liquide.

Quelque chose se dessinait dans son esprit.

— Vous vous souvenez du mois ?

— C'était à peu près à la même époque de l'année, en février, je m'en souviens parce que quelques jours plus tard, ma fille Sofia est née.

— Pouvez-vous m'en dire plus sur ce crime. Un détail qui aurait attiré votre attention ?

— Il y a bien un détail qui m'a interpellé des années plus tard dans le cadre d'autres crimes, parfois commis à l'encontre de femmes jeunes, et qui m'a rappelé Teresa, même si ça n'avait peut-être pas d'importance. Matilde, dit-il en s'adressant à sa femme, tu te souviens des mortes coiffées ?

Elle fit un geste affirmatif sans quitter l'écran des yeux.

— Environ six mois plus tard, une campeuse allemande a été retrouvée « violentée » et étranglée à proximité d'un camping à Vera de Bidasoa. Malgré les coïncidences, il s'agissait d'un crime obéissant à un mode opératoire différent, on avait tenté de violer la fille, il y avait des signes de lutte, cet animal avait eu la main lourde et l'avait zigouillée. Elle avait aussi été étranglée, avec une corde du camping, et, après sa mort, le tueur avait découpé ses vêtements pour la voir nue. On a pensé que c'était un pervers, un des gardiens du camping, un quinquagénaire dégueulasse contre qui il y avait déjà eu des plaintes car il épiait les campeuses sous la douche. Ce qui est curieux, c'est que, malgré toute la violence subie par la victime, les cheveux étaient placés sur les côtés et coiffés comme si la morte posait pour une photo. Le type nia tout en bloc, l'avoir tuée, coiffée, mais il y avait des témoins qui les avaient vus se disputer quand la fille l'avait surpris en train de la mater dans sa tente pendant qu'elle se changeait. Le type a pris vingt ans. Un an plus tard, on a eu un autre cas de morte coiffée. Une fille qui s'était écartée de son groupe d'excursionnistes dans la montagne. Au début, on a cru qu'elle s'était perdue et on a organisé des recherches ; on l'a retrouvée presque dix jours plus tard, sous un arbre, adossée au tronc, et son corps présentait une déshydratation inhabituelle dont un médecin légiste pourrait vous expliquer mieux que moi la cause. Le cadavre semblait momifié, ses vêtements avaient disparu, on avait défait son chignon et ses cheveux étaient parfaitement étalés sur les côtés du visage, comme si quelqu'un les avait coiffés.

Amaia avait du mal à empêcher ses jambes de flageoler.

— Y avait-il quelque chose sur le cadavre ?

— Non, rien, même si elle avait les mains tournées vers le haut. Cela faisait un effet très bizarre, mais il n'y avait rien sur le cadavre, on lui avait tout enlevé : vêtements, sous-vêtements, chaussures... Même si, maintenant que j'y repense, on a retrouvé les chaussures, et d'ailleurs c'est grâce à ça qu'on l'a découverte : elles étaient au bord du sentier qui s'enfonçait dans la forêt.

— Placées l'une à côté de l'autre, comme on les dispose près de son lit quand on va se coucher ou au bord d'une rivière quand on va s'y baigner, récita Amaia.

— Oui, admit-il en la regardant, surpris. Comment le savez-vous ?

— Vous avez arrêté l'assassin ?

— Non, on n'avait aucune piste, aucun suspect... On a interrogé ses amis et ses proches, la routine. Pareil pour Teresa, pour les autres. Des femmes jeunes, pour certaines presque encore des enfants, s'éveillant à peine à la vie. Quelqu'un leur a coupé les ailes...

— Vous croyez que je peux accéder à ces dossiers ? demanda-t-elle, le suppliant presque.

— Je suppose que vous savez à quoi je m'occupe désormais... Quand j'ai quitté la police, j'ai emporté un double de tous les dossiers sur lesquels j'avais travaillé.

Tandis qu'elle roulait vers Elizondo, les informations qu'Álvarez de Toledo venait de lui communiquer bouillonnaient dans sa tête. Les dossiers révélèrent à Amaia des indices communs, des éléments suspects, un même genre de victimes, un mode opératoire qui se perfectionnait, s'épurait... Elle avait trouvé son origine, son empreinte de mort qui s'était étendue sur toute la vallée jusqu'à Vera de Bidasoa et peut-être plus loin encore. Maintenant, elle était sûre que l'assassin vivait à Elizondo, et elle savait que Teresa avait été la première de ses victimes, un crime d'opportunité qui l'avait poussé pour les suivants à s'éloigner le plus possible de chez lui. Teresa, qui était plus belle qu'intelligente, une *freska*[1], comme aurait dit son amona Juanita, sûre de ses charmes, une effrontée qui aimait qu'on la regarde. L'assassin n'avait pu résister à la provocation que cela représentait pour lui de la voir tous les jours en la considérant comme sale, maligne, jouant à être une femme alors qu'elle aurait encore dû jouer à la poupée. Il lui avait semblé insupportable qu'elle puisse continuer à vivre et il l'avait tuée et, comme les autres, sans la violer, mais en exposant ce qu'il considérait être son corps d'enfant, qui avait porté atteinte à son idéal de décence. Ensuite, il avait perfectionné sa technique, les vêtements déchirés, les mains en offrande, les cheveux bien coiffés des deux côtés de la tête... Et soudain, plus rien pendant des années, des années où il avait pu purger une peine pour un délit mineur, ou alors partir dans une autre région. Mais il était revenu mûr et froid, avec une technique plus épurée, peut-être comme un hommage macabre à Teresa, en février, sans omettre le détail de ce symbole d'enfance qu'était le bonbon, transformé depuis en une tourte sucrée maison. De l'avis d'Amaia sa signature la plus authentique.

---

1. « Dévergondé ». (*N.d.T.*)

43

Elle avait dormi aux côtés de James après s'être glissée dans le lit comme un passager clandestin, à quatre heures du matin ou presque, sachant qu'elle devait se reposer et craignant malgré tout de ne pas y parvenir en raison de l'inquiétude qui la rongeait. Elle s'était pourtant endormie tout de suite, et son sommeil lui avait apporté la tiédeur et le repos dont son corps – mais surtout son esprit – avait besoin. Elle se réveilla avant l'aube, se sentant pour la première fois depuis bien longtemps d'humeur sereine. Elle descendit dans le séjour, alluma tranquillement le feu dans la cheminée, suivant le rituel qu'elle avait observé tous les matins de son enfance et qu'elle avait abandonné depuis tant d'années. Elle s'assit devant le feu, qui naissait timidement et... le déclic se produisit. Reset. « C'était un bon conseil, agent analyste Dupree », pensa Amaia. Et cela donna des résultats immédiats.

Fermín Montes se réveilla dans la chambre où il avait passé la nuit avec Flora. Sur l'oreiller, un mot disait : « Tu es génial. Je t'appelle plus tard. Flora. »

Il le prit dans ses mains et lui donna un baiser sonore. Il sourit, s'étira jusqu'à toucher la tête de lit matelassée et, en fredonnant une chansonnette, entra dans la douche, sans parvenir à cesser un seul instant de penser au miracle que supposait la rencontre avec cette femme. Pour la première fois depuis plus d'un an, la vie avait un sens pour lui, car, ces derniers mois – et il le savait maintenant mieux que jamais –, il avait été un mort vivant, un zombie s'efforçant de trouver son monde quant à la réalité de son état. Flora l'avait ressuscité, ranimant un cœur qui ne battait plus, à la manière d'un défibrillateur qui, sans prévenir et d'une forte secousse, l'aurait relancé. Flora s'était imposée, en bousculant tout sur son passage, elle s'était installée dans sa vie sans lui en demander l'autorisation. Sa force l'avait surpris dès le début, son caractère fort et insoumis de femme qui s'était faite elle-même, qui avait géré son affaire et veillé sur sa famille. Il sourit une nouvelle fois en pensant à elle, à son corps chaud entre les draps. Il avait presque autant redouté ce moment qu'il l'avait attendu, car la dose de poison que son épouse avait inoculée en le quittant s'était libérée lentement au cours de ces derniers mois, agissant comme une castration chimique qui l'avait empêché d'avoir des rapports sexuels avec une autre. Son visage s'assombrit en se rappelant les paroles d'adieu... Le caractère pathétique de ses prières d'alors le faisait presque rougir. Il l'avait implorée, invoquant leurs dix années de mariage, il s'était traîné à ses pieds en la suppliant de ne pas partir, et, dans un dernier élan de désespoir, il lui avait demandé des explications, il avait voulu savoir pourquoi, alors que, à ce stade, aucun raisonnement ou aucun motif ne pouvaient justifier le naufrage d'un homme. Mais cette salope avait répondu, un dernier coup de canon, une salve d'honneur tirée sous la ligne de flottaison.

— Pourquoi ? Tu veux savoir ? Il me baise comme un dieu, et quand il a fini, il recommence.

Puis elle était sortie en claquant la porte et il ne l'avait revue que devant le juge.

Il savait que c'était de la lassitude, du dépit, du dédain et du dégoût mêlés à parts égales, qu'il avait lui-même provoqués dans une certaine mesure au gré des derniers râles de l'amour, mais malgré ça, ses paroles s'étaient enkystées et résonnaient dans sa tête de la même façon que des acouphènes. Jusqu'au jour où il avait rencontré Flora.

Le sourire revint sur ses lèvres pendant qu'il se rasait en se regardant dans le miroir de l'hôtel, où elle avait préféré dormir pour ne pas faire jaser au village. Une femme discrète, sûre et si belle qu'elle lui en coupait le souffle. Elle s'était abandonnée passionnément dans ses bras et il avait été à la hauteur.

« Comme un brave », se dit-il s'examinant à nouveau et se répétant encore une fois qu'il ne s'était pas senti aussi bien depuis longtemps, et que peut-être, quand l'affaire serait bouclée, il pourrait demander un poste à Elizondo.

Amaia se couvrit avant de sortir. Ce matin-là, il ne pleuvait pas, mais le brouillard couvrait les rues d'une patine de tristesse ancestrale qui forçait les gens à se courber, comme s'ils portaient une lourde charge, et à se réfugier dans les cafés où il faisait chaud. À la première heure, elle avait téléphoné à Donosti pour savoir où en étaient les analyses.

— Ça roule, avait répondu Josune. Dis, tu aurais pu me prévenir que le sous-inspecteur Etxaide était si beau, je me serais épilée.

La plaisanterie datait de l'époque où elles étaient étudiantes, même si cette fois elle devina que l'intérêt de Josune était plus poussé. Amaia faillit lui dire qu'elle perdait son temps, mais elle s'en abstint. Elle continua à sourire un moment après avoir raccroché.

Elle traîna autant qu'elle put avant de se rendre au commissariat. Elle voulut d'abord passer à l'église de Santiago, mais elle trouva porte close. Alors elle se promena dans les jardins et l'aire de jeux pour les enfants, déserte le lundi matin. Elle admira l'embonpoint de la bande de chats qui semblaient vivre sous l'église et se glissaient à grand-peine par les soupiraux. Elle suivit la ligne tracée par le mur en se remémorant la croyance pas si ancienne que décrivait Barandiarán selon laquelle si une femme faisait trois fois le tour de l'église, elle devenait une sorcière. Elle regagna l'entrée et observa les arbres élancés qui rivalisaient de hauteur avec la tour de l'horloge. Elle envisagea d'aller du côté de la mairie, mais les fortes rafales de vent qui commençaient à balayer les nuages charriaient des gouttes glacées dissuasives. Elle changea de direction et remonta la rue Santiago jusqu'aux pâtisseries où plusieurs femmes prenaient le petit déjeuner par petits groupes d'amies. En entrant au Malkorra, elle sentit les regards curieux converger dans sa direction quand elle se dirigea vers le comptoir. Elle commanda un café au lait qui lui sembla être le meilleur qu'elle ait bu depuis très longtemps, et, avant de sortir, acheta des morceaux d'*urrakin egiña*, le chocolat traditionnel d'Elizondo, élaboré de façon artisanale avec des amandes entières et auquel cette confiserie devait sa réputation.

Amaia tenta de se protéger de la pluie en marchant d'un bon pas sous les balcons. Elle acheta *Diario de Navarra* et *Noticias de Navarra* et retourna à sa voiture, qu'elle avait garée dans les dépendances de l'ancien commissariat. Elle laissa passer une femme blonde qui conduisait une petite voiture et crut l'avoir vue sur une des photos qu'Iriarte avait sur son bureau. Elle roula dans les rues à l'heure de pointe des livraisons et enfin, vers midi, arriva au commissariat.

Sur son bureau, toujours les mêmes photos, assorties d'un rapport du laboratoire qu'elle avait reçu sur son PDA et qui lui expliquait ce que le Dr Takchenko lui avait dit deux jours plus tôt : les farines ne correspondaient pas. Analyse HPLC. Et une nouveauté. La tache huileuse sur la peau de chèvre extraite de la cordelette avec laquelle les filles avaient été étranglées était de l'oxyde avec des traces d'hydrocarbures et de vinaigre de vin. Ça allait beaucoup l'aider.

Iriarte et Zabalza étaient dehors ; un policier de garde lui expliqua qu'ils étaient retournés interroger les dernières personnes à avoir vu les filles en vie. L'hôpital de Navarre lui apprit que l'état de Freddy évoluait favorablement et que ses jours n'étaient plus en danger. Il était presque midi et demi quand Padua appela.

— Bonjour, inspectrice. Des résultats relatifs au

meurtre de Johana sont arrivés et je crois que ceci va vous intéresser : le bras a été coupé au moyen d'un couteau électrique ou d'une scie sauteuse, même si on penche plus pour le premier en raison du sens de la coupure, nous supposons qu'il fonctionnait à piles, car il n'y avait pas d'électricité sur place. Et l'érosion que présente la blessure sur la partie supérieure est une morsure... Vous vous rappelez que les techniciens de la police scientifique ont fait un moulage pendant l'autopsie.
— Oui.
— Eh bien, la morsure a été faite par des dents humaines.
— Putain, s'exclama-t-elle.
— Je sais ce que vous allez me dire, mais on a comparé avec le père et ça ne coïncide pas.
— Putain, répéta Amaia.
— Oui, c'est aussi ce que je pense, répondit-il. Les funérailles de Johana auront lieu demain, la mère m'a demandé de vous prévenir.
— Merci, dit-elle d'un ton absent. Lieutenant Padua, un informateur m'a dit qu'il avait observé une activité suspecte sur la rive droite de la rivière, du côté d'Arri Zahar. En traversant la hêtraie, il y a manifestement des grottes, à environ quatre cents mètres sur le versant. Ce n'est certainement rien, mais...
— J'en ferai part au Seprona.
— Oui, faites-le, merci.
— Merci à vous, inspectrice. (Il hésita un peu et baissa la voix, pour que personne n'entende ce qu'il allait dire.) Merci pour tout, j'ai une dette envers vous, vous me prouvez que vous êtes bonne

enquêteuse. Et aussi quelqu'un de bien. Si un jour, vous avez besoin de quoi que ce soit...

— Vous ne me devez rien, nous sommes dans le même bateau, lieutenant, mais j'y penserai.

Elle raccrocha et resta immobile, comme si le moindre mouvement risquait de perturber le flux de ses pensées, puis elle chercha un forum sur Internet et envoya une question à l'administrateur. Elle se servit un café au lait et prit son temps pour le boire à petites gorgées tout en regardant par la fenêtre. À treize heures, elle appela James.

— Tu as envie de déjeuner avec ta petite femme ?

— Toujours, tu viens à la maison ?

— J'avais pensé déjeuner dehors.

— D'accord, et tu as sûrement pensé à un restaurant, aussi.

— Tu me connais bien ! Quatorze heures, au Kortarixar, un des préférés de ma tante. Il est situé tout près de la maison, à l'entrée d'Elizondo en venant d'Irurita, et j'ai réservé. Si vous arrivez les premiers, commandez le vin.

Elle sortit du commissariat, mais s'aperçut qu'il lui restait encore presque trois quarts d'heure avant le déjeuner. Elle prit le chemin des Alduides et roula jusqu'au cimetière. Il y avait un autre véhicule garé devant l'entrée, toutefois elle ne vit personne. Elle marcha sans se presser entre les sépultures, mouillant ses chaussures dans l'herbe trop haute qui poussait entre les tombes, jusqu'à ce qu'elle trouve celle qu'elle cherchait, signalée par une petite croix de fer. Elle constata, peinée, qu'un bras était cassé. Sur la plaque centrale, on lisait : « Famille Aldube Salazar ». Elle avait sept ans à la mort de l'amona Juanita, et elle ne se souvenait pas de son visage, mais gardait en mémoire l'odeur de sa maison, douce et un peu âcre, comme de la noix muscade. L'odeur de naphtaline de l'armoire à linge blanc, l'odeur de ses vêtements repassés. Elle se rappelait ses cheveux blancs, rassemblés en un chignon serré traversé par des épingles, des aiguilles d'argent que couronnaient des fleurs serties de petites perles, et qui, avec sa mince alliance, avaient constitué les seuls bijoux qu'elle lui ait jamais connus. Elle se rappelait aussi le balancement rythmé qu'elle imprimait à ses jambes quand elle l'asseyait sur ses genoux, imitant le trot d'un petit cheval, et les chansons qu'elle chantait en euskara d'une voix douce, si tristes qu'elles la faisaient parfois pleurer.

— Amona, murmura-t-elle. Et un sourire se dessina sur son visage.

Elle avança jusqu'à la partie supérieure du cimetière et dessina mentalement les lignes imaginaires qui, partant du croisement, établissaient les chemins souterrains de cet inframonde dont parlait Jonan. Elle entendit un murmure rauque, mais elle eut beau jeter un regard circulaire, elle ne vit personne. La pluie qui tambourinait sur la toile de son parapluie masquait entièrement le son, mais, en se retournant, elle crut le percevoir de nouveau. Elle ferma son parapluie et écouta attentivement. Même en partie couvert par la pluie, cette fois, il était parfaitement audible. Elle rouvrit son parapluie et avança dans sa direction.

Ce fut alors qu'elle vit le parapluie. Rouge, avec des fleurs grenat et orange sur le pourtour. Un coloris incongru dans ce lieu où les fleurs de plastique et de toile étaient délavées par la pluie. Et d'autant plus incongru qu'il abritait un homme. Il portait le parapluie incliné, appuyé sur l'épaule, de sorte qu'il lui couvrait presque toute la partie supérieure du corps. Il restait immobile, et, même si la position du parapluie projetait presque intégralement le son de sa voix dans la direction opposée, elle put distinguer ses pleurs ininterrompus pendant qu'il murmurait quelque chose d'incompréhensible.

Elle recula jusqu'au croisement et revint par l'allée supérieure, d'où elle eut un meilleur point de vue sur le tombeau de la famille Elizasu. Les couronnes et les bouquets déposés le jour de l'enterrement s'entassaient sur le marbre, formant une sorte de bûcher. Les fleurs détrempées avaient pris une consistance pâteuse, et les bouquets sous cellophane étaient blancs et perlés de gouttelettes sous l'effet de la condensation due au pourrissement. En s'approchant, elle aperçut les baskets noir et blanc du frère d'Ainhoa qui, sur le point de s'effondrer, sanglotait comme un enfant sans cesser de regarder la tombe de sa sœur et en répétant toujours les mêmes mots :

— Je suis désolé, je suis désolé, je suis désolé.

Amaia recula de quelques pas, décidée à s'en aller sans se faire voir, mais le garçon sembla percevoir sa présence et pivota sur lui-même. Elle eut juste le temps de se retourner et de se cacher sous le parapluie. Puis elle feignit pendant quelques minutes de se recueillir devant la tombe la plus proche, jusqu'au moment où elle ne sentit plus peser sur elle le regard pénétrant du garçon. Après quoi, elle repartit par où elle était venue en faisant un détour jusqu'à la grille et en se couvrant la tête pour éviter d'être reconnue.

Quand elle arriva au restaurant, la tante et James avaient déjà commandé une bouteille de remelluri rouge et bavardaient avec animation. Elle avait toujours aimé le Kortarixar pour son ambiance, pour les poutres sombres qui sillonnaient le plafond et la cheminée toujours allumée, le tout mêlé à une sorte d'odeur de maïs grillé qui lui était familière et qui lui ouvrit l'appétit dès qu'elle franchit le seuil. Elle valida la morue frite et la côte de bœuf, mais elle ne voulut pas prendre de vin et demanda une carafe d'eau.

— Tu ne vas vraiment pas goûter ce vin ? s'étonna James.

— Je pense que l'après-midi va être agité, et je veux garder toute ma lucidité.

— Cela signifie que tu as progressé dans l'enquête ?

— Je ne sais pas encore, mais je crois que j'obtiendrai au moins quelques réponses.

Ils mangèrent avec appétit, parlèrent de l'amélioration de l'état de Freddy, dont ils se réjouirent tous, et s'amusèrent des anecdotes de James sur ses débuts dans le monde artistique. Pendant qu'ils buvaient leurs cafés, le téléphone d'Amaia sonna. Elle se leva et sortit avant de répondre.

— Alors, Jonan ?

— La farine provenant de chez Ros et celle qui a servi pour le txatxingorri concordent à cent pour cent, et la farine S-11 et celle du petit gâteau à trente-cinq.

— Remercie Josune, cherche un fax et attends que je t'appelle.

Elle raccrocha, regagna l'intérieur du restaurant pour prendre congé malgré les protestations de James et le café qui refroidissait dans sa tasse, et une fois dehors elle reprit son téléphone.

— Inspecteur Iriarte.

— Bonjour, j'allais vous appeler.

— Du nouveau ?

— Peut-être, une amie d'Ainhoa s'est rappelée que lorsque celle-ci attendait à l'abribus, elle a elle-même traversé la rue pour retrouver sa sœur, qui l'attendait un peu plus loin. Elle dit qu'une voiture a alors freiné devant l'abribus, et il lui a semblé que le conducteur parlait à Ainhoa, mais après, il a poursuivi sa route sans que la fille monte dans son véhicule. Elle avait oublié ce détail car cela ne lui avait pas semblé important sur le coup, et elle ne sait même pas vraiment si le conducteur était un homme ou une femme, mais elle dit qu'Ainhoa n'est pas montée.

— Il pourrait s'agir de quelqu'un qui se serait arrêté pour lui demander quelque chose, ou qui aurait proposé de la raccompagner.

— Il peut aussi s'agir de l'assassin. Il a pu proposer de l'emmener et elle a décliné l'invitation, espérant encore que le bus allait arriver, mais les minutes passant, et voyant que ce n'était pas le cas, elle a commencé à s'agacer et il n'a eu qu'à attendre patiemment qu'Ainhoa soit assez angoissée pour accepter de monter dans sa voiture. La seconde fois qu'il le lui a proposé ça n'était plus une mauvaise idée, mais une bénédiction...

— Elle se souvient de la voiture ?

— Elle a dit qu'elle était de couleur claire – beige,

grise ou blanche – avec deux portes, genre petite fourgonnette de livraison, et elle croit qu'il y avait quelque chose d'écrit dessus. Je lui ai montré des photos des huit modèles les plus courants, mais elle ne l'a pas reconnue. On peut chercher dans la vallée les propriétaires de fourgonnettes présentant ces caractéristiques, mais il y en a un paquet : presque toutes les boutiques, entrepôts et fermes, en possèdent au moins une, souvent blanche. C'est le véhicule professionnel par excellence, donc, dans la majeure partie des cas, elles doivent être au nom d'hommes âgés de vingt-cinq à quarante-cinq ans.

Elle soupesa l'information.

— De toute façon, on va la chercher, on n'a pas vraiment d'autres pistes. On va d'abord vérifier si un proche ou un ami des victimes possède ce type de véhicule, ou si quelqu'un sait qui en a une dans son entourage, en commençant par la famille d'Ainhoa Elizasu. Ce matin son frère était au cimetière, il demandait pardon devant sa tombe.

— Peut-être se sent-il coupable de ne pas avoir prévenu ses parents plus tôt. Ils le rendent responsable, j'étais avec eux pour les funérailles, et il faisait peine à voir... Si ses parents continuent à lui mettre sur le dos la responsabilité de la mort de sa sœur, je ne serais pas étonné qu'ils perdent un autre enfant.

— Parfois, cette attitude est plus significative que ce qu'on peut penser. Ce sont peut-être des rustres, ou alors ils ont des soupçons et le rejet est la seule façon de les canaliser.

— Vous êtes au commissariat ?

— J'y allais. Ce matin, j'ai vu votre femme, je l'ai reconnue grâce aux photos...

— Ah oui ?

— Vous croyez pouvoir la convaincre de nous prêter sa voiture cet après-midi ?

— La voiture de ma femme ?

— Oui, je vous expliquerai plus tard.

— Bon, si je lui laisse la mienne, ça ne devrait pas poser de problème.

— Bien, apportez-la, mais ne la garez pas devant le commissariat.

— D'accord.

Une fois arrivée, Amaia monta en salle de réunion et, en attendant Iriarte, elle relut les dépositions des amis de Carla et d'Anne, puis vérifia le modèle des véhicules de leurs proches.

— Je vois que vous avez commencé sans moi, dit Iriarte.

— Oui, j'ai d'autres projets pour cet après-midi.

Il la regarda, surpris, mais il se tut, s'assit et se mit au travail. Amaia prit son téléphone et appela Jonan.

— Tu as trouvé un fax ?

— Oui.

— Bien, envoie-moi les résultats au commissariat d'Elizondo.

— Mais… ?

— Fais ce que je te dis et reviens dès que tu auras fini.

Cinq minutes plus tard, le sous-inspecteur Zabalza entrait dans la salle.

— Ça vient d'arriver par fax de l'Institut médico-légal de San Sebastián.

Amaia laissa Iriarte en prendre connaissance le

premier. Quand il eut terminé, il la regarda d'un air très sérieux.

— C'est vous qui avez demandé ça ?

— Oui, les zoologistes qui ont effectué les analyses à Huesca en ont fait une seconde série, trouvé ce qui ressemblait à une concordance partielle, et ils ont suggéré qu'il y avait peut-être eu un changement de farine, ce qui expliquerait qu'elle soit présente en très faible quantité. Hier soir, le sous-inspecteur Etxaide m'a remis un échantillon de la farine utilisée à l'usine Salazar il y a un mois, et je l'ai envoyé à San Sebastián, profitant d'un service que me devait une collègue de l'Ertzaintza. Ce sont les résultats. Les vingt employés de Mantecadas Salazar ont accès à la farine, et ils ont l'habitude d'en rapporter chez eux. Ils ont donc pu en donner à des parents et à des amis. Il faut chercher de ce côté.

Zabalza quitta la pièce et se dirigea vers son bureau. Iriarte était curieusement silencieux, relisant et relisant le rapport d'analyses. Amaia ferma la porte.

— Inspectrice, vous vous rendez compte de l'importance de ce document ? C'est notre piste la plus fiable.

Elle acquiesça formellement.

— ... Et elle mène à votre famille.

— C'est en prévision de ce genre de situation que le commissaire vous a placé à la tête de cette enquête avec moi, et c'est pour ça que je vous ai appelé, dit-elle en s'approchant de la fenêtre et en regardant à l'extérieur. Maintenant, je voudrais que vous veniez voir ça.

Il s'approcha d'Amaia qui consulta sa montre.

— Le fax est arrivé il y a à peine un quart d'heure, et il est déjà là, dit-elle en désignant une voiture qui venait de se garer et dont descendit l'inspecteur Montes qui, avant de se diriger vers l'entrée du commissariat, jeta un regard dans leur direction. Instinctivement, ils firent un pas en arrière.

— Il ne peut pas nous voir, c'est une vitre sans tain, dit Iriarte.

Amaia atteignit la porte de la salle de réunion à temps pour voir Fermín Montes entrer dans le bureau de Zabalza et en ressortir deux minutes plus tard avec une enveloppe roulée en forme de tube.

Iriarte et l'inspectrice l'observèrent par la fenêtre remonter dans sa voiture après avoir jeté un œil autour de lui et sortir du parking.

— Il est évident que les relations que l'inspecteur Montes entretient avec le chef, en l'occurrence vous, laissent beaucoup à désirer, et qu'il ne devrait pas emporter le rapport hors du commissariat sans votre permission, et Zabalza aurait dû l'en empêcher, mais, d'un autre côté, il fait partie de l'équipe chargée de l'enquête et il n'y a rien d'étrange à ce qu'il veuille être informé.

— Et vous ne pensez pas qu'il devrait assister aux réunions ? C'est à ça qu'elles servent, non ? demanda Amaia, lasse du corporatisme machiste avec lequel les hommes essayaient de justifier des actes qui auraient été critiqués chez une femme.

— Zabalza m'a dit qu'il était malade.

— Vous avez pu constater de vos propres yeux la gravité du mal dont souffre l'inspecteur Montes, dit-elle, visiblement fâchée. Votre femme a accepté de nous prêter sa voiture ?

— Elle est garée derrière, répondit-il, contrarié. Comme vous me l'avez demandé, ajouta-t-il, peut-être pour rappeler que ce n'était pas lui l'ennemi.

Elle se sentit un peu mesquine de se montrer si dure avec Iriarte, qui la soutenait depuis le début. Elle se radoucit donc et prit son sac sur le dossier de sa chaise.

— Allons-y.

La voiture de la femme d'Iriarte était une vieille Micra quatre portes, grenat, avec des sièges enfants à l'arrière. L'inspecteur lui remit les clés et elle prit le temps de régler le siège conducteur et les rétroviseurs. Elle savait par cœur où il allait. Elle roula tranquillement afin de lui donner le temps d'arriver, et, au moment où l'inspecteur Iriarte commençait à s'impatienter, elle sortit d'Elizondo en direction de Pampelune. Cinq kilomètres plus loin, elle s'arrêta sur le parking de l'hôtel Baztán. Iriarte allait lui demander à quoi elle jouait, quand il reconnut la voiture de Montes, garée près de l'entrée du restaurant. Amaia se gara devant et resta silencieuse jusqu'à ce qu'elle voie arriver la Mercedes de Flora.

— C'est pour cela que vous aviez besoin de cette voiture, dit Iriarte.

Amaia lui sourit et ils descendirent du véhicule. Il faisait nuit noire, et même s'il était encore tôt, il n'y avait pas autant de voitures que la veille sur le parking, de sorte qu'ils purent s'approcher suffisamment pour regarder à travers la vitre. Montes était assis près de la fenêtre et on ne distinguait pas son visage. Flora s'assit face à lui et l'embrassa sur les lèvres. Il lui tendit l'enveloppe roulée, qu'elle ouvrit.

Le changement d'expression sur son visage fut

spectaculaire, même à distance à mesure qu'elle tournait les pages du rapport. Elle tenta de sourire, mais le rictus qui se dessina sur ses lèvres était loin de ressembler à ce qu'il prétendait être. Elle dit quelque chose pendant qu'elle se levait. Montes l'imita, mais elle lui posa une main sur la poitrine et le pria de se rasseoir. Puis elle se pencha pour l'embrasser de nouveau et sortit rapidement du restaurant.

Flora descendit les trois marches qui la séparaient du parking, l'enveloppe dans une main et ses clés de voiture dans l'autre. Elle s'approcha de sa Mercedes et actionnait l'ouverture quand Amaia l'aborda.

— Tu sais que s'emparer de preuves relatives à une enquête constitue un délit ?

Sa sœur s'immobilisa net, portant une main à sa poitrine, le visage crispé.

— Tu m'as fait une de ces peurs !

— Tu ne comptes pas me répondre, Flora ?

— Quoi ? Ça ? demanda-t-elle en brandissant l'enveloppe. Je viens de la trouver par terre, je n'ai même pas regardé, je ne sais pas ce que c'est. J'allais la remettre à la police municipale. Tu dis que ce sont des preuves, l'inspecteur Montes a dû les laisser tomber. Il te le dira sûrement lui-même.

— Flora, tu l'as ouverte et tu as lu son contenu, tes empreintes figurent à chaque page et je viens de voir Montes te la remettre.

Flora sourit sans insister et ouvrit la portière.

— Où est-ce que tu vas, Flora ? demanda l'inspectrice, repoussant la portière. Tu sais maintenant qu'il y a concordance. Il faut qu'on parle et que tu m'accompagnes.

— Ce qu'il ne faut pas entendre, cria-t-elle. Tu

es désespérée au point d'arrêter toute ta famille ? Freddy, Ros, et maintenant moi... Tu vas me faire enfermer comme l'ama ?

Des clients qui entraient dans la cafétéria se retournèrent pour observer la scène. Amaia sentit grandir sa rage contre Montes ; Freddy et Ros, ce sale abruti avait-il raconté chaque étape de l'enquête à sa sœur ?

— Je ne t'arrête pas, mais tu viens d'apprendre grâce à Montes que la farine provient de l'usine.

— N'importe quel employé a pu en prendre.

— Tu as raison, c'est pour ça que j'ai besoin de ton aide. Et je veux aussi que tu m'expliques pourquoi tu ne m'as pas dit que tu avais changé de farine.

— Il y a des mois de ça, je ne crois pas que cela ait de l'importance, je l'avais presque oublié.

— Pas des mois, la farine que Ros utilise chez elle a un mois. Et elle correspond à l'échantillon analysé.

Flora se passa une main nerveuse sur le visage, mais elle retrouva immédiatement son sang-froid.

— Cette conversation est terminée : ou tu m'arrêtes, ou tu me laisses partir.

— Non, Flora, la conversation sera terminée quand je le déciderai. Ne m'oblige pas à te convoquer au commissariat.

— Ce que tu peux être dégueulasse ! lui lança sa sœur aînée.

Amaia ne s'y attendait pas.

— Moi ? Dégueulasse ? Non, Flora, je fais juste mon travail, mais toi, ton existence n'a d'autre but que de faire le mal, de cracher ton venin, ou d'accabler de reproches et de culpabilité tous ceux qui t'approchent. Moi, je m'en fiche, ma sœur, parce que je vois tellement de tarés, mais il y a des gens à qui tu fais vraiment du mal, tu les détruis, minant leur confiance en eux – comme tu le fais avec Ros – ou en leur brisant le cœur comme le pauvre Víctor quand il t'a vue hier avec Montes.

Le sourire cynique que Flora avait gardé jusque-là se mua en moue de surprise. Amaia comprit qu'elle avait visé juste.

— Il vous a vus ensemble hier, répéta-t-elle.

— Je dois lui parler.

Flora rouvrit la portière, décidée à s'en aller.

— Inutile, Flora. Il a tout compris en vous voyant vous embrasser.

— C'est pour ça qu'il ne répond plus à mes appels, dit-elle en aparté.

— Comment veux-tu qu'il réagisse, si un jour tu claironnes que c'est ton mari et le lendemain il te voit embrasser un autre homme.

— Ne sois pas sotte, dit-elle en reprenant contenance. Montes ne signifie rien pour moi.

— Qu'est-ce que tu racontes ?

— Víctor est l'homme que j'ai épousé. Il est et restera le seul homme dans ma vie.

Amaia hocha la tête, incrédule.

— Flora, j'étais là avec lui, je t'ai vue l'embrasser.

Flora eut un sourire plein d'arrogance.

— Tu ne comprends rien...

Soudain, pour Amaia, tout fut clair. Trop clair.

— Tu t'es servie de lui pour obtenir des renseignements comme aujourd'hui, dit Amaia en regardant l'enveloppe.

— Un mal nécessaire.

Elle entendit un gémissement rauque dans son dos.

L'inspecteur Montes, le visage décomposé et hâve, s'immobilisa à deux mètres d'elles et se mit à trembler tandis que des larmes coulaient sur ses joues. La désolation la plus absolue s'était abattue sur lui. Flora se tourna vers lui et prit l'air contrarié qu'elle aurait tout aussi bien pu arborer si elle avait cassé le talon d'une chaussure ou aperçu une éraflure sur sa Mercedes.

— Fermín, s'inquiéta Amaia, en voyant Montes s'effondrer.

Mais il ne l'écoutait pas, il cherchait les yeux de Flora. Amaia le vit porter la main à son arme. Elle se mit à crier quand il leva le bras, la souleva très lentement, sans quitter Flora des yeux, visa sa poitrine, puis la retourna vers lui et appuya le canon contre sa tempe. Ses yeux étaient vides tels ceux d'un mort.

— Fermín, ne fais pas ça, cria Amaia de toutes ses forces.

Iriarte le saisit sous les aisselles en le traînant un mètre en arrière et en lui arrachant son arme, qui glissa au sol. Amaia courut vers eux pour aider Iriarte à maîtriser leur collègue. Montes n'opposa aucune résistance, il tomba à terre comme un arbre frappé par la foudre et resta là, face contre terre, pleurant tel un gamin, Amaia à genoux sur lui. Quand elle se sentit la force de relever la tête, elle croisa le regard d'Iriarte, où on lisait clairement qu'il aurait préféré ne jamais avoir eu à faire ça, et elle vit aussi que la Mercedes de Flora avait disparu.

— Putain, dit-elle en se levant. Restez avec lui, s'il vous plaît. Ne le laissez pas seul.

Iriarte acquiesça et posa une main sur la tête de Fermín.

— Allez-y. Et soyez tranquille, je vais m'occuper de lui.

Amaia se pencha pour ramasser l'arme de Montes et la coinça dans sa ceinture. Puis elle roula comme une folle jusqu'à Elizondo, faisant crisser les pneus de la petite Micra à chaque virage. Elle traversa le pont Muniartea et s'engagea dans la rue Braulio-Iriarte pour s'arrêter juste devant la porte de l'usine. Au moment où elle allait descendre de voiture, son téléphone sonna. C'était Zabalza.

— Inspectrice Salazar, j'ai du nouveau : le frère d'Ainhoa Arbizu a travaillé l'été dernier dans une pépinière, les Pépinières Celayeta, et il continue à y aller le week-end. J'ai vérifié le registre où sont consignées les livraisons, et ils ont trois fourgonnettes blanches Renault Kangoo. J'ai appelé et ils m'ont dit que le garçon ayant eu son permis l'année dernière, ils l'autorisent à les conduire. Les Arbizu ont fait des travaux dans leur jardin, la fille qui a répondu m'a dit qu'il leur arrivait de prêter des fourgonnettes à des clients de confiance. Le père d'Ainhoa a acheté récemment trente arbustes qu'il a transportés lui-même dans une de leurs fourgonnettes. Elle n'a pas su préciser, mais elle est sûre qu'il a emprunté le véhicule à plusieurs reprises.

Elle écoutait Zabalza tandis que son cerveau la ramenait loin dans le temps. Les fourgonnettes blanches. Elle se rappela soudain une chose qui la tracassait.

— Zabalza, je raccroche et je vous rappelle dans une minute.

Elle l'entendit soupirer. Déçu. Elle composa le numéro de Ros.

— Salut, Amaia.

— Ros, à l'usine, vous aviez une fourgonnette blanche, qu'est-elle devenue?

— Il y a longtemps que Flora a dû la rapporter chez le concessionnaire, quand on a acheté la fourgonnette neuve je suppose.

Elle raccrocha et composa le numéro du commissariat.

— Zabalza, cherchez des véhicules au nom de Flora Salazar Iturzaeta.

Tandis qu'elle entendait Zabalza taper sur son clavier, elle observait la petite fenêtre de l'usine qui restait toujours ouverte au ras du toit. On ne voyait pas de lumière à l'intérieur, mais le bureau de Flora donnait sur l'arrière, et, s'il était allumé, elle ne pouvait pas le voir.

— Inspectrice (la voix de Zabalza trahissait la gêne), il y a trois véhicules au nom de Flora Salazar Iturzaeta. Une Mercedes argentée de l'an dernier, une Citroën Berlingo rouge de 2009 et une Renault Tierra Blanca de 1996... Que voulez-vous que je fasse, chef?

— J'ai appelé l'inspecteur Iriarte et le sous-inspecteur Etxaide. J'ai besoin d'une commission rogatoire pour la Tierra, pour le domicile de Flora et pour l'usine Salazar, dit-elle en se passant les mains sur le visage avec le même geste qu'avait eu Flora et qui exprimait une honte profonde. Retrouvez-moi tous à l'usine. Je suis déjà ici, chez moi, murmura-t-elle quand Zabalza eut raccroché.

Elle descendit de voiture, s'approcha de la porte et écouta. Rien. Elle prit la clé qu'elle portait autour du cou et, avant d'ouvrir, chercha instinctivement son arme. Au toucher, elle se rendit compte que c'était celle de Montes.

— Merde...

Elle se rappela la promesse ridicule qu'elle avait faite à James de ne pas prendre son arme. Elle fit une grimace de circonstance en pensant que, après tout, elle ne manquait pas à sa parole. Elle ouvrit la porte et alluma la lumière. Elle regarda à l'intérieur, où tout était parfaitement propre et bien rangé, et entra, ignorant les fantômes qui l'appelaient dans les coins sombres. Elle passa devant l'ancien pétrin et la table à rouler la pâte avant de se diriger vers le bureau de sa sœur. La pièce était aussi ordonnée et nette que Flora elle-même. Amaia sentit la fureur que Flora avait laissée dans son sillage. Elle regarda autour d'elle en cherchant la note discordante et la découvrit dans une solide armoire de bois dont les portes étaient entrouvertes. Elle les ouvrit complètement et fut surprise de découvrir un arsenal. Deux fusils de chasse reposaient dans un râtelier, mais un espace révélait l'absence d'un troisième ; dans la partie basse de la même armoire, elle vit une demi-douzaine de boîtes de munitions renversées.

C'était typique de Flora, elle n'aurait jamais laissé personne faire quoi que ce soit pour elle, même pas ça. Amaia jeta un regard autour d'elle, essayant de découvrir l'information manquante. Où sa sœur irait-elle pour parachever son œuvre ? Pas chez elle, bien sûr, elle aurait plutôt choisi l'usine ou un endroit plus en rapport avec l'autre facette de sa vie. Peut-être la rivière. Amaia se dirigea vers la porte et, en repassant devant le bureau, elle vit les épreuves du nouveau livre de sa sœur. La photo de couverture très colorée, manifestement prise en studio, montrait un plateau orné de fruits rouges sur lequel reposaient une douzaine de tourtes où brillaient de petits cristaux de sucre. Son titre avait été imprimé en italique : *Txatxingorris (d'après la recette de Josefa « Tolosa »)*.

Elle sortit son téléphone et composa un numéro.

Quand sa tante répondit, elle l'interrompit par une question :

— Tía, le nom de Josefa Tolosa te dit quelque chose ?

— Oui, mais elle est morte. Josefa Uribe, plus connue comme « La Tolosa[1] » est la défunte belle-mère de ta sœur, la mère de Víctor. Un vrai personnage... La vérité, c'est que ce pauvre Víctor a été un enfant complètement soumis, après quoi il a épousé une autre femme pas commode, ta sœur. Il est tombé de Charybde en Scylla. Pauvre garçon. Le second patronyme de Víctor est Uribe, mais on a toujours appelé cette famille « les Tolosa », car le grand-père était de là-bas. Je ne la fréquentais pas tellement, mais mon amie Ana María était aussi une de ses amies, si tu veux, je peux lui en demander plus.

— Non, tía, laisse, ce n'est pas la peine, dit-elle en sortant en trombe de l'usine et en ouvrant ses mails sur son PDA à la recherche de la question

---

1. Commune du Pays basque. (*N.d.T.*)

qu'elle avait posée sur un forum et qui avait obtenu une réponse : les réservoirs d'essence des motos anciennes s'entretenaient avec du bicarbonate ou du vinaigre, qui nettoyaient l'intérieur et entraînaient toutes les particules de rouille à l'extérieur. Particules qui comportaient des restes d'hydrocarbures et de vinaigre, lesquels avaient à leur tour pénétré dans la peau de chèvre. Le cuir de l'équipement d'un motard. Elle sentait encore la douceur et le parfum des gants et du blouson de Víctor quand elle l'avait étreint sous la pluie.

Elle se rappelait être allée dans la ferme familiale de Víctor à deux reprises quand elle était petite et Flora, jeune mariée. À l'époque, c'était l'exemple type de la ferme d'élevage, Josefa Uribe vivait encore et dirigeait les travaux de la bâtisse. Elle se rappelait une femme âgée qui lui avait offert à goûter et une façade couverte de pots de fleurs jaunes contenant des géraniums colorés. Ses souvenirs ne remontaient pas plus loin.

Elle roula à toute vitesse sur le chemin du cimetière, et, une fois qu'elle l'eut dépassé, elle commença à compter les fermes, car elle se rappelait que celle qu'elle cherchait était la troisième sur la gauche, et même si on ne la voyait pas du chemin, une borne placée à la présence en signalait l'accès. Elle ralentissait pour être sûre de ne pas la dépasser quand elle vit la Mercedes de Flora arrêtée sur le bas-côté de la route, près d'un chemin qui s'enfonçait dans un petit bois et qui, en pleine nuit, lui sembla impénétrable. Elle laissa la Micra juste derrière, constata qu'il n'y avait personne à l'intérieur de la Mercedes, et maudit sa brillante idée de changer de voiture en laissant tout son matériel dans la sienne. Elle fouilla dans le coffre et se réjouit cependant que la femme d'Iriarte soit prévoyante au point d'y avoir laissé une petite lampe de poche torche, même si la puissance des piles était faible.

Avant de pénétrer dans le bois, elle composa le numéro de Jonan et constata, un peu effrayée, qu'il n'y avait pas de réseau ; elle essaya celui du commissariat et celui d'Iriarte. Rien. C'était un bois de pins aux branches basses avec des aiguilles qui tapissaient le sol en abondance, rendant la progression lente et dangereuse, malgré un chemin tracé par le passage répété des riverains qui devaient s'en servir comme raccourci. Le fait qu'elle ait emprunté ce sentier pour se rendre à la ferme lui donnait une idée de ses plans : Flora avait fait des recoupements avant elle grâce aux renseignements qu'elle recevait régulièrement du naïf Fermín. Amaia pensa à la façon dont sa sœur avait orienté les conversations pendant le déjeuner dominical, à ses commentaires acerbes sur les petites, à ses idées sur la décence et au détournement des txatxingorris posés sur la table. Elle tentait alors de distraire son attention du véritable coupable, de cet homme qu'elle n'avait jamais aimé mais qu'elle considérait comme faisant partie de ses responsabilités, au même titre que de s'occuper de l'ama, gérer l'affaire familiale ou sortir la poubelle tous les soirs.

Flora dominait son monde grâce à la discipline, à l'ordre et au contrôle de fer qu'elle leur imposait. Elle faisait partie de ces femmes qui s'étaient forgées à la force du poignet dans cette vallée, une de ces *etxeko andreak*[1] qui régnaient sans partage sur leur maison et leur terre pendant que les hommes partaient loin à la recherche d'un travail. Les femmes d'Elizondo avaient enterré leurs enfants après les épidémies et étaient allées travailler dans les champs les larmes aux yeux, elle était une de ces femmes qui affrontaient la partie sombre et sale de l'existence, qui lavaient quotidiennement le visage, coiffaient et envoyaient à la messe le dimanche les petits survivants, avec leurs chaussures bien brossées.

Elle conçut soudain un sentiment nouveau de compréhension pour sa sœur, mêlé d'une terrible répugnance à l'encontre de son manque de cœur. Elle pensa à Fermín Montes, prostré sur le bitume du parking, et à elle-même se défendant maladroitement des attaques mûrement réfléchies de sa sœur.

Et elle pensa à Víctor. Son cher Víctor, pleurant comme un enfant en la voyant embrasser un autre homme derrière les vitres. Víctor restaurant des motos de collection, recomposant un passé brisé, Víctor vivant dans la ferme de sa mère, Mme Josefa, « La Tolosa », une artiste en txatxingorris. Víctor, passé d'une mère dominatrice à une femme tyrannique. Víctor alcoolique, Víctor suffisamment fort pour être resté sobre depuis deux ans. Víctor, indigné par l'imitateur accidentel de sa mise en scène. Víctor, obsédé par un idéal de pureté et de rectitude que Flora lui avait inculqué comme mode de vie. Un homme que ses passions avaient mené au contrôle le plus absolu, un assassin qui avait fait le grand saut en prenant les rênes d'un plan magistral afin de dominer

---

1. « Reines du foyer ». (*N.d.T.*)

passions, désirs, regards impudiques sur des adolescentes à peine sorties de l'enfance et pensées sales que celles-ci suscitaient en lui par leur effronterie et leur exhibitionnisme. Peut-être avait-il tenté pendant un certain temps de noyer ses fantasmes dans l'alcool.

Mais l'alcool n'avait eu pour seul effet que d'éloigner Flora, et cela avait été comme de naître et mourir en même temps, car s'affranchir de la présence tyrannique qui l'avait soumis en l'obligeant à maîtriser ses pulsions avait supposé qu'il renonce au seul type de relation qu'il considérait comme propre avec une femme et avec la seule personne qui aurait pu le soumettre. Il était sûr que Flora avait remarqué quelque chose, elle, la reine despotique à laquelle rien n'échappait... Il était impossible qu'elle ne se soit pas rendu compte que Víctor hébergeait au tréfonds de son âme un démon qui luttait pour le dominer et qui réussissait parfois à lui imposer sa conduite. Elle le savait, bien sûr. Elle devait le savoir le matin où Amaia lui avait apporté le txatxingorri découvert sur le cadavre d'Anne. La façon dont elle l'avait pris dans ses mains, le reniflant et allant jusqu'à le goûter, sachant parfaitement qui cette signature explicite désignait comme auteur de cet hommage à la tradition, à l'ordre et à elle-même.

Amaia se demanda combien de temps il lui avait fallu pour changer la farine après son départ, mais aussi depuis quand elle avait entrepris de séduire Montes et avait été convaincue de la culpabilité de Víctor. Avait-elle vraiment eu besoin de la confirmation du labo, ou le savait-elle déjà quand elle avait goûté le txatxingorri, quand on avait retrouvé le cadavre d'Anne, quand elle s'était assise à la table de la tante et avait justifié les crimes de l'assassin, ou bien tout cela n'était-il qu'un rôle destiné à observer la réaction de Víctor ?

La pente s'inclinait en direction contraire à la route et l'odeur dense de résine stimula ses narines, lui piquant les yeux, tandis que la lumière déjà avare de la lampe s'éteignait, la laissant dans l'obscurité la plus absolue. Elle resta immobile pendant quelques secondes, le temps que ses yeux s'habituent, jusqu'à apercevoir à grand-peine une lueur entre les arbres. Alors, elle distingua le scintillement caractéristique de la lampe de Flora sauter d'un arbre à l'autre, produisant dans les fourrés un effet de flashs ou d'éclairs. Elle se dirigea vers cette zone, tendant les mains en avant et s'aidant de l'écran de son portable, qui lui permettait à peine de voir où elle mettait les pieds et s'éteignait toutes les quinze secondes. Glissant un pied devant l'autre, elle tenta de se hâter pour ne pas perdre de vue la lumière de Flora. Elle perçut soudain un frôlement dans son dos et, en se retournant, elle se cogna la tête contre une branche rugueuse qui l'étourdit et lui fit au front une grosse entaille, laquelle se mit à saigner sur-le-champ, faisant couler sur son visage deux filets comme des larmes denses, pendant que son téléphone tombait quelque part à ses pieds. Elle palpa la blessure avec les doigts et constata qu'elle était profonde mais pas très large. Elle détacha le foulard qu'elle portait autour du cou et le noua étroitement autour de sa tête en exerçant sur la coupure une pression qui parvint à interrompre le saignement.

Décontenancée et désorientée, elle se retourna de

nouveau lentement en essayant de repérer le brouillard lumineux qu'elle avait aperçu entre les arbres, mais en vain. Elle se frotta les yeux alors que le sang poisseux commençait à coaguler et pensa à l'allure qu'elle devait avoir tandis qu'une sensation proche de la panique s'emparait d'elle et qu'elle était persuadée que quelqu'un d'autre l'épiait. Elle cria, saisie, en entendant un fort sifflement, mais elle sut immédiatement qu'on ne lui ferait pas de mal, qu'il était en quelque sorte venu l'aider, et que si l'occasion se présentait de sortir du bois avant de se vider de son sang, ce serait grâce à lui. Un nouveau sifflement se fit entendre distinctement sur sa droite. Elle se redressa en se tenant la tête et avança dans cette direction. Un autre sifflement bref résonna devant elle et soudain, comme si quelqu'un avait tiré un rideau, elle atteignit la lisière du petit bois et le pré qui s'étendait derrière la ferme Uribe.

L'herbe, récemment tondue, facilita la course à travers champs d'Amaia, qui ne se souvenait pas que le pré était si vaste. La maison était éclairée par une rangée de lampes qui suivaient le contour de la pelouse soigneusement entretenue, laquelle était parsemée d'anciens outils de labour disposés à la manière d'œuvres d'art. Elle distingua la silhouette armée de Flora, qui était passée par-derrière d'un pas décidé, et tournait vers l'entrée principale. Elle faillit crier son nom, mais elle se retint en se rendant compte qu'elle alerterait aussi Víctor et qu'elle se trouvait encore à découvert. Elle courut à toutes jambes jusqu'à atteindre le mur protecteur de la maison, se plaqua contre lui, sortit le Glock de Montes et tendit l'oreille. Rien. Elle marcha en rasant le mur, jetant de temps en temps un regard en arrière, consciente d'être aussi facilement repérable que Flora auparavant. Elle progressa prudemment jusqu'à la porte principale, qui était entrouverte et laissait filtrer une faible lumière. Elle la poussa.

À l'exception des lumières allumées, rien n'indiquait une quelconque présence dans la maison. Elle inspecta le rez-de-chaussée et constata qu'il n'avait guère changé depuis l'époque où « La Tolosa » dirigeait la ferme. Elle regarda autour d'elle en cherchant un téléphone, mais n'en vit nulle trace. Elle s'adossa avec précaution contre le mur et commença à gravir lentement l'escalier. Quatre pièces closes donnaient sur un palier et une pièce supplémentaire à l'étage. Elle ouvrit une à une les portes des chambres que meublaient des lits de bois polis à la main pourvus d'épais édredons à fleurs. Puis elle entreprit la montée de la dernière portion de l'escalier, certaine qu'il n'y avait personne dans la maison, mais tenant son arme à deux mains et avançant sans cesser de la pointer devant elle. Quand elle atteignit la porte, les battements de son cœur tonnaient si fort dans ses oreilles qu'elle avait la sensation d'être devenue presque sourde. Elle avala sa salive et respira profondément en tentant de se calmer. Elle se plaça sur le côté, tourna la poignée et alluma la lumière.

Au cours de toutes ces années passées dans la police régionale, elle ne s'était jamais retrouvée devant un autel. Elle avait certes vu des photos et des vidéos pendant son séjour à Quantico, mais, comme le lui avait dit son instructeur, rien ne vous prépare à l'impression que l'on éprouve en découvrant un autel. « Il peut être dans un recoin, à l'intérieur d'une armoire ou dans une malle. Il peut occuper une pièce entière ou un tiroir, peu importe. Quand tu en trouveras un, tu ne l'oublieras jamais plus, car ce musée des horreurs personnel où l'assassin accroche ses trophées est le pire témoignage de sordidité, de perversion et de dépravation humaine que tu puisses affronter. Tu auras beau avoir étudié, tracé des profils et fait des analyses de comportement, tu ne sauras pas ce que c'est que de regarder à l'intérieur de la tête d'un démon avant d'en avoir vu un. »

Elle haleta, terrifiée, en découvrant des agrandissements des photos de l'enquête. Les fillettes la regardaient depuis le miroir d'un grand buffet ancien sur lequel Víctor avait disposé chronologiquement des coupures de journaux, les articles sur le basajaun, les faire-part de décès des petites parus dans le journal et même l'annonce des funérailles. Il y avait des photos des proches au cimetière, des tombes couvertes de fleurs et des groupes de lycéens qui avaient été publiées dans une gazette locale, et dessous, une série de clichés sans doute pris sur le lieu du crime, qui montraient étape par étape, comme dans un séminaire sur la mort, la façon dont la scène avait été préparée. Une explication documentée et illustrée de l'horreur et des progrès de l'assassin dans son parcours macabre. Amaia observa, incrédule, la quantité de coupures qui avaient jauni avec le temps, gondolées d'humidité, certaines remontant à une vingtaine d'années, et qui traitaient de la disparition de campeuses, de randonneuses dans des lieux reculés de la vallée et même de l'autre côté de la frontière.

Tout en haut de l'échelle se trouvait le nom de Teresa Klas, proclamant qu'elle était la reine de ce cercle infernal particulier. Elle avait été la première, la fille pour laquelle Víctor avait perdu la tête au point de prendre le risque de la tuer à quelques mètres seulement de chez lui. Mais loin de lui inspirer de la crainte, sa mort l'avait tellement excité que, pendant les deux années suivantes, il avait assassiné au moins trois autres filles, victimes propitiatoires, qui avaient toutes un profil caractéristique d'adolescentes provocantes qu'il agressait dans la montagne de façon plutôt bâclée en comparaison de la sophistication dont ses crimes témoignaient aujourd'hui.

Un autel tel que celui-ci racontait l'évolution d'un assassin implacable qui s'était consacré à sa tâche pendant trois ans et qui s'était arrêté pendant presque vingt. Le temps qu'il avait passé avec Flora, s'étourdissant chaque jour d'alcool, soumis à un joug, un joug auto-imposé, accepté et considéré comme l'unique option afin de supporter la discipline nécessaire pour vivre avec elle, et pour refouler ses instincts. Un vice destructeur qu'il avait tenu à distance jusqu'au moment où il avait cessé de boire, libéré alors du contrôle draconien exercé par Flora et de l'assoupissement procuré par l'alcool. Il avait tenté à nouveau sa chance, il était revenu auprès d'elle afin de lui montrer ses progrès, ce qu'il avait été capable d'accomplir pour elle, mais, au lieu des bras ouverts dont il avait rêvé, elle lui avait renvoyé un regard froid et imperturbable.

Son dédain avait été le déclencheur, le détonateur, le coup de pistolet qui donne le départ d'une course vers un idéal de perfection et de pureté qu'il projetait sur toutes les autres femmes, et toutes celles qui aspiraient à en être en exhibant leurs jeunes corps provocants. L'espace d'un instant, Amaia crut voir son reflet dans le miroir. Occupant la place d'honneur au centre de l'autel, trônait une photo d'elle imprimée sur du papier spécial et qui provenait d'un cliché d'elle et de ses sœurs. Elle tendit la main pour toucher l'image, presque sûre de se tromper, frôla le papier sec et lisse, et l'arracha presque en sursautant après avoir entendu le fracas caractéristique d'un coup de feu. Elle dévala l'escalier, pour se précipiter à l'extérieur de la ferme.

Postée à l'entrée des écuries, sans dire un mot, Flora visait Víctor avec son fusil. Il se retourna, surpris mais calme, comme si sa visite lui était agréable et qu'il l'avait attendue.

— Flora, je ne t'ai pas entendue arriver. Si tu m'avais appelé avant de venir, j'aurais été plus présentable, dit-il en regardant ses gants maculés de graisse qu'il ôta lentement tout en continuant de marcher vers l'entrée. J'aurais même pu préparer à manger.

Flora était toujours silencieuse, pas un muscle de son visage ne bougeait, mais elle continuait à le fixer et à le tenir en joue avec le fusil.

— C'est encore possible, si tu m'accordes deux minutes.

— Je ne suis pas venue dîner, Víctor.

Sa voix était si glaciale et dépourvue d'émotions que Víctor reprit la parole, sans se départir de son sourire ni de son ton conciliant.

— Alors je peux te montrer ce que j'étais en train

de faire. Je réparais une moto, dit-il en désignant un point derrière elle.

— Tu ne fais pas de gâteaux, aujourd'hui ? demanda Flora sans abandonner sa posture, indiquant du canon de son arme une trappe en acier qui donnait accès au four de pierre encastré dans le mur de la ferme.

Víctor sourit en regardant sa femme.

— Je comptais m'en servir demain, mais si tu veux, on peut le faire ensemble.

Flora souffla bruyamment, tout en hochant la tête pour montrer son irritation.

— Qu'est-ce que tu fais, Víctor ? Et pourquoi ?

— Tu sais ce que j'ai fait, et tu sais pourquoi. Tu le sais parce que tu penses la même chose que moi.

— Non.

— Si, Flora, dit-il, lénifiant. Tu le dis depuis toujours. Elles l'ont cherché, à force de s'habiller comme des prostituées, de provoquer les hommes, et quelqu'un devait leur apprendre ce qui arrive aux mauvaises filles.

— C'est toi qui les as tuées ? demanda-t-elle, donnant l'impression, bien qu'elle le visât avec une arme, qu'elle voulait croire que tout cela était une erreur absurde et qu'il allait démentir, que ce n'était qu'un terrible malentendu.

— Flora, je n'attends de personne qu'il comprenne, mais de toi, si. Parce que tu es comme moi. Tout le monde le voit et beaucoup le pensent : les jeunes sont en train de détruire notre vallée avec leurs drogues, leurs vêtements, leur musique et leur sexe ; et les pires ce sont les filles, elles ne pensent qu'à ça, il suffit de les entendre parler ou de voir comment elles s'habillent.

Des petites putes. Quelqu'un devait faire quelque chose, leur montrer le chemin de la tradition et le respect des racines.

Flora le regarda, dégoûtée, sans essayer de masquer sa stupeur.

— Comme Teresa ?

Il sourit avec douceur et pencha la tête sur le côté comme s'il se remémorait la scène.

— Je pense à elle tous les jours. Teresa, avec ses jupes courtes et ses décolletés, impudique comme une courtisane. Je n'en ai connu qu'une seule qui la dépassait.

— Je croyais qu'il s'agissait d'un accident... À l'époque, tu étais jeune, sans repères, et elles... c'étaient des filles perdues.

— Tu le savais, Flora ? Tu le savais et tu m'as accepté ?

— Je croyais que c'était derrière toi.

Son visage s'assombrit et une expression douloureuse apparut sur sa bouche.

— Et c'était le cas, Flora, pendant vingt ans, j'ai résisté en faisant le plus grand effort qu'un homme puisse faire. Je devais boire pour me contrôler, Flora. Tu ne peux pas imaginer ce que c'est de lutter contre ça. Mais tu m'as méprisé justement pour mon sacrifice, tu m'as écarté de ta vie, tu m'as laissé seul et tu as exigé que je cesse de boire. Et moi, je l'ai fait, je l'ai fait pour toi, Flora, comme tout ce que j'ai fait.

— Mais tu as tué des collégiennes, tu les as assassinées, des gamines.

Il commença à se sentir mal à l'aise.

— Non, Flora, tu n'as pas vu les poses suggestives qu'elles prenaient, ces traînées... Elles ont même accepté de monter dans ma voiture, alors qu'elles ne me connaissaient que de vue. Ce n'étaient pas des fillettes, Flora, c'étaient des putes. En tout cas elles n'auraient pas tardé à le devenir. Anne était la pire de toutes, tu sais parfaitement qu'elle couchait avec ton beau-frère, qu'elle s'attaquait à ma famille, qu'elle détruisait le lien sacré du mariage de Ros, de notre chère et stupide Ros. Tu dis qu'Anne était une gamine? Eh bien cette gamine s'est offerte à moi comme une prostituée, et au moment où j'étais en train d'en finir avec elle, elle m'a regardé dans les yeux d'une façon démoniaque, elle a presque souri et elle m'a maudit: «Tu es maudit.» Voilà ce qu'elle m'a dit, et même une fois morte, je n'ai pas pu faire disparaître ce sourire de ses lèvres.

Soudain, le visage de Flora se contracta en une grimace, et elle se mit à pleurer.

— Tu as tué Anne, tu es un assassin, dit-elle, peut-être pour s'en convaincre.

— Flora, tu dis toujours que, lorsque la situation l'impose, il faut prendre une décision. C'était ma responsabilité.

— Tu aurais pu me consulter, il y a d'autres façons de faire pour préserver la vallée que de tuer des gamines... Víctor, tu dois être fou, je ne vois pas d'autre explication.

— Ne me parle pas comme ça, Flora. (Il eut un sourire paisible, on aurait dit un enfant qui se repent d'avoir fait une bêtise.) Flora, je t'aime.

Les larmes coulaient sur le visage de Flora.

— Moi aussi, je t'aime, Víctor, mais pourquoi ne m'as-tu jamais demandé de l'aide ? murmura-t-elle en abaissant son arme.

Il fit deux pas en avant et s'immobilisa en souriant toujours.

— Je te la demande aujourd'hui. Qu'est-ce que tu en dis ? Tu m'aiderais à enfourner ?

— Non, dit-elle en levant une nouvelle fois son arme et le visage redevenu serein. Je ne te l'ai jamais dit, mais je déteste les txatxingorris.

Et elle tira.

Víctor la regarda en écarquillant les yeux, un peu surpris par ce geste et par l'intense vague de chaleur qui s'étendit dans son ventre et bondit dans sa poitrine. Derrière Flora, il aperçut une femme vêtue d'une cape blanche qui lui recouvrait partiellement la tête. Anne Arbizu était venue le regarder mourir avec une moue oscillant entre dégoût et plaisir sur les lèvres. Il entendit retentir son rire de belagile avant de recevoir la seconde balle.

Amaia sortit de la maison et gagna rapidement le coin en tenant fermement le Glock de Montes et en guettant attentivement le moindre mouvement autour d'elle. Elle entendit le second coup de feu et se mit à courir. En arrivant au bout du mur, elle se pencha avec précaution vers la façade nord de la ferme, où, bien des années plus tôt, se trouvaient les écuries. De l'immense porte verte jaillissait une lumière intense qui teignait l'herbe d'une couleur émeraude incongrue dans un lieu destiné à l'origine à des chevaux et à des vaches. Flora se tenait immobile sur le seuil, le fusil à la hauteur de la poitrine, et elle visait quelqu'un à l'intérieur sans montrer la moindre émotion.

— Jette ton fusil, Flora, cria Amaia en la mettant en joue.

Sa sœur ne répondit pas, entra dans l'ancienne étable et disparut de sa vue. Amaia la suivit, mais ne vit qu'une silhouette informe étendue par terre.

Flora était assise à côté du corps de Víctor. Elle avait les mains tachées du sang qui jaillissait de son abdomen, et lui caressait le visage, teignant son front de rouge. Amaia s'avança vers elle et se pencha pour prendre l'arme, qui reposait à ses pieds ; ensuite, elle rangea le Glock dans sa ceinture, se pencha sur Víctor et posa les doigts sur son cou, pour vérifier son pouls tout en cherchant son téléphone dans ses vêtements ensanglantés. Quand elle le trouva, elle appela Iriarte.

— J'ai besoin d'une ambulance sur le chemin des Alduides, c'est la troisième maison après le cimetière, il y a eu des coups de feu, je vous attends ici.

— Amaia, c'est inutile, dit Flora dans ce qui était un murmure, comme si elle craignait de réveiller Víctor, il est mort.

— Oh, Flora, soupira-t-elle en lui posant une main sur la tête. (Et une douleur fulgurante déchira sa poitrine alors qu'elle observait sa sœur caresser le corps inerte.) Comment as-tu pu ?

Elle leva la tête, comme foudroyée, et se redressa dignement telle une martyre sur le bûcher. Son ton était ferme et on y décelait une note d'ennui.

— Tu ne comprendras jamais rien. Quelqu'un devait l'arrêter, et si j'avais dû attendre que tu t'en charges, la vallée serait remplie de fillettes mortes.

Amaia retira la main qu'elle avait posée sur sa tête comme si elle avait reçu une décharge électrique.

Deux heures plus tard.
Le Dr San Martín donnait l'autorisation de sortir de l'étable le corps de Víctor après avoir signé le certificat de décès et l'inspecteur Iriarte s'approchait d'Amaia avec un air de circonstance.

— Que vous a dit ma sœur ? s'enquit-elle.
— Qu'elle a trouvé le rapport sur la provenance de la farine sur le parking de l'hôtel Baztán, qu'elle a fait des recoupements, emporté le fusil pour se protéger. Même si elle n'était pas tout à fait sûre que c'était lui l'assassin. Elle lui a posé la question et non seulement il l'a admis, mais en plus il est devenu très violent, s'est avancé vers elle d'un air menaçant et, se sentant en danger, elle a tiré. Mais il n'est pas tombé et il a continué à avancer, alors elle a tiré une seconde fois. Elle dit qu'elle n'était pas vraiment consciente de ce qu'elle faisait, qu'elle a agi de façon instinctive sous l'emprise de la terreur. La fourgonnette blanche se trouve à l'intérieur, sous une bâche. Flora a dit qu'il s'en servait pour aller chercher les motos qu'il réparait, et, à l'intérieur du four de la cuisine, on a trouvé de la farine dans des sacs Mantecadas Salazar, sans compter la collection d'horreurs du grenier.

Amaia soupira profondément en fermant les yeux.

Dix heures plus tard.
Amaia se rendit aux funérailles de Johana Márquez, anonymement au milieu des gens, et pria pour le repos éternel de son âme.

Quarante-huit heures plus tard.

Amaia reçut un appel du lieutenant Padua :

— Je crains que vous ne deviez faire une déposition au sujet de votre informateur. Dans la grotte que vous nous avez indiquée, les gardes du Seprona ont trouvé des squelettes humains de différentes tailles et provenances. D'après le nombre de tibias, ils ont calculé qu'ils appartenaient à une douzaine de cadavres, qui ont été jetés là pêle-mêle. Si on en croit le légiste, certains sont là depuis plus de dix ans et présentent tous des marques de dents humaines. Avant que vous ne me posiez la question, la réponse est oui : elles correspondent à la morsure relevée sur le cadavre de Johana, et non : pas au moulage de la mâchoire de Víctor Oyarzabal.

Quinze jours plus tard, le lancement national du livre de Flora, *Avec grand plaisir*, coïncidait avec sa remise en liberté. Blanchie, celle-ci décida de prendre de longues vacances sur la Costa del Sol, pendant que Rosaura reprenait la direction de Mantecadas Salazar. Non seulement les ventes ne s'en trouvèrent pas affectées, mais, en quelques semaines, Flora devint une sorte d'héroïne locale. En fin de compte, dans la vallée, on avait toujours respecté les femmes qui faisaient ce qu'elles avaient à faire.

Dix-huit jours plus tard, Amaia reçut un appel du Dr Takchenko :

— Inspectrice, vous aviez raison : les GPS du service français d'observation ont repéré il y a quinze jours la présence d'une femelle d'environ sept ans qui, s'étant égarée, serait descendue jusqu'à la vallée.

Ne vous inquiétez pas. Linete est de retour dans les Pyrénées.

Un mois plus tard.
Amaia n'eut pas ses règles. Ni le mois suivant, ni celui d'après...

REMERCIEMENTS

Je remercie pour leur grand talent les si nombreuses personnes qui se sont mises à ma disposition pour faire de ce roman une réalité.

À M. Leo Seguín, de l'université nationale de San Luis (Argentine), pour sa contribution en matière de biologie moléculaire.

Merci à Juan Carlos Cano pour ses connaissances en matière de restauration de motos anciennes. Un monde passionnant qu'il est parvenu à me faire découvrir.

Au porte-parole de la police régionale de Navarre, le sous-inspecteur Mikel Santamaría, pour la patience avec laquelle il a répondu à mes questions.

Au musée ethnographique Jorge-Oteiza de Baztán, qui m'a fourni les informations nécessaires afin de commencer.

À mon agent, Anna Soler-Pont, pour m'avoir fait publier.

Merci à Mari, pour avoir renoncé à sa retraite et m'avoir fait l'honneur de se manifester dans cette tempête qui me tient à sa merci depuis que j'ai commencé à écrire la trilogie du Baztán.

DE LA MÊME AUTRICE

Aux Éditions Gallimard

Dans la Série Noire
LA FACE NORD DU CŒUR, 2021, Folio Policier n° 958.

Au Mercure de France

UNE OFFRANDE À LA TEMPÊTE, 2016, Folio Policier n° 826.
DE CHAIR ET D'OS, 2015, Folio Policier n° 785.

Aux Éditions Stock

LE GARDIEN INVISIBLE, 2013, Folio Policier n° 752.

Chez Fleuve Éditions

TOUT CELA JE TE LE DONNERAI, 2018, Pocket n° 17432.

COLLECTION FOLIO POLICIER

Dernières parutions

855. Akimitsu Takagi — *Irezumi*
856. Pierric Guittaut — *La fille de la Pluie*
857. Marcus Sakey — *Les Brillants III En lettres de feu*
858. Matilde Asensi — *Le retour du Caton*
859. Chan Ho-kei — *Hong Kong Noir*
860. Harry Crews — *Des savons pour la vie*
861. Mons Kallentoft, Markus Lutteman — *Zack II Leon*
862. Elsa Marpeau — *Black Blocs*
863. Jo Nesbø — *Du sang sur la glace II Soleil de nuit*
864. Brigitte Gauthier — *Personne ne le saura*
865. Ingrid Astier — *Haute Voltige*
866. Luca D'Andrea — *L'essence du mal*
867. DOA — *Le cycle clandestin, tome II*
868. Gunnar Staalesen — *Le vent l'emportera*
869. Rebecca Lighieri — *Husbands*
870. Patrick Delperdange — *Si tous les dieux nous abandonnent*
871. Neely Tucker — *La voie des morts*
872. Nan Aurousseau — *Des coccinelles dans des noyaux de cerise*
873. Thomas Bronnec — *En pays conquis*
874. Lawrence Block — *Le voleur qui comptait les cuillères*
875. Steven Price — *L'homme aux deux ombres*
876. Jean-Bernard Pouy — *Ma ZAD*
877. Antonio Manzini — *Un homme seul*
878. Jørn Lier Horst — *Les chiens de chasse*
879. Jérôme Leroy — *La Petite Gauloise*

880.	Elsa Marpeau	*Les corps brisés*
881.	Sonja Delzongle	*Boréal*
882.	Patrick Pécherot	*Hével*
883.	Attica Locke	*Pleasantville*
884.	Harry Crews	*Car*
885.	Caryl Férey	*Plus jamais seul*
886.	Guy-Philippe Goldstein	*Sept jours avant la nuit*
887.	Tonino Benacquista	*Quatre romans noirs*
888.	Melba Escobar	*Le salon de beauté*
889.	Noah Hawley	*Avant la chute*
890.	Tom Piccirilli	*Les derniers mots*
891.	Jo Nesbø	*La soif*
892.	Dominique Manotti	*Racket*
893.	Joe R. Lansdale	*Honky Tonk Samouraï*
894.	Antoine Chainas	*Empire des chimères*
895.	Jean-François Paillard	*Le Parisien*
896.	Luca d'Andrea	*Au cœur de la folie*
897.	Sonja Delzongle	*Le hameau des Purs*
898.	Gunnar Staalesen	*Où les roses ne meurent jamais*
899.	Mons Kallentoft, Markus Lutteman	*Bambi*
900.	Kent Anderson	*Un soleil sans espoir*
901.	Nick Stone	*Le verdict*
902.	Lawrence Block	*Tue-moi*
903.	Jørn Lier Horst	*L'usurpateur*
904.	Paul Howarth	*Le diable dans la peau*
905.	Frédéric Paulin	*La guerre est une ruse*
906.	Paul Colize	*Un jour comme les autres*
907.	Sébastien Gendron	*Révolution*
908.	Chantal Pelletier	*Tirez sur le caviste*
909.	Sonja Delzongle	*Cataractes*
910.	Elsa Marpeau	*Son autre mort*
911.	Joe Ide	*Gangs of L.A.*
912.	Francesco Dimitri	*Le livre des choses cachées*
913.	Jo Nesbø	*Macbeth*
914.	Dov Alfon	*Unité 8200*
915.	Jérôme Leroy	*Un peu tard dans la saison*
916.	Pasquale Ruju	*Une affaire comme les autres*

917.	Jean-Bernard Pouy	*Trilogie spinoziste*
918.	Abir Mukherjee	*L'attaque du Calcutta-Darjeeling*
919.	Richard Morgiève	*Le Cherokee*
920.	Antonio Manzini	*La course des hamsters*
921.	Gunnar Staalesen	*Piège à loup*
922.	Christian White	*Le mystère Sammy Went*
923.	Yûko Yuzuki	*Le loup d'Hiroshima*
924.	Caryl Férey	*Paz*
925.	Vlad Eisinger	*Du rififi à Wall Street*
926.	Parker Bilal	*La cité des chacals*
927.	Emily Koch	*Il était une fois mon meurtre*
928.	Frédéric Paulin	*Prémices de la chute*
929.	Sonja Delzongle	*L'homme de la plaine du nord*
930.	Sébastien Rutés	*Mictlán*
931.	Thomas Cantaloube	*Requiem pour une République*
932.	Danü Danquigny	*Les aigles endormis*
933.	Sébastien Gendron	*Fin de siècle*
934.	Jørn Lier Horst	*Le disparu de Larvik*
935.	Laurent Guillaume	*Là où vivent les loups*
936.	J. P. Smith	*Noyade*
937.	Joe R. Lansdale	*Rusty Puppy*
938.	Dror Mishani	*Une deux trois*
939.	Deon Meyer	*La proie*
940.	Jo Nesbø	*Le couteau*
941.	Joe Ide	*Lucky*
942.	William Gay	*Stoneburner*
943.	Jacques Moulins	*Le réveil de la bête*
944.	Abir Mukherjee	*Les princes de Sambalpur*
945.	Didier Decoin	*Meurtre à l'anglaise*
946.	Charles Daubas	*Cherbourg*
947.	Chantal Pelletier	*Nos derniers festins*
948.	Richard Morgiève	*Cimetière d'étoiles*
949.	Frédéric Paulin	*La fabrique de la terreur*
950.	Tristan Saule	*Mathilde ne dit rien*
951.	Jørn Lier Horst	*Le code de Katharina*
952.	Robert de Laroche	*La Vestale de Venise*
953.	Mike Nicol	*L'Agence*

*Tous les papiers utilisés pour les ouvrages
des collections Folio sont certifiés
et proviennent de forêts gérées durablement.*

*Impression Novoprint
à Barcelone, le 27 janvier 2023
Dépôt légal : janvier 2023
1er dépôt légal dans la collection : janvier 2021*

ISBN 978-2-07-290174-4 / Imprimé en Espagne

593119